——— 阅读之前 没有真相

午 夜 文 库

杰夫里·迪弗
林肯·莱姆系列

杰夫里·迪弗　Jeffery Deaver（1950— ）

杰夫里·迪弗，一九五〇年出生于芝加哥，十一岁时写出了第一本小说，从此笔耕不辍。迪弗毕业于密苏里大学新闻系，后进入福德汉姆法学院研修法律；在法律界实践了一段时间后，在华尔街一家大律师事务所开始了律师生涯。他兴趣广泛，曾自己写歌、唱歌，进行巡演，也曾当过杂志社记者。与此同时，他开始发展自己真正的兴趣：写悬疑小说。一九九〇年起，迪弗成为一名全职作家。

迄今为止，迪弗共获得六次MWA（美国推理小说作家协会）的爱伦·坡奖提名、一次尼禄·沃尔夫奖、一次安东尼奖和三次埃勒里·奎因最佳短篇小说读者奖。迪弗的小说被翻译成三十五种语言，多次登上世界各地的畅销书排行榜。包括名作《人骨拼图》在内，他有三部作品被搬上银幕，同时也为享誉世界的詹姆斯·邦德系列创作了最新官方小说《自由裁决》。

迪弗的作品素以悬念重重、不断反转的情节著称，常常在小说的结尾推翻或多次推翻之前的结论，犹如过山车般的阅读体验佐以极为丰富专业的刑侦学知识，令读者大呼过瘾。其最著名的林肯·莱姆系列便是个中翘楚，另外两个以非刑侦专业人员为主角的少女鲁伊系列和采景师约翰·佩勒姆系列也各有特色，同样继承了迪弗小说布局精细、节奏紧张的特点，惊悚悬疑的气氛保持到最后一页仍回味悠长。

除了犯罪侦探小说，作为美食家的他还有意大利美食方面的书行世。

杰夫里·迪弗 重要作品年表

少女鲁伊系列

1990 Death of a Blue Movie Star《蓝调艳星之死》

1991 Hard News《重要新闻》

1988 Manhattan Is My Beat《心跳曼哈顿》

采景师约翰·佩勒姆系列

1992 Shallow Graves《法外行走》

1993 Bloody River Blues《血河变奏》

2001 Hell's Kitchen《地狱厨房》

林肯·莱姆系列

1997 The Bone Collector《人骨拼图》

1998 The Coffin Dancer《棺材舞者》

2000 The Empty Chair《空椅子》

2002 The Stone Monkey《石猴子》

2003 The Vanished Man《消失的人》

2005 The Twelfth Card《第十二张牌》

2006 The Cold Moon《冷月》

2008 The Broken Window《碎窗》

2010 The Burning Wire《燃烧的电缆》

2013 The Kill Room《杀戮房间》

2014 The Skin Collector《人皮拼图》

2016 The Steel Kiss《钢吻》

2017 The Burial Hour《安葬时刻》

2018 The Cutting Edge《快乐至死》

凯瑟琳·丹斯系列

2007 The Sleeping Doll《睡偶》

2009 Roadside Crosses《路边的十字架》

2012 XO《唱片》

2015 Solitude Creek《孤独的小溪》

詹姆斯·邦德系列

2011 Carte Blanche《全权委托》

科尔特·肖系列

2019 The Never Game《游戏中毒》

杰夫里·迪弗 重要作品年表

非系列作品

1992 Mistress of Justice《正义的情妇》

1993 The lesson of Her Death《她死去的那一夜》

1994 Praying for Sleep《祈祷安息》

1995 A Maiden's Grave《少女的坟墓》

1999 The Devil's Teardrop《恶魔的泪珠》

2000 Speaking in Tongues《银舌恶魔》

2001 The Blue Nowhere《蓝色骇客》

2004 Garden of Beasts《野兽花园》

2008 The Bodies Left Behind《弃尸》

2010 Edge《边界》

2013 The October List《十月名单》

安葬时刻
The Burial Hour

[美] 杰夫里·迪弗 著
禄杰 译

新 星 出 版 社　NEW STAR PRESS

暗夜里寒风呼号,
菩提树发出呻吟,
发亮的白骨,
带着帷帐在东奔西逃。

——亨利·扎里斯《骷髅之舞》

为了纪念我的朋友乔治奥·法莱蒂,
　整个世界都在怀念你。

目录

1	I	刽子手的华尔兹
		九月二十日,星期一
59	II	在松露农场
		九月二十二日,星期三
97	III	导水槽
		九月二十三日,星期四
199	IV	无望之地
		九月二十四日,星期五
291	V	骷髅与骸骨
		九月二十五日,星期六
361	VI	老鼠之家
		九月二十六日,星期日
473	VII	感觉之声
		九月二十七日,星期一
559	VIII	蜻蜓与石像鬼
		九月二十八日,星期二

作者按

  本书中涉及的意大利执法机构都是真实存在的，这些组织机构中确实有很多优秀的成员，我有幸遇到过其中一些，也曾有机会拜访了一些部门。出于书中时机和情节的需要，我对他们的工作程序和隶属关系进行了一些微小的调整，在此我真诚地希望他们能够谅解。

  此外，我还要特别感谢音乐家和作家、笔译者和口译者、非凡的西巴·皮扎尼。如果没有他的友谊、勤勉和对艺术的热爱，此书也就不会问世。

I 刽子手的华尔兹
九月二十日，星期一

第一章

"妈咪。"

"等一下。"

她们沿着寂静的上东区的街道慢慢走着,在这微凉的早秋清晨,阳光倾洒在街边稀稀落落的长凳上,金黄或火红的叶子窸窸窣窣盘旋落下。

母亲和女儿,身上背着那种现在孩子们上学用的带有小轮子的行李包。

想想我这一天吧……

克莱尔正在愤怒地发短信。简直难以置信,她的管家生病了;哦不,是"可能"生病了,居然就赶在要筹备晚餐派对的这天!该死的宴会!而且艾伦也要工作到很晚,"很可能"要工作到很晚。

说得好像我真能指望上他似的。

叮。

她的朋友回复了:

抱歉,卡美莱晚没空。

上帝啊。短信还附着一个哭泣的表情符。为什么不把该死的"今晚"的"今"写上?这难道能帮你节约宝贵的一秒钟吗?更不用说缺失的那一撇了。①

"可是，妈咪……"一个九岁的稚嫩嗓音开口道。

"再等一下，莫瑞甘，你要听我的话。"克莱尔的声音温和而平顺，没有夹杂一丝气恼、不悦或郁闷。回想着本周的疏导课程：坐在椅子上，而不是躺在长沙发上——这位好医生的办公室里居然连张沙发都没有——克莱尔与内心中的恶魔抗争着，压抑着胸中的暴怒和恼火，面对女儿的聒噪，她竭力克制自己尖叫的冲动（她一边尽力忍耐一边暗自估算着，好不容易又跟这个小姑娘度过了一刻钟）。

目前我做得很好，还保持着该死的克制。

要理智，要成熟。当感觉女孩又要开口时，她马上重复道："再等一下。"

克莱尔慢慢停下脚步，不厌其烦地搜索着电话地址簿，满脑子都是对这场即将到来的灾难的惶恐。现在时间还早，不过今天会过得很快，看来派对只能全靠她自己了，这就像打开优步软件，显示附近车辆仅此一辆。难道在这偌大的曼哈顿区，就没有任何一个人可以给她提供些友善的帮助，让她能搞定这个派对吗？这可是一场该死的十人派对啊！答案是没有。怎么会这么难呢？

她冥思苦想着，她的姐姐行吗？

不行。她不在受邀之列。

在俱乐部认识的莎莉？

不行。她不在市区。再说，她是个贱人。

莫瑞甘怎么这么慢，克莱尔注意到女儿又折返回去。她掉了什么东西吗？显然是这样，她跑回去捡了。

---

① 英文应该是"Carmella's"，短信上只略作"Carmellas"。

最好不是把她的手机掉了，她已经摔坏一部了，光是修理那块屏幕就花了她一百八十七美元。

真是的，这就是孩子！

然后克莱尔继续埋头于电话簿，祈求能找到某位可提供服务的人来救她于水火中。瞧瞧上面这些名字。真该清理一下这该死的电话列表了。里面有一半的名字她自己都不认识。她继续搜索着其余有希望能帮忙的名字，又发出一条哀求帮助的短信。

孩子跑回到她身边，声音清脆："妈咪，瞧……"

"嘘。"她出声阻止道，告诉自己，偶尔这样做也没什么不妥，这是当然的，这也是一种教育方式。孩子需要懂得规矩。即便再讨人喜爱的宠物，脖子上也是时刻戴着项圈的。

手机又发出"叮"的一声响。

又是一个说不行的。

该死。

好吧，那个特丽在办公室雇用的女人怎么样？西班牙裔，还是拉美裔……拉丁美洲人。随便那些人如今怎么称呼自己吧。这位快乐的女士可是特丽女儿毕业派对上的明星。

克莱尔找到特丽的电话号码并拨了过去。

"你好？"

"特丽！我是克莱尔。你好吗？"

短暂的迟疑后，特丽答道："你好。最近过得怎么样？"

"我……"

正在这时莫瑞甘又来搅和："妈咪！"

克莱尔尖叫一声，转过身低头看向这个娇小的身影，她金色的头发梳成发辫，身穿温暖的粉红色皮质阿玛尼童装夹克。她大怒道："我在打电话！你瞎了吗？我是怎么跟你说的？当我正在打电话的时候？有什么他——"好吧，得注意措辞，她心想。克莱尔勉励挤出一丝笑，"是什么这么……重要，亲爱的？"

"我就是想告诉你，后面的那个男人，"小女孩朝着街那头点点头，"他追上另一个男人，并且打了他还是怎么样，然后把他推进了车后备厢。"

"什么？"

莫瑞甘把绑着小兔子发夹的辫子甩到身后："他把这个掉在地上，然后开车走了。"说着她举起一根绳索或是细麻绳的东西。这是什么？

克莱尔倒抽一口冷气，她女儿粉嫩的小手里举着的是一根刽子手用的微型绞索。

莫瑞甘继续说道："这真的非常……"她停顿了一下，然后双唇自然地抿起一抹微笑，"重要。"

第二章

"格陵兰。"

林肯·莱姆凝视着客厅窗外,他的房子位于中央公园西城。他目光所及之处有两样东西:一台精密的惠普气相色谱仪,以及在这十九世纪的大窗户外面的一只百富勤猎鹰。这种掠夺成性的猛禽在城市里可不多见;尽管这里有丰富的猎物,但是它们总是把鸟巢修筑在低矮处,也就造成了它们数量锐减。像所有理智无情的科学家,尤其是刑事鉴定法医科学家一样,莱姆多年以来一直和一个游隼大家族共享他的住所,不过他对物种生存仍抱有适度的好奇心。这时,猎鹰妈妈回来了;猎鹰是多么耀眼的生物,华丽的羽毛呈棕褐色,鸟喙和爪子闪耀着铜铸般的光泽。

一个沉稳而富有幽默感的男性嗓音打破了这份宁静:"不行,你和阿米莉亚不能去格陵兰。"

"为什么不行?"莱姆问汤姆·莱斯顿,声音上扬。这位瘦削却强健的男人担任他的私人看护已经很久了,久到能与住在这座旧式建筑外的游隼家族相比。作为一名全身瘫痪的病人,莱姆肩部以下大面积麻痹,汤姆就是他的双臂和双腿,甚至远不止于此。莱姆解雇汤姆的次数和他辞职的次数一样多,不过这两个人在内心深处都很清楚:汤姆会一直留在这里。

"因为你该去某个更浪漫的地方，比如佛罗里达、加利福尼亚什么的。"

"老套，老套，真是老套。还不如去尼亚加拉大瀑布。"莱姆有点不悦。

"那又有什么不好？"

"我目前还没有决定。"

"阿米莉亚怎么说？"

"她让我拿主意。这才是令人烦恼的地方。难道她不知道我有更重要的事要考虑吗？"

"你最近提到过巴哈马。你说过，想回去看看。"

"当时的确如此，但是现在情况不同。难道我就不能改主意吗？这又不犯法。"

"你想去格陵兰的真正原因是什么？"

莱姆的脸上，高鼻梁两侧如枪口般黝黑的双眸炯炯闪烁，眼神如猎鹰般咄咄逼人："你这么说是什么意思？"

"总有一个真正的原因使你想去格陵兰吧？一个具有技术含量的理由，一个具有实际意义的理由？"

莱姆瞥了一眼那瓶放在自己够不到的地方的单一麦芽威士忌酒。他是大面积瘫痪，这没错，不过手术和日常练习已经让他能够重新移动自己的右臂和右手。当然，运气也帮了点小忙。多年以前，当他在进行某次犯罪现场勘测时，现场的一根横梁滑落，砸中他的脖子，造成绝大部分神经损坏，仅有极少数的外围神经在这次意外中侥幸逃过一劫。他可以抓握一些东西——比如单一麦芽威士忌的酒瓶——可是他没办法从他那把复杂的轮椅上站起来去够酒瓶，所以身为保姆的汤姆会确保这些酒瓶都放在莱姆够不到的该死的地方。

"鸡尾酒时间还没到呢。"注意到自己老板的视线,这位助手宣布道,"那么,关于格陵兰,还是痛快坦白吧。"

"它被低估了,命名为'格陵兰'主要是因为它的荒凉,但它不是最荒凉的;比起冰岛,它还算得上相当绿意盎然呢——我很喜欢这种讽刺。"

"你还没有回答我的问题。"

莱姆叹了口气。他不喜欢撒谎,更不喜欢撒谎的时候被逮个正着。于是实话实说:"好像那边的国家警察——我是说丹麦警方,正在格陵兰借助一种新的园艺光谱分析系统进行某项重要的研究,就在位于努克的实验室——顺便说一句,努克是首都。比起标准系统来,这种新系统可以分析出更狭小的地理区域。"莱姆下意识地扬了扬眉毛,"接近细胞级别,想象一下,在咱们看来所有的植物都是一样的……"

"我不觉得这有什么。"

莱姆抱怨道:"你懂我的意思。这项新技术可以把目标区域缩小到三米以内。"他重复着,"想象一下。"

"我正在努力去想象。格陵兰——这不好。所以说到底阿米莉亚有没有答应你呢?"

"她会答应的——等我告诉她关于光谱仪的事之后。"

"去英格兰怎么样?她一定会喜欢的。那个她喜欢的表演还有吗?《英国疯狂汽车秀》?我想原来的版本已经停播了,不过听说新版已经开始。她一定会对这个节目着迷的。他们让参与者上赛车道。阿米莉亚总是念叨想体验一下以每小时一百八十英里的速度开上逆向车道。"

"英格兰?"莱姆语带嘲弄,"你这是放弃了自己刚才的论点,格陵兰和英格兰在浪漫程度上属于一个档次。"

"在这点上，可是会有相当多的人持不同意见。"

"显然不包括格陵兰居民。"

其实林肯·莱姆没去过多少地方。他的行动能力丧失造成的后果之一，就是他的身体状况增加了旅行的复杂性，他的主治医生交代过，要尽可能地不去移动他。他的肺部工作良好——多年以前就已经成功脱离呼吸机自主呼吸了，胸部的伤痕还在，但是已经没有那么明显，所以只要妥善处理好那些琐事，按他的话来说比如大小便之类的细节，再加上穿着对皮肤更少摩擦的衣物，基本不会再次遭受老毛病"自主神经反射异常"的折磨。好消息是，外面的世界变得不再那么难以企及，随着时代的进步，如今无论是餐厅、酒吧还是各大博物馆，都配备了残障人士专用通道和专用盥洗室（莱姆和萨克斯曾经为此大笑一场，当时汤姆指着报纸上的一篇文章说，有所学校最近安装了残障人士专用通道和盥洗室，可是这所学校只教一样东西：踢踏舞）。

说到底，莱姆对于旅行的厌恶和安于隐居的现状仅仅是因为，好吧，他天生就是个隐士。整日埋头于他的实验室，也就是这间客厅，将自己置身于各种仪器设备之间，为那些发来申请的科学杂志期刊进行教学写作，而不是奔波于那些游客趋之若鹜的各大景点。

不过，考虑到阿米莉亚·萨克斯和他自己在接下来几周的日程安排，安排一次离开曼哈顿的旅行势在必行；那么他不得不承认，一趟返乡之旅实在算不上蜜月旅行。

是计划去园艺学图谱专项研究实验室，或者选个浪漫之地，似乎成了目前需要暂且搁置的两难选择；这时，门铃响起，莱姆向安保监控视频瞥了一眼后，心想：来得还真是时候。

汤姆离开片刻后就回来了，身后跟着一位身穿驼棕色西装的中年男子，这人的状态看起来就像睡过了头，虽然他很可能根本没合过眼。他的动作缓慢而沉稳，莱姆觉得他很快就能摆脱手杖了，不过这柄手杖还是件相当漂亮的饰物——通体乌黑的杖柄配以银质鹰首形手柄。

来者环视了一圈实验室说："真安静啊。"

"的确。最近只有一些私人琐事要做。自从'钢铁之吻杀手'①那件案子之后，再没有什么令人兴奋或者有意思的事了。那是发生在最近的一起案件，并造成了突发而令人惊恐的恶果——一个家庭的人被残忍地杀害，公共交通惨遭破坏。"

作为案件主要负责人，纽约警察局探员朗·塞利托曾经是林肯·莱姆的搭档——那是在莱姆荣升为警监并接管犯罪现场调查部门之前。直到现在，每当遇到需要某些特殊法医学经验的案子时，塞利托时不时还会来请莱姆做顾问。

"你在看什么呢？我从来还不都是这一身行头。"塞利托朝自己的驼棕色西装指了指。

"别做梦了，"莱姆回答，"我根本没在看你。"

这不是事实，不过他也没必要提及这身西装的古怪颜色或者上面乱七八糟的皱褶。虽然嘴上没说，他还是感到欣慰，塞利托已经从那次造成他主要神经系统和肌肉损伤的毒药袭击中恢复过来了——下一步就可以摆脱手杖。虽然这位探员一直在和自己的体重做斗争，莱姆却觉得他现在中年发福的富态样子看起来挺不错。若是朗·塞利托变得面黄肌瘦，那可大事不妙。

"阿米莉亚·萨克斯在哪儿？"塞利托问道。

"在法庭，正在为戈登案出庭做证。这是今天的头等大事，

---

① 见《钢吻》（新星出版社即将出版）。

不过应该很快就结束了。之后她要去采购些我们旅行时需要的东西。"

"难不成她是在给自己添置嫁妆？会买些什么呢？"

莱姆也毫无头绪："就是那些婚礼需要的东西，衣服之类的，我也不知道。不过她已经定制了一套有褶边样式的礼服，蓝色……还是粉色的。今天她说要给我买些东西。这他妈的有那么好笑吗，朗？"

"我在脑补你身穿男士晚礼服的样子。"

"只是些汗衫和衬衣，也许会打上领带，我也没问。"

"领带？你居然没发牢骚？"

的确，莱姆从来没有耐性去琢磨那种装腔作势的东西。不过这次可不一样。别看阿米莉亚平时粗枝大叶，离不开飙车和重型武器，热衷于战术解决方案，但她的内心深处仍然是个十几岁的小女孩，因此她非常享受这个筹备婚礼的过程。这自然也包括天知道是些什么东西的嫁妆采购以及一场浪漫的蜜月之旅，而且，只要这能让她高兴，上帝啊，莱姆什么事都愿意配合。

尽管如此，他还是真心希望自己可以说服她去格陵兰。

"好吧，通知她晚点再去购物吧。我需要她出一趟现场。我们这里有情况。"

莱姆心中激起一声回响，就像潜水艇的声呐在左舷船头探查到什么不明物体一样。

他给萨克斯发了短信，并没有马上收到回复："也许她还在证人席上出庭做证呢，跟我说说情况。"

这时，汤姆出现在门口——莱姆甚至没注意到他刚才什么时候离开的。这位助手问道："朗，要咖啡吗？还是小饼干？我刚刚烤了一些，已经做出几种不同种类了，有……"

"好，好，好。"莱姆出声道，"给他随便拿点什么吧，你自己决定就行。我得听听他的故事。"

有情况……

"你继续。"他对塞利托说。

"有没有巧克力的？"塞利托冲着汤姆的背影问道。

"这有何难。"

"是绑架，林，在上东区。似乎是一名成年男性挟持了另一个。"

"似乎是？这是谁的口供？"

"唯一的目击者只有九岁。"

"啊。"

"犯罪嫌疑人抓住受害者，把他扔进汽车后备厢，然后扬长而去。"

"那个小女孩能肯定自己看到了什么吗？不会是她那过分活跃的小脑袋瓜想象出来的吧，因为看了太多电视节目，玩了太多电子游戏，或者读了太多《你好博尼》故事册？"

"是《你好凯蒂》①。博尼是另外一套故事书。"

"当时她的父母在旁边吗？"

"小女孩名字叫莫瑞甘，是唯一的目击者。不过我认为她的证词真实可信，她在现场捡到了嫌疑人遗落的犯罪证据。"塞利托拿出手机，给莱姆看里面的照片。

起初莱姆没能看出来照片里面是什么东西，那是一个黑乎乎的东西，就丢在人行道上。

"这是根……"

---

① Hello Kitty 被莱姆说成 Hello Pony。

莱姆停顿了一下："绞索。"

"是的。"

"用什么做的？"

"还不能确定，那个小女孩说这是那个人在抓住受害者时特意放在事发现场的。她把这个东西捡起来，然后又放回原处——差不多是原处。"

"真是棒极了。我还从没处理过一个已经被九岁小孩污染过的案发现场。"

"放松一些，林。她只不过是把它捡了起来——据说还戴着手套。现场已经封锁，正在等着有谁能赶过去处理，某位警官，比如阿米莉亚。"

这个绞索由某种黑色材料制成，质地坚硬，从它凸出人行道的部分看，能辨认出一些弯曲的纤维样材质。通过对比旁边的浇筑混凝土人行步道条石的尺寸，得知这个绞索总长度有十二英寸到十四英寸，勒颈箍约占总长的三分之一。

"目击者现在还在现场，和她的妈妈在一起，那位女士可不怎么高兴。"

莱姆此时也是同样的心情。他们目前唯一的突破口居然是一个九岁大的小女孩，要靠她对案发当时的洞察力和表达技巧……天啊，一个九岁的小女孩。

"受害者呢？富商还是政客，和检查局联系了没有，有什么相关记录？"

塞利托回答："尚未确认他的身份信息。而且也没有人报案失踪。在劫持发生之后不久，有人目击一部手机从一辆汽车里飞出来——是辆黑色轿车，发生在第三大道，再没有什么其他有价值的信息。德尔瑞的人正在追查这条线索。我们则要查出这是谁，以及犯罪动机是什么——生意没能谈拢，受害者有某人想要的信息，或者老一套，就为了赎金。"

"也许就是个变态。不管怎么说，居然用了这样一个绞索。"

"是啊。"塞利托附和道，"或者受害者仅仅是个 WTWP。"

"什么？"

"就是说错误的时间出现在错误的地点。"

莱姆瞪着他说："朗……"

"现在部门里都这么说话。"

"流感病毒在整个部门扩散开来——顺便一提，这可不是真的病毒。也不是什么愚蠢的表达方式，或者说至少听着不算愚蠢。"

这时，汤姆把盛饼干的托盘放在桌上，塞利托拄着手杖，移动他那稍显笨重的身躯径直走过去，那副殷切的样子像极了被房地产开发商在楼盘开盘日引诱过来的潜在购房者。这位探员吃掉一块饼干，接着是第二块、第三块，不时点头表达赞赏。他用银质水壶给自己倒了一杯咖啡，撒上人造甜味剂——作为他与卡路里做斗争期间不得不放弃部分精制糖点心的小小妥协。

"真好吃，"他嘴里塞满小饼干，咕哝着，"你要不要来一块？或者来些咖啡？"

于是刑事专家本能地把目光转向了被放置在高架上、泛着金色诱人光泽的格兰杰[①]瓶子。

不过林肯·莱姆决定还是算了。他此刻需要自己的才能。他有种感觉，那个小女孩看得相当清楚，绑架案的发生正如她描述的那样，那个令人毛骨悚然又充满嘲弄的现场证物预示着即将到

---

① 威士忌酒名。

来的死亡。

而且很可能还会有更多。

他再次给阿米莉亚·萨克斯发送了短信。

第三章

滴答一声，就像水滴落到地板上。

十英尺。

每四秒钟一次。

滴答，滴答，滴答。

听起来并不是那种泼溅声。这是一间已被废弃的老旧工厂，地板上布满被不明金属和木制品刮擦出的大量刮痕，所以水并不会积聚成水洼，而是顺着像老人脸上的深深皱纹般的刮痕迅速流掉。

滴答，滴答。

还有呻吟声，就像寒冷的秋风吹过通风管、水管口或者排气孔；如果你对着玻璃瓶口吹气，也会弄出类似的呼呼声——当然，如今这已不多见，可以说，你肯定没见过。因为现在的孩子只会用苏打汽水瓶子吹着玩，就是那种塑料而非玻璃质地的瓶子；而塑料瓶很难弄出差不多的声响。你也可以用啤酒瓶弄出这种声响，可是成年人是不会想弄出这种"呼呼"声作为娱乐的。

斯蒂芬曾经写过一段可以用山露汽水瓶[①]演奏的乐曲，在一打

[①] 一种苏打汽水，瓶身类似雪碧。

水瓶中灌入不等量的水就能演奏出十二个音阶。那时他只有六岁。

此刻，不时吹进这家工厂的风只能发出尖锐的C调、一个F调和一个G调，毫无节奏可言。此外还有：

远处持续不断的车流声。

更远处传来的喷气式飞机划破天空的声音。

以及近在咫尺的声响：一只老鼠刚刚跑过去。

当然，这些声音中有一种最令人着迷，它来自这间昏暗库房的角落，那就是坐在椅子上的那个男人，他发出锉刀摩擦般的粗粝喘息。他的双手双脚都被绑得结结实实，脖子上套着一条绞索。之前斯蒂芬特意把一段绞索留在人行道上，当作宣告可怕的绑架案的标志，那根绞索是用大提琴琴弦做的；现在这根绞索则是由两根更长的琴弦绑在一起，长度加长——取自立式低音大提琴最低沉的音域。这种乐器是从古典音乐逐渐转变为演奏爵士乐的。它的琴弦材料取自羊的浆膜，来自羊的肠内壁，是市面上最昂贵的琴弦材料，每根价值高达一百四十美元。它们能够演奏出最丰富的音色。每当那些世界级的小提琴、大提琴和低音贝斯演奏家想要演绎巴洛克曲风的音乐时，这种琴弦就是他们的不二之选。肠膜质地琴弦的质感远胜于金属或尼龙质地，也不会因为温度或湿度的变化造成旋律的微小误差。

不过，以斯蒂芬当前的目的而言，琴弦受湿度影响造成的微小但不能容忍的误差其实不会有什么影响；用于吊起一个人时，都一样好用。

现在这根绳套松松垮垮地套着男人的脖子，绳尾自然垂落到地板上。

斯蒂芬因兴奋而微微颤抖，感到如同朝圣者排到队伍最前端时的那种兴奋。他颤抖的另一个原因则是寒冷，尽管他是个从各种感官方面都"绝缘"的人。浓密卷曲的黑色长发精心梳理到耳后，蓄着络腮胡，胸膛和手臂上布满柔软的绒毛。当然，他穿着防护服，白色的男士贴身背心外面套着一件深灰色的工服衬衫、黑色防水夹克和同样是深灰色的工装裤。这身衣服很像货物搬运工的工服，但又不完全一样，因为一直以来他居住的地方都禁止衣服上有任何口袋。斯蒂芬已经三十岁了，不过他看起来仍很年轻，这要归功于他稍显婴儿肥的光滑皮肤。

两个人目前所在的房间位置很偏僻，他昨天刚把这里清理出来，搬进来一张桌子和几把椅子——都是在这间工厂的其他地方找到的，还有一盏小型的电池供电灯，以及他的音乐、录音和录像设备。

手表显示现在时间是上午10:15。他应该开始行动了。他一直非常谨慎小心，不过你永远无法预料警方的行动。那个小女孩会不会看到了什么她本不应看见的东西？尽管已经用泥巴遮盖了汽车牌照，也许还是会有人注意到最前面两个字母。也许把车停在肯尼迪机场的时间太长这一点就足以令警方追踪到这辆车的踪迹，毕竟直到昨天为止，车子都停在那里。借助运算法则，通过排除法，运用讯问技巧……他们也许就能把身份识别信息拼凑出来。

我们能成功的对不对？必须要非常谨慎小心。

我的确很小心，没什么好怕的。

斯蒂芬相信他应该是大声说过这些话。有时候他并不确定自己仅仅是有这些想法，还是真的都说给"她"听了。他同样不确定"她"是否真的有所回应。

他把设备摊开放在面前，检测着键盘和电脑、电线以及插座。各个开关都已经打开，硬盘发出嗡嗡声和其他声音。

滴答声。呻吟声。嗡嗡声。很好。啊，还有老鼠。窸窣声。

只要有声音，令人分心的声音，迷人的声音，斯蒂芬就能轻易地摆脱脑袋里的"黑色尖叫①"。

到目前为止，一切都很好。

现在又多了一种声音，一种由他自己制造出来的声音。他在卡西欧电子键盘上弹奏出美妙的旋律。他并不是一名杰出的音乐家，但在音乐上倾注了他的爱、执着和迷恋。他十分娴熟地在键盘上敲击着，弹奏了一遍乐曲，接着弹了第二遍——这个键盘的声音很不错，他又弹了一遍。

就他个人而言，斯蒂芬从不祈祷，不过他真心感激"她"给他的灵感，使他选取了这段曲子。

他站起身，朝那个男人走去。男人的眼睛被蒙住，身穿黑色商务裤子和一件白色商务衬衫。他的夹克则被丢在地板上。

斯蒂芬拿着一台数码录音机，对男人说："不许说话。"

那个男人点点头并保持安静。斯蒂芬抓起绞索，拉紧它，另一只手把数码录音机举到男人嘴边。那人因窒息而从唇间挤出的声响实在令人愉快——声音复杂，富有节奏和音调。

你甚至可以称之为，音乐。

---

① 黑色尖叫，Black Screams，意大利前卫死亡金属乐队的首支单曲。这种曲风的乐队通常混合了普通的死亡金属美学和前卫摇滚、爵士乐或古典乐的元素，乐曲比较复杂。此处斯蒂芬指的是他因精神疾病而出现的极度令其狂躁的幻听。

第四章

绑架案和其他重大案件调查通常会把重案调查组搞得焦头烂额，该部门隶属于1PP，也就是纽约警察局总指挥部[①]。总部所在大楼位于曼哈顿市区内的市政厅附近，这栋看起来毫不起眼的建筑内有一排会议室是专门留给这个特别工作组用来侦办此类案件的。在这里，既没有什么尖端科技，也没有其他什么格外吸引人的地方，这与热播电视剧中的描述大相径庭。不过这次因为有林肯·莱姆的参与，而他的身体状况如果频繁外出会非常麻烦，所以他的客厅，而非纽约警察局总部，就成了绞索绑架案的调查总部。

今天，这座建于维多利亚时期的公寓变得忙乱起来。

除了一直待在这里的朗·塞利托之外，现在又多了两个人。其中一位中年人，身材瘦削，衣着整洁，一副学者模样，穿着粗花呢衣服和米色的暇步士皮鞋。他那身蓝色套装早就过时了。他的名字是梅尔·库柏，面色苍白，头发稀疏，鼻梁上那副大圆眼镜因为哈利·波特的热映反而成了时髦物件。

另一个是弗雷德·德尔瑞，他是FBI南区办公室的高级特

[①] Police Plaza，缩写为1PP，NYPD总部。

工,正半坐半靠在红木桌子的阴影处。他个子很高,也很瘦,你大概在任何地方都不会见到他穿的衣服:深绿色的夹克,领子上缝有橘色纽扣的衬衫,搭配一条在鸟类爱好者眼里是金丝雀黄的那种亮黄色领带,衣服上有个方方正正的紫色口袋。相比之下,他的宽松长裤算是低调了——图案是海军蓝的千鸟格。

库柏耐着性子坐在实验室的凳子上,正等着由萨克斯即将带回的物证。德尔瑞从桌边站起身,来回踱着步,手里不停鼓捣着两部电话。在罪案调查的管辖权问题上,州属与联邦的全责界限就像三月份的东河①一样灰暗不明,但是在绑架案上的隶属权从来不会出现争议。在这类犯罪案件上,哪一方作为主导根本不重要,拯救受害者生命的紧迫性直接压倒了一切自我意识。

德尔瑞刚挂断一个电话,另一个就响了起来:"也许咱们能自己弄清受害者的身份,搞点有意思的操作,把A部分和B部分拼凑到一起,很可能就会漂亮地拿下这一局。"

德尔瑞拥有不止一个高等学位——包括心理学和哲学(好吧,学习哲学可能只是个人兴趣爱好),可是不知出于什么原因,他讲话天生一口街头黑话腔,而且还是自创的——既不是匪帮黑话,也不是非裔美国人的那种带方言的英语。这就像他的衣着品味,或者类似于他痴迷阅读海德格尔和康德的癖好,纯粹的德尔瑞本色。

他在通话中说的是之前塞利托向莱姆讲过的事:当时绑匪把受害者锁进后备厢,驾车迅速离开犯罪现场,为了避免被追踪,他似乎把一部手机从车里扔出了窗外。

---

①位于曼哈顿岛与长岛之间。

"咱们的技术人员在试图追踪电话时可是中了'头彩'——那帮苹果的家伙总是找麻烦,就像对咱们的人玩《愤怒的小鸟》。每次需要时,你瞧,就没有密码!可是今天,当他们正绞尽脑汁破解通话记录时,猜猜发生了什么?手机居然响了!来电的是个负责业务的家伙,他在等着这位仁兄一起吃早餐,等得太久,西柚汁也不冰了,燕麦粥都凉了。"

"弗雷德……"

"老天,看来咱们今早都没什么耐性。那部手机归一个叫罗伯特·埃利斯的人所有,这算是有个好开头——这是我自己的想法——他在圣何塞的城里讨生活。没有犯罪记录,按时交纳税款,是个非常无趣的女士紧身衣经销商。我说这只能算是个开头,也就别指望脸书和我为聊狂①,还是什么其他吸引人或有利可图的玩意儿了,他的电商平台就是他的全部社交媒体记录。看来不太可能是他的竞争对手干的。"

"朋友和家人那边有没有收到绑架者的信息?索要赎金之类的?"塞利托问道。

"没啊。通话记录显示曾经拨打过一个手机,注册人是和受害者居住地址相同的女人。所以合理猜测是他女朋友。不过供应商说她的电话目前在遥远的日本。估计这位名叫萨布丽娜·狄龙的女士是公司里的人。我的亚洲同事②在试着联络她,但是还没有得到回复。其他的号码就都没有什么值得注意的地方了。只有一个住在城里的业务伙伴,至于家庭关系方面,我们就没有什么发现了。"

"家庭纠纷?"梅尔·库柏问道。他是一名实验室专家,不

---

①脸书,我为聊狂,Facebook,Crap-Chat,社交平台。
②缩写ASAC。

过他也是纽约联邦调查局的警探，有多年办案经验。

德尔瑞回答："看起来一切正常。再说就算真的有点什么，我想，一点出轨的事也犯不着把他锁进后备厢里吧。"

"这倒是。"塞利托回答。

莱姆问："没什么旧案底吗？"

"啊哈。这小子不是混混，除非加州大学洛杉矶分校现在也收那种学生了——那是他的母校。"

塞利托说："所以说我们的调查方向就是朝着一个疯子去。"

不管怎么说，考虑到那个绞索……

"也许这次你是对的，朗。"德尔瑞答道。

"全是猜测，"莱姆抱怨道，"我们这是在浪费时间。"

天杀的萨克斯和证物收集小队都跑到哪儿去了？

库柏的电脑发出一声欢快的响声，他过去查看。

"是你证据组的人发来的，弗雷德。"

莱姆驱动着轮椅过来。联邦犯罪现场调查单位，也就是物证反应小组，已经仔细分析了那部电话，并未发现任何指纹。显然犯罪嫌疑人在把它扔出窗外之前仔细擦拭过。

不过技术组还是找到了一些线索——泥土的污迹，还有嵌进手机套里的一小段浅色头发——属于人类，上面没有发根毛囊，也就不可能做DNA分析。头发干燥并且被漂染成浅金色。

"埃利斯那边有照片吗？"

几分钟后，库柏从加利福尼亚州的车辆管理局下载了一张照片。

这是一个长相极其普通的三十五岁男人，脸庞瘦削，头发是棕色的。

那么这段白金色头发是谁的呢？

是绑架者的吗？

还是之前提到的那个黛博拉？

门开了，莱姆断定这次是阿米莉亚·萨克斯回来了。她的脚步声十分独特。在她还没进门之前，莱姆就已经喊道："萨克斯！快拿过来看看。"

她穿过走廊进屋，向大家点头打招呼，然后把牛奶箱递给库柏，箱子里面装着各种各样的证物袋。库柏接过箱子放在一边，训练有素地穿戴好全套防护装备：鞋套、手套、防护帽以及防飞溅隔离服，这些东西可以有效地让检测人员与证物彼此隔离。

他把证物袋一样一样地放在检测桌上，这是客厅里的一个独立区域，远离其他穿着日常衣服的人，以避免污染。

莱姆早已预料到这次的收获甚少——毕竟通过视频的方式，莱姆相当于是和萨克斯"一起"在案发地"走格子"。她找到的证物只有绞索，留在案发现场的一些痕迹、鞋印和轮胎印。

但就算是最细微的物质，理论上，也能把警探们直接领到犯罪嫌疑人的家门口。

"那么，"塞利托首先发问，"那个小家伙说了些什么？"

萨克斯回答："我和小姑娘做了笔交易——莫瑞甘，还有陪着她的妈妈。她将来肯定能从政，或者当一名警察，她想要拿我的枪。言归正传，犯罪嫌疑人是个壮实的白人男性，黑色长发，大胡子，穿着黑色休闲服，戴黑色棒球帽，帽檐压得很低，个子比我高一点，年纪看起来和她的网球教练差不多大——我查过了，这位教练名叫毕林斯，三十一岁。她不认识除了特斯拉以外的汽车型号，因为她爸爸开的是特斯拉，而且还向所有人炫耀自己开的是什么车。莫瑞甘没有看到什么特别的东西，只看到那人戴着一副蓝色手套。"

"该死，"莱姆嘟囔着，"还有什么别的信息吗？"

"没有，不过这还是第一次，她的妈妈，克莱尔，问我是否可以，或者我认识的人中是否有人，今天晚上可以去派对充当侍应生。"

"那她会付薪水吗？"塞利托问道。

这一点也不好笑，莱姆没理会他："首先，看看那个绞索，有没有指纹？"

库柏在操作台上用烟雾覆盖那条绳索，以此提高指纹的可辨识度，然后回答："有一小片细长的部分，但不足以用来辨识。"

"这是什么材质的？"德尔瑞问道。

"我正要检测呢，"库柏透过显微镜靠近它仔细查看，把显微镜的解析度调到相对合适的缩放比例，然后比对了辨析数据库。

"可以用气相色谱仪分析，不过我敢肯定这是蛋白质——生物胶原蛋白、角质和蚕丝蛋白，我认为这是肠线。"

塞利托皱了皱鼻子："这可真够恶心的。"

汤姆大笑起来："放心，这跟猫其实没什么关系[①]。"

库柏接过话头说："的确如此。虽然听起来是'猫内脏'，其实是取自山羊或者绵羊的肠子内壁，是'肠线'。"

塞利托回答道："为什么你们觉得这个就不那么恶心了？"

鉴定专家通过联网查询。他继续说："肠线过去一直用于手术缝合线，如今只用于乐器的琴弦，现在比较常用的是钢质或者合成材料，不过……"他耸耸肩，"肠线也很常见。这可能来自周边区域内上百的商店、音乐厅或者学校。考虑到这根的长度，它应该取自大提琴。"

[①]肠线，catgut，塞利托以为是"cat"，猫，"gut"，内脏。

"那么绞索呢?"德尔瑞问道,"上面有没有打十三个结预示厄运?"

莱姆不太了解肠线,对乐器也知之甚少,但是他对绞索很熟悉。这种绳结应该叫作"吊颈结",这不是直接绑紧的,而是滑动活结,可以使人窒息。由于脖子折断导致死亡——这才是导致窒息的原因。不错,窒息并非由于喉咙被箍紧,而是由于大脑让肺部停止工作。专业手法通常会把这个大绳结打在受刑者的左耳后,造成脊柱折断的位置相当于莱姆受伤的位置稍稍向上一点的地方。

作为对德尔瑞的回答,他说道:"也许有人会打十三个结。不过那个年代大部分刽子手会打八个结。这样就很好用了。好了,其他还有什么吗?"

通过小女孩指出的不明犯罪嫌疑人动手的位置和走过的地方,萨克斯用专用胶带和静电吸附装置采集了很可能属于他的鞋印。

库柏对比了数据库,回答道:"是匡威牌,十码半。"

当然,这是很常见的鞋子,不可能单独据此追查出什么相关线索。这些鞋子的事莱姆是很清楚的,就是他协助纽约警察局建立了鞋印数据库。

此外,萨克斯也曾试着提取轮胎印,不过没能成功。在劫持者驾驶的轿车轮胎印上面已经有其他汽车和卡车碾轧过的各种痕迹,也就不可能再把涉案车的印记独立分离出来了。

莱姆说道:"咱们最好问问那孩子还说了什么没有?"

萨克斯描述了绑架发生的过程。

"凶手用面罩罩住被害人的头,然后他就摔倒了?"塞利托问道,"闷死了?"

莱姆答道:"时间太短,应该是用药物——比如三氯甲烷,这是典型的手法。你也可以自己在家里调配。"

"那个面罩是什么颜色的?"库柏问道。

"近乎黑色。"

"我找到一条纤维,"鉴定专家说道,他看着证物袋的标注,"棉纱质地,阿米莉亚,是你从现场留下的绞索附近提取的。"

莱姆观察着监测器上显示的纤维图像,他有种感觉,这根相对完整的纤维具有重要的证物价值。如果他们能找到那个犯罪嫌疑人的面罩,那么他就可以判断这根纤维是否与它相符合(这不能称之为"匹配",实际上只有 DNA 和指纹可以匹配)。

这对检察官在审判时是非常有利的。不过,仅仅是以这条纤维现在的状态保存,就无法发现更多能令你接近犯罪嫌疑人身份或者他的住所和工作地的信息。只能判断出它是棉纱纤维,具有良好吸水性,而且很可能带有非常有价值的线索。问题是,只有利用气相色谱仪——一种通过分离辨识来确定物质成分的设备才能找出线索,不过用作分析的纤维会被毁掉。

"动手吧,梅尔。我想知道还能找到些什么。"

鉴定专家为这台惠普牌分析仪准备好样本,整个过程花了差不多二十分钟。

与此同时,塞利托和德尔瑞联络了各自的上级主管。仍然没有索要赎金的消息,该区域的监控录像也没有拍到案发经过或者汽车逃离的画面。德尔瑞接着向国家犯罪信息中心汇报了他们目前得到的一切信息,看看能否找到相关记录在其他什么地方发生过类似案件,同样一无所获。

莱姆说:"咱们来做个图表吧。"

萨克斯把白色写字板拉近,取出马克笔:"咱们怎么称呼他?"

通常情况下，案发的月份加日期会被临时作为未确定嫌疑犯的代号。这次的嫌犯应该是嫌疑人920——案发日期是九月二十日。

不过在他们还没有决定犯罪嫌疑人代号之前，库柏动了一下，他看着气相色谱仪的电脑屏幕："啊，你是对的，林肯。这条纤维可以推定来自面罩——确实有三氯甲烷的痕迹；而且，还有奥氮平。"

"是迷药吗？"德尔瑞问道，"绑架者常用的氟地西泮？"

库柏一边打字一边答道："是一种常用的抗精神病药物，用于病情严重的患者。"

"这是被害人用的，还是犯罪嫌疑人用的？"塞利托好奇地嚷嚷着。

莱姆回答："电商采购员似乎和精神病不怎么搭边，我投犯罪嫌疑人一票。"

库柏从一个标记好的证物袋中取出土壤样本，标签上写着"犯罪嫌疑人鞋子周围"，"我还要用气相色谱仪分析一下这个。"说着他就在色谱仪上操作起来。

德尔瑞的电话响了，他用修长的手指按下接听键："喂？……不会吧……我们这就看看。"

他转向屋子里的众人："是我的特工好哥们儿，他在得梅因，工作一直勤勤恳恳，他看到NCIC的消息时刚好接到一位女士的电话。她看见自己的儿子正在看YouVid——一个流媒体网站。是令人恶心的内容：现场直播一个人正在被绞索绞死。咱们得看看。"

萨克斯走到一台笔记本电脑旁，密集的电线中有一条高清多媒体接口电缆，连接着附近一面墙上的大型监视器屏幕。她键入那个网站的网址并找出了那条视频。

视频中显示有一个男人在阴影里，面容很难看清；他的眼睛被蒙住，不过他的脸有点像罗伯特·埃利斯。他的头耷拉到一侧——因为绞索用力吊着他的脖子。他的脚踝被牛皮胶布捆住，双手在背后，大概也是被绑住了，他站在一个高度是两码到两码半的木箱上。

这幅景象太可怕了，那个声音更是令人毛骨悚然。可以听到断断续续的人类那种痛苦的喘息声，正通过风琴或者电子键盘被当作背景音乐播放出来。那个旋律非常熟悉，是《蓝色多瑙河》。

你可以数出节拍，是华尔兹，就像这样：喘息，二，三，喘息，二，三。

"上帝啊。"塞利托咕哝着。

还会有多长时间？莱姆想知道，在那个男人体力不支滑倒之前，在他双腿失去知觉或者晕过去之前——也就是在他跌落、被绞索勒死之前还能有多久？这种跌落不会像传统的死刑那样折断他的脖子，而是会缓慢地、极尽痛苦地把他勒死。

随着视频的继续，音乐逐渐放慢，喘息声也相应慢了下来，仍然与变缓慢的音乐相配合着。

男人的画面也逐渐消退，视频就这样变得暗淡。

随着三分钟播放时间的结束，音乐和绝望的喘息声都归于寂静，画面变成黑色。

血红色的字母显现在漆黑的屏幕上——原本是极其普通的文字，以这种形式显示却显得难以形容的残酷。

©作曲家

第五章

"罗德尼?"

林肯·莱姆正和他们在纽约警察局电脑犯罪科的相关人员通话,该部门位于纽约警察局总部。

罗德尼·斯扎克很有才华,也很古怪(不用说,他是个极客),还有那些令人讨厌的摇头晃脑的重金属摇滚乐,简直是来自最可怕的梦魇。

"罗德尼,求你了!"莱姆对着免提麦克风大声喊道,"快把它关掉。"

"啊,不好意思。"

音乐声随即变小了,不过仍然没有完全消失。

"罗德尼,现在我这边有一群人在,我开的免提,没有时间再做介绍了。"

"嘿,大家——"

"我们这儿有宗绑架案,嫌疑犯正操纵着某种装置,因此被害人的生命危在旦夕。"

音乐被彻底关掉了。

"告诉我具体情况。"

"阿米莉亚正在给你发送一个视频网站链接——就是被害人

的视频。"

"现在是否还在线上？"他问道。

"据我们所知，是的，怎么了？"

"如果这是一个被害人的视频——真实的，不是伪造的——YouVid视频网站就会把它下架。如果有人投诉，或者他们的系统规则捕获到它，而他们的网络警察认为它违反了服务协议，视频就会马上被下架。咱们有人把它下载并保存下来吗？"

德尔瑞回答："我们的人都在这个案子上，已经做了这些必要的工作。"

"嘿，弗雷德。"停顿了一下，斯扎克说道，"收到了……伙计。已经有两万多浏览记录了，居然还有很多点赞的。这个世界真是病得不轻。这么说里面这个人就是几小时前被绑架的那个人？我读过简报。"

"我们认为是。"萨克斯回答。

"嘿，阿米莉亚。好吧。那么你们需要知道这是从哪里发送的。希望他还活着。好的，好的。你瞧，我已经把视频和加急申请发送到证书签发处。他们会通过电话联系治安官，以最快的速度得到他的批准。要我说这用不了太多时间。我会先联系YouVid那边。他们就在美国，在新泽西，感谢上帝，所以他们会很乐意合作。如果服务器远在海外，我们可能就很难联系到他们。一旦我能够进行追踪，我马上就回电话。"

他们结束了通话。莱姆对萨克斯说道："咱们现在做分析表吧，到目前为止看看都有些什么？"说着朝白板点了点头。她拿起马克笔开始写起来。

就在她写字的空当，莱姆转向电脑再次看向那个视频。画面出现了红色的封锁警告提示。

"该视频因违反本网站服务条款而被移除。"

尽管如此，没过多久，这个视频便被德尔瑞那边的技术人员以邮件的方式又传送过来。这是一个 MP4 文件。莱姆和其他人继续反复观看视频，寄希望于从视频拍摄到的内容中找到一些线索。

然而，一无所获。一面石墙，一个木箱子，罗伯特·埃利斯，也就是被害人，在这个临时的绞刑架上痛苦挣扎。

一旦失足摔下，或者肌肉痉挛都会要了他的命。

没过多久，萨克斯就写完了目前的概要。莱姆审视着列表，想看看能否找到什么有用的线索，可以缩小犯罪嫌疑人的居住或者工作范围，或者缩小他扣押受害者并录制这个变态视频的地点范围。

曼哈顿，东区第86街，213号

- 事件：搏斗或绑架。
  - 方式：犯罪嫌疑人用面罩罩住其头部（近乎黑色，很可能是棉质的），里面有药物，可使人失去意识。
  - 被害人：罗伯特·埃利斯。
  - 单身，可能和萨布丽娜·狄龙住在一起，正在等待她回电（现在日本出差）。
  - 居住地为圣何塞。
  - 拥有一家处于起步阶段的小型电商公司。
  - 没有犯罪或危及国际安全的记录。
- **犯罪嫌疑人：**
  - 自称为作曲家。
  - 白人男性。

- 年龄：三十岁左右。
- 身高：大约六英尺。
- 黑色胡须，黑色头发，长发。
- 体形：粗壮。
- 头戴长帽檐的棒球帽，黑色。
- 黑色衣服，可能是休闲装。
- 鞋子：很可能是匡威牌，颜色未知，尺码是十码半。
- 驾驶黑色小轿车，牌照未知，制造商未知，车龄未知。

- 侧写：
  - 动机不明。

- 证物：
  - 被害人的手机。
  - 没有不寻常的电话／电话名单。
  - 短发，染成金色，没有DNA。
  - 没有指纹。
  - 绞索。
  - 传统刽子手绳结。
  - 肠线，大提琴琴弦长度。
  - 来源极为普遍。
  - 黑色棉质纤维：来自面罩，用来制服受害者？
  - 三氯甲烷。
  - 奥氮平，抗精神病药物。

- YouVid 视频：
  - 白人男性（很可能是被害人），绞索套在他脖子上。
  - 正在播放《蓝色多瑙河》，配合喘气声（被害人发出的？）。

・"©作曲家"出现在结尾。

・画面消失在黑暗中，声音也随之结束，预示着即将发生的死亡？

・正在搜索视频上传的地理位置。

罗德尼·斯扎克，从计算机犯罪小组回电话。在电话线的另一头，谢天谢地，这次只有这个极客的声音，没有重金属音乐，也没有那刺耳的吉他声："林肯？"

"你查到地址了？"

"纽约地铁所在区域。"

说点我不知道的行不行。

"我知道你一定很失望。不过我可以把范围缩小。也许需要四五个小时。"

"这太久了，罗德尼。"

"就像我之前说过的，他用了代理。这是个坏消息。好消息是他并不真的知道自己该怎么做。他用了几个免费的VPN，那些……"

"没时间听你说这些天书了。"莱姆抱怨道。

"这是外行的手法。我正在研究YouVid，我们能攻破它，但是……"

"要四个小时。"

"我希望会更少。"

"我也是。"莱姆挂断了电话。

"这里还有什么事吗，林肯？"梅尔·库柏问道，他站在惠普牌气相色谱仪旁边。

"那枚脚印怎么样了？那上面有没有夹带什么东西？"

"是的，检测到奥氮平，就是那种抗精神病药物。而且还有些别的东西，奇怪。"

"奇怪可不是什么化学成分，梅尔。而且这个说法也他妈的没什么帮助。"

库柏回答道："是硝酸铀酰。"

"上帝啊。"莱姆低呼道。

德尔瑞皱皱眉随即问道："怎么了，林？听你的口气，这看起来似乎很糟糕？"

莱姆试着让自己头部枕着轮椅靠枕的那部分让后背缓一缓，于是抬头看着天花板。他隐约想到那个答案。

塞利托此刻开口道："天王星①硝酸盐？这东西危险吗？"

"是铀酰，"莱姆立刻纠正道，"显然这很危险。把铀盐溶解在硝酸中你说会怎么样？"

"林……"塞利托耐心地回答着。

"这具有放射性，会造成肾衰竭和急性冠状坏死。而且它还具有爆炸性和高度不稳定性。不过我之所以会感叹是因为这有积极的意义，朗。我很高兴咱们的犯罪嫌疑人踩到了这种东西。"

德尔瑞答道："是因为这东西十分、非常、极其稀有吧。"

"答对了，弗雷德。"

莱姆解释了这种放射性物质曾被用于在曼哈顿项目中制造武器级别的铀——那是在第二次世界大战中努力尝试制造第一枚原子弹。当时该项目的工程总部曾经临时建立在曼哈顿，项目因此而命名，当时的建设工作大部分都发生在别的地方，著名的橡树岭、田纳西、洛斯阿拉莫斯、新墨西哥以及里奇兰，在华盛

---

①铀酰的英文发音接近天王星。

顿州。

"但是确实有一些建设和装配是在纽约地区。有一个工厂在布什威克，布鲁克林，生产硝酸铀酰。他们的产量不足，因此也就放弃了这份合同。工厂早就倒闭了，不过工厂遗址仍然存在残余辐射。"

"你是怎么……"塞利托说道。

莱姆缓缓地说道："这是环境保护局网站上公布的废弃物污染危害地区。太好了，朗。难道你没有研究过这些？你没有读过这些信息？"

一声叹息："林……"

"我读了。这告诉了咱们关于周边地区这么有用的信息。"

"它在哪儿？"库柏问道。

"好吧，我印象里没有具体地址。它在环境保护局废弃物污染危害地区中列示，肯定也有相应标注。布什威克，布鲁克林，能有多大？把它找出来！"

片刻之后库柏说："在威科夫，离科弗特街不远。"

"靠近丧钟公园公墓。"作为一个土生土长的布鲁克林人，萨克斯说道。她脱掉实验室用罩衣和手套，转头看向客厅，喊道："朗，集合战术小队，咱们到那里碰头。"

第六章

斯蒂芬被一个声音打断。

有个声音像黑色尖叫那样恼人，尽管它很轻柔、很温和——是他手机的提示音。

这表示有什么人闯入了工厂建筑群。他用一个应用程序通过无线网络连接到一个廉价的安保摄像头，摄像头已事先架设到厂区入口处。

哦，不。他心想。我很抱歉！他在心里对她道歉，请她不要生气。

他向隔壁房间瞟了一眼。罗伯特·埃利斯正在大木箱上保持岌岌可危的平衡。然后他又把注意力集中到手机上。网络摄像头图像是高清彩色的，显示出一辆红色跑车，是那种六七十年代的款式，车停在入口处，一个女人正从车里下来。他看见她有一头红发，警徽别在后腰。在她身后，几辆警车随即停下。

他的下巴轻微地颤抖着。他们是怎么找到这里的，动作居然这么快？

他闭上眼睛，脑袋里如海浪般阵阵作痛。

千万别是黑色尖叫，现在不要。求你了。

行动！你现在必须行动！

斯蒂芬检查着他的装备。这些东西不会被追查到。他已经非常谨慎小心，杜绝一切有可能被关联起来的情况——证据有可能被查到，而他绝对承受不了被阻止的后果。

他不能，在任何情况下，令她失望。

我非常抱歉，他重复道。但是欧忒耳珀①没有回应。

斯蒂芬把他的电脑塞进背包里，然后从帆布运动包里拿出他事先买好的两样东西。一夸脱的广口瓶里装满汽油，还有一个香烟打火机。

斯蒂芬喜欢火，可以说完全迷恋火。既不是因为那跳跃起舞的橘色黑色相间的火焰，也不是因为如爱抚般的热浪。不，他之所以如此热爱火，毫无疑问地是因为它发出的声音。

他的唯一遗憾就是不能在火舌吞没一切的时候，守在近前聆听那噼啪声和呻吟声。

萨克斯朝着十二码高的铁门奔去，身后跟着六个身穿制服的警察。

大门被一个大门闩和粗大的挂锁锁得结结实实。

"谁带着破拆工具了，门闩切割器之类？"

可是目前这里来的都是巡警，他们主要的工作是拦下超速车辆，平息纠纷，帮助汽车驾驶员，拴住疯狗，打击街头非法小贩。门闩切割器并不属于他们日常工作所需的工具。

她站在那里，双手叉腰，凝视着工厂建筑群。一个醒目的警示牌上写着：

---

①欧忒耳珀，Euterpe，缪斯之一，主管音乐和抒情诗，其形象为一手执双管长笛的美女。

环境保护署重点标识网点
警告——内有危险材料
现存于土壤和水中
严禁非法闯入

毫无疑问，现在只能等战术小队赶来了，被害人快被吊死了，眼前却找不到办法进入大门。

好吧，显然还有另一种方法，而且只能如此。她很愿意牺牲自己的这台都灵跑车，可是这部车龄近五十年的老爷车车架已经相当脆弱。这几部警车倒是安装了防撞保险杠——就是你在电影中见过的用来进行高速公路汽车追逐的那种总是因为撞击而被砸烂的黑色大家伙。

"给我钥匙。"她冲身边的一位年轻巡警喊道，这位女士是个矮小结实的非裔美国人。女警立刻把一串钥匙递了过来。人们似乎都会立刻满足阿米莉亚·萨克斯提出的各种要求。

"所有人，退后！"

"你要干什么……噢，警探，不，你不要这样做。我得把这事记录在案，你会把我的工作前途全毁了的。"

"我会写详细说明报告的。"萨克斯跳进驾驶座，抓起安全带，迅速系好。她冲车窗外大声喊道："都跟在我后面迅速散开，搜索疑似牢房的地点。记住，这家伙最多还能活几分钟！"

如果他还活着的话。

"嘿，警探，快看！"另一个巡警指着建筑群里的一个地方。在工厂最远处的一栋两层楼那里，有白色和灰色的烟雾在逐渐变成深色的浓烟呈螺旋状迅速升腾起来——这是由起火燃烧的高温空气挤压形成的,是强烈高温的表现。

"上帝啊。"

犯罪嫌疑人赶在他们之前放了一把火,据她猜测,放火地点就是他录制视频的那个房间,目的在于毁灭所有证据。

而且这就意味着他同时也在放火烧罗伯特·埃利斯,不论他目前是否已经被吊死。

一个声音喊道:"我正在通知消防管理局!"

萨克斯把油门狠狠踩到底。这些福特警用拦截者[①]并不是现有的最强劲车型——可以迸发365匹马力——但是急速百尺助跑加上笨重车身的强劲冲击力足以将铁链撞个粉碎,两扇大门也像蝴蝶翅膀一样被撞得高高飞起。

她继续向前冲,六缸发动机在剧烈轰鸣。

其他车辆全部紧随其后。

一分钟之内,她已经赶到起火的建筑物前。建筑物正面并没有起火的迹象;浓烟从背面滚滚冒出,这栋楼内部很可能也充满浓烟。为了尽快拯救被害人,萨克斯和其他警员不顾一切地径直钻进建筑物内。

他们都没有佩戴面具或氧气面罩,然而萨克斯根本顾不上这些。她从这辆擅自征用的车里抓出一个镁光手电筒,掏出格洛克手枪,朝另外两位警员点点头——一个英俊的拉丁裔男人,另一个是头发梳成一条马尾金发的女警。

"不能再等了,你们两个,跟着我,咱们现在就进去,同意吗?"

"没问题,探员。"女警点头答道。

[①]美国警用车常用款,福特拦截者。

萨克斯，实际上①是目前的指挥官，转向其他人："阿朗佐以及威尔克斯和我一起上，我要你们出三个人在后面掩护，侧翼夹击犯罪嫌疑人。其他人散开成包围圈搜索各处，他不会跑太远的。发现任何车辆，任何人，都要假设对方具有危险性。"

其他人应声散开。

金发警员威尔克斯紧紧跟在阿朗佐和萨克斯身后做掩护，这两人正肩并肩穿过大门进入——谢天谢地，门没锁。她俯下身，保持身体下倾的姿势进门，举起手电筒和枪扫视四周，威尔克斯紧随其后。

就在她破门而入时，犯罪嫌疑人很可能变得歇斯底里，疯狂扫射在场的警员。

好在这次并没有人开枪。

仔细听。

没有任何声音。

埃利斯已经死了吗？如果真是这样，她希望他是被吊死的，而不是被烧死的。

于是三个人小跑着穿过走廊，萨克斯试图保持方向感，而且时刻提醒自己要大体判断烟是从哪个方向冒出来。这座工厂非常老旧，到处弥漫着霉味。靠近入口处的墙上满是涂鸦，地上散落着成堆的用过的避孕套、火柴梗、针筒和烟头。不过也不是太多，萨克斯猜想即使是最饥不择食的嫖客和瘾君子，也知道有毒废物严重污染地区意味着什么，总会有比这里更卫生一点的地方来上一发或者打上一针的。

建筑物里的各个门上面和四周分别写着：机床操作、裂变研

---

①原文为法语。

究、辐射量指标检测中心——未经检查严禁穿越 B 监测站。

"真好笑，探员。"她旁边的男警员说道，一边跑动一边喘着粗气。

"什么意思，威尔克斯？"

"此处严禁吸烟。"

的确如此，真古怪。

黑色的烟柱非常粗大，正在从近处的某个地方滚滚升腾到空中。不过他们周围却没有多少烟雾。

真该死，她心想。这是家曾经生产核放射性材料的工厂。也许在这条走廊尽头等着他们的，是一扇厚重并且无法通过的安全门——阻断了浓烟，但是同时也挡住了他们的去路。

他们行进到走廊内的 L 形拐角处，在这个走廊衔接点稍作停顿。萨克斯把身体伏得更低，弯腰躬身前进，同时举枪向前方来回扫着。

威尔克斯从她身后跟了上来，阿朗佐则还在更远一点的地方。

前方空无一物。

她的无线电突然炸响。"巡警四八七八，后面的围栏上有个缺口，收到？附近有目击者称看见一名白人男性，体格魁梧，大胡子，五分钟前从那个缺口离开，是跑着离开的，带着袋子或者背包。没有注意到他离开的方向是否有交通工具。"

"收到。"萨克斯轻声道，"把情况上报给当地警局和特警队，现在有谁在建筑物后面吗？看到火源了吗？"

没有人应答。但是还有一个巡警通过无线电报告，说消防单位刚刚已经抵达，并且已通过之前有铁链的大门位置。

萨克斯和她的同事们继续弯腰蜷身沿着走廊前进。一直向前，一直向前，她对自己说着，呼吸越发粗重起来。

当他们几乎就要走到大楼走廊的尽头时,面前出现了一扇门。门并没有像她担心的那样危险或者被锁死:只是一扇标准的木质大门,实际上还是微微敞开的。而且门那边依然没有烟,这就意味着还在其他房间,在这条走廊的另一侧,还有另外锁闭的房间,而被害人应该就在那里面。

现在需要跑起来,萨克斯跑步穿过这扇门,快速地向前行进以寻找那间着火的密室。

然后,伴随一声惊人的巨响,她径直冲进罗伯特·埃利斯所在的那间屋子,一把抓住大木箱上的埃利斯。这个男人发出惊恐的尖叫。

"上帝啊,"她喊道,然后她朝身后喊道,"在这里,快!"

她环抱住埃利斯的腰部,艰难地向上举起他的身体来减少他脖子上绞索的压力。该死的,他可真重。

当威尔克斯再次赶上来时,萨克斯和另一名巡警一起托举着埃利斯;阿朗佐把绞索取了下来,并摘下了他的眼罩,埃利斯马上用惊恐的眼睛扫视整个房间,眼神像一只受了惊吓的野兽。没有再收到消息确认刚刚逃走的男人是犯罪嫌疑人,或者说即使他就是,那么他应该是单独作案的。

埃利斯呜咽着,断断续续地抽泣道:"谢谢你们,谢谢你们!上帝啊,我以为自己马上就要死了!"

她环顾四周,没有发现火苗,这个房间和周围的房间都没有。那该死的火去哪儿了?

"你受伤了吗?疼吗?"她扶着他慢慢坐到地上。

"他要把我吊死!上帝啊。他是谁?"他的声音很虚弱。

萨克斯重复了刚才的问题。

"我不清楚。我猜还可以。我的嗓子很疼。他用一个该死的绞索套住我的脖子,把我拉起来。但是我没什么大事。"

"你知道他去哪里了吗?"

"不,我看不见。我想他在别的房间,听动静是这样。我大部分时间都被蒙着眼睛。"

她的无线电对讲机再次发出嘈杂的声音。"巡警七三八一。萨克斯警探,收到?"这次是一位女警的声音。

"请讲。"

"我们现在在建筑物后面。这里发现了起火处。是一个燃烧的油桶。看起来像是他点火烧毁证据。电子设备、纸张和衣物,都被烧掉了。"

萨克斯戴上手套,把捆绑用的牛皮胶带从埃利斯的双手和双脚上取下来:"你可以走路吗,埃利斯先生?我想对这个房间进行清理和搜索。"

"可以的,没问题。"他摇摇晃晃地站起来,双腿还没有恢复正常功能,不过萨克斯和阿朗佐合力搀扶着他走出大楼,到达外面的空地,此时火已经熄灭。

她瞥了一眼油桶里面,该死的。一切线索都已化为乌有,只剩烧焦的金属和融化成水滴形状的塑料。所以这个犯罪嫌疑人、这个作曲家,也许是个疯子,但是却相当深谋远虑,他试图尽其所能毁灭一切证据。

犯罪嫌疑人是个该死的疯子加天才的混合体。

她扶着埃利斯坐在一大盘类似电缆的线轴上。两名医务人员正好转过拐角,她招呼两个人过来。

埃利斯用不知所措的眼神看着眼前这一切,这幅景象就像一部反乌托邦式电影。他问道:"警探?"

"怎么了?"

埃利斯嘀咕着答道："我当时正沿着路边走着，然后我就被他用什么东西套在我的头上，接着我就晕了过去。他到底想要什么？他是恐怖分子吗？ISIS或者类似的什么组织？"

"我也希望自己能够回答你，埃利斯先生。可实际上，我们目前也不清楚。"

第七章

他在出汗。

掌心，头皮，以及胸口的绒毛都是汗津津的。

尽管秋季已经寒意袭人，他却出了很多汗。

必须要快点离开，要尽可能避免被人看见。

也是因为他的世界里和声已经被打乱，就像踢中了旋转的陀螺。

就像敲错了音符，就像节拍器正在失去完美的节拍。

斯蒂芬正沿着皇后区的一条街走着。狂躁不安。腋窝针刺般疼痛，头皮发痒。汗水不停地流下来。他刚刚离开自己最近一直短期居住的旅馆——好吧，应该说是藏匿，从自己多年以来被困的那个可怕的寂静世界逃出来之后，他一直躲在这家旅馆里。

现在他正拖着一个有滚轮的行李箱，背着一个电脑包走着。当然，这些并非他所有的家当。不过已经足够应付目前的情况。他已经学会处理这种情况，绑架案被曝光之后，如果音乐篇章的节奏被打乱，不会有什么人能够有针对性地将他与之联系起来，或者对他有什么深刻的印象。

他的缪斯女神……是的，她正从奥林匹斯山向外看着他；但是警察也在接近他。

太近了!

他从网络摄像头看到的那位红发女警官。如果不是他把所有的事都提前安排妥当,或者如果在他们出现的时候,他弹错了哪怕一拍,他可能就被他们抓个正着,而大和谐就会永远否决他。

低着头,快步走着,与黑色尖叫抗争着——他正忍受着不和谐音刺入他的皮肤。

不……

他控制着它,十分勉强。

斯蒂芬难以自制地想着球体里的音乐……

这种哲学概念使他的精力集中到自己的内心,那是一种信念——相信这个宇宙中的行星、太阳、彗星和其他的行星都以音乐的形式释放着能量。

"宇宙的音乐",远古祖先就是这么称呼它的。

接下来是称之为"人类精神的音乐"——在人体内创作出的音调。

之后便最终有了"可以体验之所有音乐"[1]——借助乐器等媒介演奏出来的实际的音乐和歌唱。

不论是行星、人类的内心,还是大提琴演奏,当这些音调彼此和谐依存时,一切就都达到了和谐——生命、爱情、友情,你所选择的对于上帝的虔诚信仰。

当这一切都消失殆尽之时,不和谐音就是毁灭性的。

---

[1] 罗马哲学家博伊修斯于公元六世纪所写的 De Musica。在 De Musica 中,博伊修斯将音乐等级的三个层次描述为解释宇宙结构的哲学方法。这些级别从最大到最小,Musica Mundana, Musica Humana 和 Musica Instrumentalis,在本质上相互联系。Musica Mundana 是宇宙的音乐,它使地球上的生命得以存在,是音乐家的灵感来源。Musica Humana 是人类精神的音乐,它使我们能够理解音乐作品的美学,这些作品通过 Musica Instrumentalis 呈现给我们。Musica Instrumentalis 包括我们可以体验的所有音乐,音乐家作为创作者的表现,Musica Mundana 为其提供灵感。三个级别都相互依赖。

如今星球岌岌可危，他有机会去拯救、恢复这种大和谐。纯净的和谐音现在正处于危险境地。

压制住想哭的冲动，斯蒂芬把手伸进夹克口袋里，掏出一张纸巾，擦拭潮湿的脸、脖子和胸口，随即丢掉了它。

环顾四周，没有人注意他，也没有红发女警踩着四四拍节奏的步子朝他走来。

但是这并不意味着他已经安全了。他在街区内走了两圈，然后在靠近偷来的车子旁边的一片阴影里停下。最终，直到他几乎站不住脚，才起身离开。现在他是真的安全了。

他到车子旁边停下，再次环顾四周，然后把他的行李箱放在汽车后座上，电脑背包则放在前面的副驾驶座位上。接着他钻进汽车，启动了引擎。

摩擦声，噗噗声，气缸发出的咕噜声。

他慢慢地把汽车开进车流之中。

没有人跟踪他，也没有人阻拦他。

他想到了她：我很抱歉，我会更加谨慎小心的，我一定会的。

他必须要取悦她，让她对他满意，这是当然。他是绝不敢冒犯欧忒耳珀女神的。她是那位指引他走向和谐之旅的女神，按照宇宙音乐信念，与天堂遥相呼应——那是作为最为崇高的圣地之一的存在。耶稣基督在走上十字架的旅程中，有他的拜苦路；斯蒂芬也有自己的。

欧忒耳珀，宙斯的女儿，九位缪斯女神之一。毫无疑问，她是掌管音乐的缪斯女神。她总是身着长裙，手持长笛或排箫，有着美丽端庄、充满智慧的面庞，一看便知是上帝的子嗣。

他开车兜着圈，转悠了大概六个街区，直到确信没有人跟踪。

他脑子里想着自己的缪斯女神，另一个念头出现了。斯蒂芬，在学校时是个难以专心的小男孩，尽管如此，他却对神话很着迷。他回忆起宙斯也是很多其他孩子的父亲，其中一个孩子是阿耳特弥斯①，狩猎之神。他想不起来这位女神的母亲是谁，但是肯定与欧忒耳珀的母亲不是同一位，这两位女神是同父异母的姐妹。

可这并不意味着两位女性和谐无间，完全不；实际上，正好相反，她们是敌人。

欧忒耳珀，指引斯蒂芬走向和谐。

阿耳特弥斯，则以红发女警探的形式企图阻止他们。

但你是不可能办到的，他心想。

他一边开着车，一边集中精神把黑色尖叫赶出脑海，把注意力集中到他的下一首乐曲中。他的脑子里已经完成了下一首很棒的刽子手华尔兹。现在他需要的只是另一名受害者，以提供完美的低音部——时长在四十五分钟之内。

---

① 阿耳特弥斯，Artemis，月亮与狩猎的女神。

第八章

萨克斯完成了走格子回到起点，站在那里审视整个现场。

这个绞刑架搭建得非常简陋——绞索绑在一个扫把把手上，插在成堆的煤渣的空隙里，这些煤渣就堆在铀工厂的墙角。用木箱当作底座——就是罗伯特·埃利斯被迫站在上面的那个箱子，十分老旧，上面用军用模板印着一些已经无法辨认的数字和字母，箱子上面的橄榄绿色油漆已经斑驳褪色。在萨克斯把他救下来时，他曾经说，不确定自己还能撑过几分钟，他当时已因为精疲力竭而感到头晕。

她走到外面，那边的证物技术人员已经做好了证物保管顺序卡片。并没有太多需要登记在案的东西，这场火灾充分发挥了它的威力。

她问罗伯特·埃利斯："你和萨布丽娜通过话了吗？"

"没有，我还没有接到她的回电，有时差，我不知道现在日本是几点。"他还是有点迷迷糊糊的。医生说他并无大碍，他自己也是这么告诉萨克斯的，不过很可能是药物和他脖子上勒紧的绞索让他神志不清——当时为了录制他的呻吟喘息声而勒紧了绞索。

埃利斯用不太确定的语气说："他这样做了——三次，也许是四次。"

"做什么？"

"拉起绞索，记录我快被勒死时发出的声音。我听见他一遍又一遍重播录好的声音，似乎我发出的呻吟声并非他想要的。他就像个音乐指挥，你知道的，好像他可以听见自己脑子里那种他想要的声音，但是他却没能把它制造出来。他是那样精于计算，那样沉着冷酷。"

"他有没有说过些什么？"

"没对我说什么。他总是自言自语，像是在闲聊。我听得不太清楚。我听见他说'音乐'和'和谐'，还有一些奇怪的东西——我记不太清了。这太荒谬了，根本听不出个所以然。'听，听，听啊。啊，就是这个。真美。'他好像是在对谁讲话，我不知道，想象中的某个人吧。"

"旁边没有其他人吗？"

"我看不见——你知道的，眼睛被遮住了。但是那里就只有我们两个人，我很确定，我没听见其他人的声音。"

你在搞些什么？她对作曲家感到好奇——这是他们为这名犯罪嫌疑人选的名字，莱姆是这么告诉她的。这听起来比以今天的日期来称呼疑犯更符合他的复杂和邪恶特质。

"还是想不明白他为什么会盯上你吗？"

"我没有什么仇家，也没有什么前任。我和我的女朋友在一起很多年了。我并不是个富人，她也不是。"

她的电话嗡嗡地响了起来。是那个之前驾车在厂区四周巡视并找到目击者的巡警打来的，是一位年轻男警官，他报告说作曲家逃走了。她跟他简单地聊了几句。

挂断电话后，她闭上双眼，叹了口气。

她拨通了莱姆的电话。

"萨克斯，你在哪儿？"

"我差不多要回来了。"

"差不多？为什么是差不多？"

"现场这边结束了。我刚刚拿到被害人的信息清单。"

"其他人可以做这些事。我需要证据。"

"还有件事你应该知道。"

他肯定听出了她语气中的担忧。他慢慢地说道："说吧。"

"有回报说，在犯罪嫌疑人逃跑的地区附近寻找更多目击证人，结果一无所获。可是她却在现场发现了一个塑料袋，这个袋子肯定是在他逃跑的时候丢下的，里面还有两个微型绞索。看起来他的犯罪才刚刚开始。"

莱姆的眼睛审视着他的"财宝"：萨克斯和证物收集小队带回来的证物。

证物收集小组撤走了，其中一名队员还在对莱姆说着什么，是个玩笑，一些告别的话，一些对于天气或者是对于惠普牌气相色谱分析仪的清洁问题的说明？谁知道呢？谁在乎？他根本就没花心思去听，他的嗅觉捕捉到了那些被毁的证物中散发出些许焚烧塑料和热熔金属的气味。

或者该说这是犯罪嫌疑人试图毁掉的证物。实际上，用水污染证据远远比用火有效得多。不过火焰也确实把DNA和指纹充分销毁了。

作曲家先生，你尽力了，现在让我们来看看你到底做得有多成功。

弗雷德·德尔瑞突然被联邦调查局召回——有位机密线人报告说即将发生一件行刺案件，对象是在大宗药物诉讼案中负责检控的律师。

莱姆抱怨道："即将发生的案子对抗实际已发生的？得了吧。我们的被害人可是百分之百确定被抓走了。"

"命令就是命令。"特工临出门时如是回答道。

之后不久，带着被羞辱的受伤语气，德尔瑞刚刚打电话来说这是个假警报，他一个小时之内就赶回来。

朗·塞利托一直都在这里，此刻正在寻访全国相关执法部门，看看是否有类似作曲家的作案方式。

到目前为止，没有任何发现。

这些都不是莱姆在意的事。

证据，这才是他真正关心的。

于是他们开始把精神集中在这些从工厂收集到的东西上。

一枚来自匡威牌鞋子的鞋印，鞋子是十码半的。

两段白金色头发，看起来和之前在埃利斯手机套里发现的那根头发相符。

几小片有光泽的纸片——看起来很像是感光纸。

一件烧焦的T恤，也许是用来擦去地板上印记和消除指纹的"扫帚"。

一顶几乎全部烧毁的黑色棒球帽，应该是嫌疑人戴着的那顶，上面没有发现头发，也没有汗水。

塑料融化又凝结的珠子和金属碎片——来自他的音乐键盘和一盏LED灯。

一个一加仑容量的垃圾袋，里面装着两个微型绞索，可能也是用大提琴的琴弦做的，上面没有指纹。这根本毫无帮助，只是告诉他们他的脑子里还有更多受害者。

没有电话，没有电脑——这些设备是我们最喜爱的……同时也是最会无情背叛我们、泄露我们秘密的东西。

虽然他进行了打扫，萨克斯还是收集了相当多的灰尘和木头碎片，以及绞刑行刑房间周围地上的一些混凝土碎块。气相色谱质谱仪隆隆作响、反复运转着，一次又一次地把样本燃烧殆尽。结果显示出烟草的痕迹，也有可卡因、海洛因和伪麻黄碱——这是药物碱充血剂的主要原料，不过此刻出现在这里则是因为它的第二功效：制造甲基苯丙胺。

萨克斯说："没有多少车辆会经过那里，于是这个地方就成了一个很好的'破屋交易点'。"

有一项发现，多少还算完整，是一张碎纸片：

现金的

兑换

转换

交易

"'轮盘赌'时间到。"梅尔·库柏说。

"什么意思？"

没人回答莱姆的问题，现在他们都在绞尽脑汁，想把文字拼凑起来，连汤姆也是。几番尝试一无所获之后，他们还是放弃了。

通过这些乐器键盘的残留物，大体可以推测出这是作曲家用来录制他那怪诞音乐的某件乐器上的东西，上面有一组序列号。塞利托打电话给生产厂商，不过这家位于马萨诸塞州的厂家不久前刚刚关闭了。早上他又再次去核查，可是既然这位作曲家对于整个绑架过程的每个环节都是如此谨慎小心，那么他在购买乐器时无疑也是用现金支付的。

上面也没有发现指纹，或者其他别的什么线索。

那个差点吊死罗伯特·埃利斯的绞索是用两根乐器琴弦的肠线绑在一起做成的，打的是水手扣（也叫卡里克斯弯结）；这是一种很常见的绳扣，莱姆很了解这种绳结，知道如何打结可以不暴露任何特殊的航海或者其他专业性背景。

这种肠线比那个小学生捡起来的现场证物要更粗一些，应该来自立式贝斯。莱姆并不抱希望他们能找到某位店员，他能记起一位像作曲家的顾客，并且给他们提供一点微不足道的关于这位顾客的描述……更别说这片区域内有成千上万名音乐工作者都在使用这样的琴弦。

为了闯进工厂，作曲家用螺栓切割机在大门锁链上锯开一个切口，并且换上了他自备的新锁链。锁和铁链都是那种最普通的样式。

他当时似乎就是靠电池供电的路由器和无线网络摄像头及时发现了警察的到来。同样无法被追踪来源。

当时有个男孩向警察报告说，一个疑似作曲家的人在起火时逃离了工厂区域，于是警方出动了大量人手对目击地点及周边地区进行仔细搜索，但是后续没能再找到别的目击者。

所有相关信息都列示在信息板上之后，莱姆驱动轮椅停在白板前面。

萨克斯也同样盯着白板。她在监控器连接的大屏幕上调出一张案发区域的地图。她敲了敲工厂以北的区域——疑犯就是从那里逃走的——心不在焉地说道："你会跑到什么见鬼的地方去呢？"

塞利托，也查看着地图，说道："他有辆车，完全可以开车回家；他可以开到地铁站再搭地铁，把车扔在街上；他可以——"

莱姆突然有个想法："萨克斯！"

她，塞利托和库柏都朝他看过去。他们看上去都很忧虑，他可能要大发雷霆了。

"怎么了，莱姆？"

"你刚刚问了什么？"

"他住在哪里。"

"不是，你刚刚不是这么问的。你问的是他会去哪儿？"

"好吧，我的意思是，他的家在哪儿。"

"算了，不提这个了。"他扫视着地图，"你发现的那些纸片呢？那是光面纸吧？"

"对啊。"

"和他们玩拼图游戏吧。看看把它们凑在一起会是什么。"

戴好手套之后，她打开了塑料证物袋，开始排列那些纸片："这上面有个框架，看到没？像是从什么上面裁下来的一个完整的正方形。"

莱姆查看他的电脑，他开口问道："会不会碰巧是？量一下它是不是五十一毫米长、五十一毫米宽？"

萨克斯要来一把尺子，然后她笑了："正是。"

塞利托嘟囔道："你到底是怎么知道的，林？"

"该死的。"他朝着那些烧焦的碎纸片点点头，上面显示出那串神秘的字符。

现金的

兑 换
转 换
交 易

　　还有其他的字母。莱姆再次审视着屏幕并说道："试试'现金偿付。兑换汇率。转换金额。交易金额。'"他朝屏幕点点头，"我看这是一张外汇兑换的收据。这些纸片就是这个东西。而且是从光面纸上撕下来的正方形。它的尺寸……"

　　塞利托插嘴道："是一张护照照片。哦，该死的。"

　　"正是如此，"莱姆说，缓缓地呼出一口气，"通知华盛顿。"

　　"特区吗？"库柏问道。

　　"当然是特区。我当然不会现在想要来一杯星巴克或者升级一下微软系统软件，不是吗？告诉国务院向各个大使馆发出警告，跟他们说这个作曲家可能想逃出国。德尔瑞那边也是，让他连线国外的联邦调查局办公室。"他再次发火，"天知道这能有多大用处。既没有具体的描述也没有其他信息可以提供给出入境护照检查处。"他失望地摇摇头，"而且如果他真的像看起来那么聪明的话，肯定不会浪费一丁点时间。很可能他现在就在去伦敦或者里约的路上了。"

II 在松露农场
九月二十二日，星期三

第九章

这就是他要去的地方吗？此刻就是他一直等待的时刻吗？

希望如此。

最后，他能否抓住那个他已经追踪了几个月的恶魔呢？

埃尔克莱·贝内利把他的警车车窗摇下来，这是一辆布满灰尘的福特SUV。美国车在意大利很普遍；不过，像这样的大型越野车仍然不多见。但他的工作性质决定了他需要四轮驱动和出色的减震装置。能有个强劲点的引擎当然更好，当然，埃尔克莱懂得预算有限，能得到现在这台车，他已经感到很满意了。他凝视着一株大型木兰树，树叶正纷纷飘落，这条鲜有行人的乡村小路是他的辖区，位于那不勒斯以北二十公里处。

年近三十岁的埃尔克莱有一副年轻而紧实的身体，脸形瘦削，他比他妈妈年轻时更高、更瘦，正鼓捣着他的博士伦望远镜，视野中是百米开外的废弃建筑物。此时临近黄昏，不过光线仍然很好，不需要使用夜视镜就可以看得很清楚。这个地方比较杂乱，到处都是杂草、杂物和被挑剩下的蔬菜。每隔十米左右就有一个像被遗弃的大玩具一样的老旧机器部件，钣金管道和汽车龙骨，这些东西很像他之前见过的某些雕塑，他记得曾经在巴黎的乔治中心蓬皮杜看见过类似的东西——那时，他正和女友一起度假。埃尔克莱对艺术向来一窍不通——不对，应该说他能够欣赏艺术，他只是不喜欢它（然而，她很喜欢——时而情绪高昂，时而眼泪汪汪——这也就解释了为什么这段浪漫情史只能是昙花一现）。

他钻出卡车，再次端详起眼前的建筑物来，而且更加仔细。他眯着眼睛，尽管这并不能让他在秋季的黄昏中看得更加真切。他保持俯身的姿势；他的制服和帽檐上有显眼的凶猛猎鹰状标记，鹰标是灰色的，周围一圈则是鲜明对比的浅土黄色。由于天色尚早、光线充足，他必须确保自己不会被人看见。

他再三思考：现在是否是抓捕猎物的合适时机？

犯罪嫌疑人现在真的在里面吗？

好吧，现在确定了，里面果然有人。埃尔克莱能看见农舍里面亮起一盏灯，映照出一个移动的影子，而且那个影子不属于动物。所有的生物都有自己独特的运动模式，而埃尔克莱深谙非人类生物的行为模式；毫无疑问，眼前这个影子是个人类，他正在屋子里面来回踱步。何况，尽管光线越来越昏暗，他仍然能从草丛和这片老麦田里辨认出卡车车轮碾轧出来的痕迹。有一些本应该直立的植物被压得倒向两侧，显示安东尼奥·阿尔比尼——如果推测属实，那就是这个恶棍——他现在正在里面。这名巡警猜测他是在黎明前驾车进入农场，在里面蛰伏了漫长的一天，盘算着当黄昏的微光逐渐退到山那边、深蓝的夜色取而代之时，他就悄悄溜掉。

换言之，他马上就要开溜了。

阿尔比尼惯用的作案手法就是找到这种被废弃的场所来实施他的犯罪活动，并且只在夜间抵达或离开，以避免被人看到。这个聪明人通常都会事先检查一遍他的藏身处，而埃尔克莱详尽的侦查工作使他在公路沿途成功找到一位目击证人——一位农夫，他报告说有个符合阿尔比尼外貌描述的人在两周前曾经来检查过这个房子。

"他的行为非常可疑，"这位胡子花白的男人是这么说的，"对此我很确定。"不过埃尔克莱觉得这位农夫之所以得出这样的结论，原因只有一个：他是在和一位警官讲话。他儿时经常去帕卡拿波里步行街或者附近的那不勒斯广场闲逛，如果这时有个宪兵或者国家警察局的警官不耐烦地来问他，有没有看见某个街头混混拿着钱夹逃走，或者从哪个粗心大意的家伙手腕上巧妙地摘下来一块欧米伽手表，那么他也会用这种语气回答问话的。

不管这个闯入者的行为是否非常可疑，这位农夫观察到的情况都需要深究，于是埃尔克莱花了很长时间监视这间农舍。他的上司觉得这件事根本不值得埃尔克莱投入这么多时间和精力，但是这也无法改变他的行动。他追捕阿尔比尼的方式就像是在追捕声名狼藉的连环杀手（或者连环杀手们），比如那个外号叫佛罗伦萨怪兽的，那个人多年前曾是托斯卡纳的一名警官。

阿尔比尼的犯罪行为绝不能逃脱制裁。

昏暗处有什么东西一闪而过。

一只青蛙开始聒噪，想要吸引异性的注意。

成片的麦浪在微风下徐徐倾身低头，样子就像教区的信众面对神父时的致礼。

突然窗边露出一个人头。就是他！果然是他一直在苦苦追捕的那个恶棍。像猪一样肥胖的安东尼奥·阿尔比尼。埃尔克莱能看见他"地区支援中央"的秃顶和周围茂密的头发。他的策略就是闪避，躲开那巫师一样的双眉下恶魔的凝视。不过他似乎并不是在向外看，反而一直盯着下方。

里面的灯光熄灭了。

埃尔克莱心里惊恐万分。

不，不！他现在要离开了吗？现在天还没黑呢！也许这片地区的荒芜地貌让他觉得不会被人发现。埃尔克莱原本认为在确认不明侵入者的身份之后，自己还有充足的时间呼叫后援。

可是现在问题却变成：他该不该单枪匹马去逮捕这个男人？

不过随即他就意识到这根本算不上什么问题。

他别无选择。逮捕阿尔比尼是他的任务，而他此时必须做他应该做的事，不管风险有多高，他都要擒获这个罪犯。

他把手伸向自己后腰上的九毫米伯莱塔，做了一个深呼吸，然后继续穿越田地，每一步都十分小心谨慎。埃尔克莱·贝内利已经逐渐掌握了宪兵流程手册，还有那些关于国家警察和经济警察的书籍——更不用说还有那些其他国家执法机构的相关法律，也包括关于欧洲行政组织和国际刑事警察组织的。当他意识到自己一直没有什么机会真正去实施逮捕行动时，他知道，该停止技能深造，是时候去抓捕真正的犯罪嫌疑人了。

他在一台收割机的残骸处稍作停顿，然后以巨石阵一样的油桶堆作为掩护继续前进。他听见农舍旁边的车库里传来"砰砰"的响声。他知道这种恼人的声音是什么造成的，因而对阿尔比尼犯下的罪行更加义愤填膺。

行动，就是现在！

在没有任何掩护的情况下，他迅速跑进行车道。

与此同时，一辆卡车——四轮驱动的比亚乔扑克牌厢式货车，从车库唰地冲出来，直直朝着他开过来。

年轻警官呆立在原地。

有一些经验丰富的犯罪嫌疑人也许会慎重考虑是否要杀掉警

察。在意大利，即使是恶棍也还是会讲荣誉的。可是这个阿尔比尼？

卡车没有丝毫停顿。这个家伙会不会被埃尔克莱的手枪震慑住呢？他举起那把黑色手枪。心怦怦跳着，呼吸也变得急促，他小心地瞄准，确定好射程，手指松开保护套，滑到扳机上。这种伯莱塔手枪触感很轻，他十分小心，不在上面施加太多压力，就像在爱抚这钢铁枪身的曲线。

无关乎荣耀，看起来这个举枪的动作达到了预期效果。

眼前这辆造型蠢笨的卡车减速并停下，发出了刺耳的刹车声。阿尔比尼眯缝着眼睛，从卡车里钻出来，双手垂放在身体两侧站在那儿。"啊，啊，你好啊？"他开口道，口气好像他真的很迷惑。

"把你的双手放在我看得见的地方。"

"你是谁？"

"我现在要逮捕你，阿尔比尼先生。"

"为什么呢？"

"你心里很清楚。你贩卖假松露。"

众所周知，意大利以盛产最鲜嫩的松露闻名于世——白松露产自皮埃蒙特，泥土黑色的松露则产自托斯卡纳。不过坎帕尼亚同样拥有举足轻重的松露交易市场——巴尼奥利·伊尔皮诺周边的城镇，靠近蒙蒂·皮森蒂尼区域公园的地方盛产黑松露。这些松露被视为他们不可或缺的重要食材；与它们的苍白色的表亲相比——那些白松露产自意大利中部地区和北部地区，只用来搭配白煮蛋或者意大利面上桌；坎帕尼亚产地的这些蘑菇则能够在更多丰富的菜肴和调料中表现出色。

阿尔比尼被指控购买中国松露——比意大利产的价格低廉

很多，质量也相对低劣——然后把它们伪装成当地货卖给遍布坎帕尼亚和卡拉布利亚乃至南部地区的众多批发商和餐馆。他走了很远去采购——确切地说，偷窃了两只价值不菲的拉戈托罗马阁挪露犬，这是传统的松露搜索猎犬。这两条狗正蹲坐在卡车的后面，兴奋地盯着埃尔克莱。尽管对于阿尔比尼来说，很少把它们示于人前，除非他牵着它们到各个码头搜寻哪个仓库里装着来自广东的货物。

埃尔克莱始终保持着用枪瞄准阿尔比尼的方向，他走到比亚乔扑克牌厢式卡车后面，向帆布底下看去，看到被油布覆盖着的一张床背的一角，还能清楚地看到一打空置的装运箱，箱子的侧面和提货单上满是汉字。箱子旁边很多装着泥土的桶里面装满灰黑色的松露：先前埃尔克莱所听到的"砰砰"的响声，就是阿尔比尼装车时发出的。

"你对我的指控是错的！我没有做任何违法的事，警官……"他把头歪向一边。

"贝内利。"

"啊，贝内利！也许你是摩托车家族的后代？"阿尔比尼的脸上放光，"还是猎枪家族？"

警官并没有回应他的问题，尽管他感到困惑不解，试图想明白眼前的嫌犯试图把一个知名家族和他的祖辈联系起来有什么用意，就算真有这么一个家族的话——天知道是不是真有这样的家族。

接着阿尔比尼神情转为严肃："可是老实说，我所做的不过就是满足市场需求，卖掉商品，并且为它定了一个合理的价格。我可从来没有说过它们都原产于坎帕尼亚。难道有人能证明我这么说过吗？"

"是的。"

"那么，这个人是在撒谎。"

"有很多人证。"

"他们，好吧，都在撒谎。诬陷我这个可怜人。"

"即便是真的，你也没有进口执照。"

"这又有什么危害吗？有谁因为吃了这些而生病吗？没有，而且，实际上就算它们原产于中国，它们的质量也和那些咱们本地出产的一样棒。你闻闻看啊！"

"阿尔比尼先生，实际上站在我现在的位置，我都没能闻见它们的气味，足以说明这些东西的品质相当低劣。"

这的确是实情。最好的松露散发出的香气能够弥漫到很远的地方，持续展示它的独特和令人着迷之处。

这个骗子以一抹微笑缓和气氛："好了，好了，贝内利警官，你难道没发现吗？大部分食客根本不知道自己享用的松露是来自坎帕尼亚、托斯卡纳，还是北京，甚至来自美国的新泽西。"

埃尔克莱对此倒没什么异议。

不过说到底，法律就是法律。

他从腰带上摘下手铐。

阿尔比尼说："我口袋里装着欧元，很多欧元。"他微笑着。

"那么这些钱会被作为呈堂证供。每一分钱都不例外。"

"你这个杂种。"阿尔比尼变得激动起来，"你不能这么做。"

"把你的双手举起来。"

男人眼神冰冷地扫了一眼埃尔克莱的灰色制服，然后傲慢地盯着他帽子上的徽章，胸口在夹克敞开的领口处起起伏伏："就凭你？逮捕我？你不过就是一个奶牛警员、一个稀有物种保护员、一个消防监管员，你根本就不是一个真正的警官。"

前面的三个称谓带着明显有意侮辱他的口气，不过本质上没有说错。而他抛出的第四个结论是错误的。埃尔克莱是一位训练有素的警官，受雇于意大利政府。他曾经服役于CFS，或称作国家林业警察署，负责执行农林法规，保护濒危物种，以及防治和扑灭森林火灾。一直到十八世纪初期，这都是一个令人自豪、工作繁忙的法律执行机构，编制内拥有超过八千名警员。

"来吧，阿尔比尼先生。我得把你关进监狱。"

这个卖假货的贩子狂叫起来："我有很多朋友，我在克莫拉① 有很多朋友！"

这当然不是真的；诚然，的确有这样一个犯罪组织，老巢就在坎帕尼亚，涉足周边的食物和葡萄酒交易（而且，讽刺的是，结果总是：糟透了）；不过就算是最没有自尊心的帮派头目，也不会吸纳眼前这个微不足道、无良狡诈的阿尔比尼，何况是克莫拉这种规矩众多、组织严密的黑帮。

"好了，合作些吧，先生。别把这事搞复杂了。"埃尔克莱走近一步。可就在他要擒住这名犯罪嫌疑人时，路上传来了很大的呼救声，虽然听不清楚内容，但是语气显得非常紧急。

阿尔比尼向后退去，脱离了警官的可控范围；埃尔克莱也退开一些，举着他的武器并转身，心想也许是自己估计有误，阿尔比尼可能真的和克莫拉有些关联，而且附近就有他的同党。

不过随即他看到那喊声来自一辆民用自行车，一个年轻的男人骑着辆赛车型自行车快速朝他们冲过来，人影在崎岖不平的小路上颠簸摇晃。终于，自行车手不得不放弃，他翻身下车，放倒自行车改为小跑前进。他头戴杏核形状的头盔，身穿紧身蓝色运

---

① 克莫拉，一八二〇年前后在意大利那不勒斯组成的一个黑手党性质的秘密团体，是意大利最大的黑帮帮派之一。

动短裤和黑白相间图案的尤文图斯足球队队服，上面仅装饰有一个无衬线字体的"Jeep"商标。

"警官！警官！"

阿尔比尼转过身。埃尔克莱大喊："别动。"他举起一根手指，于是那个胖男人站住了。

气喘吁吁的自行车手跑到他们跟前，目光扫过手枪和嫌疑犯，没有太在意。他的脸色通红，额头上血管暴起："就在这条路前面，警官！我看见了！就发生在我的面前。你得过来。"

"什么？冷静点。你慢慢说。"

"一次袭击！一个男人正在公交车站等车。他就坐在那里。然后另一个男人把汽车停在附近，他从车里走出来；然后，突然之间，他猛地抓住那个等公交车的男人，然后两个人就扭打了起来！"他挥舞着手里的电话，"我报了警，可是对方说警方没办法在半小时内赶到这里。我记起刚才骑车经过时，看到你的森林局卡车，于是我就折回来看看你是不是还在这里。"

"他们有武器吗？"

"我没有看见。"

埃尔克莱摇摇头，稍微闭了闭眼睛。耶稣基督啊，为什么偏偏是现在？他瞥了一眼阿尔比尼，后者则一脸无辜的坚定表情。

好吧，他没办法不去管这种袭击事件。这是抢劫吗？他想弄清楚。或者是一位丈夫在袭击他妻子的情人？

是一个精神变态的家伙想要杀人取乐？

难道是"佛罗伦萨恶魔①"的表亲？

---

①佛罗伦萨恶魔，一九六八年至一九八五年间，意大利佛罗伦萨的街道上出现的一个男子。他挥舞着一把点二二口径的手枪，杀害了十六个人，然后莫名其妙地消失了，警方在试图彻底解决此案时完全陷入困境。

他抓了抓下巴，思考自己该怎么办。好吧，他倒是可以逮捕阿尔比尼，把他扔到扑克牌汽车后面，然后再回来。

然而这个假货贩子感到此时正是个好机会。他冲到卡车跟前，一下子跳进座位并且大叫道："再见啦，贝内利警官！"

"不！"

他发动引擎驾着这辆笨拙的小卡车驶过埃尔克莱和自行车手。

警官举起手枪。

阿尔比尼从敞开着的窗户里嚷嚷道："啊，你要为了这些松露开枪打我吗？我觉得你不会的。再见啦，猪獾警察，奶牛警察，濒危麝鼠保护员！再见啦！"

埃尔克莱的脸因为愤怒和羞愧而涨得通红。他把配枪狠狠插回后腰上的枪套，朝着他的警用福特车跑去，一遍扭过头喊那个自行车手："快过来，上我的车。告诉我确切地点，快点，伙计，快点！"

第十章

车辆陆续抵达公交车站。

有两个警官来自那不勒斯特警队，他们开的是一辆蓝色的阿尔法·罗密欧汽车——这种车是州警察局的配置。此外还有一些地方警员，他们都是接到命令后从最近的镇上赶来的当地警员。州警察局的警官走下汽车，其中一个警官是位梳着高马尾的金发美女，她冲着埃尔克莱点点头。

虽然他因为弄丢了那个松露窃贼而感到失落，却在此时的恶性案件中邂逅美女，这令他的心怦怦直跳——她可真美：心形的脸蛋，丰满的嘴唇，刘海处浅黄色的秀发一缕缕拢到两侧。瞳孔是和她的汽车一样的碧蓝色。他觉得她就像个电影明星。他注意到她的名字叫丹妮拉·坎通，而且她没戴婚戒。他伸出双手热情地与她握手，这个举动令她很惊讶，他马上意识到自己不应该这样做。

于是他想都没想，就去和她的搭档握手。他叫贾科莫·席勒，身材瘦高，表情严肃，他的头发颜色很浅，他的名字可能是致敬阿夏戈或者北部其他什么地方，那里的意大利人多为日耳曼人或者奥地利人的后裔，这是历史更替、边境变迁造成的。

这里还停着另外一辆汽车，没有标记，由一位便衣警察驾驶；副驾驶位还有穿套装和深褐色雨衣的男人。埃尔克莱马上认出那是高级警监马西莫·罗西。虽然身为林业警察署的警员，可埃尔克莱曾有机会在那不勒斯所在辖区的国家警察局工作过，所以他认得罗西。这个男人顶着一头浓密的黑色乱发，梳成中分，看起来五十多岁。

他很像演员费斯切拉·贾尼尼——长相英俊，眉毛浓重，黑色眼眸，一副沉思者的样子——罗西很有名气，不仅仅是在这里，在坎帕尼亚，也包括整个意大利南部地区。多年来他成功逮捕过很多犯罪嫌疑人，给多名克莫拉的重要成员，阿尔巴尼亚人和北非人定了罪，包括走私犯、洗黑钱的、盗贼、杀妻（夫）凶手和精神病杀手。埃尔克莱因森林警员职责要求必须穿着制服，他注意到罗西竟然并不时尚，而大多数高级警监都会打扮得像时尚设计师一样（或者说，更像是"伪时尚设计师"），他们大多会西装革履、盛装打扮。可是罗西穿得倒像个记者或者保险公司业务员。他很低调，比如今晚，他这身衣服上满是灰尘和皱褶。埃尔克莱猜想这是为了让犯罪嫌疑人放松警惕，让他们觉得他反应迟钝或者粗心大意。其实真相却很简单，那就是罗西将全部精力都投入到案件调查中，根本没有注意到自己看起来如此邋遢。何况在他和他妻子两人有了五个孩子之后，他需要更努力地赚钱养家，也就没有时间去塑造自己的时尚外表了。

罗西刚打完电话，钻出汽车。他伸了个懒腰，走进现场：这是一条尘土飞扬的乡间土路，有一个摇摇欲坠的公交站牌，几棵树，不远处是稀稀落落的树丛。那个自行车手也在。

以及埃尔克莱。

他走过来说："林业警员贝内利，看起来你碰上了比偷猎案严重得多的情况。你把案发现场圈起来了，干得很好。"他再次环顾公交站周围。埃尔克莱基本没什么机会接触案发现场，所以他也不可能随身携带封锁线专用胶带，不过他用一条攀岩用的粗绳子作为替代——这倒不是因为他爱好攀岩，而是因为他工作中偶尔会用到，比如需要营救徒步者和攀岩者。

"谢谢，长官，警监先生。这位是塞尔瓦托·克洛维。"埃尔克莱递过自行车手红色身份证。

罗西点点头，查看身份证后递还给他。克洛维把他看见的事又复述了一遍：一个身材魁梧的男人驾驶一辆黑色厢式小轿车——没有生产厂商或者型号，也没有车牌号码。他几乎没有看清袭击者，那人穿着黑色衣服，头戴黑色棒球帽，犯罪嫌疑人把受害者猛地推到地上。接着两个人扭打起来，于是自行车手急忙跑去找埃尔克莱。受害者是一名男子，黑皮肤，大胡子，穿一件浅蓝色夹克。

警探拿出记事本，简略记下一些内容。

埃尔克莱继续说道："可是当我们赶到时，那里一个人都没有。没有受害者，也没有袭击者。"

"你有没有找找看？"

"有的。"埃尔克莱指出周围一个很大的区域，"这条路上我都找了，他大概已经走远了。而且我还大声呼喊，也没有人回应。克洛维先生也帮了忙，他沿着反方向找过去。"

"我什么都没找到，警监。"自行车手答道。

"有没有可能在公交车上有目击者？"罗西问。

"没有，长官。这里没有公交车经过。我询问了交通办公室，下一辆公交车半小时后才会来。噢，我还去最近的医院查问过，他们没有收治过什么人。"

"所以，也许，"罗西缓缓说道，"我们碰到的是绑架案，虽然这听起来有点奇怪。"

忽然响起汽车喇叭声，罗西抬头看过去，看到一排汽车等在那里。最前面是一个肌肉发达、六十来岁的谢顶男人，他在欧宝汽车里粗暴地狂按喇叭，表情轻蔑，想尽快通过这里。他的车被埃尔克莱的ＳＵＶ挡住了去路，另一辆车排在他的车后面，里面坐着一家人，司机也开始按喇叭，接着第三辆车也加入进来。

罗西问道："封锁道路的那辆福特汽车是你的吗？"

埃尔克莱唰的一下脸红了："是的，我很抱歉，长官。我以为最好把现场保护起来。那我马上去把车挪开。"

"不必。"罗西小声说道。他走到欧宝汽车那里，倾身向前，低声和司机耳语了几句。尽管天色已经很暗，埃尔克莱还是能看见司机的脸色变得苍白。罗西对后面的车主重复了之前的低声交谈，随后两辆车都迅速掉头离开了。第三辆车也照做了，不需要罗西再走过去。埃尔克莱很了解这一带的地形，想要从现场的另一边绕道过去需要大约二十公里。

罗西此时已经走回来。

埃尔克莱接着说："还有，长官，在我布置绳索、保护现场的时候，找到了这个东西。"他朝着公交车候车亭旁边走去——候车亭是一片稍大的金属顶棚，被两根杆子撑起来，下面有一条斑驳的长凳。他指着地上的一些钱。

"扭打就发生在这里，对吧？"

克洛维证实了这一点。

埃尔克莱说："这里有十一欧元的硬币和三十利比亚第纳尔的纸钞。"

"利比亚货币？嗯，你说他是黑人？"罗西问克洛维。

"是的，长官。他很可能是北非人，我对此十分确信。"

丹妮拉·坎通走过来低头去看那些钱,"科学技术警员正赶过来。"

犯罪现场勘查小组会在这些钱和扭打现场旁边放置位置编号卡,对鞋印和汽车轮胎的痕迹进行拍照。他们在现场调查方面要比埃尔克莱专业得多。

渐渐地,随着现场情景重建,罗西说道:"也许受害者当时正在数钱,准备买公交车票,绑架者突然出现并劫持了他,钱就从他手里掉落了。这也就能解释为什么钱会散落一地,也说明他还没有买票,他也许原本没打算乘车。"

站在附近的丹妮拉听完后说:"又或者,他没有合法身份——是个利比亚难民——他也许不能去售票处买票。"

"有道理。"罗西看了看她,继续扩展他的问题,"硬币掉在这边,第纳尔在那边,距离有点远,而且很散乱。咱们先假设他掏空了口袋,取出所有的钱进行清点。他被突然袭击,硬币就直接掉在地上,比较轻的第纳尔被微风吹散飘落到那边。那么他手里还会有什么更轻的东西被风吹走呢?"罗西对着丹妮拉和贾科莫说,"朝这个方向继续向前搜索,我们现在就该把它保护起来,直到科学警员赶到。"

埃尔克莱看着他们从口袋里掏出乳胶手套和鞋套,一切穿戴妥当后,开始在灌木丛中穿行,两个人打开镁光牌手电筒用光柱来回扫着前面的区域。

又一辆车开了过来。

这次不是国家特警队的巡逻车或者无标记的警用车,而是一辆私家车,一辆黑色沃尔沃。司机是个清瘦且不苟言笑的男人,一头灰白色的短发。椒盐般斑白的山羊胡子被精心地修剪过,末端呈现出尖尖的形状。

车子刚一停稳,他就从车里钻了出来。

埃尔克莱·贝内利也认识这个人。他跟来人并没有任何私人来往,不过这人经常出现在电视里。

但丁·斯皮罗,那不勒斯的资深检察官,身穿海军蓝色的运动外套和蓝色牛仔裤,都是紧身款式。一块黄色手帕折成花朵形状装饰在胸前的口袋中。

时尚达人……

他个子不高,脚上是深棕色的及踝短靴,鞋跟让他增高了一两英寸。他的脸色很难看,埃尔克莱好奇他是不是刚刚被搅和了一顿美好的晚餐——而且是和漂亮女伴在一起的那种。斯皮罗和罗西一样,负责过多项重大案件,并且给很多臭名昭著的犯罪嫌疑人成功定了罪。有一次,被他送进监狱的两个与克莫拉核心人物有瓜葛的家伙想要他的命。他单凭一己之力就缴下其中一人的武器,然后用罪犯的枪击毙了另一个凶徒。

埃尔克莱也记得一些记者在评论中提及的传言,称斯皮罗有意在政治上发展事业,他把眼光投向罗马;不过作为海牙世界法庭的法官身份也不赖,比利时,作为欧盟的总部,也许会是另一个备选。

埃尔克莱注意到这位检察官夹克的右侧口袋里有一本小开本的书。书面是皮质封面的,书页饰以金边。

这是本日记吗?他猜测着,觉得这肯定不是《圣经》。

斯皮罗薄薄的嘴唇之间夹着一根雪茄,他靠近罗西,点头示意:"马西莫。"

警监也点头回礼。

"长官。"埃尔克莱刚想开口。斯皮罗却完全忽略他,而直接向罗西询问事情经过。

罗西向他介绍了详细情况。

"在这里发生绑架案?真是稀奇。"

"我也有同感。"

"长官——"埃尔克莱再度开口。

斯皮罗挥手示意他安静,转向自行车手克洛维:"关于被害人?你说那是北非人,而不是撒哈拉以南某地的?"

在那人回答之前,埃尔克莱抢先大笑道:"他显然应该来自北部,他拿的是第纳尔。"

斯皮罗的眼睛盯着发生搏斗现场的那片空地,用一种轻柔的声音说道:"就算因纽特人去的黎波里旅行,买晚饭不也是要用利比亚第纳尔付账吗,林业警员?总不会是用爱斯基摩货币吧?"

"因纽特人?好吧,我想,是的,的确如此,检察官先生。"

"那么就不会有个来自马里或者刚果的家伙,更有可能在利比亚用第纳尔给自己买顿饭,而不是用法郎吗?"

"我很抱歉,您说得对。"

他转向克洛维:"现在,回到我的问题。被害人的外貌特征是否能够显示出他来自非洲哪个地区?"

"他的肤色没有那么黑,长官。我可以说这样的特征应该属于阿拉伯人或者非洲部族。利比亚人、突尼斯人或者摩洛哥人。我很肯定,是北非人。"

"谢谢你,克洛维先生。"接着斯皮罗问道,"科学技术警员呢?"

罗西回答:"在路上,是咱们的警员。"

"是的,也许没必要惊动罗马方面。"

埃尔克莱知道,在那不勒斯国家警察局总部一层有一个实验室。主要的犯罪现场调查工作都是在罗马进行，遇到棘手的证据分析则会在这里进行。他还未曾有机会向上述任何一个机构呈送过什么。毕竟伪造的橄榄油和滥竽充数的松露都是可以轻易被识破的。

就在此时，又有一辆汽车抵达，这是辆侧面标有"宪兵"标记的深蓝色警车。

"啊，咱们的朋友来了。"罗西语气里透着嘲讽。

斯皮罗看过去，嘴里仍然咬着那支雪茄。他的脸上看不出一丝表情。

一个身穿崭新制服的高个子男人从汽车的乘客位中下来。他上身是深蓝色夹克，下身穿着两侧饰有红色条纹的黑色裤子。他以一种军人的派头环视现场——这很正常；当然，作为宪兵队成员，对于民间的犯罪是有管辖权的，这是意大利军队的部分职责。

埃尔克莱惊叹于这个人的制服和姿态。瞧他那完美的帽子，他那些徽章和那双靴子。他曾经无数次梦想着能够成为他们中的一员，这是他心目中意大利警方众多军警力量中最强的一支队伍。森林警员只是个折中的选择。为了帮助父亲照顾卧病在床的母亲，埃尔克莱没能完成宪兵队严苛的集训——当时他已经接到宪兵部队的征召。

第二位军官，应该是开车的那位，军衔比刚才那位稍低，也下车走了过来。

"晚上好，上尉，"罗西说，"还有中尉。"

宪兵冲警监和斯皮罗点点头。那位上尉说："那么，马西莫，你手头有些什么？一些吸引人的东西？一些猛料？我知道你是第一个抵达现场的。"

斯皮罗回答："实际上，朱塞佩，林业警员才是第一个到达现场的人。"听起来像是一句玩笑,但是他的脸上毫无笑意。尽管如此,宪兵却大笑起来。

难道这已经变成一场争夺对案件掌控权的竞赛了吗?这位宪兵上尉显然是有意插手,而且很可能是他赢了,毕竟他拥有国家警力权限方面的政治优势。

而对但丁·斯皮罗来说,从他的角度来看,他还能通过与国家警察的合作有些个人表现;而从另一角度,也就是从宪兵队这边来看,这对他的事业也没什么影响;怎么说这个案子的检控权都是他的,哪个警力部门主导案件调查工作都一样。

"受害者是什么人?"朱塞佩问道。

罗西回答:"目前还没确认。也许是这附近的某个倒霉蛋。"

或者是某个因纽特人,埃尔克莱突然想到,不过他当然不会把这句话说出口。

罗西继续说:"这是个大案子,是一个很有新闻价值的案件。绑架案历来如此。克莫拉?阿尔巴尼亚人?那些来自斯科皮亚的突尼斯匪帮?"他撇撇嘴,"我会很乐意亲自调查。不过既然你们来了,那么,祝你们好运,朱塞佩。我们这就回那不勒斯去。如果有任何需要帮助的地方,请你联系我。"

罗西如此轻易地放弃了这件案子?埃尔克莱对此十分惊讶。或许宪兵队的权力远比他之前认为的强大。但丁·斯皮罗此时只是盯着自己的手机。

朱塞佩歪着头说:"你是说把这个案子交给我们了?"

"你们的组织级别比我们的高。你的级别也比我的高。而且这明显是件大案,绑架案。你在路上听取的那些报告都是错误的。"

"报告?"

罗西顿了顿："就是最初的公文快件报告。我个人认为他们试图将整个案件降级处理。"

"马西莫，"朱塞佩说，"请你解释一下？"

"那帮毛头小子，这还用问。纯属主观臆断，我原以为这应该是克莫拉所为，再不济就是突尼斯人干的。"

"毛头小子？"朱塞佩继续追问。

"不过我敢肯定并不是。"

"那么，你是什么意思？"

罗西皱眉道："哦，你不知道？关于这种案子的犯案模式？"

"不，我不了解。"

"这在北部地区时常发生，而不是在坎帕尼亚。"他朝现场那边指了指，"这就是为什么会说不应该发生这种事。"

第二位宪兵官员问道："警监，这类犯罪是怎样的模式？"

"据我所知，一般是些大学生。会有个家伙先开车在四处转悠，等他看见什么人后就会走过去，假装问路或者换零钱。在被害人分心的时候，就把他扔进车里，直接拉到几百公里外的地方再扔下车。这期间已经拍好照片，并且以匿名的方式发出去了。一场恶作剧，没错，不过还是有可能出现伤害。在伦巴第，就曾经有名男生最后被折断拇指。"

"折断拇指？"

"是的。而且要通过展示这些照片，犯案人才会被认可加入学院俱乐部。"

"俱乐部？不是黑帮？"

"不，不，不。但是，还是那句话，这是北方地区才会有的事，而不该是这里。"

"也许不是这种情况。在这样一个公交车站发生绑架案，在这里,而不是靠近市中心?这说不通。"

随即一个声音划破夜空。"看看我找到了什么。"那位宪兵中尉指着地上那些欧元,"看起来像是他正在数打算给大巴司机的零钱。"

朱塞佩走到埃尔克莱用绳索圈起来的区域低头看着:"是啊,所以这也许真的符合那种犯罪类型。"

斯皮罗沉默地看着这一切。

"呃,这只是个巧合。真的。"马西莫·罗西点点头,然后向他的汽车走去。

宪兵上尉转向他的助手,两人低声交谈了一阵:"啊,马西莫,我的同僚刚刚提醒我说,我们在波西塔诺还有一桩贩毒案。你听说了吗?"

"还没有。"

"没有?那条封锁令已经酝酿有些日子了。我认为我们还是需要请你来处理这里的绑架案。"

罗西看起来有点忧心忡忡:"可是我没有时间处理这个,这是一件大案犯罪调查。"

"大案?算是吗?讨人嫌的学院大男孩们?"朱塞佩微笑着,"我会把功劳全部给你的,我的朋友。我回到局里就签署此案全权交给你的书面文件。"

罗西叹了口气:"好吧。但是算你欠我个人情。"

这位长官眨眨眼,然后他们两人就转身离开了。

斯皮罗盯着他们离开后,对罗西说:"在波西塔诺的禁毒令?两个月前就已经被驳回了。"

"我知道。在他提起那件事时,我就已经知道了,是我赢得了咱们这场竞赛。"

斯皮罗耸耸肩说道:"朱塞佩挺不错,是个可靠的军官。不过……我更乐意和你合作。军队的规矩会增加太多律师。"

埃尔克莱意识到他刚刚目睹了一局巧妙的棋局。出于某种原因,马西莫·罗西想要保留这桩案子的主控权。于是他反其道而行之,做得像是很想要把这个案子甩手给宪兵部门,反倒让他们立刻起了疑心。

如果波西塔诺的禁毒令是个托词,那么年轻人的故事更是如此。

"警监先生?"丹妮拉·坎通示意道。

罗西、斯皮罗和埃尔克莱走到她身旁。

她指着地上的一张小纸片:"这是新的。看起来像他掉的,和那些钱一起。这张纸片被吹到了这里。它之前应该是在第纳尔旁边。"

"预付费电话卡。很好。"罗西从口袋里掏出一个塑料证物袋,把纸片放进去,"咱们可以让邮政警局分析一下。"他转向制服警员说,"还有什么事吗?"

"没有了。"

"那就先这样吧。等科学技术警员到达后,再进行更加仔细的搜索。"

他们回到小路上。罗西转向埃尔克莱:"谢谢你,贝内利警员。请填写这份表格,然后你就可以回家了。"

"好的,长官。我很高兴能帮上忙。"他向检察官点头道。

斯皮罗对罗西说:"当然,我们不能断定那些第纳尔和电话卡是受害者的。不过看起来很可能就是他的。当然袭击者也有可能最近到过利比亚。"

"不,这不可能。"埃尔克莱·贝内利轻声说,声音小得几乎像是在耳语。他凝视着公交车站破旧的长凳，上面满是长年累月而造成的油漆斑驳和残破。

"什么？"斯皮罗声调严厉地盯着他，就像第一次看见埃尔克莱一样。

"不可能有足够的时间先去利比亚再到意大利的这个地方。"

"你究竟在说些什么？"罗西嘟囔道。

"他在周一深夜逃离美国，周二就到了这里。"

但丁·斯皮罗的声音如刀片般锋利："别再打哑谜了。你给我解释清楚，森林警员！"

"他是个绑架犯，尽管他喜欢最后才杀死他的被害人。他被称作'作曲家'。他用受害者的死亡过程来创作他的乐曲。"

高级警监和检察官，还有丹妮拉，似乎都不知道该说什么。

"看那个。"埃尔克莱指着公交车站长凳后面。

一个迷你绞刑绞索挂在一根横梁上。

第十一章

埃尔克莱·贝内利对在场的人说道:"欧洲刑警组织昨天发出的通告,有一条来自美国驻布鲁塞尔大使馆。你们没有看到吗?"

斯皮罗瞪着这名年轻的警员。于是埃尔克莱继续说:"好吧,长官,这个人——他们已经确认是一名白人男性,不过还不知道他的名字。他在纽约绑架了一名受害者,并且在现场留下一根和现在这个类似的绞索,作为他的标志。他折磨那个人,受害人差点就死了,万幸在最后关头被及时救了下来。犯罪嫌疑人逃走了。美国国务院方面认为他逃往国外,但无法确定他会在哪个国家露面。现在看起来他来意大利了。"

"一个模仿犯,肯定是。"斯皮罗冲着绞索点点头。

埃尔克莱迅速回答道:"不,这不可能。"

"不可能?"斯皮罗提高嗓门。

年轻的警员涨红了脸,低下头:"嗯,长官。我是说这不太像。事实上正是出于对模仿犯的顾虑,绞索这个特征尚未对大众公布。的确,也许会有什么人看到了视频;但是克洛维说那是一个身材魁梧的白人男性,他身穿黑色套装。再加上绞索?这都与纽约警察局对绑架者的描述十分吻合。我认为一定就是他。"

罗西轻声笑了一下："你是一名林业警员，为什么你会读到欧洲刑警组织的通告？"

"同样来自国际刑警组织。还有咱们的国家警察局和宪兵部队从罗马发来的通告。我经常留意这类信息，想着说不定什么时候会对工作有帮助。"

斯皮罗咕哝着："在林业局？这种可能性大概就像教皇去世。"他把视线停留在已经全然变黑的天色中，然后说："关于那个视频，报告中还说了些什么？"

"他通过一个叫YouVid的网站发布了一则被害人被吊起来的视频，伴有音乐。"

"恐怖分子？"罗西问。

"看上去不是。报告称他在接受抗精神病药物治疗。"

"看起来治疗没起什么作用。"丹妮拉揶揄道。

罗西对斯皮罗说："邮政警察方面，我会让他们去监控网站，做好追踪准备，以备他再上传视频。"

"邮政警察"，虽然名称显得过时，但实际上这个部门是最与时俱进的意大利法律责任分立机构。其全权负责，或者说是主要负责涉及电信通信和电脑的犯罪行为。

斯皮罗说："还有什么其他想法吗？"

埃尔克莱刚想再说什么，却被检察官打断，他问："马西莫？"

"如果他现在正在制造一场死亡，"检察官说道，"我不会花太多时间和人力去搜索尸体，仅派出一队执行，然后加派警力进行盘查和搜寻此区域内的监控系统。"

"好的。"

这话令埃尔克莱感到振奋，因为这样的安排正合他的想法。

斯皮罗接着说："我必须马上返回那不勒斯。晚安，马西莫。

有任何进展请立刻给我打电话。我想要所有的报告,尤其是犯罪现场的资料。如果情况属实,我们要争分夺秒掌握主动权。"说话时,他正看着那个绞索,然后摇摇头走向他的汽车。在钻进车里之前,他停在驾驶位旁边,从口袋里掏出那本皮质封面的书,在上面做了些记录,然后把它重新收好,钻进那辆沃尔沃,绝尘而去。伴着他快速驶离的汽车的是机器的轰鸣声和高高扬起的沙砾;同时,另一种噪声也响彻夜空,那是摩托车靠近的声音。

几个人都转头去看,那辆豪华的莫托古兹斯泰尔维奥1200NTX运动跑车型摩托车沿着高低不平的路面跳跃着。一个身材魁梧的男人跨骑在摩托车上,他头发浓密,下巴上的胡子刮得很干净;身穿紧身牛仔裤、靴子、黑色T恤和深褐色皮夹克。他的左臀部别着一枚国家警察局的警徽,右边是一把大型伯莱塔Px4,点四五口径。"不花哨"——凡是配备它的警员都会如此形容它,不过埃尔克莱私下总觉得"花哨"这个词与任何一款武器都不沾边。

埃尔克莱看着来人把车停下。他是西尔维奥·迪·卡洛,助理警监,很年轻,和埃尔克莱年纪相仿。他朝警监缓步走来,并向这位指挥官以平级之间打招呼的方式点头致敬。罗西和迪·卡洛开始讨论起案情。

这位助理警监是个典型的年轻意大利执法者——英俊,充满自信,相当聪明并且十分机智。此外,当然还有一副好身材,从他那结实有力的肌肉来看,他很可能还是一个空手道好手;或者,可能是某种更加华丽的武打技艺。这肯定能迷倒众多女性——这应该也是他擅长的事之一。

迪·卡洛是精英世界的一员,与埃尔克莱简直有云泥之别。

时尚达人……

埃尔克莱告诫自己：自己对迪·卡洛存有偏见。他当然是在国家警察局自己奋斗得来的现在的位置，显然如此。尽管不论在这世界上的任何地方，也不论在哪个警务机构中，总会在高层中存在诟病——官员关系网中的斡旋和博弈——但是像迪·卡洛这样年轻的指挥官只可能是凭着功绩晋升的。

好吧，埃尔克莱认为自己已经做了他该做的工作——博得了调查者们对这起袭击的关注，向他们提供了关于作曲家的信息。那个卖劣质松露的贩子也跑得无影无踪。是时候回家了——他住在基艾亚区卡里布利多街上的一间小公寓里。周围的房子都比埃尔克莱住的别致很多，不过他选择这里正是因为它的价格便宜，他也花了几个月才把房子收拾得整洁舒适：塞满了从家乡带来的传家宝和他父母在乡下的家里拿来的手工艺品。不仅如此，他还在楼顶养了一窝鸽子，上去照顾它们很方便。此刻，他满心期待着今晚回到那个属于自己的屋顶，凝视着城市散落各处的灯光，喝一杯咖啡，沉浸于目之所及的一小片公园和海湾的美景之中。

他似乎已经听到了伊萨贝拉、威廉和斯坦利的咕咕叫声。

他回到自己那辆福特车，坐上前排座位，掏出手机发了几条电邮简讯，刚要收起手机时，它就响起了提示音。这不是给他的答复，而是来自他的上司的新信息，他想知道目前进展得怎么样。

任务进展……

他指的自然是抓获那个松露贩子。

埃尔克莱的心里一沉，发短信说自己会晚一点提交报告。

现在他实在不想去讨论自己的失败行动。

他发动引擎，把安全带从肩头拉到胸前系好。想着自己的厨房里还有没有可吃的东西。

大概没有吧。没有任何能马上拿来填肚子的东西了。

也许他可以在帕特诺普勒莱斯街的什么地方买份比萨,再买瓶矿泉水。

然后走一小段路到家。

来杯咖啡。

看看他的鸽子们。

伊萨贝拉正在筑巢……

埃尔克莱被来自他左侧的巨大敲击声吓了一跳。

他迅速转过头,看见了罗西的脸,对方正盯着他看。高级警监的头看起来异乎寻常地大,就像是透过厚玻璃或者从很深的水看过去那样。埃尔克莱降下车窗。

"警监。"

"我刚才没有吓到你吧?"

"没有,好吧,是有点。我差点就忘记了,明天我就会准备好给您的报告。您在早上就能收到。"

警监说了句什么,声音却被莫托古兹引擎点火的轰鸣声盖住,变得模糊不清。迪·卡洛掉转那辆重型机车的方向,疾驰而去,身后扬起一条小石子和灰尘混合的尾烟。

等到引擎轰鸣声退去,罗西说:"他是我的副手。"

"我知道的,西尔维奥·迪·卡洛。"

"我向他问起绞索的事。而他对此一无所知,也不知道关于美国的案子——就是那个作曲家。"罗西笑了笑,"而且就像我对此一无所知一样,斯皮罗检察官显然也不知情。不过你却不同,林业警员,你居然对这个案子如此了解。"

"我读了相关报告和通告。仅此而已。"

"我想在我的部门里设置一些临时岗位。"

埃尔克莱·贝内利一时没有回答。

"你能否过来和我一起工作？作为我的助手？当然，仅仅针对此案。"

"我？"

"是的，西尔维奥将会接下目前我手头调查的其他工作。你可以在作曲家案上协助我。我会给你的上司打电话，让他把你派到我这里来，除非你目前还在处理其他重大案件。"

一定是自己产生了幻觉，埃尔克莱感觉自己闻到了一缕芬芳飘过——那可不是松露的浓郁香气。

"不会，我手头虽然有几个案子，不过都不紧急，其他的警员也都可以轻松接手。"

"很好。我需要给谁打电话？"

埃尔克莱给了他自己上司的姓名和电话号码："长官，我明早是否就要向您报到？"

"是的，直接去警察总署，你知道在哪儿吧？"

"知道的，我去过那里。"

罗西退后几步，看着这片区域，然后把注意力集中在公交车站上："关于这个男人，你的直觉是怎样的？你认为这名受害者是否还活着？"

"只要还没有视频公布出来，我觉得答案就是肯定的。他没有必要仅仅因为来到不同的国家就改变自己的犯罪模式。"

"也许你应该联络一下在美国的相关负责人，要求他们给我们提供手头有关这个家伙的一切信息。"

"我已经这么做了，长官。"

刚刚他发送的邮件正是发送给纽约警察局，并且抄送国际刑警组织的。

"你已经做了?"

"是的,而且我还擅自做主,向他们提供了您的名字。"

罗西目光炯炯,继而微笑道:"那么,明天见。"

第十二章

"看过那不勒斯,死也瞑目。"

引自某一首诗。

或者某人。

据斯蒂芬所知,它真正的意思是说,一旦你看遍一座城市,并且尝试了一切它能带给你的,那么你的心愿已了,此生足矣。生命中就再无其他更多值得去经历的事物了。

好吧,对他来说,这是一句极为贴切的引用。因为等到他做完手头的事——如果他能成功,如果他能够取悦她的话——他就能达到大和谐。他的人生也随之圆满。

此刻,他正在坎帕尼亚附近的临时住处,位于其首府那不勒斯。这里很破旧,和周围大多数建筑差不多,到处弥漫着腐臭味,遍地垃圾和老鼠,而且这里很冷。不过这些根本不会困扰到他。斯蒂芬对这些嗅觉、味觉、触觉和视觉上的感知兴味索然,耳朵才是他唯一重要的感官。

斯蒂芬所在的房间光线昏暗,与他在纽约的老窝没什么不同。他穿着牛仔裤和白色的无袖T恤,外面套着深蓝色的工作衫。两件衣服都紧绷在身上(药物令他能够控制自己不失去理智,也使他的体重居高不下)。他穿着运动鞋。现在他的外表看起来与在美国时判若两人：他剃了光头——这在意大利很普遍——还把络腮胡和唇边的胡茬刮得干干净净。他需要让自己看起来不那么显眼。他相信事情会在这里传开，这是迟早的事——关于绑架者和他的"作品"。

他站起身看向窗外无尽的黑暗。

没有警车经过。

没有窥视的眼睛。

没有阿耳特弥斯。他已经把红发女警甩掉了，她被留在美国了，不过这并不意味着不会有其他人出现在这里——说不定她的兄弟或者表亲或者其他什么神——正在寻找他。他觉得情况就是这样。

但是他目光所及之处只有黑暗和远处意大利夜景的微光。

意大利……

这是多么美妙的地方，多么神奇。

这里是斯特拉迪瓦里弦乐器的家乡，这种价值连城的宝贝曾因为被盗或者某位粗心大意的音乐家把它遗落在出租车后座，而偶尔出现在《纽约邮报》的头版头条。然而，此时此刻，他却在用更多这样的低音提琴琴弦编织另一个绞索，为自己下一首曲子做准备。绵羊或是山羊的肠衣——噢，他已经沉醉于这些材质的拉伸和刮擦中。其实斯蒂芬能感受到内疚带来的心痛，这是在惋惜自己在美国冒险时用掉的那些材料。

不过补救也很容易。他在美国购买了充足的补给，担心在这里采购有可能会把办案人员吸引过来。

意大利……

这里是众多歌剧作曲家的故乡，威尔第和普契尼属于意大利。他们超凡卓越。

斯卡拉歌剧院属于意大利，它拥有一切人造音乐厅中最为完美的音响效果。

尼克洛·帕格尼尼属于意大利，他是最杰出的小提琴家、吉他弹奏者以及作曲家。

斯蒂芬回到他的凳子前坐下，戴上耳机。他把音量调大，一边继续搓捻肠线使它合股并打结成绞索，一边让耳机里的声音爱抚着他的耳膜、他的头脑以及灵魂。大多数人手机里的音乐列表中无非是民族、古典、POP以及爵士乐，或者干脆每种都有一些。斯蒂芬的硬盘里当然存储着大量的音乐，不过他保存的是数以千兆计的纯声音：蟋蟀唧啾、飞鸟振翅、打桩机轰鸣、蒸汽机鼎沸、血液在血管中流淌、风声和雨声……他到处收集这些声音，已经拥有上百万条——几乎可以媲美美国国会图书馆国家录音登记簿。

每当他产生某些情绪或是黑色尖叫来袭时，他就会因为自己收集的声音数据有限而感到意志消沉：他的收集仅限于最近的十九世纪。摩西之子创造了自动管弦乐器，水风琴和长笛，那是在九世纪的巴格达；而如今的八音盒演奏仍然沿袭其自中世纪以来的旋律，不过它们所诠释的音乐更像来自乐谱——纯属娱乐。

这是欺骗。

这根本不是一回事。

哦，我们的确会惊叹于伦勃朗的肖像画，但这是真的还是——伪造的？那是艺术家对这个主题的构想。如果斯蒂芬会被视觉感官左右，他宁愿用一百张荷兰大师的画作交换一张马修·布雷迪的照片，或者弗兰克·卡普拉，或者黛安娜·阿巴斯。

对于人类声音真正的首次记录出自爱德华·里昂·斯科特·德·马丁维尔，是一位居住在巴黎的法国印刷工、书商，一位法国发明家,他发明了声波振记器,尽管当时还不算真正的捕获声音,而仅仅是描绘出其波动,看起来很像测振仪绘制的波形图(斯蒂芬很清楚有传说讲这位德·马丁维尔曾经记录下亚伯拉罕·林肯的声音;他曾经竭尽所能去尝试探寻这个传言的真伪,以及如果传言为真,那么会被存放在何处。后来他发现这其实是假的,所谓的录音根本不存在,此事让这位年轻人情绪一度极为低落)。就像一直困扰他的另一个围绕留声机的说法,相传这是由另一个法国人查尔斯·克罗斯在继声波振记器二十年后的发明;据称它已经可以记录声音,但是没有一台实物被发现过。现存的第一台可录音设备是由爱迪生发明的留声机,发明于一八七八年。斯蒂芬拥有爱迪生的每一份记录。

斯蒂芬应该被赐予一台留声机,早在两千年前!或者是三千,不,是四千年前!

他用戴着手套的双手测试了一下绞索,用力拉紧——同时小心翼翼地避免乳胶手套被它割破。

在他的播放列表中,正在播放一些唰唰声。那是用磨刀石反复打磨刀刃时发出的声音。这是斯蒂芬最喜欢的声音之一,他闭起眼睛认真地听着。就像许多,但并非大多数声音那样,这可以通过多种方式获得:一个恐吓,一个工人工作时,或是一位正在为孩子们准备晚餐的母亲。

弄好绳索之后,他摘掉耳机又朝外面看去。

一片漆黑。

阿耳特弥斯不在这里。

他打开新买的卡西欧键盘开始演奏。斯蒂芬熟知这曲华尔兹,能凭借记忆弹奏全曲,一曲终了,他又弹奏了一遍,又一遍。在弹奏第三遍时,他开始从后半部放慢节拍,直到余音曲终，尾音仍长鸣于单音 D 音阶上。

他抬手离开键盘，回放刚刚的演奏录音并且感到满意。

现在就差节拍部分了。

这应该很容易，他心想，向起居室那边的角落看去：阿里·麦塞克，不久前刚从利比亚的黎波里来到这里，现在就像个破布娃娃一样倒在那儿。

III 导水槽

九月二十三日，星期四

第十三章

　　警察总署位于那不勒斯国家警察总部,在麦地那街七十五号,是一座令人印象深刻的法西斯风格白色大理石建筑。楼顶上"警察总署"这个词的每个字母使用的字体,是任何一个学习拉丁文的学生都可以轻易认出的类型(这个单词中的字母"U"笔锋犀利,类似于字母"V"),大楼的建筑主体结构借鉴了罗马建筑元素(比如鹰形徽记)。

　　埃尔克莱·贝内利于大门前的石阶上驻足,眯起眼睛仰望这座恢宏的建筑,然后用力拉平身上的灰色制服,弹落灰尘。他的心怦怦跳着,怀着好奇、喜悦和紧张的复杂心情,走了进去。

　　在他走近一位行政事务员时,对方问道:"你是贝内利?"

　　"我……是的,我是。"很意外自己就这样被认出来。先前罗西表现出希望他能尽快调来的态度也曾令他颇感意外。

　　面前这位事务员面无表情地看着他,检查着他的证件——那是国家林业部颁发的,然后挥手示意他可以通过,同时告诉他一个房间号码。

　　五分钟后,他走进这个房间,这大概就是绑架案调查专案作战室。屋子里的空间很狭窄,阳光透过落满灰尘的百叶窗缝隙投射进来,形成一道道光束。地板被磨损得遍布划痕,墙面也是如此，公告板上满是卷边的通告，新的警方调查通告压在旧的上面。他凑到跟前，可以看见最上面的几张，有的是几个月前发生的，也有几年前的。埃尔克莱觉得，这里和林业警署的配备相比，也没有什么太大的差别；之前他们也有一间大型会议室，用于警员们在展开联合行动前开会，行动则包括诸如突袭橄榄油掺假窝点、山地营救或者扑灭森林火灾。

一块很大的外侧有框架的白板被挂在那里，上面有很多照片和黑色记号笔做的标注。另外一块挂着正方形的"通缉令"图片，上面是《我的世界》①里面的角色——这显然是个玩笑。埃尔克莱之所以清楚这个，是因为他曾经和哥哥十岁大的儿子一起玩过这款游戏；小安德烈转入生存—战斗模式，却没有告诉他的埃尔克莱叔叔。

房间里有两个人，马西莫·罗西正在和一位年轻女子说话，她身材丰满圆润，有一头浓密卷曲的黑发，皮肤散发着光泽，眼镜下方是一双碧绿的大眼睛，身上穿的白色夹克胸前印有"科学警察"字样。

罗西抬起头："啊，埃尔克莱，进来，快进来。你总算找到我们了。"

"是的，长官。"

"这位是碧翠丝·伦扎，她是法医学警员，被调来跟进作曲家案。这位是林业警官埃尔克莱·贝内利，他昨晚帮了很大的忙，暂时调过来和咱们一起工作。"

这位看上去三十岁出头的女士心不在焉地点点头。

"长官，我带来了报告。"埃尔克莱递给他两页写满内容的黄

---

① 一款全球售卖超过五千五百万套的火爆沙盒游戏。

色纸张。

碧翠丝朝纸上扫了一眼，皱眉道："你没有电脑吗？"

"有啊，我有电脑，你问这个干吗？"

"你有打印机吗？"

"我家里没有。"他有所戒备地回答。

"这样读起来很费力。你应该用电子邮件把内容发给我们。"

他有点心慌地说："我想，我是应该这么做。可是我没有电子邮箱地址。"

"警察总署网站主页总还能用，这不需要单独说明吧。"她转身对着罗西，交给他一页打印得很规整的报告——额外还有六张照片，然后便向罗西告别。这位女士离开了作战室，没有再理会埃尔克莱。这对他来说倒没什么；他才没时间自大，也没那么自以为是。

因为他在后悔自己没把报告敲到电脑里并且把它以电子邮件附件的形式发出，或者至少该给家里那台打字机换上新色带。

罗西说："碧翠丝对昨晚在公交站发现的证据已经做了分析。能否请你把这些写到那边的信息板上？连同你和我的笔记一起，还有把在犯罪现场拍摄的照片也贴上去，我们都是用这样的方式跟踪调查进度情况，把线索和人联系起来的。图表分析非常重要。"

"好的，警监。"

他从罗西手里接过那几页报告，开始抄写上面的信息，他感到脸红，因为注意到罗西这位被看作老派侦探的人物，他的报告也是用电脑打印出来的。

"我还没有从美国方面得到什么消息。"罗西说，"你呢？"

"还没有。不过在我和他们取得联系时，他们承诺会以最快的速度把一切可能的相关细节和证据报告发过来。与我对话的女士是纽约警察局专门负责这个案子的警官，听说咱们找到这个人后感到非常宽慰。之前他逃脱了他们的司法管辖范围，这让他们一度非常沮丧。"

"关于这家伙跑到这儿来，她有没有什么想法？"

"没有，长官。"

罗西若有所思地说："几天前，我了解到美国人对他们的出口感到很不安，关于经济、就业等等，你知道的。但是出口连环杀人犯也太离谱了吧？他们应该继续推进那些流行音乐人，无酒精饮料和计算机合成特效的好莱坞大片才对。"

埃尔克莱不知道该不该笑，他还是微笑了一下；罗西也回以微笑，接着便读起笔记来。年轻的警员在信息板前缓缓移动，同时把笔记抄录上去并贴上照片。这位身材瘦高的男人，身处丛林里或者岩壁上的时候，远比待在餐馆、商店或者起居室里自在得多（所以，他在这座城市中最喜欢的"窝"就是他的公寓楼顶鸽子窝旁边那把椅子和小桌）。他的身体——胳膊、腿、手肘、膝盖会像出厂时调试好的机器那样惬意——而待在这样的地方令他非常局促、不知所措。

他写完以后，想站远一点检查图表内容，正好撞上走进来的西尔维奥·迪·卡洛，也就是罗西的副手。迪·卡洛进屋给罗西送来一份文件，埃尔克莱没看见他。这位英俊帅气、堪称完美的年轻警官没对埃尔克莱怒目而视，更糟的是，他露出宽容的微笑，好像埃尔克莱是个孩子，刚才不小心把黑莓冰激凌球掉在他熨烫平整的衬衣袖子上。

他敢肯定，迪·卡洛现在对自己这个局促不安的闯入者很不满，自己夺走了一小部分原属于他的光芒，那是作为罗西最喜爱的门徒的荣耀。

"邮政警察正在监控YouVid网站吗？"迪·卡洛走后，埃尔克莱问罗西，现在他的语调自然并且充满自信。

"是啊，是啊。但是这有点繁杂，每小时都有成千上万的视频被上传。人们好像宁可把时间浪费在看一些乱七八糟的东西上，也不去读书或者与人交谈。"

又有人走进房间。埃尔克莱很高兴看见来人是昨晚见过的那位特警队女警官——丹妮拉·坎通，迷人的金发美女。这是多么漂亮的脸庞啊，他再次暗暗地想着，就像个精灵。从昨晚起，他就忘不了她那迷人的天蓝色眼影，这种色彩在当今的流行时尚中并不常见。在他看来，这表示她是坚持自我的类型，有自己的风格。他还注意到这是她仅有的妆容——她不擦口红，也不涂睫毛膏，身上剪裁合体的蓝色制服衬衣和紧身裤衬出丰满的身材和性感的曲线。

"警监。"她抬头看了看埃尔克莱，投来一个友善的微笑。看来没把昨晚他那种鲁莽的握手方式放在心上。

"坎通警官，你有什么进展？"罗西问。

"尽管这个案子有点像克莫拉的作案方式，不过，据我的线报，他们看起来并未牵连其中。"

她的线报？埃尔克莱思忖着，丹妮拉是特警队的成员。他觉得克莫拉的案子应该由更高级别的单位负责。

罗西说："我很感谢你的调查，不过看起来咱们的'黑老大'应该与此案无关。"

"黑老大"……

这个词是黑帮使用的"黑道上的行话"，意指帮派"黑老大"①，也就是"首领"或者"老板"，旧时在那不勒斯街头匪帮的说法。

她接着说："不过我不是很肯定。你也知道他们的行事方式，极其低调隐秘。"

"毫无疑问。"

克莫拉帮派由若干个独立的小集团组成，某个小集团的行动并不需要知会其他团体。

接着她说："不过也不是一无所获，长官，有传言说最近有些非常麻烦的'光荣会'②成员来到了那不勒斯。没什么特别之处，但是我觉得应该知会您一声。"

这引起了罗西的注意。

意大利有几大知名犯罪组织团体：西西里黑帮"黑手党"，那不勒斯及其周边的"克莫拉"，普利亚大区的圣冠联盟③，后者位于意大利东南部。然而最危险的也许就是辐射范围最广的（甚至包括苏格兰和纽约等地）"光荣会"，总部在那不勒斯以南的卡拉布里亚地区。

"真奇怪他们的成员怎么会到这里来。"这里可是他们的对手克莫拉帮的地盘。

"的确，我有同感，长官。"

"你可以继续跟进这条线吗？"

丹妮拉回答："我会试试看。"她转向埃尔克莱，好像突然记起他似的，盯着他的灰色林业警察制服说，"啊，你是昨晚那个。"

---

①原文为意大利语，后文均以仿宋字体表示。
②意大利黑手党家族之一，主要存在于意大利的卡拉布里亚（Calabria），也被音译为恩德朗盖塔或盖塔。
③或称萨克拉·柯罗纳·尤尼他。

"埃尔克莱。"也就是说刚才她的微笑并不是因为认出了他。

"丹妮拉。"

这次他没勇气再伸出手,只是以西尔维奥·迪·卡洛那种点头方式冷漠地点了点头。

一阵短暂的沉默。

埃尔克莱脱口而出:"你要不要喝水?"

然后就像她不认识矿泉水一样,他伸手指着警监桌上的圣培露①,那瓶打开的水就放在桌子边上。

结果他一下子就把这瓶水打翻了,一公升装的玻璃瓶掉在地上滚动起来,伴随着泡沫,水从瓶里汩汩冒出,顷刻间流了一地。

"哦,不,哦,我真的非常抱歉……"

罗西暗自发笑,丹妮拉侧着头困惑地看着埃尔克莱的动作,小伙子慌乱地从屋子一角抄起一卷纸,从上面扯下一大堆,然后蹲在地上胡乱擦拭着。

"我……"涨红脸的年轻人结结巴巴地说,"看我都干了些什么啊?真的非常抱歉,警监。没溅到你身上吧,坎通警官?"

丹妮拉回答:"没关系的。"

埃尔克莱继续不停地擦着。

丹妮拉离开了作战室。

埃尔克莱的目光追随着她,保持着自己跪伏在地板上的姿势,他注意到又有人站在门口,是但丁·斯皮罗,那位检察官。

他没有看埃尔克莱一眼,就好像这位年轻的警官根本不存在一样。他和罗西打了招呼后,就去审视信息板了。埃尔克莱认出

---

①意大利矿泉水品牌。

了从他的侧口袋里不经意露出来的那本皮质封面书。之前他就在那上面草草写过些什么。

今天斯皮罗穿的是黑色休闲裤和紧身棕色夹克，夹克上有个黄色正方形口袋，里面是一件白衬衫，没打领带。他把一个公文包放到桌角，动作自然得好像这是他自己的办公桌一样，于是埃尔克莱猜测他应该是这里的常客。这位长官的办公室——那不勒斯法庭检察官办公室——坐落于贝利萨里奥格里马尔迪街。办公室离这里的警察总署并不远，仅十分钟车程。

"斯皮罗检察官。"他招呼道，手上还在不停擦着。

对方瞥了一眼埃尔克莱，接着皱起眉思索，这到底是谁。

"还有什么消息吗，马西莫？"斯皮罗问罗西。

"把埃尔克莱和碧翠丝对证物的分析写上，和他和我的笔记一起。"说着朝板子上的内容扬了扬下巴。

"谁？"

罗西指了指埃尔克莱，小伙子正把湿透的卷纸扔进垃圾桶。

"昨晚的那位林业警员。"

"哦。"显然斯皮罗错把他当成清洁工了。

"长官，很高兴又见到您。"当注意到斯皮罗再次忽视他时，埃尔克莱的微笑僵在脸上。

"关于那张电话卡呢？"斯皮罗问道。

"邮政警局称他们会在一小时内找到相关信息。同时他们也在监控网络上的视频上传，目前还没有什么发现。此外埃尔克莱估计咱们很快会从美国警方那里得到更多情况。"

"又是他说的？"斯皮罗语气中满是挖苦。他从口袋里掏出一支方头雪茄，把一头放进嘴里，但并没有点燃，他还在盯着信息板看：

绑架案，公交车站，德尔弗拉索街，近阿布鲁佐社区

- 被害人：
  - 身份未知。利比亚人？或与利比亚有关系？可能是北非人。难民？推测年龄：30—40岁。清瘦，蓄须，黑色头发。
- 行凶者：
  - 目击者没有看清，但可能是美国人，白人男性，30多岁。蓄须，浓密长发（信息来自纽约市警察局）。
  - 黑色衣服，黑色棒球帽。
  - 被称作作曲家（信息来自纽约市警察局）。
  - 正在核查飞往罗马和那不勒斯的航班清单。其他可能的地点？目前没有。
- 交通工具：
  - 黑色汽车。制造商和型号未知，但轴距表明为大型车辆：美国产或德国产？
  - 轮胎印显示为米其林 205/55R16 91H。
- 物证：
  - 人类血迹（血型为AB型），样本中含丙二醇，三乙醇胺，亚硝胺，月硅酸钠硫酸盐。
  - DNA检测结果，以下数据库中均未发现匹配者：
    - 英国：DNA国家数据库（NDNAD）。
    - 美国：DNA联合索引系统（CODIS）。
    - 国际刑警组织：DNA网关。
    - 普鲁姆条约数据库。
    - 意大利国家数据库。
  - 氮化合物——氨水，尿素和尿酸——氢，氧，磷酸盐，硫酸盐，二氧化碳。以及：C8H7N（吲哚），4—甲基—2，3—苯并吡咯（粪臭素）和巯基（硫醇），悬浮于纸纤维表面。干燥，陈旧。

·高分子聚合物 cis—1 分解碎片，4—聚异戊二烯，（硫化）热凝物。半透明，很陈旧。

- 伊丽莎白巴尔通体细菌：

  ·三十二根毛发——属于动物。狗毛？等待科学技术警员分析出是什么动物。

  ·铅。

  ·铁屑（铁 Fe），单侧生锈（见照片）。

  ·地石灰岩。

  ·电话卡，购买于阿尔扎诺烟草杂货店，在那不勒斯。没有监控录像，现金支付。

  ·等待邮政警察的分析结果。

- 指纹：

  ·未见和欧洲难民指纹数据库、国际刑警组织、欧洲刑警组织或意大利刑警组织、综合自动指纹识别系统（美国）、国家警察局指纹数据库（英国）匹配的指纹。

- 足迹：

  ·推测被害人穿耐克运动鞋，四十二码。

  ·推测行凶者穿匡威牌滑板运动鞋，四十五码。

  ·血迹，其他液体：同上。

  ·现金，十一欧元和三十第纳尔（利比亚货币）。

  ·小型刽子手型绞索，由某种乐器的琴弦制成——可能是大提琴。长度约为三十六厘米（根据纽约警察局的信息判断，类似于纽约绑架案中的绞索）。

- 目击者陈述：
  · 目击者当时正骑自行车到公交车站附近，被害人就站在那里。他注意到黑色小汽车就停在附近，距离路边大约十米远的地方的灌木丛后。推测可能在等被害人，或是在被害人抵达后开车躲到那里的。然后犯罪嫌疑人突然袭击被害人，两人随即发生激烈搏斗，没有观察到挑衅行为。随后目击者离开现场去寻求警方协助（目击者的信息已经记录在案，见罗西警监资料）。
  · 寻访结果：未发现除自行车手以外的其他人目击案件或汽车。
  · 监控系统：半径十公里内没有发现。
  · 失踪人口报告：无。
  · 未发现克莫拉或其他犯罪组织牵涉此案。
  · 存在光荣会在该区域内活动的可能性，但未能证实与此次绑架案有关联。
  · 动机不明。
  · 美国方面会从纽约市提供犯罪现场分析。
  · 邮政警局正在监控YouVid网站，为追踪做准备，一旦凶手上传被害人的视频便开始追踪。

"碧翠丝的专业性工作完成得很好。"斯皮罗说。

"是的，她很优秀。"

检察官似乎在轻微晃动身体，他盯着这些文字说："这是什么词？"

"细菌，长官。"

"我差点没能认出来。写字要再仔细一些。"然后他开始审视照片。斯皮罗咕哝道:"看来这个美国的变态在假期来到这里,在他通常狩猎的区域以外寻找牺牲品了。我们能发现什么模式吗?"

"模式?"埃尔克莱微笑着问。他擦拭完余下的一点水渍,站起身来。

这位清瘦的检察官慢慢地转过头,埃尔克莱看到他那极为深邃黝黑的双眸。"怎么了?"尽管斯皮罗的个头比他矮,可是埃尔克莱还是感到自己在仰望检察官的眼睛。

"长官,我不能确定。"

"'不确定,不确定。'告诉我你是什么意思。"他语气充满愠怒,"我很想知道,你不能确定这些,那么你到底能确定什么?"

埃尔克莱收敛笑容,脸涨得通红,他咽了咽口水:"长官,无意冒犯,为什么一定会有模式?他都是随机挑选的被害人。"

"解释给我听。"

"好吧,这很明显。根据欧洲刑警组织报告,他在纽约城找了一名被害人,似乎是个商人。然后他逃到意大利继续作案,看起来,他挑了一个在乡村公交车站等车的外国人。"他露出笑容,"我看不出这有什么模式可言。"

"'看不出什么模式,看不出什么模式'。"斯皮罗咂摸着这句话,就像是在品味葡萄酒,他一边慢慢地踱步,一边研究图表。

埃尔克莱又咽了口口水,看向罗西,对方也刚好向他们两人投来一个微笑的眼神。

"你认为事实是怎样的,林业警员……"

"贝内利。"

"——那辆绑架者的汽车就停在荒无人烟的路边,绑匪在旁边的灌木丛里守株待兔?这还不能表明他是有预谋的吗?"

"还不能确定绑匪是何时抵达的。他有可能是先于被害人到达,也可能是在他之后。我认为最好的情况是,他预谋要绑架'一名'受害者,但是不一定是'这名'受害者。所以,关于模式,我觉得不能确定。"

斯皮罗瞥了一眼手表——那是一只很大的金表,埃尔克莱没能认出品牌。他对罗西说:"我在楼上与另一位警监还有个会议。如果发现任何视频就通知我。哦对了,林业警员?"

"是的,长官。"

"你的名字是埃尔克莱,对吗?"

"是的。"

他总算记住我了,而且他似乎在考虑我关于模式的看法。埃尔克莱暗暗有种胜利感。

"取自神话。"

他的名字是意大利语版的"大力士赫拉克勒斯",罗马之神。

"我父亲喜欢古代传说和……"

"你也有像赫拉克勒斯一样被要求完成的十二项任务?"

"是的,是的!"埃尔克莱大笑起来,"为了忏悔,为国王欧律斯效忠。"

"可你没能完成你的……"

"我的……"

"你的任务。"

片刻的沉默。

避开那个男人凶狠的眼神,埃尔克莱说:"对不起,长官?"

斯皮罗指出:"你遗漏了那边的一摊水渍。不要让水漏到地砖下面;所以,你得把那里清理干净,现在就去,明白吗?众神是会不满意的。"

埃尔克莱低下头,短暂地沉默了一会儿,最后还是因为无法遏制的愤怒而脸色通红:"我马上就去清理,长官。"

斯皮罗一走,埃尔克莱就彻底败下阵来。他抬头看向门廊外,罗西的门徒西尔维奥·迪·卡洛就在那儿,他正朝里面看。这位英俊的警官应该看到了穿便装的检察官——以及那个要求擦干地板的命令,这是个明显的暗示——埃尔克莱甚至都算不上一个称职的保洁工,更不要说警探了。他脸上毫无表情,迪·卡洛移开了视线。

埃尔克莱对罗西说:"瞧我都做了些什么啊,警监?我仅仅是陈述从事实看起来合乎逻辑的东西。我看不出有什么模式。一起案件发生在纽约城,一起则发生在坎帕尼亚的群山中。"

"啊,你这是犯了一叶障目的毛病。"

"叶子?什么叶子?"

"这是一种微妙的心理状态,经验不足的探员常会落入这样的误区,基于最初的证据,你现在已经得出这样一个结论——这是随机性犯罪。抱持这样的意见,你就不会再愿意去拓展调查范围和考虑那个作曲家也许是有预谋地袭击某些特定目标;反之,如果我们能够找到他的行为模式,就能更早抓到他。"

"目前来看,有可能找到这个模式吗?当然不可能。难道斯皮罗检察官觉得这像是模式犯罪吗?当然不是。但是我想不出谁能在这方面比他更有经验。他会考虑所有因素,而不是妄加评判,哪怕其他人都早已有了结论。通常情况下,他都是对的,其他人却错了。"

"打开思路。"

"是的,打开思路。一名警探最重要的特质就是能够做到这点。所以现在,咱们需要同时考虑模式犯罪和非模式犯罪。"

"我会记住这一点的,警监,非常感谢您。"

埃尔克莱再次低头看着地砖上的那摊水洼。他已经用掉了整整一卷纸。他走到门外,快步经过迪·卡洛身边,助理警监正在手机上敲字。我的上帝啊,这个男人真是时髦,从发型到那锃亮的鞋子,全身上下都这么时尚。埃尔克莱假装没看见他的目光,径直穿过走廊去男士卫生间拿回更多的卷纸。

当他返回时,注意到丹妮拉·坎通在走廊结束了与同僚的交谈——就是那位金发的贾科莫·席勒。随着他的离开,埃尔克莱悄悄地把卷纸藏在背后,迟疑着走近她。"抱歉,打扰一下,我可以问你一个问题吗?"

"哦当然可以,警员……"

"请叫我埃尔克莱吧。"

她点点头。

他问道:"检察官斯皮罗……"声音低到几乎是在耳语,"他是一直都这么冷酷吗?"

"不,不,不。"她说。

"哦。"

"通常情况下,他要比这无礼得多。"

埃尔克莱挑起眉毛:"你听说过他?"

"我们都听说过。"

埃尔克莱短暂地闭上眼睛:"我的天,他还会更凶?这不会是真的吧?"

"是的。他是个令人生畏的人,毫无疑问,他很睿智。但是他无法容忍别人在事实上或者审判中犯一丁点错误。一定要小心别惹怒他。"她放低声音,"你看见他口袋里的本子了吗?皮质封面那个?"

"看见过。"

"那个本子他从不离身。人们都说那是一个账本，里面都是他记下来的人名，那些反对他的人或者无能之人，有可能会损害他前途的人名。"

埃尔克莱回想着不久前看到RAI电视台节目上的检察官，流畅地应答关于他政治生涯事业机会的各种问题。

"他刚才就在本子上写了些什么，就在他离开的时候！"

她看起来有些不安。"也许这只是个巧合。"她漂亮的蓝眼睛打量着他的脸，"无论什么事，一定要小心，警员。"

"我会的，谢谢你，你真是太好了，我……"

"埃尔克莱！"一个声音在走廊那边吼道。

他倒吸一口凉气，转身看见警监马西莫·罗西从作战室中一阵风似的出现。这有点奇怪，更令人感到不安，看到一向沉稳的警监变得如此焦躁。

难道是邮政警局发现作曲家上传了视频？

还是有人发现了利比亚被害者的尸体？

"抱歉，我得走了。"他从丹妮拉那转身离开。

"埃尔克莱。"她说。

他停下来回头看她。

她指着地上，他把纸卷掉在那里了。

"哦。"他折回来捡起这些纸卷，然后沿着走廊向罗西跑去。

警监说："看来你向美国方面要求的关于绑架犯的信息发过来了。"

埃尔克莱有点困惑，罗西脸上的表情变得比刚才更加忧心忡忡："这对咱们来说不该是个好消息吗，长官？"

"很显然不是。跟我来。"

第十四章

林肯·莱姆环顾这间那不勒斯警察局总部破旧的大堂。

尽管他之前从未来过这里,这些建筑却是惊人地相似,执法部门甚至不需要翻译。

人们进进出出,警官们身穿几种,不,是很多不同风格的制服——大部分都很漂亮,而且与美国同级别的制服相比,看起来更加奢华。一些身穿便衣的警官会在腰间或者脖子上佩戴警徽;也有一些平民——被害人、目击证人、律师之类。

一派繁忙景象,就像那不勒斯以外的地方,而那不勒斯则更加忙乱。

他再次研究起这座建筑来。

汤姆对莱姆和萨克斯说:"建于战前。"

对莱姆来说,这个说法在意大利大部分人的认知里指的是第二次世界大战。与美国过去的八十年不同,意大利并没有让坦克、步兵和无人机经常出现在世界各地。

汤姆顺着他老板的目光看过去,并说:"法西斯时代的。你知道那时意大利是法西斯的诞生地吧?第一次世界大战。墨索里尼制定了这种标准风格。"

莱姆先前对此并不了解。不过,他自己也承认,对刑事侦查学以外的知识，他确实知之甚少。如果对他解决案件没有帮助，那就不算什么有意义的事实。尽管如此，他确实知道这个词的起源。于是他说道："'法西斯'这个词出自'束棒'。警卫手持成捆的棍棒，象征古罗马官方的权威。"

"就像是说话温和而手持大棒？①"萨克斯问道。

聪明。不过林肯·莱姆此刻的心思全没放在这个聪明的比喻上，此刻他满脑子都是那个不同寻常的、令人烦恼的、针对作曲家的案子。

啊，终于来了。

两个男人出现在走廊里，他们的目光集中在这些美国人身上，其中一个五十多岁，衣服皱巴巴的，身材魁梧，一身肌肉。他身穿黑色套装，白衬衣，打领带。跟在他身后的是一名高个子的年轻人，三十岁左右，身穿灰色制服，胸前和肩头都有徽章。他俩交换了个眼神，然后快速朝三人走过来。

"您就是林肯·莱姆。"年长的人说，他讲英语时口音很重，不过长音很清晰。

"这位一定是阿米莉亚·萨克斯警探，还有汤姆·莱斯顿。"

按惯例，她亮出自己的金色警徽。不像束棒那么令人印象深刻，尽管如此，它依然是某种授权的象征。

尽管他到意大利的时间还很短——大约才三个小时——莱姆还是面对了大量拥抱和贴面礼。男人与女人，女人与女人，男人与男人。而现在，甚至都没有人伸出手来握手——至少这位老警察没有，当然，他是负责人。他只是点点头，脸上满是谨慎的僵硬表情。年轻的那位警察走上前来，刚伸出手，看见他上司沉默

---

① 西奥多·罗斯福的名言："轻声细语，带上手杖，你就能走很远。"

的样子，又马上退了回去。

"我是警监马西莫·罗西，国家警察局的，你们是从纽约来的？直接过来的？"

"是的。"

年轻人眼睛里流露出敬畏之色，就像看见了真正的独角兽："我叫埃尔克莱·贝内利。"

很奇怪的名字，发音很像空气戈莱[①]。

他接着说："我很荣幸能见到像您这样值得尊敬的人物。还有您本人，萨克斯小姐。"他的英语说得更好一些，口音也比罗西轻。这大概就是年代差别。莱姆怀疑YouTube和美国电视频道占用了这个年轻人不少闲暇时光。

罗西说："咱们上楼吧。"接着又加了一句，好像他必须这么做一样，"目前暂时这样。"

他们沉默地上到三楼——实际上是美国人说的四楼；莱姆在导游手册上读到过，在欧洲，地面所在楼层为零层，而不是一层。

走出电梯，当他们走在光线充足的走廊上时，埃尔克莱问道："您是坐商务飞机来的吗？"

"不是的，我搭乘一架私人喷气式飞机来的。"

"一架私人喷气式飞机？从美国！"埃尔克莱吹了声口哨。

汤姆微微一笑："那不是我们的。一位林肯曾经在案子上提供过帮助的律师最近把它借给我们。这架飞机将在接下来的十天里运送他的客户们到欧洲各地去宣誓做证。我们原本打算借此机会做些安排，结果突然冒出这么个案子来。"

格陵兰，莱姆想着。或者其他什么适合度蜜月的地方。不

[①] 空气的英语为air。

过，他没有跟警官们提起这些。

关于他们造访的预计期限——十天，作为一个持反对意见的人，或者他反对意见中的一部分——罗西偏着头，看起来不怎么高兴。莱姆知道，从收到埃尔克莱发来的电邮称作曲家在意大利出现，莱姆和萨克斯彼此对视并决定来这里的那一刻起，他们当然知道自己是不会受欢迎的。因此他很高兴汤姆说出这个十天的期限；当然，意大利人原以为他们来访之后会尽快离开，这也是情理之中的事。

萨克斯对埃尔克莱说："你英语说得不错。"

"谢谢。当我还是个'小家伙'、小男孩时，我就开始学英语了。你会说意大利语吗？"

"不。"

"但是你说了！意大利语的'不'。"

没人微笑着回应他，于是他闭上嘴，脸红起来。

莱姆环顾四周，这个地方看起来依然那么似曾相识，与纽约警察局总部几乎没什么差别。到处都是匆忙的警探和身穿制服的警员，有些笑话，有些愤怒，还有些无聊。信息都写在一块高高的信息板上，或者直接贴在墙上。还有一些今年最新款的电脑，都是今年的最新款。电话铃一直响着——手机比座机还要多。

只有语言是不同的。

好吧，还有一个不同之处。这里见不到美国警察桌子上随处可见的纸杯装咖啡；也没有快餐外卖袋子。显然，意大利人有意避免出现这种显得不专业的东西。所有一切都很令人满意。纽约警察局的法医们都听说过一件关于莱姆的事，就是他曾经炒掉一名技术人员，原因就是他在检验几件物证时大嚼巨无霸汉堡。"污染！"他当时咆哮道，"滚出去！"

罗西领着他们进入一间十码乘二十码大小的会议室，里面有张旧桌子，四把椅子，一个文件柜和一台笔记本电脑。墙边架子上的白色公告板上满是手写的笔记信息和照片。这看起来很像他自己的证物分析板。不过，有一些字他看不明白，物证列表上有很多项目他也看不懂。

"莱姆先生。"罗西开口道。

"是警监，"埃尔克莱马上说，"他是以警监的身份从纽约警察局离任的。"随即意识到不应该去纠正自己的上司，于是又红起脸。

莱姆挥了挥他那只能动的手："这不重要。"

"请原谅，"罗西接着说，看起来对这个小失误的确抱有歉意，"莱姆警监。"

"现在他是顾问，"埃尔克莱加了一句，"我看过对他的报道，他现在经常与萨克斯警官合作，是不是这样？"

"是的。"她回答。

这个埃尔克莱，就像个啦啦队员，这也没什么不好，莱姆心想。他对这个人有点好奇，他既显得自信，又显然是个新手。加上莱姆在这座大楼里自始至终都没见过他以外的人穿灰色制服，他感觉到这里面有什么情况。

萨克斯拍了拍她肩膀上的书包："我们带来了关于作曲家在纽约两起作案现场的证物分析报告，包括作案现场的照片、足印以及其他的东西。"

罗西说："好的。我们正盼着尽快收到这些东西。自从你和贝内利警员通话后，有没有什么新的消息？"

"没有什么特别的，"萨克斯回答，"关于他用来做绞索的乐器琴弦，我们没有找到什么线索。他用的键盘是在一个大型零售店里用现金购买的。到处都没有找到他的指纹；或者说，即使有小片的趾掌脊也因为面积太小而没有什么价值。"

莱姆接着说："我们的联邦调查局正在调查飞往这里的航班。"

"我们也在追查这个，但是没有什么进展。不过查询航班信息这件事，用你们的话怎么说来着，是大海捞针——没有照片，没有护照号码。而你们的这位作曲家有可能通过欧洲几十个机场中的任何一个过境而没留下记录。他也可能在阿姆斯特丹或者日内瓦租或者偷一辆汽车开。我猜你考虑过他可能无法通过纽约机场离开。也许是华盛顿、费城……甚至是从亚特兰大乘坐达美航空。据我所知，哈兹菲尔德—杰克逊机场是这个世界上最繁忙的机场。"

很好，看来罗西的本职工作做得相当不错。

"是的，我们也考虑到了这些因素。"莱姆说。

罗西问道："你认为他是个美国人？"

"这是我们的推测，不过我们还不确定。"

埃尔克莱问道："为什么这个连环杀人犯要离开自己的国家到这里杀人呢？"

萨克斯说："作曲家不是连环杀人犯。"

埃尔克莱点点头："也对，他还没有完成凶杀，这是事实。你救下了被害人。而且我们这里也还没有发现被劫持者的尸体。"

罗西说："萨克斯警探不是这个意思，埃尔克莱。"

"的确不是，警监，你说得对。连环杀人犯都有一个单纯并且特定的犯罪偏好。男性的犯罪动机通常是性本能，或者是无性别差异的虐待狂。而这类具有仪式特性的行为可以把多起案件中的被害人以某些特定的方式联系到一起，比如在案发现场留下象征物，或者在其死后取走纪念品。这样的行为都没有达到作曲家这样精细步骤的水平——那些视频、绞索和音乐。他是个多重犯罪嫌疑人。"

房间里安静了片刻，然后罗西说："我们非常感谢您的见解和协助。"

"只要我们能够效劳的都会竭尽所能。"莱姆回答，态度并没有语言那么谦逊。

"那么后续有任何进展也请提供给我们。"这话不算太委婉。

然后罗西看向他："莱姆警监，我想您大概不太习惯让犯罪嫌疑人，怎么说来着，脱跑？"

"是脱逃。"埃尔克莱纠正他的老板，随即僵住，接着他再一次脸红起来。

"没错，我确实不能接受。"他回答道，语气强烈，甚至是有些反应过度。他认为这样的想法是合情合理的，而且他有种感觉，罗西本人也是那种无法容忍犯罪嫌疑人逃脱的警探。

"你想把这个犯罪嫌疑人引渡回去，"罗西说，"在我们找到他之后。"

"我目前还没有考虑这么多。"莱姆撒谎道。

"目前没有？"罗西捋了捋他的胡子，"不管这些罪行发生在美国还是在这里，那将是由法庭判定的事，而不是由你我决定。那么，很感激你们所做的一切，莱姆警监。这些成果，看得出调查工作相当繁重。"他避免去看轮椅，"不过现在你们已经把信息都送到了，我想后续你们应该不会再帮上什么忙了。虽然你是一名犯罪现场专家，但是我们这里也有自己的犯罪现场专家。"

"是你们的科学技术警员。"

"啊，你知道他们？"

"几年前我在罗马作过报告。"

"我真的非常不想令您失望,还有您,萨克斯小姐。但是,我必须重申,我觉得你们后续不会再能提供什么帮助了。"他朝她的书包点点头,"何况还有一个很实际的问题,贝内利警官和我英语说得还不错,可是这里的大部分人都不太能处理好这些问题。我必须得承认那不勒斯并不是一个非常……"他斟酌了一下措辞,"……无障碍的城市,对于像您这样的人来说。"

"我注意到了。"莱姆耸耸肩,这是他唯一能做得到的身体动作。

再一次冷场。

最后还是莱姆打破了僵局:"有了谷歌,翻译不是什么难事。关于机动性方面,在纽约,我基本不会去案发现场,也没有这个必要,我会让我的萨克斯还有其他警员代劳。他们会像满载蜂蜜的蜜蜂一样返回,然后我们一起调制蜂蜜。请原谅我用这样的比喻,而且反正也没什么坏处,警监先生,就让我们留在这里,我们可以作为参谋出谋划策。"

"参谋?"看起来他有点被弄糊涂了。

埃尔克莱翻译了这句话。

罗西顿了顿,然后说:"这想必就是您的目的,可这不合规矩,我们不是那种不按规矩办事的人。"

就在这时,莱姆注意到一个人大步走进房间。他调整轮椅的方向,看见一名消瘦的男人,身穿时尚的夹克和休闲裤,脚上穿着尖头皮鞋,有点轻微谢顶,蓄着山羊胡。他眯着本就狭长的眼睛。莱姆脑海里浮现出一个词"恶魔"。来人看着萨克斯和莱姆说道:"不,不需要参谋。根本不会有什么顾问,也根本不会有什么协助。这是毋庸置疑的。"他的口音比罗西或者埃尔克莱都重,但是他用的语法和句式却无懈可击。这让莱姆意识到他经常阅读英语文本,但很可能没怎么去过美国或者英国,也基本不看英语国家的电视节目。

来人转向埃尔克莱,用意大利语提出一个问题。

年轻警官很紧张,脸色通红,谨慎地小声回答,显然是在否认什么。莱姆猜测问题可能是:"是你叫他们来的吗?"

罗西说:"莱姆警监、萨克斯探员,还有莱斯顿先生,这位是斯皮罗检察官。他和我们一起负责调查这起案件。"

"调查?"

罗西沉默了片刻,看来是在思考莱姆的问题:"啊,是的。据我所知,这和美国不同。在意大利,检察官的职能从某些方面来说与警察类似。斯皮罗检察官和我作为作曲家这起案件的负责人,在一起工作。"

斯皮罗黝黑的双眼盯着莱姆的眼睛:"我们的任务是确定这个人的身份,查明他在意大利的藏匿地点和扣押被害人的位置,以及整理好证据,在我们逮捕他后用于庭审。不过首先,你们当然帮不上忙,因为你们在自己的国家都没能确定他的身份。其次呢?你对意大利几乎一无所知,因此你的专业技能根本无法为我们提供帮助。至于第三点,你根本不打算协助这里的庭审,你期望的是将犯罪嫌疑人引渡回美国,让他在那里受审。所以你瞧,你的加入从最好的方向看也不会有什么帮助,而从最坏的方向看还会引起利益上的冲突。出于礼貌,我很感激你提供给我们这些文件。但是现在你必须要离开了,莱姆先生。"

埃尔克莱又要脱口而出。"他是警监……"

斯皮罗瞪了他一眼让他闭嘴:"什么?"

"没什么,检察官。请您原谅。"

"所以，你们必须离开。"

看起来检察官——或者说，至少这位检察官——在调查中掌控着比警方的警监更多的权力。莱姆感觉罗西对他的表态没有任何异议。他朝萨克斯点点头。她把手伸进背包里，取出一个厚厚的文件夹递给警监。罗西接过文件夹快速翻阅了一下，最上面的文件是证据照片和概况介绍。

他点点头，把文件夹递给埃尔克莱："把这些内容都写到信息板上，警官。"

斯皮罗说："你需要我们协助安排你们去机场吗？"

莱姆回答："我们可以自己安排离境的事，谢谢你。"

"他有一架私人喷气式飞机。"埃尔克莱说，语气里仍然充满敬畏之情。

斯皮罗抿紧嘴唇，带有几分嘲讽的意味。

三位美国人转身朝大门移动，在罗西的点头示意下，埃尔克莱陪同他们一起。

就在他们要离开的时候，莱姆突然停下并且转过身来："能否让我提供一两条意见？"

斯皮罗面无表情，不过罗西点头道："请说。"

"这个'金属片'是不是金属碎片的意思？"莱姆的目光落在信息板的内容上。

斯皮罗和罗西两人对视了一眼："'碎片'，是的。"

"'纸纤维'是指纸张纤维？"

"没错。"

"嗯，好吧。作曲家已经改变了他的外貌特征。他刮掉了胡子，而且我很肯定他也剃光了头发。他把被害人藏匿在一个非常老旧的地方，而且是在地下深处。看起来像是在市区，而不是在乡下。该建筑目前已不对公众开放，而且关闭了有段时间了，不过它曾经是开放的。这个地方应该紧邻性工作者进行交易的场所。他们大概还在那里出没，不过我也没办法确定。"

他注意到埃尔克莱已经听得入迷。

莱姆继续说道："还有一件事：他不会再用YouVid网站了。他通过使用代理来隐藏他的IP地址，不过他其实并不擅长这个领域，而我确定他也有这个自知之明。所以他会希望你的电脑专家们继续通过监控YouVid网站来找他。你现在应该开始监控其他的上传网站。并且通知你的战术小组做好快速出击的准备。受害者已经没有多少时间了。"接着他掉转轮椅的方向朝大门而去，"那么再见了。我是说，'再会'。"

第十五章

我已经死了吗?

这里是天堂吗?

阿里·麦塞克真的无法说清。他相信自己是一个好人,而且一生都是一名虔诚的穆斯林,所以他认为自己可以在极乐世界中赢得一席之地。也许不是最高阶层的地方,费尔道斯幸福天堂,那是先知和圣人以及最为虔诚的信徒才能抵达的极乐,但是他的确可以抵达天堂净土。

可是……可是……

天堂怎么会如此寒冷,如此潮湿,如此阴暗?

恐惧感流遍全身,他颤抖起来,部分原因则是寒冷。难道他身处炼狱?

也许他做错了所有事,所以被直接投入了地狱。他试图回想自己能记起的最后的事。一个人迅速出现在脑海里,一个强壮而巨大的身影;接着,有什么东西罩住了他的头,他连尖叫都没能发出来。

在那之后呢?有光亮闪烁,还有一些陌生的语言,还有音乐。

接着就是现在这种……寒冷,潮湿,黑暗,仅有来自头顶上方一点微弱的光亮。

是的，是的，这应该就是；并非天堂，而是炼狱。

冥冥之中，他觉得这里也许是地狱，是的。也许终归是因为他生前没有过上那种圆满的生活。他确实没有做到那么好，他做过不好的事。虽然他想不起有什么特别的"坏事"，但一定是有些什么。

也许这就是地狱之所以为地狱：永远持续在这种状态下，因犯下过罪恶而承受无休止的苦难，却不清楚是源于怎样的罪恶。

随即他的意识逐渐恢复；他那理智的、受过教育的思维回来了。不对，他应该还没有死。他能感到疼痛。而且他知道，如果真主把他投入炼狱，他肯定会感到比现在强烈百倍的痛楚；而如果他现在身在天堂，他就该完全不会感到疼痛，而只会感受到真主的荣光，赞美真主。

所以只有一种可能，就是他并没有死。

这就导致新的问题：那么这是哪里？

模糊的记忆在他的脑海中闪动。记忆，或许可能是他自己凭空出现的想象。为什么我完全想不清楚呢？为什么我能记起来的东西少得可怜？

碎片般的图像，躺在地上，草地的气味；食物的味觉，嘴里令人舒服的水的气息；新鲜冰凉的清水、茶和橄榄；一个男人把双手放在他的肩膀上。

强壮的彪形大汉，然后一切都跌入黑暗。

还有音乐，西方音乐。

他咳嗽起来，感觉嗓子很疼，剧烈的刺痛感。也许是因为差点憋死。缺氧令他的记忆模糊不清，还伴随着剧烈的头痛。也许摔倒造成了他的记忆混乱。

阿里·麦塞克不再试图想清楚到底发生过什么。

他集中精神想要弄明白自己在什么地方，要怎么逃出去。

他眯起眼睛，分辨出自己坐在一把椅子上——是被绑在椅子上——这是一间圆柱形的房间，目测有六米到七米的宽度，石头墙壁，没有天花板。头顶上方是昏暗的空间，微弱的光亮就是从上面照下来的。地面也是石头的，到处都是坑坑洼洼和破损的痕迹。

正是这个房间让他想起来一点什么？

是什么？到底是什么呢？

啊，记忆从他混沌的大脑中闪现出来，当时他正在规划去的黎波里的博物馆：一位迦太基的圣人就安葬在那里。

不久前的短暂记忆再次闪过脑海：小口呷着冷水，吃着橄榄，喝的茶有点酸——沏茶的水来自卡布奇诺蒸汽机，上面还有一些奶泡。

是和谁在一起来着？

然后是公交车站，在那个车站有什么事发生了。

我现在到底在哪个国家呢？利比亚吗？

不，他否定了这个想法。

可是我现在肯定是在一个墓穴里……

这个空间内很安静，只有墓穴某处滴水的声响。

他发不出声音，嘴里被一块破布堵住，外面还贴着胶布。尽管如此，他仍然试着用阿拉伯语求救。不管他现在身在何处，这里使用的是什么语言，他都希望他能发出声音引来救援。

可是嘴里的封堵物非常牢固，无论他怎么努力，都无法发出声音。

突然，阿里感到来自气管的压迫感，吓得倒抽冷气。这是怎么回事？他无法看清楚，也不能挪动自己的双手，只能靠把头从一边歪向另一边，试图弄明白周遭的情况，这才意识到他的头被套在一个用类似细麻绳做成的绞索里。刚刚绞索被突然勒紧了一点。

他抬头看向右边。

这下他看到了——这东西会要了他的命！

他脖子上的绳索被上方钓竿一样的支架拉起来，支架被卡在墙上，杆子的另一端坠着一个水桶。水桶上方有一个锈迹斑斑的水管，水就是从那里滴落下来的。

哦，不，不！主啊，救救我，赞美真主！

现在他明白声音是从哪里来的了。缓慢滴落的水滴流进桶里，随着水桶重量增加，绞索会被逐渐拉紧。

这个尺寸的水桶容量有六公升多一点。阿里不知道这对应多少公斤。不过他猜想那个设置这个可怕装置的家伙肯定清楚这些。而且他的计算足够精确地确认一件事——只有真主才知道这是出于什么原因，赞美真主——这个水桶的重量很快就会增加到足以勒死阿里的重量。

噢，等等！那是脚步声吗？

他缓慢地呼吸着，仔细聆听着周遭的情况。

是有人听到他的求救了吗？

但是，不，只有缓慢的啪嗒、啪嗒、啪嗒——水从锈蚀的水管滴落到水桶的声音。

绞索向上绷得更紧了，阿里·麦塞克发出的含混不清的呼救声，回荡在这间墓穴中。

第十六章

"我确定我应该被贴罚单的。"汤姆英俊的脸上满是困惑。

这一行三个美国人站在警察局外,这位助理看着他在网上租来的残障人士专用厢式轿车,车是几小时之前在那不勒斯机场租的。这辆落满灰尘的汽车上有不少划痕,是辆改装版奔驰凌特,停放时已经超出了停车位,而且占用了部分人行道。这是他在警察总署附近能够找到的唯一一处停车点。

萨克斯看了看川流不息却杂乱无章的车流后,说道:"那不勒斯看起来不是个需要担心被贴罚单的地方,但愿咱们在曼哈顿也能这样。"

"在这儿等一下,我去把车开过来。"

"不用了,我想去喝点东西。"

"喝太多酒对你坐飞机可没好处,血压会出问题。"

这种顾虑,莱姆曾经被说服过,实际上完全是编造的。的确,一个四肢瘫痪的身体会比能够自由活动的普通人更加敏感,而身体上的压力也的确是个问题。混乱的神经系统与同样混乱的心血管系统一起,有时会使血压冲过安全上限,如果不及时加以治疗,就有可能造成中风——额外的神经系统损坏甚至会致命。莱姆认为机舱压力也许会有极小的可能导致这种情况发生——自主反射异常——但是要怪罪饮酒会增加风险,他坚定地认为,这绝对是想阻止他喝酒的拙劣伎俩。

他这样说了太多次了。

汤姆反击道:"我在一个研究报告中读到过。"

"不管怎样,我现在指的是喝咖啡。更何况,有什么好着急的?飞行员已经飞去伦敦,要护送那些目击证人赶往阿姆斯特丹。他们也不可能现在掉头回来接咱们回美国。咱们终归是要在那不勒斯过夜的。"

"还是先去酒店吧。也许晚一点可以给你来一小杯葡萄酒。"

他们已经预订了一间有两个卧室的套房,是汤姆找到的一处靠近水边的房子。"进出方便又很浪漫。"这位助手一边说,一边朝着莱姆挤挤眼。

于是莱姆看着他说:"那么咖啡呢?我现在很累。你瞧,那边就有家咖啡店。"他朝麦地那街的街角点点头。

萨克斯正看着一辆闪闪发光的超低底盘跑车呼啸而过。莱姆对于它的厂商、型号和马力一无所知。不过既然能够这么吸引她,这应该是一部不错的车。她的目光回到莱姆身上,说话时声音有些烦躁:"行政管辖权的无聊竞赛。"

莱姆笑了。她的脑子里还在想着案子的事。

她接着说:"在美国是联邦调查局和州之间;在这里,是意大利和美国之间。看起来这种事到处都是。这都是狗屁,莱姆。"

"是啊,的确是。"

"你看起来并没有不高兴。"

"是的。"

她回头看看那座大楼:"咱们需要阻止那个家伙。该死的。好吧,还可以在纽约协助他们。等回到家以后我就给罗西打电话。他看起来还是讲道理的——与那位检察官相比，更讲道理一些。"

莱姆回答："我记得他的名字是但丁·斯皮罗。喝咖啡吗？"他再次提议。

于是他们朝那家店走去，看起来是一家专门售卖糕点和冰淇淋的店。途中，汤姆对莱姆说："你觉得累了，那么该来一块提拉米苏。你知道的，就是那种蛋糕，名字是意大利语'带我走吧'的意思；这就像英格兰的茶一样——给你提供下午的能量。记住，在这里'咖啡'就是咱们说的浓缩咖啡；而那些卡布奇诺、拿铁和美式，就是用浓缩咖啡加上热水，再用大杯子盛装而已。"

女服务员为他们在店外找了一张桌子，靠近金属挡板，那是用来把桌子和人行道分隔开的挡板，上面印刷着一些横幅，刚安装好的时候应该是红色的，现在已经褪成粉色。那上面满是单词"仙山露"[①]。

服务员是一位干练的女性，二十多岁，穿一件黑色短裙和白色短上衣，她走过来，用蹩脚的英语询问他们需要什么。

萨克斯和汤姆点了卡布奇诺，这位助理还额外点了香草冰淇淋。她又转向莱姆，后者说："请给我一杯格拉帕白兰地。"

"好的。"

在汤姆表示反对之前，女服务员便消失不见了。萨克斯大笑起来。这位助理咕哝道："你唬我。这明明是一家冰淇淋店，谁知道他们还有售卖酒精的执照？"

莱姆回答："我喜欢意大利。"

---

① 仙山露，一种知名的意大利苦艾酒。

"而且你在哪儿学的意大利语？你怎么还知道格拉帕酒是什么？"

"意大利旅行导览指南，"莱姆回答，"我高效地利用了在飞机上的时间。我注意到当时你一直在睡觉。"

"你原本也应该睡觉的。"

饮品被端上来，莱姆用右手举起杯子抿了一小口："这个很……清凉。我得说这个味道还真需要适应一下。"

汤姆朝酒杯伸出手："如果你不喜欢喝……"

莱姆躲开他的手："既然是我自己点的酒，我就要喝完它。"

就在他们附近的服务员听到这番对话，她说："啊，我们这里没有最好的格拉帕酒。"她的语气里满是歉意，"不过如果你们去大一些的饭店，他们会供应更多品质更好的格拉帕酒，还有蒸馏酒，类似于格拉帕。你一定都要尝尝。最好的都来自巴罗洛——位于皮埃蒙特，还有威尼斯——在北方。不过这只是我的建议。你们是从哪里来的？"

"纽约。"

"啊，纽约！"她的眼睛亮起来，"曼哈顿吗？"

"是的。"萨克斯回答。

"将来我也要去那里看看。我和家人去过迪士尼，在佛罗里达。以后我也要去一趟纽约。我想在洛克菲勒中心滑冰。是不是什么时候都可以滑冰？"

"只有冬季可以。"汤姆说。

"那么，谢谢你！"

莱姆又抿了一口格拉帕酒。这次尝起来醇美多了，不过他现在决定要去试试更好的品种。他的眼光仍然停留在刚才他们所在的那栋大楼，也就是眼前那栋警察局总部大楼。他咽下一小口酒，又喝了一口。

汤姆显然也非常享受他的甜点和咖啡。他以一种怀疑的目光打量着他说："你现在看起来好多了，没有那么疲惫了。"

"是啊，真是奇迹。"

"虽然还在烦恼着什么事。"

的确，他确实是。

"关于——？"

"关于那个。"莱姆正说着，萨克斯的电话响了。

她皱皱眉："没显示来电号码。"

"接电话吧，你我都知道这是谁打来的。"

"知道吗？"

"记得打开免提。"

她按了一下屏幕后说："你好？"

"萨克斯警官吗？"

"是的。"

"你好，你好。我是马西莫·罗西。"

"结账吧。"莱姆对汤姆说着，一口喝光了格拉帕酒。

"还有，莱姆警监？"罗西问道。

"你好，警监。"

"我希望能够在附近和你碰个面。"

"我们在咖啡馆，就在街角这里。正在喝格拉帕酒。"

短暂的停顿："好吧，我必须告诉你的是，作曲家的视频已经上传了。你是对的，这次不是YouVid网站，而是NowChat。"

"什么时间？"莱姆问道。

"时间戳显示是二十分钟之前。"

"啊。"

罗西说:"莱姆警监,恕我直言。我觉得你不是那种爱兜圈子的人,显然不是。我已经和但丁·斯皮罗检察官讨论过了,退一步说,而且我们很钦佩您的观察力。"

"是推理,不是观察力。"

"是的,当然。那么,我们决定改变初衷,想要邀请您,如果您还愿意——"

"我们五分钟后到你的办公室。"

第十七章

在莱姆的建议——确切地说,是强烈坚持下——作战室从原先的楼上搬到一楼的一间大会议室,这间会议室紧邻科学技术警察的实验室。

实验室的结构布局很注重高效性:配备一个无菌区域,用来提取证物线索和进行分析;一个更大的功能区用来研究指纹、踩踏痕迹和鞋印;另有一个功能区用来操作不用考虑污染风险的工作。那间大型会议室就位于实验室最后这个区域旁边。

莱姆、萨克斯和汤姆与罗西还有那个瘦高个埃尔克莱·贝内利都在这里。

还有另外两个人在场,两位制服警官,他们身上的警服是蓝色的,和埃尔克莱的制服区别很大——他的是浅灰色。他们是一位年轻的巡警,贾科莫·席勒,以及他的搭档,丹妮拉·坎通。两个人都是金发——她的发色要比他深一些。这两个人都表情严肃地看着罗西,罗西和他们说话的腔调就像他们的祖父,面容和蔼但不容忤逆。罗西解释说,他们俩隶属于特警队——莱姆推测,按纽约警察局中的行话说这相当于是专门被派到特警队深入现场的巡警。

莱姆问道:"还有但丁·斯皮罗呢?"

"斯皮罗检察官还有很多其他的案子需要处理。"

这么说来，那位脾气暴躁的男士只是勉强同意让这一行美国人回来，但是又不想与他们有任何接触。这对莱姆来说也没什么大不了。他还不太清楚意大利的警务部署中，地方检察官对于案件调查工作的参与程度是怎样的。他也没兴趣面对什么不必要的冲突——何况这位斯皮罗看起来就很刻薄。还是算了吧，莱姆的反对意见，归纳起来还是那句老话：人多是非多。

埃尔克莱正在摆弄信息板架和图表，把意大利语翻译成英语。站在过道入口，正给他提建议的是身材丰腴、说话言简意赅的碧翠丝·伦扎，她是实验室的资深分析员。

莱姆特地问了一下，她的名字发音像是"碧－阿－吹－渣"①。意大利语确实需要适应一阵子，不过它的发音语调要比短促顿挫的英语优美得多。

她对埃尔克莱讲意大利语时，吐字简短而快速，后者则苦着一张脸，回答时语气急躁；看起来对于他写上去的某些项目的翻译和描述，两人出现了明显的分歧意见。她隔着精美的眼镜转了转眼珠，然后径直走过去夺下埃尔克莱手中的记号笔，做了一些更正。

古板女学究，莱姆心想，不过这挺好，和我是同类。他暗自钦佩她的专业精神和她提取证据的技巧。她对痕迹的分离结果相当完美。

丹妮拉和贾科莫完成了一台大型手提电脑的安置工作。她对罗西点点头。罗西说："来看看这个视频。"

贾科莫敲了几下键盘后，屏幕随之亮起。

---

①原文是英语发音类似意大利语的单词：Bee-a-TREE-chay，意译对应是"蜜蜂－啊－树－"。

丹妮拉用带有轻微口音的英语说:"这个网站已经将该视频下架了。它违反了网站关于展示暴力镜头的规定,在意大利,这是会被定罪的。不过在我们的要求下,网站发送过来了一份拷贝。"

"当视频被放到网上后,有没有观众发过什么评论?"萨克斯问道,"对于视频的评论?"

罗西解释道:"我们对你所说的这点也有同样的预期,的确,如果作曲家对某个评论有回复的话,我们就可以找到突破口。但是情况并非如此。出于我们的请求,该视频网站留下了那个网页,只是删除了视频。而且贾科莫也在这里监控着评论,但是他始终毫无回应——我是说作曲家。"

年轻人苦笑了一下:"这很可悲。评论里大部分都是人们因为视频被删除而表示的气愤。观众们都想看着里面的男人死掉。"他朝着电脑点点头,"这里。"

所有人都盯着屏幕看。

视频显示出一间光线昏暗的房间,四周的墙壁看起来很潮湿,上面遍布霉斑。被害人的嘴巴被堵住了——他身材细瘦,黑色皮肤,留着络腮胡,正坐在一把椅子上,一个细细的绞索套在他的脖子上。那个绳索——仍然是用某种乐器的琴弦制成——向上延伸,超出了屏幕的可见范围。绞索并没有勒得很紧。男人看起来已经失去知觉,呼吸很缓慢。这个视频和在纽约发现的那个很相似,里面仅有音乐声,是由键盘演奏的,可以推测这应该是一架新的卡西欧电子琴或者别的类似设备。

音乐的旋律仍然是四分之三拍华尔兹。此外,在最早的视频中,节拍是一个男人的喘息声,而随着视线逐渐昏暗,音乐和呼吸声也逐渐缓慢下来。

"基督啊。"埃尔克莱轻声说道，尽管他已经不是第一次看了。他转向丹妮拉，她正面无表情地注视着屏幕。于是埃尔克莱清了清嗓子，换上一副坚毅镇定的表情。

这个音乐很熟悉，但是莱姆怎么都想不起来它是什么。于是他提出这个问题。

其他人看起来都很惊讶。还是汤姆回答："这是花之圆舞曲《胡桃夹子》。"

"哦。"莱姆偶尔会听爵士乐；琢磨这类音乐确实有令人着迷之处，那便是找出这些即兴创作背后蕴藏的数学规律（他也是这样在犯罪现场工作中抽丝剥茧的）。不过通常来说，音乐，就像其他大多数的艺术形式一样，对于林肯·莱姆来说都是在浪费宝贵的时间。

不断有扑簌落下的泥块或者石子砸在被害者的肩上，好像是从墙壁或者天花板上落下来的，但是他没有苏醒。接着屏幕逐渐转暗，音乐也逐渐变缓。最终，屏幕完全变黑，影片随之结束。

反不正当版权声明出现在屏幕上。

莱姆问："元数据？"那是被默认嵌入照片和视频之中的记录信息：照相机类型、焦距、日期和时间、速度和光圈设置，有时甚至还有GPS位置。纽约的那个视频里，这些都被抹掉了，但也许作曲家在这里做不到这些。

罗西回答："一无所获。邮政警察说它已经被重新编码，所有的数据都被抹掉了。"

"邮政警察？"

"就是我们这里的远程电信监控部门。"

罗西注视着漆黑的屏幕好一阵子，然后说："你认为我们还有多少时间？"

莱姆摇摇头，此时，任何结论都只是一种猜测，不过是在浪费时间。

萨克斯若有所思："这个绞刑架是如何运作的？摄像机镜头外还有些什么东西会把绞索拉起来——某种配重或是其他什么东西。"

他们再次观看视频以寻找线索，却毫无收获。

"好吧，现在行动起来吧。看看咱们能否解决这个谜题。莱姆警监——"

"关于如何得出的结论，我之前是怎么跟你说的？"

"啊，这正是咱们要开始的地方。"

莱姆朝着刚刚翻译好的表格点点头，然后说："当然是由这个线索。那么，丙二醇对应的物质是剃须膏。至于血迹，合理的结论是他在刮胡子时割伤了自己。他为了尽可能改变自己的外貌，自行剃掉了头发和胡子。在意大利，剃光头似乎很流行。"

"接下来，吲哚、粪臭素和硫醇是粪便。"他又看了看图表，"那些是排泄物。还有纸纤维？显而易见，是人类的排泄物。据我所知，没有其他哪种生物会去擦拭。这是旧的痕迹，非常旧，已经干燥脱水。你可以想象一幅画面——会有很多种版本。看到这个颜色和质感的变化了吗？我猜那附近就有长期废弃的下水道。"

"动物毛发来自老鼠，是它抓挠后脱落的；它有皮肤炎症——那些巴尔通体细菌就是病因。这个特殊种类在感染的老鼠中十分常见。老鼠和下水道，好吧，在很多地方你都能找到，但是在大城市要比小镇上普遍得多。所以，应该是在城市。"

"厉害。"碧翠丝·伦扎说。

"至于锈铁碎片，这表示作曲家弄断了一把锁或者铁链，才能进入那个地方。这样的老铁器现在已经很少使用了,如今锁都是钢质的,所以说这是把旧锁。你可以从这里看到,那张照片上面只有一侧有锈蚀痕迹——它是最近刚被切断的。"

罗西说:"你说过这里以前曾是一个可以允许公众出入的地方。"

"是的,因为橡胶。"

"橡胶?"埃尔克莱问道,他在试着回忆莱姆之前说过的所有细节。

"还能有什么是硫化的?半透明的腐烂碎片,这是硫化橡胶。"

碧翠丝点头表示赞同:"这些有可能是避孕套,还能是什么呢?"

"完全正确。很难想象这会是个浪漫约会的地方,四处都是老鼠,还有下水道,但是很适合街头拉客的妓女。"莱姆耸耸肩,"这些都是大胆的推理。不过眼下我们要处理的是,一个男人马上就要被吊死了。我认为咱们没有时间小心翼翼了。所以,这些能够让你想起什么地方,也就是被害人可能的所在位置?那不勒斯的地铁?当然,是废弃的区域。"

罗西说:"这种地方并不算多。我们这里是一座十分拥挤的城市。"

碧翠丝说:"那不勒斯比起意大利其他城市拥有更多的地下通道和人行道。甚至是欧洲中最多的——绵延数十公里。"

埃尔克莱并不赞同:"可是像这种废弃的区域并没有这么多。"

这位实验室分析员小声对他说:"不,我认为有很多。我们必须找到其他途径来缩小可疑范围。"

莱姆说:"需要一张地图。这里需要有一张地铁线路地图。"

"历史存档有。"丹妮拉提出。

埃尔克莱面带微笑对她说:"是的,这是当然。从图书馆或者大学,或者历史社团可以找到。"

莱姆转向他挑了挑眉毛。

埃尔克莱犹豫着说:"我说错什么了吗?这仅仅是个建议。"

罗西说:"我认为,埃尔克莱,莱姆警监不是质疑你的想法——很显然它是不错的,但你正在耽误去取地图的时间。"

"哦,是的,是的,当然。"

萨克斯告诉他:"从网上找,我们没有时间让你像《达·芬奇密码》那样徘徊于各大图书馆。"

这应该是一本书,莱姆猜测,或者是一部电影。

萨克斯问碧翠丝:"你刚才提到这里的地下通道,那是给游客通行的吗?"

"是的,"她回答说,"我姐姐的孩子们,我和他们走过这种通道,有那么几次吧,确切地说,三次。"

"埃尔克莱,"莱姆叫道,"同时下载所有的旅游路线。"

"好的,我马上。您是想以此让我们从地下搜索中排除那些区域吧。他一定会避免有游客出入的地方。"

"我想自己确定。给我一张城市地图,我们现在就需要一张地图。"

罗西跟丹妮拉说了些什么,她随即消失,片刻之后,取来一张大型的折页地图。她把地图钉在墙上。

"下载的进度如何,埃尔克莱?"

"我……城市的地下线路很多。我不知道要怎么——他们是怎么说的——旅行线路太宽泛了。"

"我刚才就是这么说的。"碧翠丝对埃尔克莱说道。

"有些是矛盾的。一张地图上有标示,在另一张地图上却没有。"

"我觉得确切的地铁区域已经被标记完毕了,还有一些正在施工。"罗西说道。他转向莱姆、萨克斯和汤姆,接着说道:"这是在意大利会遇到的一个问题。某个房地产经纪人希望建造一间办公室或者公寓楼,可是当刚刚开始挖掘时,在罗马或者——这里更普遍——就能发现一座希腊遗址,于是所有的建筑工程都不得不停下来。"

"给我点有用的东西,埃尔克莱。我们现在需要马上开始研究。"

"我找到一些通道,都是旧时的建筑,谷物储藏仓库,甚至还有一些有可能的地窖。"他抬起头,"我怎么打印出来?"他问丹妮拉。

"这里。"她俯身靠近他,键入一些东西,片刻之后,角落里的惠普影印机开始工作。莱姆不知道为什么他会感到惊讶——也许因为他来自古老的城市,看的都是那种古老的地图;根本没见过无线打印路由器。

萨克斯从托盘中拿起那些纸页,把它们递给丹妮拉。莱姆命令道:"在地图上标出所有的通道。"

"每一条?所有的吗?"

"除了那些确定已经被封堵关闭的。"

她毫不迟疑地开始快速勾画起来,标记出那些网络。

莱姆说道:"现在加上公共设施,下水道,但是只要那些旧管线,从过去的地图里找。那些旧粪便,还记得吧?还有开放型的,而不是封闭的那种管道。作曲家踩过的就是那些痕迹。"

年轻的警官开始了新一轮搜索。埃尔克莱找到的地图显然都不完整,但是它们标示出的一些下水道和闸门都是在八十年代和九十年代时还在使用的。丹妮拉把这些也标注到了地图上。

"好了,现在排除旅游路线。"莱姆发出指令。

埃尔克莱打印出网上的信息包括"地下的那不勒斯,从最近处观看历史!"还有半打其他类似的东西。丹妮拉标记出路线,去掉那些旅行通道与他们找到的下水道一致的地点。

即使如此,仍然有绵延数公里的地方可以用来藏匿被害者。

罗西说:"还要考虑妓女工作的地区,你提到过的?"他看向贾科莫。贾科莫盯着地图说道:"我曾经干过街面巡逻——按你的说法是在缉捕队——在很多区域抓获过从事性交易的男女,西班牙广场、加里波第广场、科尔索翁贝托大街、詹图尔科、蒂克尤广场、圣保罗体育场、泰拉齐纳街、福利格罗塔会展中心、阿尼亚诺和科尔索卢奇大街。这些地方现在仍然活跃。而多米琪亚娜——或者是现在的多米堤亚纳地区,在那不勒斯的北部和西部,那是出名的卖淫地区,很久以前就是,现在仍然是。不过那里非常拥挤,而且居民都是移民,作曲家如果想把被害人带到那里应该很困难。而且那个地区附近也没有地下通道。"

莱姆说:"圈出你刚才最先提到的那些区域,警官。"

贾科莫从丹妮拉手里拿过记号笔开始圈画。

通道和地下室的数量被缩小到二十几个。

"这些具体是什么?"萨克斯问道。

罗西回答:"建成这里之前的罗马街道、小巷还有人行道;运送货物用的隧道——用来避开拥挤街道的路。蓄水池、导水槽和粮食仓库。"

"水?"

"是的。罗马有世界上最好的送水用基础设施。"

随即莱姆喊道:"碧翠丝,你发现了石灰岩和铅?"

她没听明白,于是埃尔克莱翻译给她听。

"是的,是的,我们确实发现了。就在这里,你可以看到。"

"旧罗马城建的导水槽使用的是石灰岩吗?"

"是的,它们确实是;而且,正如你推测的那样,我相信,用来送水的那些管道是铅质的——把水输送到人造喷泉、住户和其他建筑里。出于健康考虑,现在已经用其他材料替代。"

"埃尔克莱,有没有罗马输水管网的地图?"

这部分属于历史档案中可供随时查阅的文档。

埃尔克莱把打印好的资料递给丹妮拉。他指着文档说:"我在咱们标记出来的区域里找到了十个罗马蓄水池。它们很像大型水井或者竖井,呈圆形。在这座城市中,它们把这些导水槽自北向南衔接起来。这之中有一些是大型的市政水库,二十立方米乘二十立方米;还有一些是供给小一些的区域或者是独立家庭的,后者更小。当供水模式变得更为先进后,就建立起了泵站,大部分这样的蓄水池都被改为仓库和贮藏室。门窗都是从墙面上切割出来的。"

丹妮拉标记出它们的位置。

莱姆说:"我想再看看那个视频。"

屏幕上再次出现那些画面。"看看那墙面,还有石头。这是不是一个蓄水池?"

"很有可能。"埃尔克莱耸耸肩,"切割的石头。上面的污渍也许是水造成的。而且如果这里经过改造,应该也会切割出门用于进出。看那里,那个阴影也许表示那里有一扇门。"

萨克斯说:"我们已经把地点缩小到九个或十个了。能不能对全部这些地方进行一次搜索？召集几十到一百个警员？"

罗西看起来有些不安。"我想我们没有这么多资源。"他解释说，近期在意大利和欧洲其他地区，有报告显示潜在恐怖袭击，所以很多警员都被从其他非恐怖犯罪案件中抽调出去了。

莱姆让视频重放了一遍。那些石头，那个绞索，那名失去知觉的被害人，他的胸部缓缓地起伏着，到处飘落的尘土，还有——

"啊，快看那里。"他的声音接近耳语，但是在场的每一个人都立刻转过来看他。他苦笑道："我以前在哪儿见过那该死的东西，但是一时又想不起来了。"

"是什么，莱姆？"

"那些尘土和砾石是从墙上掉落下来的。"

萨克斯和埃尔克莱几乎同时开口。她说："地铁！"他说："地下铁网络！"

"列车经过造成的震动传到墙上。埃尔克莱，快，哪些路线穿过咱们标记的区域？"

他在笔记本电脑上搜出一张地铁系统线路图，仔细检查着。丹妮拉把交通路线画到他们正在研究的地图上。

"在那儿！"罗西喊道，"那个蓄水池，小的那个。"

那是一块大小约为二十码乘二十码的空间，就在一条导水槽的末端。那里曾经作为通道，连着一条街道一路通到位于玛格丽特大道的一座广场。

贾科莫补充道："我知道那个地方。那个蓄水池应该是在一座旧楼的地下室内，现在已经废弃了。几年前，妓女们会使用那里的地下通道，错不了。"

"被废弃了？"莱姆说，"那么所有的门很可能都有锁和铁链,也就是作曲家会去剪断的那些;那些生锈的铁片和金属碎屑。"

"我现在就呼叫 SCO。"罗西说。

丹妮拉马上说:"中央服务机构,就是我们这边的特警队。"

罗西在电话里讲了几分钟,下达了几项正式命令后挂上电话:"中心的警员正在集结行动队。"

萨克斯看着莱姆的眼睛,他点点头。

她问道:"那个地方距离这里有多远?"她戳了戳地图,丹妮拉在那个出入口周围画了个红圈。

"离咱们这里只有几公里距离。"

"我得过去。"萨克斯说出了这句话。

罗西迟疑了相当长的时间后说道:"是的,当然。"他叫住贾科莫和丹妮拉,三个人用意大利语简单地交谈了几句。

罗西翻译道:"他们的汽车被其他警员占用了。埃尔克莱,你送萨克斯警探过去。"

"我?"

"你。"

在他们朝门口走去的时候,莱姆说:"给她一支枪。"

"什么?"罗西问。

"我不希望她在出现场时身上却没带武器。"

"这不合规矩。"

"我们并非那种不按规矩行事的人……"

"她是纽约警察局的警探,而且是个神枪手。"

罗西仔细考虑着这个要求。然后他说:"我想我们与美国之间并没有什么协议,但是我曾经批准过宪兵队在追捕犯罪嫌疑人的任务中,配备武装从法国进入坎帕尼亚。现在我也可以这么做。"他离开了,几分钟后,带着一个塑料武器盒回来。他在表格上草草记下了盒子上的序列号然后把它打开:"这是一把……"

"伯莱塔九十六,"她说道,"A1型,40口径。"她拿起枪,将枪口放低,轻轻地拉开枪栓已确认里面没有子弹。她拿起两个黑色弹匣和罗西取来的武器盒。

"在这里签字,还有写着'序列号'和'从属关系'的地方——就在这里——写得潦草一些。不过有一点请务必记牢,萨克斯警探,不到万不得已,一定不要开枪射击。"

"我尽力而为。"

她在他指的地方草草签了字,将一个弹匣装到枪上,再上好膛。接着又检查了一遍整枪状况,确认一切稳妥;她把枪塞进裤子后腰的腰带里,就急急忙忙地出门了。

埃尔克莱看看丹妮拉,又看看罗西:"我是不是——?"

莱姆说:"去啊!你该走了!"

第十八章

"那辆就是?"当他们从警察总署跑出来时,阿米莉亚·萨克斯问道,"那就是你的车?"

"是的,是的。"埃尔克莱站在一辆小型方头汽车旁边,这辆梅甘娜汽车是柔和的蓝色,满是灰尘和凹痕。他走到她那一边,帮她打开车门。

"我自己可以的,"她朝他挥挥手,"咱们走吧。"

年轻警员坐到驾驶座上,她坐到副驾位置。

"这车是不怎么样。我不得不承认,抱歉。"他报以有点懊恼的微笑,"实际上特警队拥有两辆兰博基尼。其中一辆在几年前出了车祸,所以我也不是很确定现在这两辆车是不是都还在他们那里。那辆车上有警用标记,是很——"

"咱们得出发了。"

"当然。"

他发动引擎,把变速器挂到一挡,打了左转灯后,侧过头看着,等候一个能开进车流的空隙。

萨克斯说:"还是我来开吧。"

"什么?"

她把变速器挂到空挡,猛拉手刹,然后跳出车子。

埃尔克莱说:"请允许我问一句,你有驾照吗?这可能需要填写一些表格,我估计——"

说着她已经站到左边车门,把它拉开。他钻出车子。她说:"你来导航。"埃尔克莱急忙绕过车子,坐到副驾驶位上。她已经在右边坐稳,没时间去调整座椅位置了,他比她高,可当务之急是要马上出发。

她瞥了他一眼:"安全带。"

"哦,在这里,没人在意这个。"说着轻笑一声,"而且他们从来不会给你开罚单。"

"把它系上。"

"好吧,我会的——"

就在他系好安全带的一刹那,她猛拉变速箱操纵杆换到一挡,松开离合器,汽车如子弹脱膛一般钻入车流空隙。一辆车急忙打轮避让,另一辆则是急刹。两辆车同时狂按喇叭。不过她根本没有回头看上一眼。

"妈妈咪呀。"埃尔克莱吐出这几个字。

"我该怎么走?"

"沿着这条路开一公里。"

"你的车顶灯在哪儿?"

"在那儿。"他指着一个开关,是车头灯的。

"不,我是说闪光灯。你们这儿该是蓝色的吧,在意大利?"

"蓝色?哦,警灯?我没有那个——"当她钻入一辆大卡车和单个摩托车手之间的空隙时,他倒抽了一口凉气,"这是我的私人用车。"

"啊,那么马力是多少?八十?"

埃尔克莱说:"不,不,它差不多有一百,实际上,一百一。"

这可不是她想听到的,她心想,不过什么也没说。阿米莉亚·萨克斯从来不会贬损任何人心目中自己车子的形象。

"你的私家车没有警用闪灯?"

"警察局的警官才有。罗西警监和丹妮拉他们。至于我,你知道的,只是个林业警员。我们没有的——至少和我一起工作的警员们都没有。噢,我们马上得转弯。"

"哪条街和哪条路?"

"左边。前面那条。是我没有注意到,真抱歉,我觉得咱们没办法转过去了。"

他们及时转过了那个弯。

下一秒钟就是变速箱随着一个九十度转弯的尖叫。他再次倒抽凉气。

"下一个转弯呢?"

"五百米后右转,莱蒂齐亚街。"

当她加速到八十迈时,他的呼吸又一次粗重起来,车在川流不息的四条车道中不停穿梭着。

"他们会给你补偿吗?我是说警察局。"

"只会报销一点汽油费,甚至不值得为此去费力气填那些表格。"

她也曾经被要求提交维修清单,最后还是决定算了。不管怎么说,一辆变速箱只有一百匹马力的小车又能有多大损坏呢?

"就在这里转弯。"

莱蒂齐亚街……

这条街被挤得水泄不通,一眼望不尽的车尾,刹车灯不停地闪烁着。

她急忙停车,同时用了手刹和脚刹,在离交通大堵塞只有几英尺的地方终于停住。

她狂按喇叭，但是没人移动。

"举起你的警徽。"她对他说。

他笑了笑说，这是不会奏效的。

她再次按喇叭，并且把汽车开上了人行道。无数狂怒的脸转向她，但当他们注意到车里的司机是一位漂亮的红发美女时，一些小伙子的表情，从暴怒变成一种看热闹的神情，甚至还夹杂着几分赞许。

她突破了十字路口，并且在埃尔克莱说的地方转了弯。然后继续呼啸而去。

"打电话，"她说道，"看看有没有——你们的那个'战部'叫什么来着？"

"战部？"

"抱歉，是战术部队。看看他们到哪儿了。

"哦，SCO。"他掏出手机开始拨电话。就像她之前听到过的大部分对话那样，这次如闪电般接通并展开对话。电话在一串简短的"好的，好的，好的，好的……"后挂断了。就在她闪进两辆卡车的空隙中时，他一边猛拉住把手，一边说，"他们已经集结并且上路了。大概需要十五分钟赶到。"

"咱们还有多远？"

"五。我的意思是——"

"五。"萨克斯苦笑一下，"就没有什么人能够更快抵达吗？我们需要一个破拆小组。作曲家肯定会把入口或大门锁起来。他在纽约就是这么干的。"

"他们可能会考虑到这个问题。"

"不管怎样再告诉他们一次。"

于是他再次拨了电话。从他的口气里她就能听出来，除了交代这些，在战术小组抵达前也没有什么其他可以做的了。

"他们有锤子和切割机还有热切割器。"

快速地从四挡换到二挡，她猛踩油门，发动机发出剧烈轰鸣。

爸爸的话突然出现在她的脑海里——那是她的人生信条。

"只要你跑得够快，他们就抓不到你……"

说时迟那时快，一个金发小男孩，他长而卷曲的头发在微风中闪动，他踩着一辆橘色小滑板车穿过交通信号灯，显然没有注意路上的车辆。

"该死。"

在一片尘土飞扬中，萨克斯猛拉变速箱操纵杆，脚踩、手拉刹车以减速，车子急速滑行到一辆本田车旁，差几英寸就碰到那孩子了，但小男孩甚至没有注意到他们。萨克斯发现他戴着耳塞。

再次换到一挡，他们继续赶路了。

"这里左转。"埃尔克莱大声地喊着，这样才能不被疲于奔命的发动机轰鸣声所淹没。

他们超速驶入了一条狭窄的小路。这是住宅区——没有商铺。已经洗得褪色的衣服在他们头上被挂得像旗帜一样。他们随即驶入一个广场，广场上有个破败荒弃的小公园。公园里面的长凳上到处都是刮伤，坐着几个老爷爷和老奶奶；一位少妇推着一辆婴儿车，旁边还有两个小孩子在和流浪狗嬉闹。这个地区如此荒无人烟，作曲家可以轻易把昏迷不醒的被害人弄出他的车，拖到地下，却不用担心被人看见。

"在那儿，就是那里。"他说道，指着不远处废弃大楼的那扇破烂的木门——就是贾科莫·席勒提到的那栋楼，与这里其他的破败建筑物一样，墙面上到处都是涂鸦。只能依稀辨认出几个斑驳的字迹：不得进入。

萨克斯在距离门口二十码的地方停下那辆梅甘娜，给机动小组和救护车留出空间。她急匆匆跳下车，埃尔克莱紧跟在她身后。

俩人小跑起来，但是都很谨慎。萨克斯一直小心她的腿——她始终被关节炎困扰着，现在已经变得越发严重，伤痛几乎令她放弃了自己钟爱的事业。虽然通过外科手术已经帮她改善了很多，但并不是全部的——疼痛。所以，她始终在意。她的身体有可能在任何时候背叛她。但是现在，一切都还算顺利。

"你是个新手，对吗？知道破门规矩吧？"

"破门？"

这已经回答了刚才的问题。

她算是领教过了："首先，我们确认现场是否安全，确保我们不会在现场受到敌人袭击。即使被害人濒临死亡，可是如果我们也死了，就根本救不了受害者了。明白吗？"

"好的。"

"当确认这里安全了之后，我们就着手去救他，CPR，如果需要的话，做气管扩张，加压止血，不过我觉得流点血倒是问题不大。之后我们清理犯罪现场，尽量保护现场证据。"

"好的……好，不！"

"怎么？"

"我忘记带鞋套了，用来套鞋子，你不是说——"

"我们现在不穿那个，太滑，现在不适合。"

她把手伸到口袋里，取出橡皮筋递给他："把这个套在脚上。"

"你随身带着这些？"

他们绑好橡皮筋。

"手套呢?"他问,"橡胶手套。"

萨克斯微笑着:"不,执行任务时不用。"

她惊讶地发现那扇门,竟然是用最廉价的锁头挂在锁扣上,而锁只用小螺丝简单地固定在木门上。

她把手伸进口袋,一把弹簧刀随即出现在她手上。埃尔克莱瞪大了眼睛。萨克斯暗自有点好笑,心想这武器也是意大利的——一把弗兰克·贝尔特拉梅小刀,刀刃宽四英寸,鹿角刀柄。她动作娴熟地打开小刀,用它拨掉木头上的锁扣,然后把刀收回口袋。

她举起一根手指放到唇边,看着埃尔克莱充满紧张而汗湿的脸。不能自控的紧张和恐惧感侵袭了他的全身,仅剩下一小部分大脑还能清醒运转。他是个积极分子,却没经历过多少考验。"待在我身后。"她小声说道。

"好,好的。"声音小得就像是呼吸。

她从口袋里拿出一个微型卤素手电,照明有千流明的款式,是菲尼克斯 PD35 型。

埃尔克莱眯起眼,肯定是在想:橡皮筋,强光手电,锋利的小刀?这些美国人当真是有备而来。

她朝门那边点了下头。

他的喉结滚动了一下。

她推门进入,举起手电筒和枪。

这个破门动作迅速而猛烈,使门撞到一张桌子,撞洒了一大瓶圣佩莱格里诺矿泉水。

"他真在这儿!"埃尔克莱轻声说。

"还不确定。但先假设他就在这里。他也许已经立起桌子做好准备应对闯入者,所以咱们行动要快。"

入口处的空气很刺鼻,墙面上到处都是涂鸦,看起来这更像一个荒漠中的山洞,而不是人造建筑。沿着一条楼梯向下两层,他们缓慢行进。手电筒的光会暴露他们的位置,但这是他们手头的唯一照明装备。一块落石也许就能要了他们的命。

"听。"她说,走到楼梯最底部时停下脚步。她觉得听见一声呻吟或者咕哝,但是后来就什么也听不见了。

他们发现自己正身处于一条大约八码宽的老旧砖砌隧道之中。那个导水槽,方形底部有大约两英尺宽,一直通到中间。它基本上是干燥的,上方有很多旧的金属水管——天花板在他们上方六英尺的地方——滴着水。

埃尔克莱指向他们左侧:"蓄水池应该在那儿,如果地图没错的话。"

不远处传来一阵轰隆声,声音从无到有,随即逐渐变大,地板也随着震动起来。萨克斯推测那是地铁,距离很近。她回忆着地图,想到还有另一种可能,那不勒斯距离维苏威火山并不远,据她所知,那是一座随时可能喷发的活火山。火山喷发会引起地震,哪怕是最小规模的喷发都能使她葬身于碎石之中——那是她能想象到的最糟的死法了。幽闭恐惧症是她最大的恐惧。

不过轰隆声在逐渐变大到一个顶点之后,就慢慢退去了。

是地铁,幸好。

他们来到一个分岔路口,隧道形成三个分支,每一个都有自己的导水槽。

"是哪边?"

"很抱歉,我也不知道。地图上也没有标记。"

选一条,她心想。

随后,她看见隧道最左边的岔路连通的不是一个导水槽,而是一个陶土管道，几乎全部损毁。那可能是一条旧时的下水管道。她回忆起作曲家鞋子上沾有的那些粪便痕迹。"走这边。"她沿着湿乎乎的地道继续走，地道内的气味刺得她喉咙发痒，让她想起在布鲁克林的铀加工厂，那是她进入作曲家首次尝试谋杀的作案现场。

你在哪儿？她想到被害人。他会在哪儿？

他们非常小心地走在导水槽中间，一直到隧道尽头——进入一间很大的、肮脏的地下室，有微弱的光线从空气井和头顶墙面的裂缝中透过来。导水槽继续延伸到一个拱形的石头砌成的圆柱体结构，它有二十英尺宽，二十英尺高；没有天花板，有扇门被卸下，放在旁边。

"就是那儿。"埃尔克莱轻声说，"那个蓄水池。"

他们爬下导水槽，沿着石头台阶向下走了大约十英尺到达地面。

没错，她能听见里面的喘气声了。萨克斯打手势让埃尔克莱当心他们走下来的导水槽和地下室另一边的入口。

他领会意思之后取出自己的配枪。生涩的拔枪动作告诉她这人很少射击。不过他检查了一遍枪膛后，打开保险栓，把枪口对准他需要警戒的方向。这样就足够了。

一次深呼吸，再一次。

接着她转过转角，俯低身体，用手电筒扫视整个房间。

被害人就在离她十五英尺的地方，被胶带捆在一把破旧的椅子上，竭力保持头抬高，尽量不去拉紧绞索。现在她能清楚地看见作曲家设置的机关——那致命的贝斯琴弦向上连接着一根木质杆子，整个被固定在被害人头顶上方墙面的裂缝里，杆子的另外一端挂着一只注满水的水桶。水桶的重量最终会把绞索拉紧到足以勒死他的程度。

这个人因为突如其来的手电筒的灯光而眯起眼睛。

房间里没有其他的门,所以可以肯定作曲家已经不在这里了。

"进来,警戒门口!"她大喊道。

"明白!"

她把枪塞回枪套,跑向那个男人,男人正在抽泣。她把男人嘴里的堵塞物取出来。

"真主保佑!真主保佑!"

"你会没事的。"她说着,心想他能听懂多少英语。

萨克斯随身带着手套,可是现在来不及戴上了。稍后碧翠丝可以通过采集她的指纹来排除她留下的痕迹。她抓紧被水桶拉起来的绞索用力下拉,然后把绞索从他头上取下来;再慢慢把水桶放低。就在水桶即将到达地面时,插在石头间的三脚支架脱落了,桶因此直接掉到地上。

该死。洒出来的水会污染石头上的痕迹。

可是现在也无能为力了。她回到那个可怜的男人身边,检查他的伤势。他瞪大的双眼中充满恐惧,看着她割断绑着自己双臂的胶带,抬头看看天花板后,目光回到她这里。

"你会没事的。救护车已经在路上了。你听得懂吗?懂英语吗?"

他点头说道:"是的,是的。"

他看上去伤势并不严重。现在他状况还算稳定,萨克斯套上塑胶手套,再次拿出她的小刀,按下弹簧,刀子马上弹开,那个男人瑟缩了一下。

"没事的。"她割断胶带松开他的双手,接着是双脚。

受害者睁着眼睛,视线却茫然没有焦点,嘴里用阿拉伯语念叨着什么。

"你叫什么名字?"萨克斯问他,然后用阿拉伯语重复了一遍这个问题——凡是参与过反恐行动、涉及大案要案的纽约警察局探员都学过一些相关词汇和短语。

"阿里,阿里·麦塞克。"

"你有哪里受伤了吗,麦塞克先生?"

"我的脖子,我的脖子很痛。"他再次语无伦次,眼神也慌乱起来。

埃尔克莱说:"他看起来伤得并不严重。"

"是啊。"

"他只是,只是看起来脑子不太清醒而已。"

被一个疯子绑起来,还差一点就被吊死在一个古罗马废墟里?会神志不清是理所当然的。

"咱们把他送上楼吧。"

第十九章

战术小组终于抵达现场。

这队 SCO 警员似乎已经严阵以待,而且信心满满,他们手持武器,煞有介事地搜索了整片区域。

萨克斯在入口处阻止他们进入。她把纽约警察局警徽别在皮带上,就是那枚金色的警探徽章,这让她看起来比较有权威,尽管在这里它的效力有待商榷。小队指挥官问道:"纽约联邦调查局的?"口音很重。

"差不多。"她说,觉得这样的回答可以令他满意。

这位指挥官身材高大,而且头也很大,能看到露出来的卷曲红发边缘,发色和她很接近。他朝她点点头说:"米开朗基罗·费尔南多。"

"阿米莉亚·萨克斯。"

他用力地和她握了握手。

接着她朝他身后刚刚抵达的医疗小组打手势,那是一位身材结实的男士和一位同样魁梧的女士——他们看起来像是兄妹——两人把麦塞克安置在推轮床上,开始检查他的各项生命体征。医生花了一点时间检查那个红色勒痕,然后用意大利语对他的搭档说了些什么,接着转向萨克斯:"就他的身体状况而言,情况还好，没有大碍。他的情绪非常不稳定，要不是因为他是穆斯林，我会认为他喝醉了。他可能是在被绑架期间让人下了药。"他们协助麦塞克上了救护车，然后和埃尔克莱进行了短暂交谈。

年轻警员对米开朗基罗说了很久，估计是讲述都发生了些什么。他朝着入口打着手势。

"我已经告诉他们要去哪里搜索，而且凶手很可能还在附近。"

萨克斯注意到那些警员都戴着黑色手套，所以她不是很担心指纹的问题，他们还戴着蒙面头罩，这些可以避免头发的污染。她把手伸进口袋，然后递给米开朗基罗一打橡皮筋。

他表情困惑地看着她。

"像这样做。"埃尔克莱说着，指着自己的脚。

指挥官点点头，他的眼睛里随即出现赞许的神色："为了区分我们的脚印。"

"是的。"

"很好。"大笑一声，"美国人。"

"告诉他们尽快行动。去咱们发现桌子和水瓶的那个房间，但是不要进入咱们救出被害人的那个地下室。那里面最有可能留下大量证据，我们不想那里受到更多污染。"

埃尔克莱翻译了这些信息，然后大块头指挥官点点头，随即迅速对他的手下进行了部署。

她听到他们身后有些声音。一大群人聚集在那儿——里面有不少记者，在不停发问。警队的人完全不予理会。制服警员拉起黄色警戒线，这和在美国一样，把拥挤的人群挡在线外。

又有一辆厢型车抵达，车身很大，通体白色，车身两侧印有"科学警察"的字样。两个男人和一个女人从车里出来，走到车后的双开门边打开门。他们身穿白色杜邦连体防护服，该小组的名字印在制服右边胸口处，左边则印着"隔离服"。他们靠近一名制服警员，后者指着萨克斯和埃尔克莱。三个人走过来，对埃尔克莱说话。通过他的动作，萨克斯推测他正在和他们介绍现场的情况。在整个漫长的解释过程中，有那么一两次，那位女警注视着萨克斯。

萨克斯说："如果我能借到一身制服，我可以和他们一起进去搜索。我可以告诉他们具体哪里——"

一个男人的声音打断了她："没有这个必要。"

萨克斯转过头看见检察官但丁·斯皮罗，他正从一群聚在一起的警车和警察那边走过来。一个警员看见他，急忙跳过去帮他抬起黄色警戒线。警戒线被他抬得高高的，这样斯皮罗根本不用低头就能直接通过警戒线。

"检察官。"埃尔克莱开始说。

来人用连珠炮般的意大利语打断他。

年轻警员闭上嘴、低下头，在斯皮罗接下来的发言中不停地点头。

埃尔克莱又说了点什么，朝麦塞克点点头。他现在正坐在救护车后部，看起来已经好多了。

再一次，斯皮罗以他惯常的方式说了几句，显然很不高兴。

"是的，检察官。"

接着，年轻警员转向她："他说我们现在可以离开了。"

"我还是想和小队一起进行搜索。"

"不行，这绝对不可能。"斯皮罗说。

"我是一名专业的犯罪现场探员。"

米开朗基罗出现在昏暗的门口。他看到斯皮罗就走过来，然后和他谈了一会儿。

埃尔克莱翻译着:"他们已经完成了搜索。没有发现作曲家的踪影。他们走完了所有的导水槽,并且搜索了地下室的所有房间。找到一条直接通向地铁站的供给隧道,不过在那儿并没有发现他的踪迹。"

"地下室上面的这座建筑呢?"她朝他们身后的建筑物点点头。

米开朗基罗说:"那里被混凝土封闭了。从地下没办法进入。"

这时,那位女性法医学警员走到她身边,面带微笑说道:"我们现在要开始走格子。"

萨克斯朝她眨眨眼。

"没错,我们知道你是谁。我们在课堂上使用的教材就是林肯·莱姆警监编写的。虽然书不是意大利语的,但是我们把它翻译过来了。你们两位都是我们的导师。欢迎来到意大利!"

然后他们消失在入口。

斯皮罗再次朝埃尔克莱发了一通火,然后朝那个古老的门廊入口走过去,同时戴上了他自备的蓝色乳胶手套。

埃尔克莱翻译道:"斯皮罗检察官很感谢你的协助,和你对于现场勘测提供的帮助,但是他认为这已经足够了。出于连续性的理由,后续调查应该由意大利法律相关部门全权负责。"

萨克斯觉得,如果在这件事上追得再紧一些,埃尔克莱会不知所措。他绝望地看向梅甘娜汽车,把一只手放在她肩膀上,示意她直接上车。她看了他一眼,他双腿无力,就像灌了铅,于是她知道他是不会再领着她到别的任何地方去了。

当他们走到汽车旁边时,他试探性地看了看驾驶位。

萨克斯说:"你来开车吧。"

埃尔克莱如蒙大赦。

她把车钥匙递给他。

当她和埃尔克莱上了车并发动了引擎后,她问道:"关于你说的连贯性那一条,斯皮罗真的是那么说的吗?"

埃尔克莱脸红起来,于是他集中精力把汽车挂到一挡:"那算是粗略的翻译。"

"埃尔克莱?"

他吞了吞口水:"他说让我把这个女人,也就是你,立刻带离现场,而且如果我还让她,当然,还是指你,在未经他允许的情况下,再和任何一位警员讲话,更别说媒体了,他就毁了我的工作——包括这里的以及我在林业局的本职工作。"

萨克斯点点头,然后问道:"他真的用了'女人'这个词吗?"

短暂的停顿后,他说:"没有,他没有。"他打开车灯,松开离合器踏板,然后小心翼翼地驶入广场旁的街道,就像他年迈的祖母正坐在后座一样。

第二十章

完全吓傻了。

这就是莱姆对阿里·麦塞克的印象。

在位于警察局总部的作战室内,莱姆从敞开的大门观察着这起绑架案的受害者,在走廊另一头,他正在一间空旷的办公室里等待。

这位骨瘦如柴的男人坐在椅子里,手里紧紧抓着一瓶圣培露橙汁苏打水。他刚才已经喝光了一瓶这样的饮料,有几滴液体还挂在他的大胡子上。莱姆觉得他脸色憔悴,大概他平时也差不多是这个样子,毕竟他的苦难经历只持续了一天的时间。他的双眼下有很大的黑眼圈,耳朵和鼻子显得异常突出……一头呈爆炸式的乌黑醒目的浓密卷发,几乎遮到眼睛上。

罗西、埃尔克莱和萨克斯都在莱姆旁边。目前汤姆在这里没什么可做的,于是他就去酒店办理登记入住了,顺便检查那里是否有残障人士辅助设施——就像它宣传的那样。

用了半个小时,由一位警察总局的警员对麦塞克进行询问,这位警员的阿拉伯语和英语都很流利。

萨克斯原本也想出席问讯,或者由她亲自问讯,但是罗西拒绝了她的要求。也许但丁·斯皮罗提前做过安排。

最终，那位警官结束了询问，来到人群中。他把笔录递给罗西，然后返回走廊另一边的办公室。他对麦塞克继续说着什么，而这位受害者仍然处于浑浑噩噩的状态。他慢慢站起身，然后跟着警官穿过走廊离开了，他手里一直抓着那瓶橘子苏打水，好像那是个幸运符一样。

罗西说："他会待在这里，直到保护性拘留正式启动。他目前仍然处于，用你们的话说，一种状态？混乱的状态。我们最好一直盯着他。而且，既然作曲家现在还在外面，我们不知道这个麦塞克现在是否真的安全。当然，我们仍然看不出动机是什么。"

"他是谁？"萨克斯问道。

"他是一名来自利比亚寻求庇护的难民。众多这类人中的一个。他搭乘的那艘船撞到了，"他皱了皱眉然后对埃尔克莱说了个词，年轻警员接口道，"海岸。"

"嗯。巴西海岸，一个星期之前，那是那不勒斯西北部的一个度假胜地。他和同船的其他四十名登陆者一起被逮捕。他们的运气不错。当时天气很好。他们得以生还，全员安然无恙。前不久就有一艘船在兰佩杜萨沉没，当时有十二个人丧生。"

萨克斯说："如果他当时被逮捕了，为什么能出现在郊外呢？"

"问得好，"罗西说，"也许这有助于解释我们目前的状况，就是关于意大利对难民的态度。你们想必都知道那些来自叙利亚的移民，已经充斥在土耳其、希腊和马其顿？"

莱姆基本对当代时政事件没什么兴趣，可是关于来自中东地区的那些窘迫难民的新闻简直铺天盖地。实际上，就在他们从美国长途飞行来这里的途中，他刚刚读过一篇相关内容的报道。

"我们这里也面临着类似的问题。从利比亚到意大利，是一段遥远漫长而且非常危险的旅程,不过从埃及、利比亚和突尼斯出发来这里的旅程就短很多。利比亚完全是一个战败国;在'阿拉伯之春'运动之后,事情就演变成公民权的战争,极端主义者的数量与日俱增:包括ISIS和其他组织。随之而来的还有可怕的贫困以及加剧的政治动荡。更糟糕的是,旱灾和饥荒对撒哈拉以南非洲的侵袭制造了大量的利比亚南部难民,人数太多以至于无处安身。于是人口走私犯,同时也是强奸犯和窃贼,通过渡轮把大量难民偷渡到兰佩杜萨岛牟取暴利——就是我刚才提到过的地区。那是意大利境内最靠近非洲的岛屿。"他叹了口气,"我曾经和家人去那里度假,当时我还是个孩子。现在我坚决不会让自己的孩子接近那里了。也就是说,那些人口走私犯把更为贫穷的难民都弄到那里。其他人,如果他们能支付更高的金额,就能被运到大陆本土来——就像麦塞克这样——他们期望能够借此逃避被逮捕的命运。"

"可是,像他这样,大部分都会被抓到,尽管与军队、海军舰队和警察相比的话,他们在人数上具有压倒性的优势。"他朝莱姆看了看,"这些事对你们的国家目前还没有什么影响,而在这里,简直算是一场灾难。"

莱姆在飞机上读到的那篇文章是关于正在罗马举行的一次针对难民情况的会议。与会者来自世界各地,一方面,他们正在寻求各种方法来平衡人道主义需求以帮助那些不幸的人;而另一方面,也要慎重考虑接收难民的国家面临的经济困境和安全问题。按照文章所述,美国国会正在慎重考虑会对这种紧急状况采取的措施,就是考虑接纳十五万的难民入境;同时,意大利也将很快针对放宽流放法律的举措进行投票,不过,目前两个议案都备受争议,并且面临强烈的反对意见。

"阿里·麦塞克正是这个群体的典型代表。根据都柏林规则中关于寻求庇护的难民条款，他要求申请进入这个国家寻求庇护——也就是进入意大利。他已经通过了欧洲难民指纹数据库审核，并且——"

"指纹鉴定法？"莱姆问道。这是指纹相关的技术术语。

这回是埃尔克莱回答的："是的，没错。难民的指纹和其背景遭遇将经过核查。"

罗西接着说道："所以，这就是麦塞克目前的处境。他通过了初步审查——无犯罪记录，并且与恐怖分子没有联系；否则，他将马上被驱逐出境。正因为他是清白的，所以他被移出难民营，并安置在第二层级站点，是一些旅馆或者旧时军营。他们可以溜出去，很多人都会这么做；但是如果他们不返回安置点，那么当他们被抓住时，就会被遣送回祖国。

"麦塞克就待在那不勒斯的一个居留旅馆中。那里算不上是个多么舒适的地方，但毕竟可以容身。至于遭到绑架的前因后果，他说自己完全不记得事发经过。负责问询的警官倾向于相信他的话，因为绑架给他造成了创伤——是那些药物作用和缺氧。不过丹妮拉去旅馆核查时，和他一起的一个难民说，麦塞克曾经告诉他，自己正在打算搭巴士去与什么人吃饭，就在达布鲁佐附近。是那边的一个乡间小镇。"

萨克斯说："我们会找到那个和他吃饭的家伙，并且和他谈谈。也许在作曲家跟踪麦塞克的时候，他有可能见到过作曲家。"

罗西说："的确存在这种可能性。邮政警察已经分析了电话卡里的数据，就是那张在他被绑架的地方发现的电话卡。那的确是他的东西，而不是作曲家的。就像所有难民一样，他使用一部预付费手机。在他被绑架之前，他正在和另外一部预付费手机通话——在那不勒斯，用利比亚语打给意大利北部的一座距离边境线不远的小镇，博尔扎诺。邮政警察认为他们可以找到通话的连接点。你们能理解吗？"

"是的。"莱姆说，"就是说可以找出晚餐时他的行踪。"

"非常正确。他们一有消息就会马上通知我。"

萨克斯问道："他都说了些什么呢？"

"他几乎什么都记不得了。他觉得绝大部分时间自己都被蒙住眼睛。当他在蓄水池苏醒时，那个绑架他的人已经离开了。"

"冰山脸"碧翠丝仿佛从波提切利绘画中走出来的圆润女郎——从实验室走进作战室。

"埃尔。"她拿着几张打印纸。

埃尔克莱拿起一支"三福"牌记号笔走到信息板那里。她摇了摇头，固执地拿过他手里的马克笔，看着罗西，然后开始说话。

埃尔克莱皱皱眉，罗西则报以大笑。他解释说："她之前就说过林业警员的笔记写得不好。他可以把科学技术警员的分析结果用英语说出来，而由她自己把这些写到表格上，由埃尔克莱帮助她进行翻译。"

当这个小伙子开始读这些分析时，女士短粗的手指也跟着轻快地在架子上的信息板上跳跃着，的确如她的挑剔那样，她的笔迹相当娟秀。

"作曲家"绑架案
玛格丽特大道，22号，那不勒斯

- 案发地点：罗马导水槽蓄水池。
- 受害人：阿里·麦塞克。

- 难民，暂时居住于伊甸园旅馆，位于那不勒斯。
- 颈部因绞勒造成轻微创伤。
- 轻微脱水。
- 因药物和缺氧导致意识不清和记忆丧失。
- 受害者衣服上采集到的痕迹：
    - 多种药物，异戊巴比妥。
    - 三氯甲烷液体残留物。
    - 黏土基污垢，来源不明。
- 足迹：
    - 被害人的。
    - 匡威牌滑板运动鞋，45码，与另一案发现场相同。
- 瓶子，里面有水。来源不能确定。
- 诺基亚手机，预付费电话（已送至邮政警局进行分析），EID电话号码卡是两天前以现金形式从香烟杂货铺购得，店铺位于埃马努埃莱大街。由于水流进电话内的电路板造成电路短路。SIM卡显示在案发当天早些时候拨打了五次同一个号码，也是预付费号码，现已不再使用。
- 电话上的DNA（汗液，可能性极高）：
- 与作曲家的相符。
- 奥氮平痕迹，抗精神病药物。
- 少量氯化钠、丙二醇、矿物油、单硬脂酸甘油酯、硬脂酸聚氧乙烯、硬脂酸酯醇、氯化钙、氯化钾、对羟基苯甲酸甲酯、对羟基苯甲酸丁酯。
- 胶带，来源不能确定。
- 棉布，被用作塞口物。来源不能确定。
- 绞索，以两根乐器的琴弦制成，双低音贝斯的E弦。类似于在纽约犯罪现场发现的用在被害人罗伯特·埃利斯身上的那根。
- 水桶，常见型。来源不能确定。
- 锁和锁扣，不包括前门上的。常见型。来源不能确定。
- 木质长杆，简易拼凑绞刑架，常见型。来源不能确定。
- 除被害人的指纹外没有其他指纹。有使用橡胶手套的痕迹。
- 其他相关：在NowChat网站视频服务器中上传的视频，四分钟零三秒，显示受害者被绞索勒颈。播放音乐：《花之圆舞曲》取自《胡桃夹子》以及人类的喘气声（可能来自受害人）。
- 邮政警察正在尝试追踪上传来源，但因使用了代理服务器和虚拟专用网络造成调查进展缓慢。

然后碧翠丝贴上一打犯罪现场的照片，主要是麦塞克被吊起来时所处的蓄水池，还有这栋老式建筑物的入口、导水槽以及满是霉斑的砖砌地下室。

埃尔克莱盯着那些蓄水池的照片看，它们看起来就像是中世纪刑讯室："真是令人不舒服的地方。"

莱姆没有理会林业警员，只是反复看着列表："好吧，我提到过疯子，没想到被我说中了。"

"你这话是什么意思，莱姆上尉？"

"你看那些氯化钠、丙二醇还有其他这些？"

"嗯，这些是什么？"

"导电凝胶。用来黏在皮肤上，进行电惊厥治疗精神病。现在已经很少见了。"

"会不会是作曲家在这里看过某位精神科医生？"埃尔克莱

问道,"做了那样的治疗?"

"不,不,"莱姆说道,"这种治疗手段需要在医院进行很长一段时间。很可能来自作曲家得到抗精神病药物的同一个地方:某家美国的医院。他的状况看起来挺不错,所以我猜他是在进行纽约袭击几天之前接受的治疗。那么异戊巴比妥又是什么呢?另一种抗精神病药物吗?"

萨克斯说:"我去查查纽约警察局的数据库。"几分钟之后,她报告说:"这是一种对抗恐慌发作的快速镇定药物。一百年前由德国发明,当时被用作吐真剂,但效果不佳,不过医生却发现它有其他药效——对于情绪激动或出现攻击性具有很好的快速镇静作用。"

莱姆从过去的案子里得知,很多双重人格和精神分裂症患者,都经受着这些症状的折磨。

门口有个身影慢慢地走了进来,那是但丁·斯皮罗,检察官面无表情地扫视着在场的每个人。

"检察官。"埃尔克莱说。

检察官歪着头在他的皮质封面记事本上写着什么。

莱姆注意到:出于某些原因,埃尔克莱·贝内利非常在意这个。

斯皮罗收起那个本子然后又看了看证据列表。他只说了一句:"英语,呵。"

然后他转向萨克斯和莱姆:"现在,你们参与这件案子就仅限于这四面墙之内。你同意吗,警监?"他朝罗西点点头。

"当然,是的。"

"莱姆先生,出于我们的大度,你才能待在这里。你在这个国家无权去调查犯罪案件。你在证据分析上的贡献如果真的有帮助的话，我们会感谢你的。当然，我得承认它们有点价值。你提出的关于作曲家心智状况的一切想法也将会被列入考量。不过要想超过这个界限，不行。我说得够清楚吗？"

"非常清楚。"莱姆低声说。

"现在我还有一件事要说，一件之前就应该提出来的事。关于引渡，你们已经失去对作曲家和他在美国所犯罪行的后续司法管辖权，而我们已经取得了管辖权。也许你希望试图引渡他，但是我将尽我所能阻止你。"他盯着他们看了一会儿，"就让我给你上一堂法律课，莱姆先生，萨克斯警探。想象一个意大利城镇，名字叫作狼乔奇。这名字是个玩笑，你知道。这并非一个真实存在的地方。它的意思是狼的乳房。"

"罗穆卢斯和雷穆思，取自罗马神话。"莱姆说。他的声音显示出有点不耐烦，因为他真的感到不耐烦了。他盯着黑板架上的信息板。

埃尔克莱说："那对双胞胎，哺乳一匹母狼。"

莱姆心不在焉地纠正道："女性才会哺乳，婴儿是吸吮。"

"哦，我的意思不是——"

斯皮罗瞪了埃尔克莱一眼，打断了他，然后继续对莱姆说："法律课是这样的：美国来的律师们没能打赢狼乔奇镇的案子。狼乔奇镇的律师打赢了狼乔奇镇的案子。而你们现在就在狼乔奇镇的市中心工作。你不会得到引渡权的，你最好打消这样的想法。"

莱姆说："也许我们应该把注意力集中在怎么抓住他这件事上。你不这么觉得吗？"

斯皮罗什么也没说，他只是慢慢取出手机发了一条短讯或电邮。

罗西有点踌躇，不安地来回看着这两个人。

埃尔克莱说："检察官先生，警监先生，我认为我应该追查这个案子。"

过了一会儿，斯皮罗收起他的电话，挑起眉毛看着这个年轻人："怎么？"

"我们应该在发现麦塞克的地方安置一位看守，在导水槽的入口处。"

"看守？"

"是的，理所当然。"埃尔克莱正微笑着看着斯皮罗，这个检察官竟然没有发现这个在他看来如此明显的事，"那里不允许新闻媒体进入。警方已经从那里撤离。门上也贴上了胶带。不过，有必要密切关注那里。他有可能回到犯罪现场那里，一旦他要进入该区域，我们就能逮捕他。我当时在那里就注意到，街角那边有几个地方还是很适合躲藏的。"

"你难道不觉得这是对咱们资源的浪费吗？我们都知道现在警力资源远比咱们想要的更有限。"

他再次笑了笑："完全不会。浪费？您怎么会这么想呢？"

斯皮罗朝空中挥了挥手："你怎么这么招人烦啊？身为林业警员，你在林子里就是这么干的吗？自己乔装成一头牡鹿，或者一头熊？然后守株待兔？"

"我只是……"一连串的意大利语从他嘴里冒了出来。

莱姆盯着门口，注意到又有一位警官站在门厅，看着这里的争执。他是一位英俊的年轻人，衣着非常时髦。他正端详着埃尔克莱涨红的脸，表情波澜不惊。

"我只是觉得这样做会有帮助，长官。"

莱姆决定终结他这个幻想："他是不会回来的。"

"不会？"

"不会，"斯皮罗说，"告诉他为什么，莱姆先生。"

"因为洒落的水，就是你和萨克斯打开门时洒落的。"

"我不明白。"

"你看见水把什么浸湿了吗？"

埃尔克莱看向那些照片："是电话。"

"作曲家十分小心地设置了桌子和放在它上面的其他几样东西的位置。一旦有人打开门，尤其是快速地打开门，就会打翻瓶子里的水，让电话短路。"

埃尔克莱闭上眼睛想了一下："是的，这是当然。作曲家也许会每十五分钟或者类似时间拨打一次电话，只要手机还能拨通，他就知道没有人进去过。当他再次拨打电话而无法接通时，他马上就会知道已经有人闯入了。也就是说回去是不安全的。这么简单，我刚才居然没有注意到。"

斯皮罗没好气地白了埃尔克莱一眼，然后他问道："麦塞克现在在哪儿？"

"在一个保护性单间，"罗西说，"就在这里。"

"林业警员。"斯皮罗说。

"是的，长官？"

"让你自己也有点价值，去把咱们讲阿拉伯语的警员找来。我有点在意那个东西，那个导电凝胶。"

"那么……"埃尔克莱没再说下去。

"你想说什么？"

这位警官清了清喉咙。

莱姆再次打破局面："我们推测那是作曲家的东西。他在服用抗精神病药物，因此我们认为他也曾经接受过ECS治疗。"

斯皮罗回答说："这符合逻辑。不过也不是没有可能是麦塞克在利比亚时出于某种原因而使用过这个东西。我想要先排除这个可能性。"

莱姆点点头，这是他仔细考虑过的一种推测，而且确实也有这个可能性。

"好的，检察官。"

"关于其他的物质，异戊巴比妥？"斯皮罗盯着信息表。

萨克斯告诉他那是作曲家使用的一种镇静剂，用来防止发生情绪恐慌。

"也要考虑麦塞克使用它的可能性。"

"我现在就去。"埃尔克莱说。

"那就去啊。"

等他离开以后，莱姆说："斯皮罗检察官，很少有人知道导电凝胶的原料成分。"莱姆是在检察官抵达之前得出那些成分的结论的。

"是吗？"斯皮罗漫不经心地问道。他的目光仍停留在图表上，"我们从这些奇怪的工作中学到了不少东西，不是吗？"

走到作战室外，埃尔克莱·贝内利差点一头撞上西尔维奥·迪·卡洛，那是罗西最得意的徒弟。

这位西尔维奥，是警察局里公认的时尚弄潮儿。

妈妈咪呀，现在我也觉得这个评价名副其实了。

如果是迪·卡洛，斯皮罗会不会像对我那样，在擦拭弄洒的矿泉水时冷嘲热讽，或者像刚才那样狠狠地训斥一顿呢？

还是说对林业警员才如此呢？

"小胡瓜"警察，"猪倌"警察……

埃尔克莱一边走过这位年轻男人身旁，一边思考着——埃尔克莱不仅买不起这位警官身上的衣服，他甚至都不会有如此好的品位去挑选；他只是个被派遣到费拉加莫仓库巡逻的跑腿的。但是随即他就决定，不，不能逃跑。当他还很小时，因为身体瘦弱和不擅长运动，其他男孩子总会让他吃点苦头。那时他就懂得，最好的应对办法是去直面他们，就算会被揍得鼻青脸肿也绝不能逃避。

他看着迪·卡洛的眼睛："西尔维奥。"

"埃尔克莱。"

"你的案子进行得还顺利吗？"

但是助理检察官对这次短暂的交谈没什么兴趣，他的眼光越过埃尔克莱，看了看走廊那边，深棕色的眼睛再次回到林业警员身上，他说："你真幸运。"

"幸运？"

"对但丁·斯皮罗，你所有的那些冒犯……"

冒犯？

"……还不算太严重。他本可以直接打断你两条腿，像杀猪一样弄死你。"

啊，这是给林业警员的警告。

迪·卡洛继续说："而到现在为止你遭受的全部惩罚不过算是他戴着手套扇了你一耳光。"

埃尔克莱什么都没说，只是任由对方傲慢地辱骂和讥笑，全然不知他为什么如此。

他还能作何反应呢？

这根本无关紧要，不论他说什么都会事与愿违，只会使自己更像一个小丑。在西尔维奥·迪·卡洛的世界里，他一向如此。

不过这位警官继续说道:"如果你想在这次经历中幸存下来,如果你想从林业警局调到国家警察局——就像我觉得你会做的那样,那么这可能是你唯一的机会,你必须学会如何与但丁·斯皮罗共事。你会游泳吗,埃尔克莱?"

"我……会。"

"在海里吗?"

"当然。"

这可是在那不勒斯。每个男孩都能够在海里游泳。

迪·卡洛说:"那你该了解海浪。你绝对不能与之对抗,因为你肯定赢不了。你要由着它们带你去它们要去的地方,然后慢慢地、轻柔地,你就能迂回地游回岸边。但丁·斯皮罗就像是海浪。和斯皮罗在一起,你绝不能对抗他;就是说,不要反驳他。你绝对不可以质疑他,你必须认同,你要记住,他非常杰出。如果你有一个认为必须探究下去的想法,而这明显违背他的意愿,那么你必须找出一个方法去间接地达成你的目的。这个方法既不能让他发现,或者是看起来——看起来,与你有关——还要符合他的想法。你明白吗?"

埃尔克莱确实明白这段话里的意思,但是他需要时间去消化并实际应用。这与他过去习惯的从警方式有着天壤之别。

他停顿了一会儿后说:"好的,我懂了。"

"好。幸运的是,你现在得到一位更宽容的人的庇护——一位同样杰出的——先生。马西莫·罗西会尽量保护你的。他和斯皮罗是同辈,而且相互尊敬。但是如果你把自己送到狮子嘴里的话,他可救不了你。似乎你喜欢做这种傻事。"

"谢谢你告诉我这些。"

"嗯。"迪·卡洛转过身,开始往回走,又转回头,"你的衬衫。"

埃尔克莱低头看着这件他早上穿出门的乳白色衬衫,就套在他的灰色制服里面。他之前没有意识到夹克的拉链开了。

"阿玛尼的?还是它的哪个子品牌?"迪·卡洛问道。

"我匆忙穿上的,也没注意是什么牌子,真不好意思。"

"啊,好吧,看起来挺不错的。"

埃尔克莱很肯定这句话并非嘲讽,而是迪·卡洛真的觉得这件衬衫不错。

他再次表达了他的感激。当然,他没再提及这件衬衫的事:它并非出自米兰的手工缝制,而是产于越南工厂;它也不是在那不勒斯的齐克·沃梅罗区的时装店销售的,而是堆在一辆手推车里,由一个阿尔巴尼亚小贩站在大街边上叫卖的——就在斯帕卡纳波利——他在讨价还价之后花了四欧元买下。

他们握握手,然后助理检察官离开了,他边走边从漂亮的裤子后袋中拿出一支套在时髦外壳中的苹果手机。

第二十一章

这可不是在堪萨斯。

走在那不勒斯住宅区的街道——正值用餐时间,所以路上并不拥挤——加里·索姆斯想着这句出自《奥兹国的魔术师》的老生常谈的歌词,然后他把这句大声念了出来。他看见一个浅黑色皮肤的女人,她有一头长长的黑发,一双长腿,一边打着手机一边经过他身边。他看她的眼神里带有某种特定的意思,而她也以特定的方式回望他。她的眼光似乎没有停留,但还是在他那雕塑般的中西部美国人面孔上停顿片刻——时间明显长于通常某个打电话的人看别人的时长。

然后这个女人——有着典型的意大利南部派头,她扭动腰肢,摇曳生姿地走开了。

妈的,真不赖。

加里继续走着。他的目光又落在两个更年轻的女人身上,那两人正在闲聊,都穿着紧身衣——看起来就像曼哈顿上东区的大多数辣妹那样。

与刚才遇到的那个女人不同,这两人完全没有看他;不过加里才不在乎,此刻他的心情大好。这位二十三岁的小伙子怎么会心情不好呢,他刚刚把自己的家从密苏里州(有点类似于堪萨斯）搬到意大利（这是没有飞猴群的奥兹国？）。

这个年轻人身体强壮——有美式足球中跑卫一样的身材，他把沉重的背包往肩膀上拉得更高了一点，然后转过街角，朝他在科所翁贝托的I号公寓走去。他有点头疼，这是因为他多喝了点韦尔门蒂诺以及（上帝保佑！）廉价的格拉帕，就在半个小时之前的早午餐时。

不过他觉得该犒劳自己一下，他在下午完成了班级作业，然后就在街上转悠，练习意大利语。他正在一点一点地学习意大利语。刚开始时，这简直难倒了他，主要因为性别的概念：地毯是男孩子，桌子是女孩子。①

还有那些重音！不久之前，在一家饭店里，他就闹了个笑话，还招来白眼，因为他点了通心粉加番茄沙司；可是那个描述男性生殖器的单词发音与通心粉这个单词的发音太相近了，就是意大利面（还有面包对应的单词也是如此）。

尽管如此，随着时间的推移，他还是一点一点地学习着这门语言，学习着这里的文化。

"一点一点的……"

感觉还不错，很好。

不过他还是应该在彻夜狂欢时收敛一点。酒喝得太多了。女人也太多了。好吧，说得不对，这是件矛盾的事：一个人不可能有太多女人；但是一个人可以有强烈的占有欲，可以喜怒无常，也可以对女人充满饥渴。

像他这种男人，那自然是艳遇不断。

与他家乡圣路易斯的某些地区相比，那不勒斯要安全得多。

---

① 意大利语区分阴阳词性。

不过，直觉告诉他，最好还是不要频繁地在陌生人公寓里过夜。想想吧，醒来时看见一个姑娘，对方睡眼惺忪，看着他的眼神里满是不确定的神色，嘴里还喃喃地念叨些什么，然后让他走开。

所以他告诫自己，真的要有所节制了。

这让他联想起几个星期之前的那位瓦伦蒂娜。

她姓什么来着？

对了，是莫雷利。瓦伦蒂娜·莫雷利。啊，她可真是漂亮，有一双性感的棕色眼睛……当事后他们两个人躺在床上，他对自己之前的提议变得推三阻四时——还不都是因为那可爱的"维诺"先生①。自己好像说了诸如让她和他一起去美国，然后他们可以一起去圣地亚哥，或者圣何塞，或者别的什么地方。他的支支吾吾令她那双美目不再漂亮而是变得冷冰冰了。

结果她暴跳如雷，像一头母狼一样疯狂，抓起一只酒瓶（昂贵的超级托斯卡纳，不过已经空了，感谢上帝）砸在他浴室的镜子上，两样都碎了。

她用意大利语对他念叨了些什么，听上去像是在诅咒。

所以说，以后一定要更加小心才是。

"去欧洲待上几年吧，小伙子。"在他离开兰伯特·菲尔德时，他父亲是这么跟他说的，"去享受吧，以你在班里垫底的成绩毕业，去体验人生吧！"这个高个子男人——年长版的加里，黑发中已经夹杂些许银丝——接着放低声音说："但是，如果你碰了海洛因或者大麻哪怕就那么一毫克，那你就自求多福吧。你会在那不勒斯的大牢里度过余生，而我们所能给你的最多就是邮寄的明信片，甚至很可能连明信片都不会有。"

---

① Vino，意大利语人名，同时也有红葡萄酒的意思。

于是加里郑重其事地向父亲保证说他绝对不会碰任何海洛因，也绝对不会碰一丁点大麻。

反正在这里想要寻开心办法多得是。

就像瓦伦蒂娜。（他提了圣地亚哥？真的假的？他真的用这个噱头钓马子了？）还有艾瑞拉，或者托尼。

然后他想到了弗里达。

她是个荷兰姑娘，是他在星期一那天娜塔莉亚的派对上认识的。是的，回想着他们在屋顶的时候，她的秀发在他的肩膀上倾泻而下，坚挺的胸部抵在他的胳膊上，湿润的双唇和他的双唇交织在一起。

"你是一个，我得说，一个英俊的小伙子，不是吗？你是足球运动员吗？"

"你的足球还是我的？"

"足……球……"她的嘴唇再次贴上他的。两人头顶是那不勒斯的美丽夜空，繁星密布在乳白色薄纱般的苍穹之中。他和这个漂亮的荷兰姑娘——一头金发，嘴里散发出薄荷气息，独自待在屋顶一个废弃的壁橱里。

她闭上了眼睛……

然后加里俯下身看着她，心想：对不起，对不起，对不起……我控制不住，我真的控制不住。

想到这，加里打了个寒战，他闭上眼睛不想再去回忆弗里达。

加里的心情变得低落，于是他决定，该死的，等到家就马上打开一瓶新的格拉帕酒。

弗里达……

真该死。

他走到老旧公寓的门口。这是个破旧的两层楼式建筑，地处一条十分偏僻的街道上。可能最初这座小楼曾是作为独门独户的一家,不过后来又被改建为两个独立的单元;他现在就住在下面这层。

加里停住脚,开始找钥匙,被突然朝他走来的两个人吓了一跳。现在他都很小心,因为他已经被抢劫过一次了。那次他受到一种模棱两可的威胁;两个身材瘦削但是眼神凶恶的男人向他借钱。结果他选择放弃抵抗,同时放弃的还有他的手表——虽然他们本来没打算索要这块表,不过还是很高兴把它拿走。

好在这次,他看出来这两个人是警官——他们都已经人到中年,矮胖结实,一男一女,身穿蓝色的国家警察制服。

尽管如此,他还是十分警惕,这是理所当然的。

"有事吗?"

那位女警官用流利的英语问道:"你是加里·索姆斯吗?"

"我是。"

"可以给我们看看你的护照吗?"

在意大利,所有人都被要求随身携带护照或者身份证,并且随时会被要求出示。这种被侵犯公民自由的感觉让他十分生气,不过他还是顺从地照做了。

她看了看护照,然后把它放进了自己的口袋。

"嘿。"

"你在星期一晚上参加了一个派对,就在娜塔莉亚·加雷利的公寓。"

他刚才还在回忆那段时光。

"我……好吧,是的,我去了。"

"你在那儿待了一整夜吗?"

"什么一整夜?"

"你是几点在那里的?"

"我不知道,大概是从晚上十点到凌晨三点或者更晚一点。问这个干什么?"

"索姆斯先生,"男警官说,他的口音要比他的搭档重一些。"我们现在因你涉嫌在派对上做的事逮捕你。请你把双手伸出来。"

"我——"

一副钢质手铐出现在眼前。

他犹豫着。

男警官说:"请吧,先生。我劝你最好按我说的去做。"

女警官把背包从他的肩膀上取下来,打开往里面看。

"你不能这么做!"

她根本没搭理他,继续翻找着。

男警官给他戴上手铐。

女警官搜查完他的背包后,什么也没说。男警官搜查了他的口袋,拿走了他的钱包,并且取出了里面的每一样东西。他找到三个未开封的避孕套,两位警官交换了一个眼神。男警官把他找到的所有东西都放在一个证物袋里。

两个人分别抓起他的一只胳膊,把他带到街道尽头的一辆没有任何标志的汽车跟前。

"这到底是为了什么?"他尖声重复道。两个人都以沉默作答。"我什么都没有做过!"他改用意大利语继续说,以一种近乎绝望的声音,"我没有做错任何事!"

仍然没有人回答。他怒吼道:"我到底犯了什么罪?"

"罪名是殴打和强奸。我有责任提醒你,因为你现在已经被逮捕了,你有权利请一位律师和一位翻译。先生,请吧,现在上车。"

第二十二章

莱姆和萨克斯审视着碧翠丝和埃尔克莱罗列的证物图表。

罗西和斯皮罗站在他们身后,也同样在反复审视着,一遍又一遍。

碧翠丝的工作做得很扎实,分离并鉴定出那些物质。

"你们有地质学数据库吗?"莱姆问罗西,"这样我们就能缩小泥土来源的土地可能范围。"

于是罗西又把那位女士从犯罪实验室叫来。

向她提出这个问题后,碧翠丝马上给出回答。警监翻译道:"她已经把泥土和许多样本进行了比对,但是这种泥土在众多地区都很常见,没办法再进一步缩小来源范围了。"

莱姆问道:"咱们能否检查贩卖胶带、木棒和水桶的商店?"

罗西和斯皮罗互相递了一个满带笑意的眼色。然后罗西说:"我们没有足够的人力物力去追查这个。"

"好吧,至少我们可以看看他买电话卡的那家烟草商店是否有监控录像?"

警监回答道:"丹妮拉和贾科莫负责这件事,是的。"

埃尔克莱·贝内利出现在门口,小心翼翼地走了进来,样子像是在担心遭到但丁·斯皮罗的人身攻击似的。

"长官，没有，阿里·麦塞克没有接受过电击治疗。他对此一无所知。而且他也没有服用过药物。好吧，我说的并不够准确。他为了止痛服用过泰诺。"

"那与此案无关，林业警员。"

"是的，当然，检察官。"

斯皮罗说道："电击治疗，抗精神病药物，抗焦虑药物；这么说，作曲家的确是一名最近在某个医疗机构接受治疗的病人。你有没有去调查医疗机构？"

莱姆很想知道，如果这个问题不算尖刻的话，那么对于莱姆刚刚不满意大利方面无法搜索木杆、胶带和水桶的来源，他做何感想呢。

"有太多的医院和私人医生需要调查。而且有一部分镇静剂失窃案并没有报案，因此不会被国家数据库记录在案。迄今为止数据库里没有相似的犯罪记录。"

超出我们的能力范围……

斯皮罗再次转向证物列表："除此之外，没有发现任何线索能够指向他的藏身之所。"

这种老式的美国式表达方式很令人惊讶。

"藏身之所？"埃尔克莱试探性地问道。

"他会藏在什么地方，在实施绑架之后，接下来他会把被害人带到什么地方。"

"会不会是在那儿，在那个导水槽？"

"不会的。"斯皮罗否定后便不再给出进一步解释。

莱姆解释说："他没有小便或大便过。"他之所以知道这个，是因为如果他做过这些，那么不论是萨克斯还是法医团队早就会发现并进行报告了。"作曲家在那不勒斯境内或附近有一个基地。

他在导水槽的蓄水池房间拍摄麦塞克，但是他合成并上传视频却是在别的什么地方。也许有什么东西可以告诉咱们是在哪里；也许不能。"说着他朝图表点点头。

罗西接了一个电话，与对方短暂交谈了几分钟。在挂断电话后，他说："是我警察局那边的同事打来的。他们刚刚完成了针对麦塞克电话卡的分析。这些人相当成功地缩小了他打电话的区域，也就是他在公交车站被绑架之前的一个小时内。他们锁定了位于阿布鲁佐城东北十公里外的一座电话信号发射塔。"

斯皮罗对罗西说："我对那个地区一无所知。为什么作曲家会在远离市区的地方行凶呢？此外，你的警员可以到那儿去一趟吗，马西莫，就明天？"

"可以。不过，只能晚一点再去。丹妮拉和贾科莫在这边还有调查工作，不如咱们派埃尔克莱去？"

"他？"斯皮罗朝他看过去，"你之前有没有做过外出调查工作？"

"我做过问询犯罪嫌疑人和目击证人的工作，有很多次。"

莱姆很想听听这位检察官会对野生动物的调查做出如何言辞苛刻的评价，不过这次他只是耸耸肩说："那好吧。"

"我马上就去，长官。"埃尔克莱顿了顿，瞥了一眼刚才麦塞克接受问讯的房间，"能否请您派一位阿拉伯语翻译和我一起去？也许之前对麦塞克问讯的那位警官就可以？"

罗西问道："阿拉伯语，为什么？"

"因为您之前说的，检察官。"

"我？"

"是的，就在刚才。如果那里没有穆斯林社区，他为什么会去那么远的地方？他不会说意大利语。我猜他是去和一位讲阿拉伯语的人见面。"

斯皮罗稍加思索："也许。"

但是罗西说："我们的翻译人员，马克和费得利卡，都非常忙。"他转向莱姆，"我们的人手短缺问题，也是我们各种资源短缺中的问题之一，像是缺少阿拉伯语翻译员，难以应付难民潮。"

年轻警员皱皱眉，转向萨克斯说道："你会说阿拉伯语。"

"我？哦，我——"

"你讲得十分流利，"埃尔克莱迅速说道，然后转向罗西，"她当时对麦塞克说阿拉伯语。"他又转向萨克斯，"也许你可以协助我。"接着他表情严肃起来，"仅仅出于这个目的，你为我做翻译，其他什么都不许说。"

萨克斯眨眨眼。

莱姆感觉这听起来有点滑稽——一个温和的年轻人正在装成一位难缠的老爹在训话。

埃尔克莱对检察官说："我记得您说过的话，检察官。她只是个翻译，如果有人问起，我也会这么告诉他们。不过我认为不会发生这种情况，如果您同意，找出与麦塞克共进晚餐的人，或者找到作曲家可能遗留的证据，或者找到见过他的目击者；那就有可能引领我们找出他的作案模式——就像您之前说的那样。"

"但是在任何情况下——"

"她都不能发表任何意见。"

"正确。"

斯皮罗看着埃尔克莱，又转头看了看萨克斯。他说："在这个条件下，要始终保持安静，不允许干扰林业警员的问讯。除非有必要，否则你要始终待在汽车里。"

"好吧。"

斯皮罗朝门口走去。他停顿了一下，再次转头对萨克斯说："你会说阿拉伯语吗？"①

她坦然面对他说："是的，我会说。"②

斯皮罗盯着她看了片刻，然后从口袋里拿出一个打火机，把它和他的雪茄烟一起捏在手里，转身朝走廊走去。

莱姆猜测那两个人的对话里，这位检察官大人已经用尽了他掌握的所有阿拉伯语单词。他清楚萨克斯最多也就能说二三十个单词。

他抬头看见汤姆站在门口。

"那咱们现在就去酒店吧。"这位副手宣布道。

"我需要——"

"你需要休息。"

"还有很多问题没得出答案。"

"我会拔掉你的操控插头，再把你推到车上去。"

这把椅子的重量接近一百磅，不过莱姆清楚汤姆完全有能力做到他刚才威胁自己的事。

他撇撇嘴："好吧，好吧，好吧。"他调整椅子，朝走廊移动，道晚安的话就留给萨克斯去和屋里的其他人去说了。

---

①原文为阿拉伯语。
②原文为阿拉伯语。

第二十三章

时间接近晚上十一点。

斯蒂芬正驾车离开那不勒斯,他感到焦躁和忧虑。他想要开始进行下一部作品。他迫切需要开始着手下一部作品。

他在擦汗,不停地擦汗,而他的口袋里已经塞满了用过的纸巾——必须要非常小心避免留下带有DNA的垃圾。

他注意到那些白噪音,这是当然,一向如此。但是今晚它们没能令他冷静下来,或者缓和他的焦虑情绪:汽车的嗡嗡声,橡胶轮胎碾轧在沥青路面上的声音,数量众多的昆虫发出的各种各样的声音,还有一只猫头鹰——哦不,是两只。一架飞机掠过头顶,压倒性的轰鸣声遮蔽了一切其他声音。

夜晚是最适合倾听的:清凉而潮湿的空气中充满各种声音,从地面到树丛,那些声音你在其他时候都是听不到的,可晚风却能把它们送到你面前,如同先贤带来礼物。

斯蒂芬非常小心地驾驶着汽车避免超速。他没有驾驶执照,何况车也是偷来的。好在没有男孩或者女孩或者希腊众神靠近他的行车路线。一辆国家警察的警车和他擦肩而过。一辆宪兵队的汽车也超过了他。两辆警车的驾驶员都没有留意他,在这条拥挤的道路上的其他车辆也是一样,没有人注意他。

药物在他的身体里发出嗡嗡声，还有他的缪斯女神，欧忒耳珀，在他的心中徘徊，这很有帮助。可是他仍然很不稳定，颤抖的双手和汗涔涔的皮肤都显示出这一点。

至于最近出演作曲家作品的参与者——阿里·麦塞克，他已经完全想不起来了。那个微不足道的小小生物对斯蒂芬来说已经不复存在。他已经在斯蒂芬大和谐的旅程中完成了他的那部分——这是他能做的最好的奉献。

他哼唱起《花之圆舞曲》的片段。

喘息，二、三，喘息，二、三……

当汽车行驶到一座小山的山顶，他把车开上杂草丛生的路肩带，然后停下车。他凝视着这个卡波迪基诺机场的所在区域。该区域现在地处那不勒斯的市郊，曾经是一场英雄战争的战场：那不勒斯人民抵抗纳粹占领军那场著名的第三天战斗——并且获得了胜利——那场起义在《一九四三年那不勒斯的四天》书中有详细描述。

这片地区是那不勒斯市的航空港，有一些商业企业、小型工厂和仓库，还有一些简陋的住宅区。

如今在这里，你也许还会找到一些其他东西，一些会不断招来过路人侧目的东西：卡波迪基诺机场接待中心，现在是意大利最大的难民营之一。它占地达数英亩，里面满是一排排有序的蓝色塑料帐篷，棚顶上用意大利语印着纯白色的"内政部"字样。

营地周围环绕着八英尺高的栅栏，上面嵌有铁丝网，不过斯蒂芬注意到，栅栏很薄弱，也没有人巡逻。即便此时已经是深夜，这里仍然嘈杂无比。很多人在漫无目的地乱转，随处可见坐着或蹲着的难民。他早就听说意大利境内所有的难民营都人满为患，而且安保措施不足。

显而易见，所有这一切都对斯蒂芬非常有利。一个毫无秩序的狩猎场正是一个良好的狩猎场。

为了确认那里没有任何警卫（不管是开车还是步行）在周边的道路上巡逻，他再次驾驶着这辆老式的梅赛德斯上了公路。然后他把车停在距离主要入口不远的地方，下了车。他走过去，混入一群昏昏欲睡的记者之中，似乎还有一些支持民众利益的小团体，一些抗议者。大部分的标语牌他都看不懂，幸好其中还有一些是用英语写的。

"滚回家去！"

他扫视着营地：比起不久前他第一次来时，这里现在更加拥挤不堪。不过除此之外，就再没有什么改变。男人们戴着塔基亚花帽或库法无檐盖帽。几乎所有的女人都戴着希贾布头巾或穿戴其他样式的头巾。有一部分人抵达时有行李箱，不过绝大部分人就只带着布袋或塑料袋，里面装着他们在这个世界上所剩无几的可怜财产。还有一些人紧抱着厚棉被或者毯子，那些应该是当他们所在的贩卖人口走私船被扣押时，意大利海军发给他们的；也有可能是在他们被从地中海里捞起来之后。还有一些人仍然穿着橘红色救生衣，那些应该也是军用的、非政府组织的，甚至有几件还是人贩子自己提供的（有那么少数几个蛇头担心乘客溺水身亡会对生意不利）。

很多难民都是一家人聚在一起，另一类也是为数众多的一种，一堆一堆的单身汉，再就是成百上千的儿童。孩子们有的在玩耍，情绪高涨；不过绝大部分都郁郁寡欢，不知所措，而且精疲力竭。

士兵和警察数量众多，他们身穿不同种类的制服，应该是来自政府的多个不同分支机构。他们看起来都很疲惫，表情冷峻，不过对待难民似乎都还不错。就像前几天一样，没有任何一个人注意到斯蒂芬。

一片混乱。

很好的狩猎场……

有什么东西吸引了他的目光。斯蒂芬看见一个男人正从远处的栅栏尽头往外钻，那边的铁丝网上有个垂直切割的缝隙。他是要逃跑吗？不对，通过观察，他注意到那个人在漫不经心地走向那片小商贩所在的营地，他们在那里贩卖食物、衣服和一些个人物品。他买了点东西之后就折返回来。

看来营地的安保果然漏洞百出。

斯蒂芬从其中一个摊位上买了一些中东菜。虽然很好吃，可他没有什么胃口。他只是单纯需要一些卡路里提供能量。他一边吃，一边沿着营地在马路上来回走动；然后他又回到了大门处。

没过多久，一辆大型货运卡车抵达。它上面珍贵的货物就是更多的难民；有着深浅不同的黑色肤色，穿着斯蒂芬认为是北非的典型服装。据他猜测，有些人还是来自叙利亚，尽管这样的旅程需要穿越千万公里波涛汹涌的大海，才能抵达意大利西海岸。这是一趟难以想象的艰险旅程。

在他的脑海里，他能听到脆弱的船只甲板在吱嘎作响；橡皮艇如浮木般拍击在水面上的轰鸣；马达工作时发出断断续续的挣扎声；婴儿的哭声、海浪的拍击声、海鸟的鸣叫和猎猎作响的狂风。他闭上双眼，为这些他听到的声音而颤抖——这些他本不该听见的声音令他一时间不知所措。他逐渐平静下来，擦去汗水，再次把纸巾收好。你瞧啊，他对脑海里的她说，我一向非常小心。

一如既往，所有都是为了他的缪斯女神。

超过三十名难民从新抵达的卡车上下来,站在难民营入口附近,旁边就有两名警卫,没带配枪,武装带上只有白色的枪套。他们正指挥这些人进入一个事务处理站——也就是一张狭长低矮的桌子,旁边坐着四名救助工作人员,面前放着一些写字夹板和笔记本电脑。

斯蒂芬走得更靠近些。这里太拥挤了,根本没有人注意他。他旁边是一对闷闷不乐、精疲力竭的夫妇——他们两岁大的孩子同样疲惫不堪,已经在母亲怀里睡着了。这家人走到桌子旁,那位丈夫说:"我是哈立德·贾布里尔。"他向他的妻子点头示意,"她是法蒂玛,"然后他伸手拢了拢孩子的头发,"这是穆娜。"

"我是拉尼娅·塔索。"站在他们面前的女人说。双方点头示意,彼此都没有握手的意思。哈立德穿着西部的——牛仔裤和假冒的雨果·博斯牌T恤。法蒂玛围着围巾,穿着长袖长袍,不过也穿着牛仔裤。他们两人都穿着运动鞋。小女孩穿着一身黄色套装,是迪士尼某个角色的样式。

那位审查他们护照的女士,拉尼娅,有一头深红色长发,编成两条长发辫,搭在后背上,几乎及腰。她屁股后面的对讲机和脖子上挂的徽章表明她是政府部门的员工。斯蒂芬认真观察了她几分钟,然后推断她是个有资历的老手,也许还是营地主管。她很有魅力,有罗马式的漂亮鼻子,她的皮肤是深橄榄色的;这些都表明她的意大利血统来源于希腊血统或突尼斯血统的混合。

难民们按照程序回答着相关问题。啊,天啊,斯蒂芬心想,自己一点也不喜欢法蒂玛的声音。那种"气泡音"——是声带微颤发出弱声音调的一种声音——他很清楚,被这种发音困扰的女性要远多于男性。这种刺耳的挫声,持续影响着发音的质量。

她一直在不停说话。

哦,他一点也不喜欢那个声音。

拉尼娅在计算机中键入了一些数据。她用阿拉伯语在一张三乘五的卡片上写下一些信息,然后把卡片递给法蒂玛,接着法蒂玛向她提出了一些问题。整个对话过程中,她始终眉头紧锁。似乎她是在对拉尼娅说,承蒙这个国家恩惠,如果她能留在这里,她能做些什么,诸如此类的话。

这位主管耐心地予以答复。

当法蒂玛再次开始说话时,她的丈夫哈立德,温柔地对她说了些什么——他有相当令人愉悦的男中音。法蒂玛便不再说什么,而是点点头。她只是又说了几个字,斯蒂芬觉得那应该是在道歉。

整个交流过程就此结束。这对夫妻手里拿着一个背包、两个大塑料袋,抱着他们的孩子,径直朝一排长长的队伍最后走去,随后消失在营地里。

突然间,出人意料地,有音乐声炸响,是中东音乐。声音来自前排的一顶帐篷,一群年轻人在那里安装了一个CD播放机。阿拉伯世界的音乐很奇怪:它没有主题,也没有叙事,缺乏西方熟悉的时间控制和循序渐进。那更像是一首有声调的诗,反反复复,却以其特有的方式愉快人心,独具魅力,甚至会使人充满迷幻的遐想。

如果说阿里·麦塞克的喘息给斯蒂芬的华尔兹提供了节拍,那么这种音乐就是来自身体内的嗡嗡声和哼哼声。

无论如何,这音乐让他平静下来,并扼杀了黑色尖叫的萌芽,出汗似乎也减少了。

法蒂玛停下脚步,把她那美丽又稍显怪异的脸转向这群年轻人。她皱着眉头,用她那带着嘶嘶声的嗓音朝他们讲话。

场面显得很尴尬,接着其中一个人把收音机关掉了。

由此看来,她不仅说话的时候声音很怪,而且不喜欢音乐。

欧忒耳珀不会喜欢她的。

而招致缪斯的愤怒从来都不是明智的。你当然知道她们很迷人。她们是优雅的生物,安静地生活在封闭的艺术和文化世界中,在奥林匹斯闲荡;但同时,她们当然也是奥林匹斯最强大无情的神的女儿。

IV 无望之地
九月二十四日,星期五

第二十四章

阿米莉亚·萨克斯现在在他们下榻的酒店——那不勒斯大酒店的楼下大厅里。

这可真是个华丽的地方。她记得这种设计风格叫作洛可可风格。金色和红色相间的壁纸，带闪光的天鹅绒，精致的大橱柜，玻璃门里满是陶瓷质、银质、金质和象牙质古董，比如墨水池、风扇和钥匙链。墙上有几张描绘维苏威火山的画——有的是喷发的火山，有的是没喷发的。这位艺术家可能对这个地方情有独钟，才会用画笔在画布上如此刻画；自东向南，可以看到阴郁天色下朦胧的棕色金字塔。它看起来很柔和，而不是那种气势恢宏的或充满不祥感的画——但萨克斯随后想到，这不正符合许多杀手的情况吗？

大酒店的墙上挂着很多名人的照片，大概是光临过的住客或食客：

有弗兰克·辛纳特拉、迪恩·马丁、费·唐娜薇、吉米·卡特、索菲亚·劳伦、马塞洛·马斯楚安尼、哈里森·福特、麦当娜、约翰尼·德普，还有其他很多演员、音乐家和政治家。萨克斯能认出来他们中的大多数。

"用早餐吗，夫人？"服务员在桌子后面带微笑问道。

"不用了,谢谢。"她还处于美国时间,这意味着她的生物钟认为现在大约是凌晨两点。而且,她刚才把头探进餐厅,想去拿一杯橙汁,却被琳琅满目的食物晃得喘不过气来。那里有足够维持一整天热量的各色食物,实在令她觉得无从下手。

九点钟一到,埃尔克莱·贝内利就把汽车停在酒店门前。帕特诺普街是一条大型步行街,不过没有人阻止这个穿着灰色制服的瘦高个子,尽管他的车是一辆破旧的婴儿蓝色梅甘娜,而且除了一个鸟形的保险杠贴纸外,并没有任何徽章。这可真奇怪。

她走到稍显炎热的室外,饱览海湾的壮观景色。酒店的正对面是一座同样恢宏的城堡。

埃尔克莱正要下车,手里还拿着钥匙,不过她向他挥手,示意他留在驾驶位上,这令他脸上露出欣慰的表情——今天不需要一级方程式那样的驾驶方式。

当看到在杯架里有一瓶晕车药时,她被逗笑了。昨天它还不在那里。

萨克斯脱下她的黑色夹克,露出一件米色衬衫,扎在黑色牛仔裤里,她把伯莱塔丢进了她放在地上的背包里。

他们系好安全带。埃尔克莱打开指示灯——尽管他的车是路上唯一的一辆——驶入了那不勒斯拥挤而混乱的街道。

"这座酒店,还不错吧?"

"是的,非常好。"

"它相当有名。你看见在这里住过的那些人了吗?"

"是的。我估计这里是个地标。十九世纪的?"

"哦,不,不。这里确实有不少古老的建筑——像是你和我救出阿里·麦塞克时他被关押的废墟那样的。但是地面上的许多木质和石头结构的古旧建筑都已经被毁了。"

"战争造成的？"

"是的。没错。那不勒斯是二战中遭受轰炸最多的意大利城市。也许在整个欧洲都算是最多的，这一点我不确定。有超过两百次空袭。你得明白，有一点我很担心——你知道我并不是真的指望你来做我的翻译。"

"这有点奇怪。"

"是的，是的。我对这个地区很了解。我对那不勒斯城外的乡村可以说是了如指掌。所以我知道那里没有讲阿拉伯语的社区。但是，你看，我认为这任务的关键可能是需要一个主导者。"

"林肯和我也有同感。"

"可是我不能胜任这项任务。我根本不知道要问什么问题，要勘查哪些地方。但是你知道。这是你的专长。所以我需要你的帮助。"

"就是说你在耍斯皮罗？"

"耍？"

"就是欺骗。"

他的长脸绷得紧紧的："我想我的确是。有人——另一位警官，告诉我，斯皮罗需要被遵从，而他的意见，哪怕是错误的，也必须得到尊重。我就是这么做的。或者说我试着这么做。我并不习惯玩这样的把戏。"

"但是这起作用了。谢谢你。"

"确实。"

"提前说明一下，我其实只知道几句阿拉伯语——就像我回答但丁的那样；还有就是'可以把身份证给我看一下吗？'和'放下武器，把双手举起来。'"

"希望不会用到最后一句。"

他们默默地驾车行驶了一段时间后，车外的景色从高楼林立、拥挤不堪的城市渐渐变成工厂、仓库和住宅的城郊接合部，最终变成大片农田和小村庄，在朦胧的秋日阳光下尘土飞扬。埃尔克莱小心翼翼地驾驶着这辆车。萨克斯则在尽一切努力避免表现出不耐烦。这辆梅甘娜始终保持在每小时九十公里的限速范围内。他们一路上经常被其他车，甚至卡车，远远超过；还有一辆Mini Cooper几乎开到他们两倍的速度。

他们经过杂乱无章的农场，不知出于什么原因，这个农场引起了埃尔克莱的注意。

"啊，看那里。我早晚会回到那个地方。"

她向左边看了一眼，他正在方向盘前打着手势——用双手示意。她注意到这似乎是意大利人的习惯。无论驾驶速度有多快，无论道路多么拥堵，司机似乎都不会用双手握住方向盘，有时，当他们在交谈的时候，甚至两只手都放开。

萨克斯仔细端详着这个农场。她注意到，在他比画的区域里，猪是数量最多的动物，不远处两英亩的地方散落着一些低矮的农舍，到处都是泥巴。一股强烈的、令人作呕的气味冲进了车内。

她发现埃尔克莱显得相当苦恼。

"我的一部分工作就是监测农场动物的状况。我刚才大概看了一眼就发现那些猪被饲养在条件很简陋的猪舍里。"

虽然在萨克斯眼里，它们只是些猪和泥巴地。

"农民必须要去改善它们的处境。做适当的排水和清污。这有利于居民的健康，当然也更有利于动物的健康。动物也是有灵魂的，我对此深信不疑。"

他们开车穿过达布鲁佐镇。埃尔克莱解释说，不要把这里与意大利罗马以东地区的阿布鲁佐搞混。尽管她想不明白为什么他认为她会犯这种错误，却还是对他表示了感谢。之后，他们继续行驶在满眼都是农田和休耕地的田间道路上，邮政警察报告里指出，阿里·麦塞克的手机就是在这附近被使用的。萨克斯有一张地图，上面用一个大圆圈标示出了范围，包括六个小镇或商店、咖啡馆、餐馆和酒吧的聚集区，这是麦塞克和他的同伴可能的见面地点。她把地图举到他面前。他点点头，指出其中一个地点："我们离那里最近。二十分钟内就能抵达。"

他们沿着这条双车道的小路行驶。埃尔克莱说着一些不着边际的话题：比如他养的鸽子，他之所以会饲养这些鸽子，只是喜欢它们发出的咕咕叫声和带它们参赛时的兴奋刺激（啊，保险杠上那个贴纸图案现在得到了解释）。他在那不勒斯一个怡人的地方租了间简陋的公寓；以及他的家庭——他有两个兄弟，一个哥哥和一个弟弟，他们两人都已婚；他还特别提到了他的侄子。当他谈到父母时，语气变得很恭敬——他们均已过世。

"阿米莉亚，我可以问你一个问题吗？你和莱姆警监，你们很快就会结婚吗？"

"是的。"

"这可真好。会是什么时候？"

"原定在几周后举行婚礼。因为出了作曲家这件事，就把婚礼的事耽误了。"

萨克斯告诉埃尔克莱，莱姆一直在谈论去格陵兰度蜜月的事。

"他真是这么想的吗？奇怪。我看过那个地方的照片，看起来很荒凉。我推荐你们来意大利。这里有五渔村、波西塔诺——离这里不远；还有佛罗伦萨、皮埃蒙特和科莫湖区。如果我结婚，我会去库马约尔，就是蒙特比安科所在的地方，靠近北部的边境。噢,那里简直太美了。"

"你正在和谁交往吗?"

她已经注意到了他看向丹妮拉·坎通时露出的欣赏的表情,不过她也想知道在作曲家案之前他二人是否认识。她看起来很聪明,就是过于严肃;当然,她也的确非常漂亮。

"不,没有,目前还没有。这是一个遗憾,我母亲没能看到我结婚。"

"你还年轻。"

他耸了耸肩:"现阶段我的兴趣还不在这方面。"

随后,埃尔克莱开始讨论自己的职业生涯,以及他进入国家警察局的意愿,甚至更高的目标,就是进入宪兵队。她询问这两者间的区别,后者似乎是一个军警组织,尽管它对民事罪行也有管辖权。接着又谈到金融警察,业务范围涵盖了包括移民犯罪在内的金融违规行为。这对他没有什么吸引力;他想成为一名街头警察,一名警探。

"就像你一样。"他说,红着脸笑了笑。

很明显,他把作曲家案看作一个进入这个理想世界的契机。

他也向她询问了纽约市的警务问题,于是她对他讲起自己的职业生涯——从时装模特到纽约警察局。还有她的父亲——他一生都是战斗在第一线的巡警。

"啊,真是有其父必有其女!"埃尔克莱的眼睛里闪着光。

"是啊。"

不久后,他们来到名单上的第一个村庄,开始展开调查。这是一个缓慢的过程。他们需要走进一家餐馆或酒吧,找来服务生或老板;埃尔克莱会出示麦塞克的照片,问他们是否在周三晚上见到过他。第一次这么做时,双方进行了一场长时间的热情谈话。萨克斯当时认为这是一个好兆头,她推测和他谈话的人提供了有用的线索。

当他们回到车上时,她问:"所以他看到过麦塞克?"

"谁,那个服务员?不,不,没有。"

"那刚才你们在说些什么?"

"政府希望在附近修建一条新道路,这对改善生意有好处。他刚才说最近销售额一直在下降。即使汽油价格持续走低,人们似乎也不怎么会到乡村来旅游,因为这条旧路即使是在小规模的暴雨中也会被冲毁。而且——"

"埃尔克莱,我们真的应该尽快调查。"

他短暂地闭了一下眼睛,点点头说:"哦。是的,当然。"然后他笑了笑,"在意大利,我们很享受彼此交谈的过程。"

在接下来的两个小时里,他们造访了十八个可能的地点,得到的都是否定答案。

正午过后,他们又走访了一个小镇,并将其从名单上划掉。埃尔克莱看了看手表说:"要我说,咱们现在该去吃个午餐。"

她环顾了一下眼前的十字路口:"我可以点一个三明治,没问题。"

"一个帕尼尼,好吧,应该会有。"

"咱们在哪里可以买到这样的外卖?我还需要咖啡。"

"外卖?"

"就是咱们能打包带走的。"

他似乎很困惑:"我们……好吧,我们在意大利不这样做,至少在坎帕尼亚不会这样。据我所知,无论是在意大利的哪个地方,我们都会坐下来进餐。这不会花很长时间的。"他朝一家餐厅点点头,他们刚刚询问过这家餐馆的老板,"就这家可以吗?"

"我觉得它看起来还不错。"

于是他们坐在店外的一张桌子旁,桌子上铺着一张绘满小小的埃菲尔铁塔的塑料桌布,尽管菜单上并没有法国菜。

"头盘应该选马苏里拉奶酪。那不勒斯就是因它而举世闻名——还有比萨,那可是我们的发明。不管他们在布鲁克林是怎么说的。"

她眨眨眼问:"你这话是什么意思?"

"是我读过的一篇文章:纽约布鲁克林的一家餐馆声称是自己创造了比萨。"

"我家就在那个地方。"

"不会吧!"得知这一点,他很高兴,"好吧,我无意冒犯。"

"完全不会。"

他为两个人点好菜。当然,头盘选了新鲜的马苏里拉奶酪,然后是意大利面配拉古肉酱。他点了一杯红酒,她则要了一杯美式咖啡,这让女服务员觉得很好奇——很明显,那是为餐后准备的饮料。

不过在奶酪被端上来之前,先上了开胃菜拼盘——尽管他们没有点这个。拼盘的肉类切片非常薄,配以香肠、面包以及佐餐配饮。

她尝了一口肉片,然后又吃了更多。咸味和香味在口中延展开来。不一会儿,马苏里拉奶酪上来了——不是切片的,而是一个像脐橙大小的球形。他们每人一个。她盯着这个问:"你能全都吃下去吗?"

已经吃下大半的埃尔克莱,为这个有些无厘头的问题哈哈大笑。她吃了一些——她必须得承认,这是她吃过的最好的马苏里拉奶酪。不过她还是把盘子推开了。

"这么看来,你不怎么喜欢?"

"埃尔克莱,这也太多了。我的午餐通常是一杯咖啡和半个百吉饼。"

"外卖嘛。"他摇了摇头,眨眨眼,"这对你的健康可不好。"然后他双眼放光,"瞧啊,终于上来了,咱们的意大利面。"两个盘子被摆上来,"这是意大利通心粉,在我们坎帕尼亚很出名。由我们当地的硬面粉制成,需要经过多次精细研磨的品种——半乳糖的粗颗粒面粉。再淋上当地的拉古肉酱。意大利面都是在烹饪前手工制作成形的。另外这里的团子①也特别好——就是因为这道菜使我们改变了对坎帕尼亚人不屑于食用土豆的观念。不过午餐点那道菜就太多了。"

"你肯定会做饭。"萨克斯说。

"我?"他好像被逗乐了,"不,不,不。但是每个坎帕尼亚人都了解食物。你只是……你只要照做就可以了。"

酱汁丰富而浓稠,里面只是零星点缀着一点煮到完全软烂的肉丁,而且量也不会太多,肉酱并没有完全覆盖住意大利面,从而保留了面自有的丰富口感和味道。

他们安静地吃了一会儿。

萨克斯问:"你还会做一些什么工作,在你的……你所在单位叫什么?"

"用英语讲,你会称之为国家林业警察局,简称CFS。我会做很多事。我们有成千上万的警员,比如扑灭森林火灾的,虽然我自己不做这个。我们还有庞大的飞行舰队,还有直升机,为登

---

① 意大利式饺子。

山者和滑雪者实施救援的；还有负责农产品监管的。意大利对本国的食物和葡萄酒管控非常严格。你知道松露吗？"

"那种巧克力，当然知道。"

短暂的冷场，因为他一时对她的回答没反应过来："啊，不，不，不。松露，是一种真菌，一种蘑菇。"

"哦，对，是那些要靠猪去寻找的品种。"

"用狗更好。有一个特殊品种是专门用来搜索松露的。它们非常昂贵，因为鼻子灵敏而奇货可居。我侦办过的几个案子，都是绑架松露猎人豢养的拉戈托罗马阁挪露犬的。"

"一定很棘手吧。我的意思是，毕竟没有爪印数据库。"

他笑了："人们都说幽默是无法跨越国境线的，可是这个说法真的太逗了。作为一件严肃的事来说，没有这样的东西是非常令人遗憾的事。一些主人会把芯片放在他们的狗身上——一种微型芯片，虽然我听说这也不算特别保险。"

他接下来解释了意大利北部的白色松露和来自中部和南部的黑色松露是多么珍贵，尽管前者价格更高一些：一个松露甚至可以卖到一千欧元。

后来他又给她讲述了一个关于他自己在当地寻找松露造假者的经历，那人把中国的品种伪装成意大利产的。"真是一场闹剧！"作曲家案破坏了他的追捕。他做了个鬼脸。"那个混账……那个恶棍逃脱了。六个月的努力就这样付之东流。"说着他皱起眉头，一口气喝光了他那杯酒。

他收到一条短信，读了一下，然后回复。

萨克斯扬了扬眉毛。

"啊，这不是关于案子的。是我的朋友。我提到的鸽子，他和我一起训练它们比赛。很快就会有一场比赛。关于鸟类你了解多少，萨克斯警探？"

"叫我阿米莉亚就好。"

她唯一熟悉的鸟类就是那几代游隼，它们在林肯·莱姆位于中央公园西区的房子外筑巢。它们很漂亮，很引人注目；但它们也许还是世界上最高效和最无情的食肉动物。

而这些猛禽最喜欢的食物就是纽约市里那些肥硕又健忘的鸽子……

她说："不了解，埃尔克莱，我对此一无所知。"

"我有竞翔荷麦鸽。我参加的比赛在五十公里到一百公里之间。"他朝电话点点头，"我和我的朋友有一个鸽队。这相当令人兴奋，竞争会很激烈。有些人抱怨鸽子有可能遇到危险。可能有老鹰、遇上恶劣天气或者人为障碍。可是我宁愿做一只执行任务的鸽子，也不愿整天待在加里波第雕像上。"

她笑了："这也是我的选择。"

做执行任务的鸽子……

他们通过吃饭得到了充分的休息。萨克斯想要结账，埃尔克莱态度坚决地拒绝由她付钱。

餐后，他们继续执行自己的使命。

说来奇怪，午餐花掉的时间——而且还是如此可口的一餐——居然得到了回报。

抵达下一个城镇时，他们在一家餐馆停下，那里有位服务员刚刚上班；如果他们没有在之前那个镇上好好享用他们的午餐，他们就会错过她。这位在圣·詹卡洛饭店工作的女服务员身材苗条，金发碧眼，梳着她祖母那种外翻式的发型，纹了时下正流行的时髦文身。她看了看萨克斯出示的阿里·麦塞克的照片后点点头。埃尔克莱翻译道："照片中的男子曾经和另一名男子在这儿用餐，对方是意大利人，不过她认为那个人不是坎帕尼亚当地人。因为她自己是塞尔维亚人，所以也说不清那人的口音是哪里的，不过他说话一听便知不是当地人。"

"她认识他吗？她以前见过他吗？"

"没有。"她对萨克斯说，然后用意大利语说了一些话。

埃尔克莱向萨克斯解释说，麦塞克整个进餐过程似乎都很不安，总是在东张西望。这两个人讲的是英语，可是当她走近时，他们就不说话了。麦塞克的同桌——她认为他们并不是朋友——"不是很友好。"那个大个子是个黑皮肤并且有浓密黑发的人，他抱怨他的汤凉了，其实没有；然后还说账单算错了，其实也没有。他的深色西装上满是灰尘；他还抽烟，那种脏兮兮的劣质香烟，完全不顾及旁人。

"他们是用信用卡付账的吗？"萨克斯心存一丝侥幸地问。

"不是。"女服务员回答，"用的欧元。而且他们没给小费，我早就知道会这样。"她瘪着嘴，不满地说道。

萨克斯问他们是怎么过来的，这点服务员不太清楚。他们就是这样从路上走了进来。

萨克斯又问道："有没有人看起来对他们感兴趣？是否有人在一辆黑色汽车里看着他们？"

她听得懂英语："是啊！我的意思是说，是的。"她的眼睛睁得大大的，"可以说那像是被完全吸引住了一样。"

她又说起了意大利语。

埃尔克莱说："在他们正用餐的时候，一辆黑色或是深蓝色的大车开了过来，然后突然减速，司机仿佛对餐馆里面产生了浓厚的兴趣。她当时在想，她可能马上就能接待几个富有的游客来用餐了。然而并没有，随后车就开走了。"

"司机能看到他们吗？"

"是的，"女服务员说，"很有可能。我之前提到的那两个人，他们当时坐在外面。那张'塔沃拉'，我是说桌子，就在那里。"

萨克斯看了看这条安静的街道两侧。马路对面是一块树木茂密的区域，那后面就是农田。"你说他们在你走近时就不说话了，不过你有没有听到他们说了些什么？"

在与女服务员就这个问题短暂交谈后，埃尔克莱解释道："她确实听到他们提到特伦塔莉亚——全国铁路服务公司。她相信那个意大利人说'你'，就是指麦塞克，接下来会有六个小时的行程，麦塞克似乎十分沮丧。六个小时，这意味着他要北上。"他笑了笑，"我们国家其实没这么大。这么长时间差不多足够他们到达北部边境。"

这位女侍者再没有什么可补充的了，而且对他们不想吃第二顿午餐似乎感到失望。她信誓旦旦地说，他们店里的意式饺子是意大利南部最好的。

那么，作曲家当时在街头游荡，寻找一个适合的目标——也许，是个移民。然后他看见了麦塞克。在那之后呢？她扫视着雾气蒙蒙的街道，真是一片死寂。然后示意埃尔克莱跟上她。他们穿过马路，绕过餐馆对面空旷地带前那一排排树木和灌木丛。

经她指点，两人发现了一辆有大轴距汽车的轮胎痕迹。这些轮胎印看起来与公共汽车停靠站周围的那些米其林轮胎留下的痕迹相似。这辆车曾经驶入后面的空地，而且在那里停了很久。空地地面植被稀疏，潮湿松软，很容易看出来司机从哪里下车；然后又走到副驾驶那一边——那边正对着树木和灌木丛一带，而且就在麦塞克和他那位讨人嫌的同伴所在的桌子对面。由痕迹判断，作曲家当时打开副驾驶一侧的车门，脸朝外，面朝用餐的人坐着，车门一直是敞开的。

埃尔克莱说："他喜欢看着他的猎物。他坐在这里，盯着麦塞克。"

"看起来是这样。"她回答，走到树那边，从那里她可以清楚地看到托尔特里尼餐厅。

她戴上乳胶手套，并且让埃尔克莱也这样做，他照做了。她递给他橡皮筋，不过他摇了摇头，从口袋里掏出一大把。她对他能有这样的先见之明感到欣慰。

"给这些痕迹拍些照片——鞋印和轮胎痕迹。"

他依言而行，从多个不同角度拍摄了多张照片。

"碧翠丝·伦扎怎么样？她挺不错的吧？"

"作为一名司法鉴定警官吗？那天之前我从来没见过她。还是那句话，在国家警察总署里，我是个新来的。不过碧翠丝看起来不错，我想是的。虽然她很冷漠，而且……那个词怎么说——态度上？"

"是的。"

"态度上不像丹妮拉。"埃尔克莱说话中透着一丝渴望。

"你认为这些照片是否足够让她鉴别轮胎标记，还是说我们需要叫司法鉴定小组过来？"

"我想这些照片对她来说足够了。她完全有能力搞定。"

萨克斯笑着说："那就再取一些他站过的地方和坐过的地方的泥土样本。"

"好的，我这就去。"

她想递给他一些空袋子。不过他自己已经从制服口袋里拿出了一些。

她回过头去看着餐厅说："还有别的什么东西呢？"

"什么,警探?阿米莉亚?"

她回答:"你是个林业警员。那么你的汽车后备厢里会不会有锯子呢?"

"其实,我有三把。"

第二十五章

"那是什么?"

莱姆自己就可以翻译这句话。事实上,他也在想同样的问题。

埃尔克莱正在运进来一个——大概是——大型证物,他回答说,"这是圣·约翰的面包。你也许知道它是一棵角豆树。"这东西是一株植物,大约有五英尺高,树干上分出四个枝丫,是被人从根部锯下来的。

埃尔克莱仍然戴着手套的手里还拿着一个装有很多小袋子的大塑料袋,里面装满了泥土和草。

他们又一次来到战术室,萨克斯和埃尔克莱一起来的。马西莫·罗西和一丝不苟、面无表情的法医学警官碧翠丝·伦扎也在这里。虽然这株植物是一个奇怪的证据,但是女法医面对这株植物保持着始终如一的冷静客观,因为她也许能从上面发现一处子弹弹痕或一枚趾掌脊。

莱姆注意到,萨克斯并没有戴手套——这个细节与她仅仅局限于充当翻译的角色是一致的——或者说是表面上她扮演的角色。

埃尔克莱情绪高昂地继续说:"这是一种相当有趣的植物。当然,豆子是用来制作角豆荚粉的,就像巧克力一样。我发现'角豆荚'这个名字最有趣之处就是'克拉'这个词的词源,就是那个用作测量钻石的单位。"

"林业警员，我才不关心它在植物神殿里的神圣地位，"斯皮罗咆哮道，"你能对我想知道的问题反应更积极一点吗？"他把手伸进口袋去拿那本他不时就会在上面写些什么的小本子，就是他从不离身的那本。

当埃尔克莱看到这本他一直很在意的小册子又一次出现时，马上就回答道："我找到了一个地方，作曲家当时就在那里监视阿里·麦塞克还有与他一起用餐的人。"

"你找到那个讲阿拉伯语的人了？"斯皮罗问道。

"没有。但我已经查到他是意大利人，而且他很可能不是坎帕尼亚当地人。"埃尔克莱一边说，一边看向碧翠丝，"我上传的那些照片你怎么看？"

法医警官回答说："我得说那些鞋印与绑匪在纽约以及麦塞克被绑架的公共汽车站留下的鞋印没什么区别，很有可能是匡威牌滑板运动鞋。而轮胎印记也显示出与在公交车站发现的属于相同类型，都是米其林牌。"

她说话的方式俨然一位真正的犯罪学家。尽管在这种情况下，莱姆并不反对有更大胆的结论，比如，"没错，这就是他的鞋子和他的汽车"。

罗西询问了餐厅的确切位置，埃尔克莱回答了。罗西走到地图前在上面做了标记。他说："那里没有公交线路。所以晚饭后，那个同伴，或者其他什么人，应该是开车送麦塞克去的公交车站。作曲家则一路尾随其后。"

埃尔克莱解释说，这辆车经过餐厅后减速，可能就是因为当时他看到麦塞克和同伴在外面用餐。随后，他驾车转过街角，停下车开始监视他们。"我从他站过和坐过的地方取了些泥土和草的样本。"他朝袋子点点头,把它们递给碧翠丝,她用戴着手套的手接过这些证物袋。

他们用意大利语进行了简短的交谈,确切地说,算是一场小小的争执,最后碧翠丝摇着头,埃尔克莱则苦着脸。然后她走进了实验室。

埃尔克莱隔着那些树枝讲话,因此脸只露出一部分。他继续说:"而且通过那些脚印判断,他大概是走到灌木丛中,想好好看看餐馆。我希望他当时有过把枝杈推开以便观察麦塞克的举动。"

罗西掏出他的手机:"我会打电话给看护阿里·麦塞克的警员。看看你的调查能不能唤起他的某些记忆,也许能给咱们带来些新线索。"说着他拨通电话,低下头开始讲话。

指着埃尔克莱举在身前的那棵茂密的大型灌木,斯皮罗说:"快点找地方把它放下,林业警员。现在这样仿佛我是在对一棵树说话。"

"好的,检察官。"他把它搬进实验室,返回时手里拿着一些便笺纸。他解释说,这些是碧翠丝交给他的。大概是担心他的笔迹不好辨认,在警察总署的这间房间里,这次由埃尔克莱口述,萨克斯执笔。

圣·詹卡洛饭店所在路口的观察(监视)地点,距离达布鲁佐城 13 公里

- 阿里·麦塞克,作曲家绑架案被害人,在遭到绑架一小时前去见了同伴。
- 同伴:
    - 身份未知。

- 有可能是意大利人。不是坎帕尼亚当地人。高大。肤色深。黑头发。身穿满是灰尘的黑色西装。抽劣质香烟。据称态度粗鲁。
- 两人讲英语。但是他们尽量避免在女服务员面前谈话。
- 提到特伦塔莉亚的旅程,六小时。

· 一辆深色汽车(黑色或蓝色)在某个时间经过。车行缓慢,可能是在观察麦塞克和其同伴。
· 观察地点留下的鞋印:匡威牌滑板运动鞋,45码,与其他现场发现一致。
· 观察地点留下的轮胎痕迹:米其林 205/55R16 91H。跟踪追溯自该地点开始。
· 观察地点留下的痕迹修复。
· 目前仍在分析中。
· 观察地点提取的树枝。
· 目前正在检查是否留有痕迹和指纹。

罗西挂断电话,开始打量图表。他的脸上露出一丝苦笑。"没进展,麦塞克先生仍然不记得绑架当天以及前一天的任何事——或者说他坚称不记得。不过我认为,这不太可能是作曲家的药物或者窒息造成的,更像是一个典型的犯罪嫌疑人式健忘症。"

"此话怎讲?"莱姆问道。

"正如我提到过的,短暂离开难民营并不会被视为严重的违法行为。但是如果离开首个登陆国家性质就很严重了。看起来,这正是麦塞克当时企图去做的。"

斯皮罗接着说:"这么说来,麦塞克手机上呼入和呼出博尔扎诺地区的电话也就讲得通了。那个地方位于南蒂罗尔——在意大利北部偏远地区,靠近奥地利边境。还有那句从这里出发大约需要搭乘意大利铁路六个小时的话。对于一个希望溜出意大利进入北欧城市的移民来说,走这条路线到达那一站会是个不错的选择;如果他能如愿进入北欧其他地区,在那里的难民要比在意大利有更多更好的机会。至于和他一起吃饭的那个人?应该是另一个人贩子,安排将麦塞克弄出意大利,去北方。理所当然地,这需要支付一笔可观的费用。这件事是一项严重的罪行,所以,他就什么也记不起来了。"

莱姆注意到埃尔克莱朝门口瞥了一眼,脸上顿时散发出神采。金发碧眼的特警小队警官丹妮拉·坎通轻快地走进房间,她的姿态堪称完美。

"警官。"斯皮罗说。

她与在场的几个人用意大利语交谈,埃尔克莱为几位美国人进行翻译。"她和贾科莫已经在绑架现场周围——也就是玛格丽特街,寻访证人和寻找监控录像。不过他们一无所获。只有一个人认为自己在深夜中看到过一辆黑色汽车,再无其他。作曲家购买诺基亚的那个烟草店,就是在那里,有人曾经提醒他导水槽设施已经被破坏。没有录像,也没有店员能说出他的可能身份。"

随后丹妮拉离开了房间,埃尔克莱的目光像小狗一样追随着她的身影直到消失,然后他才回过头。

萨克斯说:"这么说,作曲家当时驾车在村子周围转悠,寻找潜在的目标。当他看到麦塞克,决定绑架他。可是这究竟是为什么?为什么选他?"

"我有一个想法。"埃尔克莱说,语气有些犹豫。

罗西问:"那你倒是说来听听?"

他看向斯皮罗说:"这就要考虑到您感兴趣的模式了,检察官。"

"此话怎讲?"检察官声音很低。

"我们已经找到了药物以及电击治疗的证据;也就知道作曲家有精神方面的问题。而精神分裂症是精神病中较为常见的一种。这些病人真的相信他们是在做好事——有时是为上帝或者外星人或者神话人物工作。现在从表面上看,麦塞克和罗伯特·埃利斯两人完全不同——一个是身处意大利的难民和一个是纽约的商人。不过作曲家可能认定他们是某些邪恶的化身。"

斯皮罗问:"墨索里尼?比利小子?希特勒?"

"是的,是的,差不多。他觉得自己杀死他们是有道理的,他在让这个世界摆脱他们的邪恶,或者是代表神或者英灵实施报复。"

"那么音乐呢?还有视频?"

"也许其他恶魔或恶棍能够看到,然后逃回地狱。"

"如果他们的互联网服务器好用的话。"斯皮罗咕哝道,"埃尔克莱,你在林业部时一定有很多空闲时间研究这种课题。"

他脸红了,回答说:"检察官,其实这些关于精神病犯罪的个案分析是我昨晚临阵磨枪读的。我在做一些,你们是怎么说来着?"他皱了皱眉,"做课外作业。"

"神话人物召唤作曲家来祛除这个世界的邪恶。"斯皮罗皱着眉,凝视着信息表,"我认为我们还没有找到一个可以令我满意的对应模式。"他看了看他那块做工考究的手表,"我必须给罗马方面打个电话。"

接着他没有再说一句话,转身离开了作战室,边走边从口袋里掏出一支方头雪茄。

莱姆的手机嗡鸣一声，提示有新的短信。他以为那是汤姆，他已经出去了几个小时，在那不勒斯欣赏风景。不过他立刻就意识到自己猜错了。信息的文字很长，看完之后，他向萨克斯示意。她拿起电话，皱起了眉。

"你对此有什么想法，莱姆？"

"我有什么想法？"他面露不悦之色，"我在想，该死的，为什么偏偏是现在？"

第二十六章

对于一些人来说，和林肯·莱姆打招呼是件有点棘手的事。

这些人也包括夏洛特·麦肯齐。

会不会当你冒险伸出一只手时，却发现这位"病人"根本没办法回应你？但是如果你不这么做，会不会被看作某种暗示，表示你不想去碰一位和正常人有区别的人？

所以当眼前这位女士略带迟疑地看了一眼轮椅，接着简单地点头问好，面带稍显僵硬的微笑说自己感冒了、他们之间最好还是保持点距离时，莱姆根本没有任何反应，因为他根本不在意。

这是个很常见的借口。

莱姆、萨克斯和汤姆来到美国领事馆，和麦肯齐见面。领事馆是一幢五层高、鞋盒似的白色建筑，靠近那不勒斯海湾。他们在楼下向海军陆战队守卫出示护照后，就被引领到了顶层。

"您是莱姆先生，"女士说道，"警监？"

"叫我林肯。"

"好的，林肯。"麦肯齐大约五十五岁，有着老奶奶那种苍白的面容。她脸上扑了厚厚的粉，不过除此以外就没有其他化妆痕迹。她的浅色头发很短，发型是那种据他所知在很多他叫不出名字的英国知名女演员中很流行的款式。

麦肯齐打开一个文件夹："非常感谢您能来见我。我来说明一下：我是国务院的法律联络官。我们的工作面向在国外遇到法律问题的公民。我所在的部门在罗马，但是那不勒斯这里出现了一些情况，于是我被派过来处理，希望能得到您的帮助。"

"您是怎么知道我们在这里的？"萨克斯问。

"是那个案子，那个连环杀手。FBI的探员把最新情况通报给大使馆和所有领事办公室。他叫什么名字，那个凶手？"她问。

"我们还不知道。我们叫他作曲家。"

她忧心忡忡地皱起眉头："原来如此。是有点古怪。绑架案和那个音乐视频。不过据我所知，你们昨天救下了那位被害人。他现在还好吗？"

"是的。"莱姆快速回答，抢在萨克斯和汤姆前面，避免他们下意识给出进一步解释。

"与国家警察的合作情况如何？还是宪兵队？"

"国家警察。还算合作顺利。"莱姆又安静下来，就差用低头看手表来表达他对这次谈话毫无兴趣，而且态度上也是相当不耐烦，这可是他最擅长的。

麦肯齐似乎也注意到了，于是她直接切入正题："好吧，我想你们的压力不小，所以很感谢你们能来。你声名显赫，林肯，你大概是美国境内最好的刑事鉴定专家了。"

只是美国的？他心想，感觉无意中被冒犯了。不过他什么也没说，只是回以冷淡的微笑。

她说："现在说说我们的问题。一名就读于那不勒斯费德里科二世大学的美国学生因涉嫌性侵被捕。他名叫加里·索姆斯。他和被害人——警方的文件中称她为弗里达·S.——在镇上参加了一个派对。她是阿姆斯特丹的大一学生。在当晚某个时间，她昏倒了，遭到了袭击。"麦肯齐抬起头，看向门口，"啊，她来了。埃琳娜能够告诉我们更详细的情况。"

说话间，又有两人进入办公室。走在前面的是一位四十多岁的女士，她身材健美，长发绾成一个发髻；尽管扎得很紧，还是有几缕碎发散落下来。她戴着样式复杂的金属镶嵌玳瑁眼镜，就是那种在高档时尚杂志中能看到的款式（不禁令他想起了碧翠丝·伦扎戴的眼镜）。她身穿炭灰色细条纹西装，搭配深蓝色衬衫，领口敞开得恰到好处。在她身边的是一位个子不高、身材消瘦的男士。他穿着老式西装，同样是灰色，但要浅一些。他的金发很稀疏，年龄在三十岁到五十岁之间。他的皮肤也很苍白，莱姆一开始还以为他是一位白化症患者，其实不然，他大概只是不常到室外走动而已。

"这位是埃琳娜·西内利。"麦肯齐介绍道。

女士用略带口音的英语说："我是一名意大利律师。我专门为在这里被指控犯罪的外国人辩护。夏洛特就加里的情况联系了我。他的家人雇用了我。"

那位脸色苍白的男人说："莱姆警监，萨克斯警探。我是达里尔·穆布里。我在领事馆的社区和公共关系办公室工作。"他发音中的卷舌音表示他的老家应该在卡罗来纳的某个地方，又或者是田纳西州。当看到莱姆的右臂可以活动时，穆布里便伸出手，两个人握了握（这时，莱姆看见夏洛特·麦肯齐在擦鼻子，然后打了一个喷嚏，莱姆对她的批评态度随之缓和下来。显然，她确实有理由不与任何人握手——也包括行动不便者）。

穆布里也向汤姆打招呼。他朝麦肯齐扬了扬眉毛——显然是指她能成功地把莱姆请到这间办公室的举动，这无疑是应他的要求。

让我们拭目以待。

"这边请。"麦肯齐指着咖啡桌说。莱姆把轮椅移动过来,其他人也都围坐到桌子周围,"我刚刚在向我们的客人介绍关于逮捕的情况。你来介绍下细节吧,西内利女士,由你来说会更好。"

西内利重复了一些麦肯齐已经说过的内容,然后说:"加里和被害人都喝了不少酒,想来点浪漫情调——两人想找一处私密的地方,于是他们就上楼去了屋顶。据被害人称,她记得自己到了那里,但是很快就失去了知觉。几个小时之后,等她恢复意识时,发现自己在隔壁楼的屋顶,并且遭到了性侵。加里承认他们两个人去过那里,但是等弗里达变得昏昏欲睡时,他就把她留在那里,然后独自下楼去了。当时,不时还会有其他人上到屋顶来,他们都去屋顶抽烟,不过隔壁房子的屋顶,也就是袭击发生的地方,从这边的屋顶是看不清的。实际上,没有人看见或者听见袭击。"

萨克斯问:"加里为什么被卷进来?"

"警方接到一个匿名电话,说目击他把什么东西掺进被害人的酒杯里。我们一直没能查出这个打电话的人是谁。根据这通电话,警方搜查了他的公寓,发现了一种约会强奸药物的痕迹。好像是氟地西泮?"

"这种药我很了解。"莱姆说。

"而且在袭击发生后,弗里达·S.的血样检测显示,在她的血液里有同样的药物。"

"同样的药?分子式完全相同?还是说相似?"

"的确,这是一个重要的问题,莱姆先生。但我们还不清楚。从他卧室里还有从被害人血液中取得的样本都送去位于罗马总部的犯罪现场进行全面分析了。"

"什么时候能拿到结果？"

"这可能需要几个星期。也许还要更长时间。"

莱姆问："那些在加里的卧室里发现的药物，就是你说警察找到的痕迹，是药丸吗？"

"不是。他们仔细搜查了公寓，但只发现了残留物。"那位律师补充说，"在他穿去派对的夹克上还发现了被害人的头发和DNA痕迹。"

"他们两个人当时在亲热，"夏洛特·麦肯齐说，"当然会发现那些东西。至于强奸药物，好吧，这的确是个问题。"

西内利继续说："再有就是在被害人阴道里发现的DNA。不过那不是加里的DNA。弗里达承认，她最近还和其他男人接触过。DNA可能就是这么来的。她的其他伴侣也将接受检测。"

"也对派对上的其他人进行DNA测试吗？"

"正在进行。"他顿了顿后继续说，"我要说的是，我已经和一些人谈过了——他的朋友和同学。据他们说，加里自以为是个大众情人。他显然已经和很多女人厮混过——尽管他才在意大利待了几个月。你可能会说，他没有不良记录，胁迫或者用强奸药物。可是他在性方面的胃口相当大。他还总是吹嘘自己的猎艳经历。此外还有一些小插曲，我们姑且说得温和点吧——当某个女人拒绝他时，他就非常恼火。"

"与此案无关。"萨克斯说。

"不，恐怕不是。我们在意大利的审判并不像在美国那样局限。关于性格和之前行为的那些问题——不管是不是犯罪——都会被纳入考量，而且有时候，也可能是决定其无罪或有罪的关键因素。"

"在这件事之前，他们互相认识吗？"萨克斯问，"弗里达和加里？"

"不认识。而且她在派对上几乎不认识任何人。她只认识男主人和女主人——德夫和娜塔莉亚。"

"有没有人有动机诬陷他？"

"他说，曾经有一个女人，在他否认自己曾经提议要带她去美国时，她大发雷霆。她叫瓦伦蒂娜·莫雷利，她来自佛罗伦萨周边地区。这个女孩还没回我电话。警方似乎无意将她作为嫌疑人。"

"现在的调查进行到哪儿了？"莱姆问道。

"才刚刚开始。而整个调查需要很长时间。意大利的审判程序可能会持续数年。"

说话的人是社区联络官达里尔·穆布里，他继续说，"媒体对此事一直穷追猛打。我每个小时都能收到要求采访的申请。而且这些报纸已经给他定了罪。"说着他朝麦肯齐看了一眼，继续说道，"如果你能找到任何线索甚至是暗示其他人是袭击者的东西的话，我们想给那些自以为是的媒体予以有力回击。"

莱姆很想知道一名公共关系官员在这里是做什么的。他猜测舆论法庭就像DNA和指纹一样具有普遍性。在美国，一个富有的犯罪嫌疑人，除了雇用律师以外，第一个要雇的人就是一名优秀的舆论导向专家。

萨克斯问："你的意见是什么？西内利女士？你跟他谈过话了。他是无辜的吗？"

"我认为，他的那些过去对审判非常不利，我是指他的毫无节制的性生活史，还爱到处吹嘘；而且他有那种拥有迷人的漂亮外表的人才会有的傲慢自大。不过我相信他是无辜的。加里看起来不像是个残忍的男人。那个能袭击女人并且实施强奸的人毫无疑问是个残忍的家伙。"

"你想从我们这里得到什么？"莱姆问道。

麦肯齐看了看西内利。他说："对收集到的证据进行审查——我是指证物报告。你没办法得到许可靠近那些证物。另外，如果可能的话，你可以在被允许的范围内再次搜索现场。而我们需要的一切，只是指向另一个嫌疑人的东西。并不是一个名字，只是一个比加里更有可能犯下罪行的犯罪嫌疑人的可能性。这就可以引起合理的怀疑。"

穆布里说："我会让媒体对此大谈特谈，这也许能帮他在候审期间得到假释。"

麦肯齐补充道："他被关押的监狱并不是太糟糕。总得来说，意大利境内的所有监狱还是相当体面的。但是他被指控犯有强奸罪。里面那些囚犯看不起这些嫌疑犯，几乎和鄙视那些猥亵儿童的犯罪嫌疑人一样。那些监狱里的警察一直看着他，但是他已经受到了一些威胁。当然，如果他交出自己的护照，地方治安官是有权在审判前让他得到假释的，或者把他软禁在一栋房子里。再或者，坦率地说，如果对他不利的证据被证明是无可辩驳的，也可以允许他认罪，那么考虑到安全监禁的安排，他可以现在开始进行判决。"

萨克斯和莱姆面面相觑。

为什么是现在……？

他看了一眼律师敞开着的公文包，看到了一份意大利报纸。不需要翻译，他就能明白上面大标题的大意：

强奸暴力嫌疑犯

标题下面配有一张照片，上面是一个看起来非常英俊的大学生，一个金发碧眼的男人，两旁有押解他的警察。这个来自中西部的小伙子，脸上写满害怕和惊慌失措……还有傲慢。

莱姆点点头："好吧。我们会尽力而为的。不过在这里，我们对连环绑架案犯罪嫌疑人的调查才是第一要务。"

"是的，这是当然。"麦肯齐回答道。她的脸上洋溢着感激之情。

"谢谢你，谢谢你。"说话的是西内利。

达里尔·穆布里说："关于那些采访。你能否——？"

"不能。"莱姆咕哝道。

埃琳娜·西内利点点头并指出："我建议不要公开提及莱姆警监和萨克斯警探参与其中。"她转向莱姆，"你必须非常谨慎。为了你自己考虑，我得提醒你：负责处理加里案子的检察官是位相当杰出的长官，这毋庸置疑；而他也极难对付，并且极具报复性——他像寒冰一样冷酷无情。"

萨克斯向莱姆瞥了一眼。莱姆问那位律师："他的名字，难不成就叫，但丁·斯皮罗？"

"天啊！你是怎么知道的？"

第二十七章

这一切什么时候才能结束？她心想。

勉强微笑着面对那个荒唐可笑的问题。

永远都不会结束的。

这个世界，她的世界，这就像是寄宿学校里数学课上的抽象概念，那么多年，那么多届，就像一个莫比乌斯环，永无止境。

拉尼娅·塔索，穿着一件灰色长裙和高领长袖女士衬衫，大步流星地走到卡波迪基诺接待中心前门。那里的巴士——一共有三辆——里面挤满男人、女人和孩子们，所有人都是黑色的——不只是肤色，还有他们那不确定的未来和恐惧。

其中有些人的脸上还写满了紧张和悔恨。在过去的一个星期里，地中海的天气都还不坏，可是他们航行所乘的船只，从突尼斯和利比亚，从埃及和摩洛哥，甚至更遥远的地方来，全都破败不堪。那些老旧的充气阀，摇摇欲坠的小木船，仅能用作河流运输的木筏；那些所谓"船长"甚至还不如出租车司机。

在这可怕的旅程中，这些不幸的人有些失去了他们的同伴：亲人、孩子、父母……还有朋友，那些他们在这趟旅程中结识的朋友。在这个营地里，有些她的雇员（她记不清是谁了，人们都不能在难民这件工事上坚持太久）曾经说过移民很像士兵——在极端的形势下被聚集到一起，奋力去完成他们的任务，但是通常都会失败，短时间内，危机令他们结成盟友。

拉尼娅，身为卡波迪基诺接待中心的主管，在下达各种无休无止的指令。需要做的工作本身就没完没了。她指挥着她的部队：那些从内政部领薪水的雇员、志愿者、警员、士兵、联合国的人和那些社会工作者，组成这个机构，保持耐心和礼貌（除了那些从伦敦或者开普敦突然跑过来的达官贵人，就为了拍张照片而跑过来的令人讨厌的一群人。他们向媒体夸口他们的慷慨馈赠，然后就跑到安蒂布或者迪拜——去享受晚餐了）。

拉尼娅绕过一大堆救生圈，橘红色和褪色的橘红色，在空地上堆积成一个巨大的圆锥体；她安排几个志愿者指引巴士去派发瓶装饮用水的地方。九月的天气里，气温已经无法令人感到舒适。

她审视着这些涌进来的不幸之人。

忍不住叹口气。

这个难民营最初是为一千二百人准备的，现在它已经收容了将近三千人。尽管她多次尝试减缓准入，但是这些来自北非的难民——主要来自利比亚——这些可怜的人还是持续不断地涌入。他们试图逃离强奸、贫困、犯罪以及ISIS的疯狂思想和极端主义分子。你可能会说要把他们遣返，你可能会说应该在他们原本所在的国家开辟保护区，建立难民营。但是那样的解决方案都是荒诞的，根本不可行。

不，这些人不得不逃离那个无望之地；如果把难民遣送回乡，其面对的境地之悲惨，以至于没人能阻拦他们再次逃离，他们会再次逃往像她管理的这种容留居住地。仅今年就有将近七万难民登陆意大利的这片土地。

一个声音打断了她烦乱的思绪。

"一定有什么我能够做的事,求你了。"

拉尼娅转过去看着那个女人,她正在说阿拉伯语。这位主管审视着这张漂亮的脸,深棕色的双眸,浅摩卡色的肌肤上略施脂粉。她的名字是……啊,对了,法蒂玛。法蒂玛·贾布里尔,她的身后是她的丈夫。他的名字是,拉尼娅回忆着,哈立德。这对夫妇几天前是她亲自办理登记的。

在这位丈夫的臂弯里还有他们沉睡着的女儿,名字她记不清了。拉尼娅似乎注意到这位主管的目光。

"这是穆娜。"

"啊是的,没错,一个很可爱的名字。"肥嘟嘟的小脸蛋配着一头浓密光亮的黑色卷发。

法蒂玛继续说:"之前我说话有些太直接了。这个旅程真的很艰难。我很抱歉。"她回头看了一眼她的丈夫,他正以鼓励的眼神让她说下去。

"没关系的,不需要道歉。"

法蒂玛又说道:"我们问过之后才得知,你就是这个营地的主管。"

"的确如此。"

"我来找你想问一个问题。在的黎波里的时候,我在卫生保健站工作。我是一位助产士,在'解放战争'时期是一名护士。"

理所当然地,她谈论起关于卡扎菲倒台时以及之后几个月的情况,长期被憧憬并为之战斗的和平稳定也随之成为泡影。

"解放战争"——多么讽刺。

"我希望能在营地这里帮上忙。这里有这么多人,那些怀孕的妇女,不久就会临盆,还有很多病人和烧伤患者。"

她是指晒伤。的确，毫无遮蔽，在地中海上漂一个星期会造成严重的损伤——尤其是对娇嫩的肌肤。而且还会出现很多其他疾病。这个营地的卫生状况已经竭尽所能做到最好，但仍有很多难民在遭受病痛的折磨。

"我对此表示感谢。我会把你引荐给医疗中心的主管。你会说哪几种语言？"

"除了阿拉伯语，会说一点英语。我的丈夫，"她朝哈立德点点头，对方以友善的微笑作为回应，"他英语讲得很好。我们正在教穆娜这两种语言。而且我正在学习意大利语，在这里的学校里，每天学习一个小时。"

拉尼娅有点想笑——这个小姑娘才刚刚两岁，双语教学似乎有点太早了。但是法蒂玛的眼神坚定，嘴唇紧紧抿着。这位主管清楚地看到这位女士想要帮忙，以及想要得到庇护和被接纳的决心，没有掺杂一点玩笑的成分。

"我们没有办法支付你报酬，没有这方面的资金。"

法蒂玛马上回答："我并不打算要求报酬。我只是想要帮忙。"

"谢谢你。"

当涉及慷慨大方时，难民中会有多样化的表现。有些人——就像法蒂玛——是无私的志愿者；也有一些人会足不出户隐居起来；还有一些人会不满于当局对难民做得不够，或者抱怨难民接纳手续耗费时间太久。

拉尼娅向法蒂玛介绍着医疗中心的设施，当她无意间看向围栏对面时，有什么让她突然停下。

在外面成百上千来回乱转的人当中——那些记者，难民的家庭成员们，他们的朋友们当中——有个男人独自站在那里。他站在阴影处，所以她没办法看清他的样子。但是非常明显，他在直直地盯着自己看。这个身材结实的男人戴着帽子，那种带数字的美式运动帽，这样的帽子在意大利很少见，何况在意大利本身就很少有人戴帽子。他的眼睛还被飞行员式太阳镜遮得严严实实。整个人的状态看起来都很不自然。

拉尼娅清楚自己为这些穷人做的奉献也招致很多人的怨恨。在国内，有相当比重的人对如此数量庞大的难民涌入持反对态度；可是他也没有和那些抗议者站在一起。不对，他的注意力——看起来只集中在拉尼娅一个人身上——看起来有种完全不同的东西。

拉尼娅与法蒂玛和哈立德道别后，径直朝着医疗中心走去。随着这家人的离开，拉尼娅把她的对讲机举到唇边，呼叫安保负责人——一位国家警察局的警监，他就站在距离自己向南五十米的大门旁边。

汤姆立刻用对讲机回复说他马上过来。

两三分钟后，他就到了，问道："出什么事了？"

"围栏外面有个男人，他看起来有点古怪。"

"在哪儿？"

"他就站在木兰花旁边。"

她伸手指向那边，视线却被一辆在路上缓缓开过的难民大巴挡住了。

等那辆车过去之后，他们又能看清那个方向，她却找不到那个男人了。拉尼娅来回扫视着整条路和难民营附近的地区，却根本找不到那人的影子。

"需要我叫一队人过来吗？"

拉尼娅有些犹豫。

一个声音从办公室里传来:"拉尼娅,拉尼娅!是运血浆的运输车。他们找不到它了。雅克想要和你讲话,红十字会的那个雅克。"

她又朝路上看了看,还是一无所获。

"算了,不必麻烦了。谢谢你,汤姆。"

她转过身,走回她的办公室,开始应付另一波汹涌而来的状况。

永无止境……

第二十八章

"真的不想被这件事分散太多精力,目前最重要的是作曲家的案子,你说是不是,萨克斯?不过这的确是个奇怪的案子,有点儿意思。"

莱姆说着,他指的是加里·索姆斯的案子。

她报以带着挖苦的大笑:"像地雷一样的案子。"

"啊,是因为但丁·斯皮罗?我们必须要小心些。"

他们正在第二作战室:警察总部所在那条街路口的咖啡馆。萨克斯,莱姆和汤姆都在。莱姆原本想再点一杯格拉帕酒,可是这个汤姆,该死的,先发制人地给每个人都点了气泡水和咖啡。他是怎么选择这些饮品口味的?他甚至都没进到店里。

但是说句公道话,不管怎么说,这里的卡布奇诺确实不错。

"瞧啊,这不就来了。"

莱姆注意到埃尔克莱·贝内利那个瘦高的身影,他从警察局总部出来后就径直朝咖啡馆走过来。他朝几位美国人点点头,穿过街道,走过印着仙山露酒的围栏,一屁股坐在有点摇晃的铝质椅子上。

"你们好。"他语气正式,声调里透露出好奇。看得出来,这位年轻警员很纳闷为什么萨克斯会打电话约他到这里见面。

莱姆问道："碧翠丝有没有从那株植物的树叶上找到指纹或者来自作曲家的其他痕迹？就是他在达布鲁佐镇附近的餐馆外面监视时靠近的那一株。"

埃尔克莱面露苦涩："那个女人真是用你们的话说，令人无法忍受？"

"是的，或者是不可理喻。"

"没错，不可理喻更贴切！我问过她好几次进度如何，然后她瞪着我。我只是想知道能不能从一棵树的树皮上取下指纹。多么单纯的一个问题。她的脸色就变得难看，样子很吓人，像是在说，'这还用说吗！傻子都知道这个吧？'而且她是不是根本不会笑的？笑一下有那么难吗？"

林肯·莱姆对他遇到这样的事完全不觉得有什么可值得同情的，他不耐烦地问道："然后呢？"

"没有，什么都没找到，我很抱歉。至少现在还没有。虽然我不得不承认，她和她的助手们都在卖力工作。"

埃尔克莱点了饮品，很快，一杯橘子汁就被端了上来。

莱姆说："那好吧，现在我们有另外一件事需要你的帮助。"

"关于咱们这位音乐绑架犯，你们又有什么新进展吗？"

"不是，是关于另一起案件的。"

"另一起？"

在他们面前的小桌子上，萨克斯展开文件：犯罪现场调查报告的复印件和与涉嫌强奸的被告加里·索姆斯面谈的记录，这些资料都是他的律师和他的家人提供的。

"我们需要有人把这些报告翻译给我们听，埃尔克莱。"

他看着他们，目光在他们脸上游移不定："这和作曲家的案子有什么关系？"

"毫无关系。正如我刚才说过的,这是另一件案子。"

"另一件……?"警员咬咬嘴唇。他认真地读着资料,"是的,是的,这是个美国学生。这不是马西莫·罗西负责的案子。它是由检察官劳拉·玛塔丽负责。"说着他朝警察总署扬扬头。

莱姆不再说话。萨克斯补充道:"我们收到来自美国国务院的官方要求,让我们审查这些证据。被告的律师确信这个小伙子是清白的。"

埃尔克莱啜饮着他的橘子汁,这在意大利更像是无咖啡因饮料,莱姆认真观察过——这种饮料里面不会加冰。还有,可口可乐总是配着柠檬一起上来。林业警员说道:"哦,但是,不行。我很抱歉,我不能做这个。"就好像他们错过了什么显而易见的事实,"你们没有注意到吗,这可能会牵扯到利益冲突。一个——"

莱姆回答:"还不一定。"

"不,这怎么可能?"

"是有可能,不,如果你是直接为国家警察局工作的话,是有可能会有利益冲突。但是你却是,从技术角度来说,你仍然是一名林业警员,我说的没错吧?"

"莱姆先生,莱姆警监,依我看这可不算是一个什么好借口。更何况,万一要让斯皮罗检察官知道了,他肯定会把我打个半死。等等……这案子的检控官是谁?"他快速翻动这些纸张,然后闭上了眼睛,"我的天啊!斯皮罗就是检控官。不,不,不,我绝对干不了这个!如果让他发现了,他会把我打死,死得透透的!"

"你在夸大其词。"莱姆安慰道,尽管他自己也承认但丁·斯皮罗看起来非常有可能会狠狠揍他一两拳。

难以对付,极具报复心,冰冷无情……

"而且，我们只是单纯地请你翻译。我们可以聘请别人来做，但是这会耽误太多时间。我们想要尽快审查这些证据，给出我们的评估意见，然后回到作曲家的案子上。但丁根本不可能发现什么的。"

萨克斯补充道："这个案子里的无辜美国学生很可能因为他没有犯下的罪行而被投入监狱。"

埃尔克莱小声嘀咕着："哦，几年前我们遇到过一个类似的案件，在佩鲁贾，那个案子里没有一个人好过。"

莱姆朝文件点点头："而且这些证据也很有可能能证明索姆斯是有罪的。如果是这样，我们也就完成了对他的检控，帮了政府部门的大忙，还是免费的。"

萨克斯说："求你了，只是做翻译。这能有什么坏处？"

埃尔克莱脸上浮现出缴械投降的神情，他把文件拿到自己眼前，再次抬头看了看四周，就像是斯皮罗正在附近的某处阴影里藏着似的。他开始读了起来。

莱姆说："做一个列表，一个迷你列表。"

萨克斯从她的电脑包里取出一本黄色信笺簿。她把细尖马克笔的笔帽拔掉，然后看向埃尔克莱："你口述，我来写。"

"我还是觉得自己在协助犯罪。"他嘟囔着。

莱姆只是笑了笑。

加里·索姆斯调查——性侵

·案发地点

·卡洛·卡塔尼奥街，18号，顶楼公寓（娜塔莉亚·加雷利的家）以及屋顶（被害人参加的派对地点）。

·卡洛·卡塔尼奥街，20号，公寓楼屋顶（案发地点）。

· 对被害人的调查：弗里达·S.。

· 经检查她因粗暴的性行为造成阴道轻微出血。

· 她的脖子和面颊上检验出加里的 DNA，汗液和唾液，未检验出精液。

· 在被害人的阴道内：

· 环甲硅脂，聚二甲硅氧烷（PDMS），有机硅，二甲基酮共聚酯和醋酸乙苯酯（醋酸维生素E），硅基润滑剂。可能来自舒适型避孕套。在加里的公寓以及他被捕时身上均发现与之匹配的避孕套。

· 阴道中检测到的不明 DNA 来源尚不明确（汗液或唾液，非精液——据推测，来自袭击者使用的男用避孕套）。欧洲刑警组织，国际刑事警察组织或者（美国）DNA 联合索引系统（CODIS），意大利数据库，未找到相符项。对参加派对的年龄介于十四岁到二十九岁的男性提取的样本没有发现匹配者。目前正在计划增加检测。将会对被害人以前的性伴侣采集样本。

· 在被害人的血液中，检查出 γ－羟基丁酸的痕迹，类似于迷幻药，一种约会迷奸药。

· 未发现避孕套。

· 对周边地区进行彻底搜查，垃圾箱和下水道，五个街区的范围。

· 牵连证据的地点：加里的公寓，卧室。

· 参加派对时穿的夹克衫。

· 检测到 γ－羟基丁酸的残留痕迹。

· 被害人的毛发：头发，非阴毛。

· 被害人的 DNA，唾液。

· 其他一些衣物：衬衫，内衣，袜子。

·检测到 γ－羟基丁酸的残留痕迹。

·窗台上有两只酒杯,靠近强奸案发现场。

·两只杯子上都有加里的 DNA。

·其中一只杯子上有弗里达的 DNA。酒杯内留有 γ－羟基丁酸的残留痕迹。

·案发现场:卡洛·卡塔尼奥街的屋顶,20 号(加雷利的隔壁)。

·屋顶上的砾石被打乱,那里就是被害人遭到攻击的地方:

·被害人的头发。

·被害人的唾液。

·未发现其他证据。

·卡洛·卡塔尼奥街公寓的屋顶(吸烟区):

·五个玻璃杯。

·未检测到 γ－羟基丁酸。

·八枚指纹,未发现与任何国家或国际性数据库的匹配项。

·两个大麻烟卷的烟头,燃烧后剩下的八毫米烟蒂。

·未发现与任何国家或国际性数据库的匹配项。

·七个小盘子,残留的食物,甜点。

·十三枚指纹;两枚与派对女主人匹配; 未发现与任何国家或国际性数据库的匹配项。

·DNA 未发现与任何国家或国际性数据库的匹配项。

·派对桌子上的酒瓶:黑比诺。

·在剩下的酒中未检测到 γ－羟基丁酸。

·六枚指纹——属于派对主人和两位男性客人,娜塔莉亚的男朋友,德夫·纳特。

·DNA 未发现与任何国家或国际性数据库的匹配项。

・桌上的烟灰缸里有二十七个烟蒂;
・四枚指纹属于派对主人和其男友。
・吸烟区的十六枚其他的指纹。一枚确认为六个月前因涉嫌药物指控被捕人,普利亚。他声称在强奸发生前自己已经离开派对。
・未发现其他与任何国家或国际性数据库的匹配项。
・DNA 未发现与任何国家或国际性数据库的匹配项。

待她写完,他们都看向信笺簿。莱姆表示:工作挺扎实。他很想拿到那些痕迹样本,就是从桌子、屋顶上的吸烟区还有袭击发生现场上取得的那些。不过目前已经是个不错的开头。

萨克斯看了看那些满是意大利语的纸页,埃尔克莱也正在盯着看那些官方报告。"继续,"她友善地催促着,"帮帮忙,我想听听这些内容。"

埃尔克莱似乎很希望在他翻译完法医学报告后就能摆脱困境。目击者和嫌疑人的叙述看起来好像在这位年轻警员的脑海里,就是将他的罪行提到一个不同的范畴——从轻罪到重罪。

还是读吧。他开始念:"娜塔莉亚·加雷利,二十一岁,就读于那不勒斯大学。她在自己的公寓里举办了一场派对,邀请了她的同学和朋友。被害人,弗里达·S.,到场时间为晚上十点,独自一人。她记得和几个人喝酒、聊天——大部分时间是和娜塔莉亚或者她的男友——不过她有点害羞。她也是个学生,刚从荷兰过来。她依稀记得大概是十一点或者午夜时分,被告靠近她,和她聊天。他们俩从坐着的桌子上拿了两杯红酒——此时是在楼下——而且加里一直在给她倒酒。然后他俩开始拥抱,然后……我不知道……我不知道。"

"亲热?"萨克斯提示道。

"对,是亲热。"他接着读道,"那里太挤了,所以他们就去了屋顶。然后弗里达就没有记忆了,直到凌晨四点。她在隔壁的屋顶爬起来,这才意识到自己遭到了性侵。当时她的药劲还没过,但是她还是能够走过两个屋顶的连接处。她爬过去,摔倒了,然后呼喊着寻求帮助。娜塔莉亚,那位女房主,听见她的哭喊,跑过去把她扶到楼下的公寓里。娜塔莉亚的男朋友,德夫,叫来了警察。

"警探检查了隔壁房子的屋顶房门,不过门是锁着的,而且很显然,最近都没有被打开过。娜塔莉亚告诉警察,她怀疑邻居,那几个塞尔维亚人,他们住在那栋楼的楼下——他们都很粗鲁,而且经常烂醉如泥——但是警方确认他们当时都出城了。他们没能在那栋楼里找到任何嫌疑犯。

"屋顶上有几个目击者——在桌子那边,就是吸烟区——看见加里和弗里达短暂地一起出现。两人走到屋顶的一个小屋,那里有一个长凳,不过那边已经超出了吸烟区的视野范围。在凌晨一点到两点之间,屋顶只有他们两个人。凌晨两点时,加里走下楼梯,走进公寓,然后离开了。几个目击证人报告说他看起来很苦恼。没有人注意到弗里达不见了。人们猜测她早就走了。第二天就有了那通匿名电话——是一个女人用公用电话打来的,那部电话在那不勒斯大学附近的烟草杂货店。当她听说了袭击的事后,她打电话给警察并且报告说,她认为自己看见加里把什么东西混入了弗里达的饮料里。"

"然而没有任何线索可以确定她的身份?"莱姆问道。

"没有。"埃尔克莱继续说,"这通电话使警方得到搜查令,可以搜查他的公寓。于是他们发现了约会迷奸药物的痕迹,在他参加派对当晚穿的夹克上和其他衣服上。"

萨克斯问："加里的陈述呢？"

"他承认他和弗里达在楼下一起喝酒。然后，还是那样，亲热。他们去楼上是想要更多私密空间。吸烟区有几个人，于是他们就绕到角落没人的地方坐下来，然后他们更加激情。但是她后来累了，有点厌烦，觉得没那么有趣了。在凌晨一点三十分时，他也累了，于是他下楼离开了派对。他离开的时候，她还在屋顶的长凳上打盹。"

"也累了，"萨克斯说，"因为他抿了一口她的红酒，这掺进了他的唾液，他的 DNA 留在她的杯子上。"

"这表示他根本不知道氟地西泮的事！"埃尔克莱说，这时，他热情洋溢，完全沉浸在案情里。紧接着他又回到内疚和紧张的情绪中。

莱姆说："就官方而言，有一个问题：在弗里达的阴道内发现的 DNA，不是加里的。"他有点不确定地看看埃尔克莱。他想知道这么形象地描述犯罪会不会给这位年轻警员带来困扰，毕竟他以前从未接触过袭击案件，更别说强奸案了。

这位意大利警员看着莱姆，明白他的关切："莱姆警监，上个月我曾经参加卧底行动，逮捕一伙人，他们以劣质的公牛精液冒充珍稀动物的精液。我暗中拍摄了整个采集过程。这相当于我拍摄了公牛色情片，所以这类事不会给我带来困扰，如果你是在担心这个问题的话。"

莱姆忍俊不禁地点点头。他注意到报告中有一行用粗笔划掉了，旁边是手写的备注："那是什么？"

"字面翻译是：'不恰当且不相关，谴责会见者。'"

"划掉的是什么？"萨克斯问。

从马克笔画的粗线下面分辨字句花了点时间。"那是一条特警小组警员问讯参加派对的人的记录。警员写的是他们认为被害人在派对上与几个人打情骂俏。"

"啊。这句话冒犯了检察官,"萨克斯说,"或者说是斯皮罗。肯定是这样。"

把女人遭到性侵犯归咎于她们自己的行为不检是不可原谅的……看来这种不当言论似乎超越了国境线的障碍。

萨克斯说:"那么,如果他是无罪的,整个案情会是怎样的呢?"

莱姆说:"某个男人,X先生,他盯上了弗里达。他靠近她,并在她的酒里下了药,但是因为拥挤和光线昏暗,于是目击者把他看成了加里。在X能采取行动把弗里达弄到一间卧室或者公寓里其他什么没人的地方之前,她就和加里到屋顶上去了。X尾随并且观察他们。弗里达开始犯迷糊,加里觉得无聊,于是离开了。当屋顶上没人的时候,X先生把弗里达搬到隔壁那栋楼的屋顶,并且强奸了她。"

埃尔克莱问道:"可是在加里公寓内他的夹克上发现的药物残留,这要如何解释呢?"

莱姆回应说:"有一种可能:他曾经靠近那个给她下药的男人。不过请记住,看看这张表,埃尔克莱,在其他衣物上也发现了药物残留。"

"是的,那代表什么呢?"

"我们目前还不清楚。这有可能表示加里是有罪的,而且他时常随身携带约会迷奸药物。或者他是无辜的,但是某人闯进来诬陷他,把药物撒到他的其他衣物上,因为他无法确定加里会穿哪件衣服去参加派对。"

莱姆盯着那份翻译文件："还有一件我不喜欢的事。'没有发现其他证物。'总是会有其他证据。埃尔克莱，你知道'洛卡德'这个名字吗？"

"我想我没听过。"

"一个法国籍刑事犯罪学专家。他生活的年代距今已非常久远，但他提出的原理至今依然具有法律效力。他认为，在每个犯罪现场都存在证据从犯罪嫌疑人到被害人或者到现场的传递。正因如此，才可能找到证据；尽管确定犯罪嫌疑人的身份和所在地的过程也许会十分困难。毫无疑问，他讲的正是痕迹证据。"

埃尔克莱，似乎是某种第六感突然闪入脑海，马上说道："那么，我很高兴能够帮到你们。现在我必须得走了。我要去看看碧翠丝有没有什么新发现，我想她多半已经找到点什么，让咱们能更接近作曲家——这个咱们最重要的案子。"他看向萨克斯寻求帮助，不过没得到回应。

莱姆说："我们需要再去搜索一遍娜塔莉亚的公寓，埃尔克莱——尤其是吸烟区。我打赌这位 X 先生就是在那里监视弗里达并伺机出手的。吸烟区就在屋顶靠门的地方。我们还需要检查加里的公寓——看看那些药物残留是不是用来蓄意诬陷加里的。两项简单的搜索，肯定用不了多少时间，没错，最多也就需要几个小时。"

他和萨克斯两个人同时用恳切的眼光注视着埃尔克莱·贝内利，他刚刚被迫翻译完整个文件，本以为做完这些也就完成了他的全部使命。短暂的僵持之后，他还是无法忽视他们的目光，于是他仰天长叹："你的要求是不可能的。你们明不明白？这绝对不可能！"

第二十九章

举办派对时发生强奸案的那所公寓位于那不勒斯的沃梅罗社区。

这片社区位于一座海拔稍高的小山顶，可以搭乘线缆火车或者驾车开上一条多风又陡峭的小路。从山顶俯瞰，会有身处奥林匹斯般的视野——整个海湾，远处的维苏威火山，多种色彩、质感和形状拼合在一起，这就是那不勒斯。

这些是萨克斯的御用司机——埃尔克莱·贝内利告诉她的，他认为这是这座城市最美丽的地方。维苏威火山上错落有致地点缀着新艺术建筑，现代风格的办公楼和居住区，家庭式杂货店和复古服装店紧邻意大利境内最时髦的设计师零售店铺……而意大利，毋庸置疑，早已成为世界时尚潮流的代名词。

在接受了莱姆那极具说服力的论述之后，他们就开车出发了，起初埃尔克莱的脸色阴沉，他那句"绝不可能"最终还是变成了"也许"——也许，而这个词在意大利语中差不多就等同于勉强答应了，"哦，那好吧。"最后，他那种轻松活跃的精神状态又回来了。两个人就这样驾车穿行于那不勒斯的车流中，埃尔克莱似乎不再想着躲避斯皮罗的报复，他又变回了"导游模式"，喋喋不休地向萨克斯叙述着这座城市的历史、现状和遥远的过去。

GPS首先把他们带到娜塔莉亚的公寓，一片小型居民区内的一栋标准地中海风格建筑，位于卡洛·卡塔尼奥街。他们停好车，由埃尔克莱带路。有几个孩子盯着他们，非常专注，他们的注意力都聚集在他的制服和她腰间纽约警察局的金色徽章上。有几个男孩试图窥探他们夹克下面的东西。据她猜测，他们想看的是武器。其他的小孩则显得更加谨慎。

当一个十几岁的孩子突然加速跑过他们身边时，萨克斯被吓了一跳。

埃尔克莱大笑起来："好啦，好啦……没关系的。"在那不勒斯的其他社区，他也许会跑去警告他父亲或者哥哥说这里有警察出现。可是在这里，他只是单纯跑开而已。也许是去玩游戏，或者是跑去找某个女孩子……或者仅仅是因为他突然想跑起来。是的，在那不勒斯的确有犯罪，这一点是毫无疑问的——有扒手、抢钱包的和偷车贼。在某些地方你必须非常小心。比如卡莫拉活跃在赛迪里亚诺和斯坎皮亚的城郊接合部，那是这座城市的西班牙居民区。非洲帮则更靠近波佐利。但是在这里，这些都没有。

娜塔莉亚·加雷利这座房子的外墙需要重新粉刷和修缮，不过，透过一尘不染的玻璃窗可以清楚地看到里面的客厅十分优雅整洁。埃尔克莱按下来访按钮。不一会儿，一个女人的声音通过扬声器传了出来。前门打开之后，他们进入客厅，迎面看见一幅抽象画，那是一个漩涡。一个钢质雕塑挂在另一面墙上，是个天使？还是个圣灵？或者完全是某个幻想出来的生物？他们登上电梯到达顶层，十五层。这一层是一座独立的公寓。

埃尔克莱扬了扬眉毛，把指尖放到唇边亲了一下，以这种动作表示这座公寓真是豪华。

他按响门铃。木质的门框已经褪色。片刻之后，一位身材苗条、长相漂亮、年纪在二十岁出头的女士打开了门。

埃尔克莱向她介绍了自己和萨克斯。对方点点头,报以友善的微笑。"你是一位来自美国的女警,也对,因为加里是个美国人,当然。请进,我是娜塔莉亚。"

双方握了握手。

通过这个女孩的首饰和衣着——皮裤、丝质女士衬衫和惹人羡慕的靴子——萨克斯推断她家境殷实。这间公寓也是一样。显然是她的父母为她安排了这样的住所:大学生住的地方远比小孩子的居所好得多。这个地方简直可以用来召开普拉达时尚发布会了。四周薰衣草色的墙壁上挂着两种风格且颜色鲜艳的巨大油画:抽象派和两性的裸体。长沙发和几把椅子是深绿色的皮革和拉丝钢架的。大玻璃吧台占据了一整面墙,巨大的高清电视镶嵌在对面的墙上,屏幕上闪现着已经被调成静音的音乐影片。

"这个地方可真棒。"

"谢谢。"她说,"我父亲在米兰做设计工作,家具和装饰品。我在这里上学,等我毕业后会继续深造。或者从事时尚行业。拜托,告诉我,加里怎么样了?"她的英语说得很好,带着一点宛如糖霜般的口音。

她回答道:"和能预期到的一样。"

尚不明确。

埃尔克莱说:"我们需要针对这起案件再问几个问题。这可能会占用你一点时间。"

娜塔莉亚说:"这可真糟糕,怎么会发生这种事!而且,我会告诉你们。那肯定不是我们这些人当中的某个人干的。他们都是非常单纯又友善的人。一定是隔壁那栋楼里的什么人——那边住着一些塞尔维亚人。"她鼻子里发出略带烟雾的哼哼声,"有几个男人,他们中的三四个;我经常觉得他们会惹出什么麻烦。我告诉过你们的同事关于他们的事。"

埃尔克莱用客气的语气回答:"那栋楼里的住户,每个人,都被问讯过,而且没发现什么可疑的人。警方调查后,发现你所指的那几个人当天晚上都出城了。"

"那么,是学校里的什么人?这不可能。"

"不过可能是有人跟踪了学生。你懂我的意思。"

"我明白,是的。我想我应该更小心一点。"她漂亮的双唇紧抿着,有点发紫。

"你和弗里达很熟吗?"

"不是很熟。才认识了几个星期,就在课程刚刚开始时,我的男朋友和我在欧洲政治历史课上认识她的。"

"你有没有看见她在派对上和哪个你不认识的人在一起?"

"当时人很多,很拥挤。我看见她和加里还有几个女孩子在一起,都是我们的朋友。不过我也没有太留意。"

"如果你不介意,请再告诉我们一遍那天晚上的事。"萨克斯说。

"我的男朋友和我在八点左右去吃的晚餐,回家后我们开了瓶红酒,还准备了一些小吃和甜点。人们在十点左右陆续过来参加派对。"她耸耸肩,用手捋了一下头发,让发丝看起来更有型。萨克斯作为一位曾经的时尚模特,很了解什么是美女,而娜塔莉亚正是她见过的最漂亮的女人之一。这本身就会对她的事业有无限助益,哪怕她仅仅选择做设计而不是模特。这就是这个世界的生存法则。

所谓美丽法则。

"加里在第一拨来的那部分人中。我跟他不怎么熟,就简单和他聊了聊。我喜欢和美国人、英国人还有加拿大人一起闲聊,这样可以锻炼口语。后来人越来越多,大概午夜时分,我看见弗里达和加里在一起。他俩凑得非常近。你懂的,当人们见面后开始调情的时候,相互触碰亲吻,凑在一起耳语。我看见他们上屋顶去了,手里拿着酒。两个人当时已经有些醉了。"她摇了摇头,"之后不久我看见加里下楼来。怎么说呢,他有点晕晕乎乎的,脚步踉跄。我记得当时我还在想,他可千万不要开车回家。他看起来不太好,没等我再说什么他就离开了。"

"派对还在继续,差不多到四点钟,所有人都离开了。德夫,我的男朋友,和我开始做清理工作。然后我们听见屋顶传来哭泣声。我上去就发现弗里达靠在隔壁那栋楼的屋顶上。她是从那里掉下来的。她的状态很不对劲。她的短裙被撕开了,大腿有擦伤。我扶她站起来,她的情绪非常激动。她说她遭到了侵犯,却什么都记不起来了。德夫马上报了警,很快警察就赶来了。"

"你能否带我们看看事发地点?"

"可以。"

娜塔莉亚带着他们走到弹簧楼梯那里,在大厅后面屋顶处有一道便门,楼梯是绳索和钢缆结构的,从头顶那道门拉出来——样子也非常时髦。穿短裙爬这种楼梯可是相当诱惑人的,萨克斯心想。比如女主人这样的尤物,尽管她现在穿的是长裤,比起自己穿的这条牛仔裤,她那种是价值几千美元的皮裤。在屋顶有一个木质桌子和几个十英尺高的小储物间,那些是用来放水箱和其他一些工具的。有一片休息区,大概有十二平方英尺,那里有一些椅子和桌子,摆放了几只烟灰缸。

那就是吸烟区。

萨克斯心想,在意大利很多地区,室内是不允许吸烟的,尼古丁成瘾者就需要走到室外像这样的地方:户外平台或天井之类的。这里的视野很好。你可以饱览那不勒斯海湾的全貌,海湾的一边,可以看见火山在雾气中若隐若现;另一边,一座巨大的城堡就在不远处。

萨克斯从吸烟区走到几个小储物间的角落,那里很隐蔽,摆着一条长凳,加里和弗里达那晚就是在这里亲热的——或者用别的什么动词来描述。

娜塔莉亚用一种低沉的声音说道:"袭击事件是在那边发生的。"她指了指紧邻的屋顶,那里已经用黄色的警用胶带封锁起来,"我再也无法像从前那样正视那个地方了。那儿曾经是个很讨人喜欢的地方,可是现在,简直太可怕了。"

他们走向胶带那里。这栋楼和隔壁那栋楼之间没有空隙;两者之间仅由一面砖墙隔开,这面墙大概三英尺高。朝左边看过去,萨克斯和埃尔克莱可以看见隔壁楼上还有一片警用胶带圈起来的封锁区,那里就是犯罪地点。从吸烟区是完全看不到那里的,是个犯案的理想地点。

"咱们走。"

"可是那些警戒线!"埃尔克莱轻声说道。

她朝他笑了笑。为了保护自己的关节,萨克斯先坐到墙头,然后费力挪到隔壁屋顶。埃尔克莱叹了口气,然后翻墙跳过去。娜塔莉亚留在自己公寓这边的屋顶上。屋顶的焦油毡布上覆盖着一层砾石,所以他们没办法找到脚印,这样他们也就不需要考虑穿鞋套和套橡皮筋了。他们戴上橡胶手套,萨克斯在袭击发生的位置和走到那里的路线上分别采集了一些石子和焦油沥青的样本。

做完这些后,她四下打量着周围的街道,然后目光停留在南面半个街区远的一座高楼上。

"那是什么?"

埃尔克莱注意到高高竖起的招牌:"我觉得是一家酒店,名字应该是 NV。那是一个不错的地方。"

她在阳光下眯起眼睛:"那看起来像是一个停车场。"

"是的,我也这么觉得。"

"高度和这边的屋顶差不多在同一水平线上。咱们去看看他们有没有监控录像,也许他们有个摄像头是朝着这边的,说不定能发现点什么。"

"是呀,好的。很多停车楼都有安保监控录像。我会追查这个的。"

她点点头,然后两个人回到吸烟区。她在那边也收集了一些类似的证物样本,一旁的娜塔莉亚始终好奇地盯着他们看:"这就像 CSI 犯罪现场调查那样,是不是?"

"非常类似。"萨克斯回答。

他们只用了不到十分钟就完工了。萨克斯和埃尔克莱向年轻的女士道谢。对方用力和他们握握手,然后为他们开门。"拜托你们,我非常确定加里不会做出这样的事。我心里非常清楚这一点。"她深邃的双眸凝视着隔壁那幢楼的方向,"那些男人,就是那些塞尔维亚人,你们应该再好好查查他们。我看人一向很准。我根本不相信他们。"

第三十章

"她自由了。"

"自由?"

碧翠丝·伦扎继续对埃尔克莱·贝内利说:"她最近刚刚结束了一段很长时间的恋情。不过失恋原本也是常有的事。"

"常有的事?"

"为什么你要不停重复我的话反问我?"

眼前这个女人,可真是的,埃尔克莱嘴唇抿得紧紧的:"我不明白。你这是在说谁?"

尽管他心里有点想法。不,他其实非常清楚。

"你当然明白。丹妮拉·坎通啊,还能是谁。"

他开始复述这个名字,好像是在提问,不过马上就住口了,唯恐自己给这个敏感的女人更多话柄来炮轰自己(更何况,作为一名警官,他很清楚复述问题实际上是变相承认自己有罪:"偷猎?我?你怎么会这么说呢?说我在偷猎?")。

改变策略,他换了一种方式询问:"为什么你要告诉我这个?"

他们站在警察总署一楼的实验室里。埃尔克莱的同事此时都不在这间为作曲家案设立的作战室里。只有阿米莉亚·萨克斯、莱姆和他的助手汤姆在那里——都是加里·索姆斯案件调查的同谋——于是他满怀自信地溜到实验室去找碧翠丝,请她分析他们从性侵案发现场——也就是娜塔莉亚公寓的屋顶,搜集到的证物。不过,在他开口请她做这些事之前,她歪着头看他,也许是因为看见过他凝视丹妮拉沿着走廊离开的眼神,伦扎对他说了刚才这些话。

她自由了……

"这可真是个悲伤的故事。"碧翠丝看上去似乎无意回答他的问题,就是关于为什么她要告诉自己丹妮拉的事这个问题。她推了推鼻梁上的绿色框架眼镜,"他就是头猪,"她厉声说道,"她的那个前任。"

出于两个原因,埃尔克莱感觉被冒犯了。一是这位脾气暴躁的女人推断出他对一切有关丹妮拉的事都感兴趣;二是他爱慕的对象被与猪相提并论。

尽管如此,最有用的消息是:丹妮拉,尚未婚嫁。

"我才没有想知道她现在是什么状态。"

"哦?"这位实验室分析员回答,显然不相信他的话。碧翠丝有一张圆脸,一头乌黑浓密的蓬乱头发现在都被塞在一顶塑料无边帽里。她是面包师的女儿那种类型的漂亮。埃尔克莱心里马上反应过来,他根本不认识什么面包师,更不用说面包师的孩子了。由于身材不高,她的身影看起来很……好吧,胯部显得很宽。她的脚尖朝外,走起路来总是左右摇摆,如果她穿的是短靴,走路时就会发出鞋拖地的声响。而当丹妮拉穿过走廊,姿态优雅得像……什么? 好吧,碧翠丝刚刚用了一个动物比喻。丹妮拉走起路来就像姿态优雅的流线型猎豹——一只苗条又性感的猎豹。

碧翠丝就像一只树懒或者考拉。

随后，意识到这种对比很不友好也不公平，埃尔克莱因为羞愧而脸红起来。

碧翠丝戴上手套接过证物袋，然后说："她之前和阿尔奇——阿尔奇·巴尔多交往了三年。他的年龄更小一点。正如你看到的，丹妮拉已经三十五岁了。"

这么大了吗？不会吧，他实在看不出来，一点也不像啊。他很意外。不过他好奇丹妮拉是否更喜欢年龄小的男性。埃尔克莱还不到三十岁。

"他想要成为一名赛车手，可这不过是个白日梦，这是当然的，他骨子里就不是当赛车手的料。"

不像阿米莉亚·萨克斯，他懊恼地想着，这令他再次提醒自己要把那辆梅甘娜送去检修一下，变速箱的声音听起来不太正常。

碧翠丝继续说："他仅仅是参加这项运动，阿尔奇也就是这个程度。不过他曾经是个英俊的男人。"

"曾经？难道他出车祸死了？"

"不是。我用'曾经'是想说他对于丹妮拉已经是过去时了。一个英俊的车手，尽管只是二流水平，他还是有很多机会去参加狂欢性派对。"

这种说法，因意大利前总统而变得流行起来，原本没有太确切的定义，不过后来就成了一种意义明确的指代。

碧翠丝看着那些袋子，然后把它们放到检测台上。她看着那些证物链卡片（上面只有他的名字，没有阿米莉亚的），然后把自己的名字签在他名字下方。"他为摩德纳的一支赛车队伍工作。做一些基础工作，辅助机械工，把汽车从这里开到那里。事情发生在他和丹妮拉从欧洲电视网回来……"

"她去欧洲电视网了？"

"正是如此。"碧翠丝忍住大笑，发出类似吭哧吭哧的鼻音，再次推了推她那副花样复杂的眼镜，"这你能想得到吗？"

"你不喜欢那个吗？"埃尔克莱在一阵沉思之后问她。

"有谁会喜欢这个啊？这多幼稚。"

"是有一点，的确。"他马上回答道。

始于六十年前由意大利举办的节日，圣雷莫音乐节，欧洲电视网主办的欧洲电视歌唱大赛，很多国家作为竞争对手，在这个绚丽的秀场中比拼华丽俗艳的作品。那种音乐被批评像是泡泡糖摇滚；出于极强的爱国精神和政治偏好，埃尔克莱还是很喜爱它。他已经参加过六次了。他还预订了下一场总决赛的门票——两张门票。

总是怀着希望，这就是埃尔克莱·贝内利。

"他们从秀场回来后，就发现警察等在他的公寓门口。他把燃油系统的机密卖给了一支竞争对手队伍。这项指控的结果只是罚款，不过仅限于意大利方面；当然了，人们对今后挑选驾驶员也会更谨慎的。我本人对他也感到非常生气。"

"你喜欢赛车吗？"

她语气热烈地说："我会去看每一场能去看的一级方程式比赛。总有一天我会拥有自己的玛莎拉蒂，当然，是二手的。也许会是一辆……法拉利……好吧，就国家警察局这点工资来说，这有点超出我的预期了。你去看过吗？"

"不经常去，我没有时间。"实际上，他对赛车实在提不起兴趣，"我喜欢电影《极速风流》。"他实在记不起来车手的名字了，不过里面有一名演员是意大利人。

"没错,很棒对不对?尼基·劳达,那个演员!他为法拉利战队开车,这还用说。我还有 DVD 呢。我去看过很多比赛。不过这些比赛并不适合每个人。如果你想去的话,你必须戴着声音防护装备。我就戴着在警方射击场使用的耳罩。这耳罩还能帮我得到比较好的座位。当人们看见印在耳罩上的'国家警察'字样时,他们就会为我让路。"

不知出于什么原因,他突然说:"我参加信鸽比赛。"

"是鸟吗?"

他回答:"当然是鸟。"

鸽子不是鸟还能是什么呢?

"我从没听说过这个。不管怎么说,虽然阿尔奇的罪名不太严重,丹妮拉还是不能有一个有前科的男朋友。"

"的确如此。"

"可怜的小东西。她肯定是心灵受到重创了。"

碧翠丝用那种修女在早课上表示不满时的方式咂了一下舌:"我不应该叫她小东西,这么说有点冒犯她。不过,说到底,她肯定很伤心。"碧翠丝朝另一个房间看了看,看着那个比她高一英尺,轻七公斤,有着天使面庞的猎豹。她和蔼地说:"这么漂亮的人却要承受心碎的感觉。没人能够无动于衷的。所以,我跟你简单说吧,她现在是单身,如果你想约她出去,就行动吧。"

他马上慌乱起来,脱口而出:"不,不,不。我对她没有那方面的兴趣,完全没有。我只是有点好奇。这是我的天性。我对每个人都抱有好奇心。我好奇不同年龄段的人,参加不同比赛的人,不同肤色的人。我对男人好奇,对女人好奇,黑人,白人,棕色人种……"他拼命地找说辞。

碧翠丝帮他说完:"儿童,各种肤色的?"

埃尔克莱眨眨眼，然后意识到她是在开玩笑。他朝她干巴巴地笑了笑，显得很不自然。她没有回应他，转而认真研究那些袋子去了。

"好吧，看看咱们这里都有些什么？"她举起卡片，"'来自吸烟区'，这是什么？"

"一个可能是目击者看到犯罪的地点，或者是嫌疑犯曾待过的地点。"

她又去读另外一张卡片："袭击现场。"

他走上前来，想告诉她里面装着的是什么，但是她挥手示意他退开，不可以越过黄线："别，别，别，你没穿防护服，退后！"

他叹口气，退后几步说："这是些砾石……"

"从屋顶上取得的，明摆着呢。"

于是他问道："那么你是否能去确认一下，在沃梅罗的NV酒店有没有监控摄像机是指着东北方向的，就在他们的停车楼最高的那层？"

碧翠丝皱起眉："我？那应该是邮政警察的职责，他们才该去查那个。"

"我不认识那边的任何一位警员。"他轻拍着他的林业警员徽章。

"我想我能问问。这是个什么案子？"

他答道："一个独立调查案件。"

"好吧，埃尔克莱·贝内利，你从林业警局来到国家警察局，从一个新兵跳到警探的角色，像模像样的，还有一个你自己的案子。你现在成了新一代蒙塔巴洛。"①那位备受爱戴的西西里

---

① 意大利电视剧《蒙塔巴洛督察》。

岛侦探是安德烈·卡米列里在谋杀案推理连续剧中塑造的角色，"也难怪你不了解这里的手续。一份这样的证物分析需要标上案件编号，或者至少要有嫌疑犯的名字。"

"我们还没有确认他的身份。"要是按照加里·索姆斯律师的说法，这算是很接近实情了。按照加里自己的话说，是另外什么人在屋顶强奸了那位女士，一个身份不明的人。

啊，真是完美。

"写下'不明疑犯'一号。"

"那是指什么？'不明疑犯'？我以前从来没听说过这个。"

"是英语，'身份不明嫌疑犯。'这是一种美国警方用来代表还没有确定嫌疑人姓名的嫌疑犯的简称。"

碧翠丝从头到脚打量着他："如果用美国的方式形容你，我想你应该是科伦坡而不是蒙塔巴洛了。"

这是在嘲讽吗？科伦坡是个笨头笨脑、邋里邋遢的侦探，对不对？尽管如此，他也是节目中的英雄人物。

"那么等有了法医学鉴定结果，应该通知你，还是罗西警监，还是斯皮罗检察官？还是其他哪位检察官？"

"请通知我，拜托了。"

"好吧。这件案子优先于作曲家案吗？我差不多快完成你从达布鲁佐外面取得证物的分析工作了。"

"那个应该是第一优先。那个作曲家很可能再次犯案，不过也许你可以也去调一下 NV 酒店的监控录像？我很想知道是否有录像带录下了二十日晚上午夜到凌晨四点左右的情况。"

"是二十日的午夜到凌晨四点？还是九月二十一日的？"

"这么说来，我想应该是二十一日。"

"所以你真正的意思是指二十一日的'早上'，你错说成了

'晚上'?"

他叹了口气:"是的。"

"那好吧。"她拿起电话,埃尔克莱走回作战室,朝莱姆警监和汤姆点点头。萨克斯警探抬头看着他,面露疑问之色。

他轻声说:"她会做检验的。而且现在她正打电话给酒店询问监控录像的事。"

"很好。"莱姆回答。

片刻后,碧翠丝走进战术室。她朝里面的人点点头,用意大利语说:"不行,埃尔克莱。NV酒店确实有个摄像头,但遗憾的是,在案发时它好像出故障了。硬盘里什么记录都没有。"

"谢谢你帮我问了这个。"

她回答:"没什么。"然后似乎又打量了一遍他,转身离开了。他低头看着自己的制服,难道自己真的像科伦坡那样邋里邋遢?他下意识地掸了掸夹克袖子上的灰尘。

"埃尔克莱?"莱姆警监问道。

"啊,是的。不好意思。"于是他告诉他们关于监控录像的事。

"每次都是这样,是不是?"莱姆警监以一种并不吃惊的口吻问道,"把这个也写入咱们的便携表格里。"

"咱们的便携表格?"

汤姆递给他那个黄色便笺簿,就是在咖啡店里萨克斯写的那个,当时她把他翻译的关于索姆斯案件的证物信息都列在了上面,也就是加里的律师埃琳娜·西内利提供的案件报告。他在表格上记下缺少视频监控录像,然后把它塞进桌子上一堆文件的最下面,完全看不见的地方,这样就藏好了。埃尔克莱绝对不想让斯皮罗检察官看见这份文件。

莱姆警监说:"我们还是要去搜索加里·索姆斯的公寓。去看看有没有什么证据可以证明某人蓄意留下那些药物。"

埃尔克莱心里一沉。然而莱姆警监继续说道："不过，我们可以等等再处理那个。等我们回国之后，很快就能收到你的证据分析。虽然我们很乐意帮领事馆这个忙，但是就像我跟他们说的那样，作曲家的案子才是第一优先。"

埃尔克莱稍微松了一口气，他点点头说："是啊，是啊，警监。这个计划不错。"

正说着，埃尔克莱看见走廊那边有什么动静，才注意到丹妮拉站在那里，她低着头，一只手下意识地把玩着自己的发梢，另一只手里举着一份厚厚的文档。她正在读着上面的文字。

"她自由了……"

在漫长得仿佛凝固了的六十秒内，埃尔克莱·贝内利绞尽脑汁地思索有什么办法能让他和她谈论一些警方诉讼程序，然后慢慢地、巧妙地把话题转移到他喜爱的欧洲电视网上。

最后他觉得这根本不可能。

可是他还是管不住自己的双腿，迈步走到走廊那头去。他带着害羞的微笑向丹妮拉点头打招呼。他说自己听说她喜欢那个比赛，仅仅是出于好奇，当然这也不是什么重要的事。他想知道她对去年的参赛者莫尔达维亚有什么看法，因为他觉得那是这个比赛举办这么多年里最好的参赛曲目。

当说到最后这句话时，出乎埃尔克莱的意料，她居然表示赞同。

第三十一章

现在,行动。

马上就走!

在他充满霉味的房子里,蜷缩在这间同样刺鼻的卧室里,斯蒂芬强迫自己起身,然后,一如既往地,第一件事就是戴上乳胶手套。颤抖的手,汗津津的皮肤……他抹了一把自己的额头和脖子,然后把纸巾塞进口袋,等晚点再处理掉。然后他往嘴里塞了一颗药,是十毫克的奥氮平。在多次尝试无果后,医生们认定这种药可以让他尽可能地变得正常。或者,正如他偷偷听到的:比别的任何药物更有效地减缓他那该死的精神分裂症(对斯蒂芬来说,药物的治疗和延缓作用实在很有限;而心理治疗更是毫无用处——比起对话内容,他只对每个单词的发音感兴趣。"那么告诉我,当你走进地窖时,你感觉如何,斯蒂芬,就在四月那天,还有,你都看见了些什么。"这不过就是些读出来的单词,发音取决于医生的声线,可能令人着迷地动听,令他深感触动,或者因为某个心理医生发出的气泡音激起他一阵痉挛)。

奥氮平,这是"非典型的"——或者说第二代抗精神病药物,药效显著。可是今天,他还在挣扎。黑色尖叫在他的意识边缘忽隐忽现,绝望感不断膨胀。他不得不走着,走着,沿着自己的拜苦路不停地走着，只为抵达那心中的大和谐。

颤抖的手，汗津津的皮肤。

如果他是个酒鬼，他最需要的就是喝上一杯。

如果他是个色鬼，他就需要找个女人上床。

可他两者都不是，所以，为了逃离黑色尖叫的折磨，他迫切要做的唯一一件事就是：为新的华尔兹找到下一个"志愿者"。

所以，行动！

在他的背包里，装着黑头罩，密封袋里面有三氯甲烷、胶布、备用手套和塞口物，当然还有他的名片——用大提琴琴弦制作的小型绞索。他脱下蓝色乳胶手套，洗了个澡，穿上牛仔裤和灰色T恤衫，套上袜子和匡威运动鞋，再戴上一副新的手套后，他朝窗外望去。没有威胁。然后他走出去，锁上厚重的大门，把他那辆老梅赛德斯4MATIC从车库开出来。三分钟后，他已经行驶在坎坷不平的乡间小路上，很快就会开上前往市区的高速公路。

向大和谐再次进发。

直达天堂。

信仰和音乐永远都是交织在一起的。那些赞美上帝的歌曲。利未人在歌声、铙钹、七弦琴和竖琴演奏着的音乐中抬起约柜；大卫组织四千名乐师在按照上帝指示建造的圣殿中服务；当然，还有《诗篇》——那一百五十篇。

接着是耶利哥城的号角。

斯蒂芬从来没有像其他成年人那样去过教堂，不过当他还是个少年时，他曾经有非常多的时间待在主日学校进行假期的圣经学习。一位精明的母亲会找到这样方便的地方来寄放自己的孩子，有时是一个下午，有时是从中午就送过来，有时甚至是整个周末。她很可能意识到他正在陷入疯狂（她自己就有那么一点）。也许她本应该让他待在家里，阿比盖尔有那么几次错过时机，只好在她那些应邀而来的男性朋友到来之前，把他藏在散发着手指画香味的地下室或者帐篷里。

在主日学校度过的那些日子，黑色尖叫还未曾出现过，年少的斯蒂芬也像一个男孩本该有的那样心满意足，坐在其他明显更加年幼的孩子中间，一点点汲取旧神信仰，吃着饼干，喝着果汁，聆听身穿粗花呢的老师们吟诵关于奉献的课程，啊，要虔诚。

那些词句大多是毫无意义的，他很清楚这些，但是有一个故事不同：上帝是在何时以怎样的方式（没有任何合理理由）派邪恶的灵魂去折磨以色列的第一位王，扫罗，而只有音乐能够抚慰他——由大卫的竖琴演奏出的音乐。

这就像斯蒂芬，只有音乐或者声音能够安慰他，让他远离黑色尖叫。

斯蒂芬一边小心地开着车，一边找出他的电话，翻出播放列表。他这次没有选择自己收藏的那些纯声音，转而选了优美的曲目《绿袖子》，技术上来说这不是华尔兹，不过同样是六八拍——具备相同的要素（相传是由英王亨利八世所作）。

《绿袖子》，一首悲伤的爱情民谣。一个男人被他的缪斯女神抛弃，有了第二次生命。它被教堂改编用作圣诞歌曲《这婴孩是谁？》

世人喜爱这首曲子，为之着迷。

他很想知道，是什么使这首特殊的优美曲目被世人传唱了这么多年？为什么它会在被更换歌词、改换节奏，历经千年后仍能直抵灵魂深处？它的旋律和其他曲目都不同。这个问题曾经令斯蒂芬困扰了很久,最终也没有得出结论,只能归结为这个声音来自上帝,是上帝发出的声音。

大和谐。

凄美的音乐在他的脑海中徘徊,斯蒂芬决定用它来实施下一步行动。

"啊,我的爱人,你错待了我,抛弃了我,你无义又无情……"

他减速后,在路边转弯,向着卡波迪基诺机场接待中心驶去。

第三十二章

警察总署一层的科学技术警务实验室旁边的作战室内,碧翠丝·伦扎以公事公办的口吻说:"恐怕我犯了个错误。"不管那是什么,她并没有因为这个小差错特别沮丧,不过这也很难说;她看起来永远是一副阴沉沉的样子。

她对莱姆、马西莫·罗西、埃尔克莱·贝内利和阿米莉亚·萨克斯说了一些话。

罗西用意大利语问了她一个问题。

这位司法鉴定分析员用英语回答:"我只能从那些树叶上复原一部分指纹,就是你"——他朝着埃尔克莱点头——"找到的,没错,在树叶上确实有一枚指纹,我推测那是我们的嫌疑犯,也就是咱们的犯罪嫌疑人,那个作曲家留下的,因为你看见树杈的下方地面上有他的脚印。可是这只是一小块趾掌脊,根本不足以用于系统比对。"

"那些足迹呢?"莱姆问道。

"这方面我倒是有很大的进展。从土壤采集的鞋印属于他的匡威鞋,我在上面发现了一些土壤颗粒……包含二氧化碳,未燃尽的碳氢化合物、氮氢化物、一氧化碳以及煤油。"

"发动机排气。"莱姆说。

"是的，我也是这么想的。"

"比例成分显示是什么？"

"喷气式飞机。因为煤油的品质含量，既不属于汽车也不属于卡车。除此以外我还找到了这个：纤维副……"

"符合。"埃尔克莱纠正道。

"对，符合那种餐巾纸或者面巾纸。另外在痕迹里还有一些其他物质纤维符合如下食物：发酵酸牛奶、小麦、马铃薯、辣椒粉、姜黄根粉末、番茄，还有葫芦巴的种子。你听上去耳熟吗？"

"不。"

埃尔克莱说："这是做北非菜肴的调料，非常常见。"

碧翠丝说："没错。有可能是巴赞，一种来自利比亚或者突尼斯的面包。"她下意识地摸摸肚子继续说道，"我很了解食物。我得说，我几乎了解所有类型的食物。"脸上没有笑容，也没有尴尬的神色。

她接着说："好了，我打电话询问过他盯梢那片区域内的饭店，以达布鲁佐城为中心向外十五公里左右的一圈范围，他们都是传统意大利人，附近没有制作中东或者北非食物的设备。"她对埃尔克莱说话，他翻译成英语，"所以，作曲家应该是最近在附近有这种食物的什么地方出现过，一个家庭式的餐厅。"

莱姆皱了皱眉。

"有什么地方不对吗？"马西莫·罗西问道。

"分析是没有问题。问题是我不清楚如何把这些证据联系起来。你必须要了解这些商业上的地理分布情况，还有自然景观地貌，这些都是犯罪现场重建的要素。"

"是啊，的确如此。"碧翠丝附和道。

"那么，"罗西说，"也许，莱姆警监，我可以提供一些帮助。我们这里不久前有个小状况。从非洲来的难民拒绝吃意大利面。这是实情，原因也很简单，只有番茄——番茄，酱汁。"他皱了皱鼻子，"我宁可选择拉古肉酱或者香蒜沙司。不过，我要说的事是这样的：难民们怨声载道，你们能相信吗？而且他们坚持要吃本土的食物。我的感觉是，用你们英语表达的话，乞丐不应该挑剔，但很多人从心底抗议而且通过努力获得了难民的传统利比亚和北非食物，然而难民营地和配备的设施并不总是能够应付这些。所以，在靠近营地的地方，有很多小商贩贩卖利比亚和突尼斯的食材和加工好的食物。"

"那必须覆盖很大的地区。"

罗西突然笑了："的确如此，除了——"

莱姆打断他："喷气式飞机场。"

"正是如此！坎帕尼亚最大的难民营在卡波迪基诺接待中心，就在机场旁边。那里就有贩卖北非食品的小贩。"

"难民，"埃尔克莱说，"就像阿里·麦塞克。"转向罗西，"这会不会就是斯皮罗检察官考虑的犯罪模式？"

"我觉得咱们还不能确定。作曲家有可能心里已经选好了另一个难民作为牺牲品。不过也有可能是这个地方的其他人，比如某位员工。"

萨克斯说："通知米开朗基罗和战术小队去难民营。也通知科学技术警员过去。还有，我现在就出发。"

罗西看着她，嘴角带着一丝警觉的微笑。

"我知道，我知道，"她说，"斯皮罗会不高兴的。不过我晚一点再跟他解释吧。"她转过头看着他，"你会阻止我吗，警监先生？"

罗西转过身背对着她,又盯着证物表,没有再看任何人,他说道:"我很想知道萨克斯又一个人跑到哪儿去了。上次我看见她的时候,她还在警察局。可是现在,她又跑了。我猜她大概是去游览那不勒斯的风景了。也许是去参观庞贝遗迹了,嗯,多半是这么回事。"

"谢谢你。"她轻声对罗西说。

他回答:"谢我什么?我怎么想不出来。"

正当她和林业警员朝门口走去时,莱姆注意到埃尔克莱把手探进口袋,似乎在摸索着什么。随后,出于某种莱姆猜不出来的原因,这位年轻人的神情忽然紧张起来,继而面色沮丧地掏出一串车钥匙,并把它交到萨克斯摊开的手心里。

第三十三章

他们的推理很可靠——那就是作曲家可能会在靠近机场的难民营里寻找受害者。

这种法医鉴定学真是厉害：航空燃料指示出机场，利比亚食物的调料指示出难民餐食或卡波迪基诺接待中心难民营附近的小商贩。

然而……

即使是最为无懈可击的完美理论，也会遭遇不幸的破坏。

一切都为时已晚。

作曲家已经完成了莱姆和其他人猜测的犯罪。而且这次还有所改变：他没有再麻烦地采取绑架人质并用其呼吸声作为华尔兹的节拍。这次他只是简单地割断被害人的喉咙，然后留下他标志性的绞索就逃跑了。

在阿米莉亚·萨克斯和埃尔克莱·贝内利到达现场半个小时之前，警察总署派遣的小队来到这个可能发生下一起绑架案的难民营。当时，这里已经有十几名国家警察和宪兵，还有一些金融警察和移民法律专家。萨克斯看见难民营外有很多的闪光灯和拥挤的人群，把大门周围堵得严严实实。那边的铁丝网已经被剪断，形成了一个临时的出入口。

有一百多人聚集在外面——现场的警员神色都十分戒备。萨克斯推测大概有很多难民从那里跑出来看热闹。此外,还有很多小商铺的员工,那些示威者、记者和过路人,站满附近几英里的地方,萨克斯猜测他们都想看看这场屠杀的情况。

萨克斯佩戴好耳机,按下通话键,接着把保持接通状态的手机塞回屁股后面的口袋里,紧挨着她的弹簧刀。

"萨克斯,你到现场了?"

"要赶在现场被污染之前开始调查。这里有不下五十人围在尸体周围。"

"该死。"

她转向埃尔克莱:"我们必须让那些人走开。清空现场,清空整个区域。"

"是的,我来处理。我试试看。瞧瞧他们这些人。"

他从她身边走开,去和几个国家警察讲话,对方一开始几乎没怎么理会他。她听见他提到"罗西"的名字,然后又说道"斯皮罗",接着这些人的神色变得谨慎而专注,开始认真疏散人群。一些男男女女,很明显是军队的士兵,从旁协助。

萨克斯告诉莱姆她会马上再打给他,她要先保护现场,接着就挂断了电话。

"找到这里的负责人。"

"好的。"

戴上手套,绑好橡皮筋,即使这已经没有什么意义,周围已经被践踏得一片狼藉。她蹲下身,掀起盖单的一角,开始查看受害者。

他是一名年轻的男性,肤色很深,双眼半睁,倒在一片厚厚的血泊中。他的脖子上有多处明显的伤口,脚上穿着长袜。她又盖上了盖单。

埃尔克莱和几个警官说完话之后，和其中一个走到萨克斯这边。她认出这个人隶属于国家警察。

埃尔克莱说："这位是布比科警官。他是听到工作人员报告发现死者后第一个抵达现场的。"

"问问他受害者是谁。"

布比科伸出手和萨克斯握了握。他说："我会说英语。我在美国上过学。那是很多年前的事了，不过我现在英语说得也还可以。"

在他还要说些什么之前，一位女性的声音在她身后响起，是意大利语。

萨克斯看向迅速靠近的这个人。来人是位矮个子女士，面容姣好，不过脸色很冷峻，厚厚的红褐色头发用黑色橡皮筋扎成一束马尾。她身材瘦小，但是看起来很有气势。她穿着满是灰尘的卡其色上衣和灰色长裙，脖子上挂着一条挂绳，后腰上别着对讲机。

她的行为举止和一般员工不同，说话颇有气势。

这位女士脸色铁青地看着尸体。

萨克斯问道："和难民营联系过了吗？"

"联系了。"她的眼光还留在盖尸布上，"我是拉尼娅·塔索。"萨克斯注意到她的胸卡上写着"内政部""这里的主管"。她的英语带一点口音。

萨克斯和埃尔克莱也介绍了一下他们两个人。

"真可怕，"她嘀咕道，"这是我们这里的第一起谋杀案。之前发生过抢劫和打架，但是从来没发生过强奸或者谋杀案。这太可怕了。"最后一个单词的发音在字母"h"上有些僵硬。

不一会儿，马西莫·罗西也到了。他大步走过来，朝着埃尔克莱和萨克斯点点头。他向拉尼娅做了自我介绍，在简短的意大利语之后，他们都转用英语交流。警监询问难民营的主管和布比科警官这里发生了什么事。

拉尼娅说："警卫还在寻找目击者，一个员工，一个厨子，看见那个杀手蹲在尸体身上，他把绞索丢在地上，逃到灌木丛和小树林，钻进一辆黑色汽车后扬长而去。我询问了那辆汽车的外观，但是那个厨子想不起来了。"

布比科说："几个警员和我听见动静就马上跑到路上。不过，就像我已经告诉过塔索主管的那样，他当时已经跑了。我设置了路障，可是这片区域十分拥挤。我们这里靠近机场，而且现在有很多工厂和农场；可想而知，会有很多大街小巷供他逃遁。"他展开一张纸巾，露出里面极其眼熟的绞索，是用黑色的肠线制成的。

"在哪里发现它的？"萨克斯问道，"这个绞索。"

"那里，靠近头部。"布比科说道。

"被害人呢？你知道他的身份吗？"萨克斯问。

拉尼娅说："是的，是的。他通过了欧洲难民指纹数据库的审核程序。《都柏林条约》[①] 你熟悉吗？"

"是的。"萨克斯说。

"他叫马利克·达迪，二十六岁。在突尼斯出生，不过之前二十年都生活在利比亚，和他的家人在一起——他的父母和妹妹还在的黎波里。他没有犯罪记录，是一个典型的经济难民；在利比亚冲突中，他不持任何公开的政治立场，也不是什么派系的目

---

①根据《都柏林公约》（Dublin Regulation），移民抵达的第一个欧盟国家有义务注册并处理移民的申请。

标。他不是那种极端主义分子，比如像ISIS那样的就会被监控。他到这里来只是单纯地想改善生活，然后和家人团聚。"

拉尼娅低头看了看，又补充道："真是太可怜了。虽然我不能说我对这里的每一个人都很了解。但是马利克是最近刚来的，所以在我的印象里他还是个新人，还整日沉浸在消极情绪之中，非常焦虑。他非常思念他的家人和他的家乡。在营地里，我们有意大利难民委员会的代表——简称CIR，被政府派来为他们提供心理上的帮助。我认为这对他已经很有帮助了。可是现在却……"她脸上闪过一个愤恨的表情。

布比科说："不仅如此，说起来有点惭愧。一些人跑到尸体跟前来抢夺他的东西。他们拿走了他的鞋子和皮带，抢走了他的钱夹和每一分钱。"

拉尼娅·塔索说："我太震惊了。是的，这里的人都很绝望，可是他也是他们中的一员啊。居然去偷他的衣物！他们原本还想拿走他的衬衫，看起来是这样的，之所以没有拿走它，仅仅是因为上面都是血。太可怕了。"

"你知道是谁拿走这些的吗？"埃尔克莱问道，"这些东西很可能是重要的证物。"

拉尼娅和那个警员都不知道。她说："他们跑得无影无踪。"她朝着那群难民挥了挥手，在围栏另一边的营地那边。

她又提供了一点萨克斯觉得有价值的信息：几天前，她曾经看见一个很可疑的男人。那个人体格魁梧，在盯着她看。也许他当时正在研究这里的安保，或者只是在寻找被害人。她对这个人一无所知，只能做个大概描述，而且她也无法详细说清他当时站在什么地方。

会是作曲家吗？

丹妮拉和罗西的搭档乔瓦尼也都来了。看起来他们早到了,在周围做了些调查。丹妮拉走到她上司那里,用意大利语对他说了些话。然后警监问拉尼娅:"你能进行一些查问吗?找找看这营地里有没有人看到些什么?那些难民都不和我们说话。"

她用意大利语回答,语气清晰而肯定。

萨克斯继续说:"告诉他们,我们不会把他们列为嫌疑人,那个杀手是美国人,他有精神方面的问题。"

"据我所知他被称为作曲家。"

"是的。"

拉尼娅看着栏杆那里挤得水泄不通的难民,她想了想,然后说:"另外,马利克是他杀死的第二个移民了。"

"我们救下了第一个,"埃尔克莱指出,"不过,没错,马利克是第二名受害者。"

"那么,原因很清楚了。"营区主管斩钉截铁地说道。

罗西和萨克斯转过头看着她。

"这是个安葬时刻。"

萨克斯不知道这是什么意思,想要深入询问,不过罗西已经点点头表示明白了。

拉尼娅解释道:"那是一位政治家在罗马某个公共讨论会上的演讲题目。这篇文章已经被广泛刊印。《安葬时刻》提到了寻求避难者的相关问题。有很多的当地市民在意大利、希腊、土耳其、西班牙、法国,感到他们面临危机——他们被人潮掩埋了,这些从其他国家涌进来的人潮就像山洪暴发般吞没了他们。"

"因此,目的地国家的市民,比如意大利人,他们越来越敌视这些可怜人。"她转而对罗西说,"比如有些人,他们相信警方不会积极调查针对移民的犯罪,不像他们在调查针对市民或游客的犯罪那样。这个作曲家也许精神有问题，但是他却非常聪明。他很清楚这里大多数人的态度，尤其大多数政府人员的态度，而且他相信你们不会尽全力地阻止他。所以他才会针对难民下手。"

罗西缓缓说道："是的，我也听过有人这样说；但是如果你认为我们不在乎受害者你就错了。我可以向你保证，我们对他这次罪行的调查会和之前的调查一样认真，和被害人是神父或者是首相一样认真。"说完他忍不住笑了笑，像是在说，"说不定要比调查首相是被害人还要更加努力呢。"

拉妮娅显然没有理解话中的幽默："我在这里并没有看见太多警官。"她看了看周围。

"这里是那不勒斯。我们要应对街头犯罪。我们要应对卡莫拉。最近的报告说有恐怖主义分子计划针对欧盟有所行动，这也包括意大利。我们这点黄油却要被涂抹在太多面包上。"

她对这个说辞不为所动。她的目光再次转向那张白被单，大部分已经被血染红，然后她就没有再说什么。

科学技术警员的厢式车抵达了。这让萨克斯警探记起阿里·麦塞克案子的现场，就是他们把他从导水槽蓄水池里解救出来的情景。

"我们要开始走格子……"

他们展开工作，在一个小时的地毯式搜索之后，似乎一无所获。

被害者附近的脚印都被破坏了，不过他们在后面的树林找到了一些汽车停留过的痕迹。在尸体下方还发现了少量利比亚第纳尔和一张便利贴。没发现电话或者预付费电话卡或者钱包。一个目击者走过来，是一名非政府组织的工作人员。该慈善组织总部设在伦敦，他们来这里为地中海周边的难民营地提供帮助。他没有看见具体的刺杀过程，但是当作曲家迈过尸体，留下绞索时，他瞥见了作曲家的脸。

这位员工不能提供太多细节，不过罗西还是叫来他的业务搭档乔瓦尼，让他和目击者多聊一会儿。警官走到他的战术特勤警车，回来时手里拿着一台手提电脑。他登录一个程序，萨克斯看见那是"警用素描 FACETTE"，一个非常好用的面部重建软件程序。尽管FBI更喜欢用有血有肉的画师——毕竟现在是个科技爆炸的时代，具有相关能力的人已经越来越难找了，所以他们使用这个类似的程序。

他们用十分钟完成了一张作曲家的模拟画像——萨克斯认为它看起来非常普通。画像被上传到警察局总署，那里的警员把它送达意大利全境警局。

萨克斯也得到一份副本。

证物被分别放置到多个塑料袋内并直接送到埃尔克莱·贝内利那焦急等待着的、戴着乳胶手套的双手上。他填好证物保管卡，然后看着周围，继续研究犯罪现场。

又过了一会儿，他说他得把证物放到梅甘娜车后备厢里。说完他茫然地朝那个方向看了看。

罗西的手机响了，他接起电话，向远离现场的地方走去，还一边向布比科打手势，示意他跟上。

萨克斯则观察着营地，那是一片很大的地方，看起来混乱不堪。有很多蓝色帐篷作为临时避难所，一堆堆的木柴，晾衣绳上悬挂着很多褪色的衣物，地上堆着成百上千的空纸盒和纸箱，废弃的水瓶以及空食物罐子。人们围坐在地毯上、木箱上，或者直接坐在地上。大部分都盘着腿，也有些人蹲着。每个人看起来都很瘦，其中有相当一部分人看起来病怏怏的。很多肤色较浅的人都被严重晒伤了。

成千上万的人,就像洪水。

不,是山崩泥石流。

《安葬时刻》……

一个声音吓了她一跳:"啊,萨克斯警探,看来你也是一个残障人士。"

她回过头发现自己和但丁·斯皮罗现在面对面站着。

"显然你的听力存在严重缺陷。"

她忽略了这句话。

他往嘴里塞了一支雪茄,走到外围后,他点燃雪茄,深深吸了一口,然后把金灿灿的打火机收好:"你的工作范围被要求仅限于犯罪实验室的辅助工作,以及作为行动时的阿拉伯语翻译。现在你所做的既非前者也非后者。你到这里来是作为一名警探。"他看着她手上戴着的乳胶手套和鞋子绑着的橡皮筋。

"斯皮罗会不高兴的。不过我晚一点再跟他解释吧。"

看来,所谓晚点就是现在,莱姆。

他走过来了。可是谁也没有因为胆怯而退缩。萨克斯也朝他走去,两个人在相距一步远的地方停下。她比他稍高几英寸。

又有一个人走了过来,是埃尔克莱·贝内利。

"还有你!林业警员!"言辞里满是轻蔑,"她不受我直接管辖,但是你受。居然让这个女人到犯罪现场来,还在公众面前露面,这完全违反我严格禁止你做的,简直是岂有此理!"就像用外语讲出这些词句欠缺力度似的,他转用意大利语。年轻的警官脸涨得通红,他垂下眼睛看着地面。

"检察官。"他开口道。

"闭嘴!"

他们被一个急促的声音打断，声音是从黄色警戒线后方那边传来的，"斯皮罗检察官！"

他转身看，发现对他说话的男人是名记者，是几个守在警戒线旁边的记者之一。当凶杀发生在铁丝网外面时，比起发生在围栏内，这些记者反而能更加靠近。"无可奉告！"说着他快速打了个手势。

就像他根本没有说过这句话一样，那个记者，一位年轻男子，满身灰尘，穿着皱巴巴的西装外套和紧身牛仔裤，走得更近了，连珠炮似的向他提问。

于是斯皮罗停住脚，站得笔直，转身面对记者。他用意大利语询问着什么，看起来是在寻求证实什么事。

埃尔克莱悄悄地翻译着："那个记者要求检察官针对一个传闻进行澄清，传闻中说他邀请两位著名的美国法医学侦探来到意大利协助调查犯罪，而这一极具先见之明的举措在罗马备受称赞。"

根据埃尔克莱的翻译，斯皮罗的回答是，他不知道有这样的传言。

年轻警员接着说，据说斯皮罗没有从个人荣誉出发，而是把意大利市民的利益放在最优先考虑，全心全意想要保护他们远离变态杀手的威胁。"此外，退一步说，其他的检察官也许会太执着于自己的地盘而不允许外国警探介入，只有斯皮罗不会，他深知让美国警探来协助追捕同为美国人的杀手有多么重要。"

斯皮罗又回答了几个问题。

埃尔克莱说："他们在问，是否是他推断出凶手会袭击这里，而且差一点就能抓住这个作曲家了，斯皮罗的回答是肯定的，是这么回事。"

接着斯皮罗似乎做了个简短的总结陈述，记者们赶忙做记录。

他大步走到阿米莉亚·萨克斯身边，与她握手，用胳膊揽住她的肩膀，面向照相机。"你应该微笑。"他对她命令似的低声说。

她照做了。

埃尔克莱也走过来，但是斯皮罗小声命令道："走开！"

年轻警员马上退到一边。

当记者又开始驾轻就熟地绕开人群对着尸体拍照时，斯皮罗看着萨克斯说："你现在算是暂时地，而且是有限地，被缓刑了。既然你现在已经在现场，我也就不再表示反对，但是你不许和媒体说话。"他作势要走。

"等等！"她急忙说。

斯皮罗停下脚步转过身来，脸上的表情清楚地表明从来没人敢以这种口吻对他说话。

萨克斯说："你刚才说什么？关于残疾？我可要甘拜下风。"

他们两人对峙着，很长一段时间里双方都一动不动。然后他似乎是，仅仅是似乎，对她极轻微地点头作为让步，然后继续给马西莫·罗西打电话去了。

他差一点就把梅赛德斯撞毁了。

斯蒂芬感到非常悲伤，因为在营地发生的那场灾难，他的眼里满是泪水，差一点就错过了转弯，那是在他逃出卡波迪基诺机场，逃进山里的路上。

他停下车，从车里钻出来，趴在冰凉的地上。他的脑海里充满鲜血从那个男人的脖子里喷涌而出的画面，那些血在营地外的沙地上形成一大片血泊。那个人此刻再也不能为他的新曲子贡献节拍了。

那个男人已经永远归于沉寂了。

啊，我的爱……

对不起，欧忒耳珀……对不起……

噢，绝对不能违逆你的缪斯女神。绝不，绝对地完全地不可以……

绝不能令她失望。

其实斯蒂芬从没想过要让那个人死掉，可是现在这已经没有区别了。斯蒂芬的曲子已经毁了，他的华尔兹那么完美，现在全毁了。

他擦干眼泪，回头看着营地。

那个刚才令他惊慌失措的地方，如果它是一种声音的话，它应该就是一声惊人的爆炸声。

不！

不可能。

这怎么可能……

斯蒂芬一路下山，始终走在松树和木兰树丛里——他停了停，把脸抵在粗糙的树皮上。

这是真的吗？

是的，没错，是真的！他再次闭上双眼，双膝颓然地跪到地上，他被彻底击垮了。

在他身下，那个男人就这么死了，他的血流得太快了，不停地流啊流，阿耳特弥斯就站在旁边。

那个在布鲁克林工厂出现的红头发女警。斯蒂芬清楚有人从纽约来到意大利协助调查作曲家案，但是他从没想到过居然是同一个女人，那个女人太聪明了，她居然一路追踪到厂房，而且撞开了围栏,好像她就是来自奥林匹斯的女神,展开双翼一路追击着她的猎物。

不,不,不……

斯蒂芬的生命只有一个目标,那就是达到大和谐。他不能允许任何事或者任何人阻挠他抵达那个优美的疆界,那个充斥完美音乐吟唱的领域。可是现在正是她,阿耳特弥斯,正在试图阻止他,并且让他的生命堕入不和谐。

他蜷缩在地上,清楚自己应该行动起来,却因绝望而不停地颤抖着。四周是昆虫的嗡鸣,猫头鹰的咕哝,还有某只大型动物折断树枝和干草的沙沙声。

可惜这些声音没能令他好受一点。

阿耳特弥斯……在意大利。

回到你的房子去,他告诉自己。赶在她追踪到这里之前,因为她肯定会追过来。她是致命的,她太敏锐了,而且她渴望狩猎。

她是女神。她能感觉到我在哪里!

他爬起来,跌跌撞撞地回到车上。他发动引擎,擦干眼中最后的泪水后,继续上路。

他该怎么做?

一个主意出现了。一名女猎人意想不到的会是什么事呢?

显而易见:那就是她自己变成下一个猎物。

第三十四章

当晚入夜后,十点钟,作曲家案调查组都回到了警察总署。

所有人都在,除了但丁·斯皮罗,他有自己的时间安排……还有他自己的法律顾问。

莱姆始终焦急地盯着实验室里的动静,盯着碧翠丝,她正在安静地、勤勤恳恳地做着手里的证物分析。她有着短而粗的手指,手掌却很小。从莱姆所在的地方能清楚地看见她娴熟的动作。

莱姆也注意到汤姆,在过去的几分钟里,他已经焦虑地看了两次手表。好了,好了,我知道的。

但是莱姆还不想离开,而且也没心情去睡觉。他现在很亢奋,就像每次遇到棘手案件时那样。尽管长途旅行的确令人颇感疲倦,但是他很清楚,此刻想要入睡是不可能的,就算回到那个奢华的酒店也一样。

萨克斯说:"可是这次的刺杀,是故意的?还是因为绑架——挟持人质——没能成功?有人突然出现,还是受害者看见他然后拼命抵抗。在其死后他留下了那种绞索来表示这是他做的。"

"或者,"埃尔克莱提出,"他的精神病发作导致他变得更具杀人倾向。他不再想花时间去完成更多曲子。"

碧翠丝·伦扎走进这个房间，手里拿着的黄色便笺簿上是她的笔记："都在这里了，总算完成了，这是我得到的结果，写到信息板上吧。"她朝挂着信息板的架子那边扬扬头，"而且我已经在里面记录了当时一个在场人员的记录报告。"

埃尔克莱递给她马克笔，不想再为手写笔记好坏的问题争执。

她说："帮我看看翻译。"

他点头，然后一边说一边给她拼读某些英语单词，纠正她的拼写错误。

卡波迪基诺接待中心

· 被害人：

· 马利克·达迪，二十六岁。

· 突尼斯国籍，居住于利比亚，经济难民，而非政治难民。

· 死亡原因：因颈静脉和颈动脉撕裂导致的失血（见医务官报告）。

· 未发现谋杀凶器。

· 犯罪现场被践踏，大部分已被破坏。

· 凶手被目击到一两天前对营地进行踩点，符合作曲家的外貌描述，没有其他信息。

· 在被害人身旁的土壤中发现异戊巴比妥残留物（抗恐慌药物），推测为脚印内残留。

· 微型绞索：由乐器的琴弦制成，不能确定制造商。极可能是大提琴琴弦，长度为三十二厘米。

· 轮胎痕迹：米其林 205/55R16 91H，与其他现场相同。

- 脚印：匡威滑板运动鞋，45码，与其他现场相同。
- 目击者称嫌疑犯驾驶一辆大型黑色或海军蓝色汽车。
- 便利贴，黄色。
- 不能确定来源。
- 用蓝色墨水笔写着地址（墨水来源不能确定）：菲利普·阿格拉蒂,20—32号，米兰。
- 无任何可辨认的指纹。
- 纸片位于被害人身下，但不明确是来自被害人或是作曲家或是其他人。
- 营地警员正在搜索其他目击者。
- 见FACETTE面部复合渲染图。

作曲家的复合画像就贴在旁边，光头白人男性，一幅戴着帽子，另一幅未戴帽子。看上去他和其他成千上万的白人男性没有多大差别。莱姆处理的案子里只有极少数几件是靠画师复原画像引领最终逮捕犯罪嫌疑人的。

罗西看着列表陷入沉思："那张便利贴，米兰……那会是什么呢？那是马利克·达迪的？还是作曲家留在那里的？也许他飞到那里，建了个安全屋，然后再开车到那不勒斯干他的勾当。"

"那个地方在这儿附近吗？"莱姆问。

"不在。离这儿有七百公里。"

萨克斯说："我们应该跟进这条线索。"

"可以通知米兰警方的人去跟进，"埃尔克莱建议道，"你肯定认识那里的警员吧，警监。"

"我当然认识。但是谁能迅速地理解这个案子的特性？明白该去寻找什么？我觉得最好还是在座的人中谁去一趟。丹妮拉和贾科莫还有其他案子要跟。埃尔克莱,无意冒犯,你在这种案子上还是个新手。我想知道如果——"

萨克斯说:"我去。"

"这正是我想提议的。"

莱姆说:"可是斯皮罗那边怎么办?"

"哦,我还没来得及告诉你,莱姆,"萨克斯说道,"我现在也算是个名人了。有几个记者说他受到赞扬,原因是他很有预见性地把咱们从美国请了过来。"她把声音放低,"他当时几乎算是在微笑了。"

"但丁·斯皮罗笑了?"罗西大笑出声,"这跟教皇去世一样稀罕。"

萨克斯说:"我可以在那边的领事馆找个人来帮我翻译。"她看着埃尔克莱,"你可以待在这里,盯着其他事。"

其他事……

他领悟过来,就像莱姆之前提到的,她是在说加里·索姆斯的案子。还有那个学生的公寓需要去调查。埃尔克莱踌躇了片刻,考虑她能否当着罗西的面提起这个案子,不过显然是不行的。

她说:"我们来时搭乘的喷气式飞机现在还在英格兰待命。你们这边有没有我能使用的直升机?"

罗西笑了:"恐怕我们没有。我们都是搭乘意大利航空,和普通人一样,除非是极特殊的个别案件。"他看向埃尔克莱,"林业警局有直升机。"

"那是用于森林火灾的。庞巴迪4-15超级直升机。我们还有一架皮亚乔P1-80。不过都不在附近。"

他说这些的口气,在莱姆看来,似乎是在认真说明他们不能搭乘美国警探去什么地方,哪怕是真的有一架飞机在附近也不能。

"我会查查意大利航空那边。"埃尔克莱说。

"不行。"莱姆回答,然后他对萨克斯说:"不能乘坐商务航班。我要你一直随身携带武器。"

罗西说:"这样就要花上相当长的时间来准备审批文件。"

"不合规矩……"

萨克斯问道:"那要怎么办?连夜开车过去?"

莱姆说:"不,我倒有个主意。不过我得先打个电话。"然后他看向汤姆,"好吧,好吧。我回到酒店再打。"

何况,他此时正渴望继续他的此行日程,就是想再品尝一些格拉帕酒。

V 骷髅与骸骨

九月二十五日，星期六

第三十五章

早上八点。莱姆、萨克斯和汤姆再次向防御工事里的海军陆战队员出示护照,之后被引领进入美国领事馆的大厅。

莱姆昨晚睡得不错,只是稍稍有点宿醉——看来格拉帕酒要比单一麦芽威士忌酒劲更强一些。

五分钟后,他们就见到了大使,这是一个长相英俊、身材结实的五十多岁男人。他身穿灰色套装,白色衬衫,搭配的领带颜色如同窗外的湖水一样,是鲜艳的亮蓝色。亨利·穆斯格雷夫的举止带有学者风范,双眼中显示出多年从事外交官工作积累的洞察力。与夏洛特·麦肯齐不同,他没有尴尬的迟疑,而是直接站起身走到莱姆身边与他握手。

"我早就听说过您的大名,这毋庸置疑,莱姆先生。我去过纽约和华盛顿。您时常出现在新闻上,甚至在首都也是如此。您在很多案件上都做得十分出色——比如被称为皮肤收集者的那个人。"

"哦那个,还好吧。"虽然莱姆向来不排斥称赞,可眼下他并不想谈那些破案的故事;他很确定作曲家正在策划下一次袭击——因为在接待中心的这一次他失败了,或是因为他已经变得越来越疯狂了。

穆斯格雷夫也热情地和萨克斯还有汤姆握了握手。然后他坐回自己的座位，注意力转到他的电脑屏幕上。"啊，已经确认好了。"他看了一会儿后，抬起头说道，"刚刚得到一份国家安全局的简要报告。尚未官方宣布——不过即将发给媒体。你们一定会感兴趣的。中央情报局和奥地利反恐部，也就是BVT，一起阻止了恐怖分子在威尼斯的密谋行动。他们截获了半公斤C4，一个手机引爆式雷管和一张市郊购物商城地图。没有找到相关嫌疑人，不过他们正在全力搜捕。"

莱姆回想起最近有很多疑似恐怖分子袭击的报告——在欧洲和美国本土都是如此。这就解释了为什么国家警察局内参与调查作曲家案件的警力远远少于本应该分配的人数。

好吧，明白了。真是一个天大的好消息。能赶快进入正题了吧。

穆斯格雷夫转回头看着屏幕："那么，一个从美国来的连环杀手。"

莱姆看向萨克斯，意在提醒她，他们没有多余的时间去纠正这位外交官对于作曲家技术上的犯罪概括存在的谬误。

这位领事沉吟道："意大利方面已经有过几个——佛罗伦萨的怪物。然后，多纳托·比兰西亚，他大概杀害了十七个人。最近还发现有一个护士涉嫌杀害了四十位病患。还有个叫撒旦之兽的邪教组织。他们已经因杀死三人被定罪，然而他们涉嫌杀害了更多的人。我个人认为，美国人在连环杀手的数量上面还是赢了——如果你们相信电视报道的话。"

莱姆一字一顿地说道："哥伦比亚、中国、俄罗斯、阿富汗和意大利都在针对美国。现在，对于我们的请求，咱们之间没问题吧？"

"当然，我只是要再确认一下。"

昨晚，莱姆已经致电夏洛特·麦肯齐，询问她是否能弄到一架政府方面的喷气式飞机，以便把萨克斯送到米兰。她说不行，不过她可以问问总领事馆。麦肯齐的助手打电话给莱姆，答复说有一位美国商人正在那不勒斯参加商务拓展会议，他有一架私人喷气机今早会飞往瑞士。这架飞机可以顺路在米兰经停。今早他已经和他们见过面并且讨论过行程了。

于是现在麦肯齐的助理出现在门口。她前面是一名身材瘦高，披着一头红金色头发的男人。他向在座的人露齿一笑，然后走上前来。"迈克·希尔。"他和每个人都握了手，也包括莱姆，完全没有注意到他的轮椅。

总领事告诉莱姆，希尔来这儿是为了把高科技产品兜售给意大利人。希尔是个十足的书呆子，而且很孩子气，是个新生代的比尔·盖茨。对此莱姆一点也不觉得意外。希尔的公司出口宽波段无线电和纤维光学设备，这些都是在他位于美国中西部的工厂生产的。

"亨利刚刚告诉我你们的需要，我很高兴能够帮上忙。"然后他皱皱眉，现在才盯着这把轮椅看，"但是我不得不说，这架飞机没有配备残障辅助设备。"

萨克斯回答："只有我一个人去。"

"时间是什么时候？"

"如果可以的话，我需要今早到那里，然后今晚返回。"

"几小时内我们绝对可以把你送到。不过回程就是个问题了。机组成员抵达米兰之后还要飞其他的航线。如果超时，他们就不得不在洛桑或者日内瓦过夜。"

"没关系的，"莱姆说，"当务之急是要尽快抵达那里。"

希尔说:"那么,你想去哪儿?米兰有两个机场。马尔彭萨是个比较大的机场,位于城市西北二十英里处。考虑到抵达的时间,交通状况应该会很糟糕。利纳特机场是市区内的机场,如果你能自己去市区的话,大概会更便利一些。你想选哪个机场?"

罗西说过,仓库在市区,而不在郊区。"利纳特。"

"好的,小菜一碟。我这就去通知机组成员。他们需要安排飞行计划,大概需要两三个小时。然后我会让我的司机送你去机场。"

萨克斯开口道:"希尔先生……"

"请叫我麦克。"是莱姆听过的最糟的意大利语发音,"而且,如果你在考虑费用问题的话,大可不必。经停米兰并不会消耗多少成本,所以这次就免费。"

"那真是太感谢了。"

"我还从来没有机会能够协助追捕一名变态杀手,而且很可能以后也不会再有机会。这次我很荣幸能出一份力。"希尔站起身,一边从口袋里掏出手机,一边朝着办公室的角落走去。希尔站在那儿,莱姆仍然能够听见他分别与飞行员和私人司机通了电话,以协调这趟旅程。

"林肯,阿米莉亚。"一位女士的声音从门口传来。莱姆抬头看见夏洛特·麦肯齐走进办公室,样子看起来有点邋遢。她的一头浅色短发有些蓬乱,古铜色的衬衫也皱巴巴的。也许这都是伤风感冒造成的。"亨利。"她也朝汤姆点头示意。

"那么,去米兰的便车,"她对莱姆说,"这个问题解决了?"

麦肯齐朝迈克·希尔点头,对方还在打电话。他对麦肯齐说道:"迈克的飞机今天上午就会送萨克斯警探过去。"

"好的。你认为这个家伙,这个作曲家会离开那不勒斯吗?

他会去那儿?"

萨克斯回答:"我们不清楚这其中的关联。目前还仅仅是一个记在便利贴上的地址,记在难民营的犯罪现场发现的便利贴上。"然后她转向麦肯齐,"此外还有一件事,在米兰的领事馆方面是不是有人可以给我开车以及为我当翻译?"

夏洛特·麦肯齐说:"我在那边有一位同事。他的工作和我差不多,都是法律上的联络官。他叫皮特·普雷斯科特,人很好。我可以问问他是否有空。"

"那真是太好了。"

她开始打字,不一会儿她的电话响起了短信息提示音:"好了,他没问题。我会把他的电话号码发给你,阿米莉亚。"

"谢谢。"

迈克·希尔一边收起手机,一边向众人走来。穆斯格雷夫把他介绍给麦肯齐,然后这位商人对萨克斯说:"都安排妥了。你可以出发了。我的司机会在十一点接你……去哪里接你比较好?"

她给了他酒店的地址。

"我知道这家,很棒的老牌酒店。每次住在那里都让我觉得自己是鼠帮乐队的成员。"

又有一个身影出现在门口,那是个身材消瘦、肤色苍白并且看不出年龄的男人,莱姆想起前不久见过他。啊,对了,是那个公共关系专家。他叫什么名字来着?

他对屋里的人点头打招呼,并对希尔自我介绍说,"达里尔·穆布里。"

这个瘦弱的男人坐下并对莱姆说道:"我们要被媒体铺天盖地的各种要求压死了——都是关于加里和作曲家的。你是否可以坐下来接受一个采访？"穆布里停顿了一下，眨眨眼睛——显然是意识到莱姆的身体情况，为自己用的动词感到尴尬。

好像他会介意似的。"不，"莱姆斩钉截铁地回答，"目前我没有什么好说的，我们手头也只有一个关于作曲家的综合侧写，再说这都已经通知媒体了。"

"是的，我也看见了。是个看起来挺吓人的家伙，大块头。但是加里那边呢？有什么进展？"

莱姆脑子里浮现出当但丁·斯皮罗读到关于某位不知名的"美国顾问"对此案的看法时，会是什么反应。

"现在不行。"

麦肯齐又说："我得告诉你，加里正在受到威胁。就像我之前说过的，那些被控性侵的嫌疑犯会遭到的特殊威胁。再加上他是个美国人……你看，这是个大问题。当局已经对他严加看管，但是谁也无法保证什么。"

"媒体免谈。"莱姆坚定地说。不过他又加了一句，"不过，等阿米莉亚出发后，我会跟进这个案子的。"

麦肯齐说："嗯，好的。"语气里的不确定暗示她很想知道莱姆能否真的跟进此案，毕竟他是一个无法离开轮椅的人，而这个国家不论是对美国人还是对残障人士似乎都无法提供平等的权利。

他没有告诉她自己手里还有一个秘密武器。

实际上，是两个。

第三十六章

黑色尖叫又开始了。

在营地行动失败和那个红发女警出现的双重打击下,他早早就醒了,满脑子都是尖叫声,像牙医手中的电钻一样刺耳。

是的,他对阿耳特弥斯有个计划。是的,欧忒耳珀那镇定自若的低语从天上传到他的耳边。不过,他也很清楚,这根本无法阻止黑色尖叫。他曾经希望能够靠自己的力量控制它们,可是最终,他清楚,自己失败了。这就像是当你因为肚子里的肠子绞痛醒来时,虽然不严重,好像没什么要紧;但是最后你很清楚,你会在厕所蹲上一个小时,这无疑是流感或者食物中毒。

尖叫声先是低鸣,很快就会变成黑色尖叫。

随之而来的还有那些反应。

颤抖的双手,汗津津的皮肤——与黑色尖叫相比,这些都不算什么。

他先是在农舍里来回踱步,然后走到黎明中充满潮湿空气的户外。停下,停下,快停下!

但是它们从来都不会停止。于是他吞下更多的药片(这也不管用,从来都不奏效),驾驶着这辆四轮驱动车,一路把车开到他现在站着的地方:在拥堵不堪的那不勒斯城区,他企盼着周遭充斥的嘈杂噪音可以盖过尖叫声（这办法有时能管用。真是讽刺，噪音把他从黑色尖叫中拯救出来——越多、越大而且越嘈杂的噪音就越有效）。

他让自己混入人行道上拥挤的人群中。他走过很多个贩卖食物的小摊贩，酒吧，饭店，洗衣店，还有纪念品商店。他在一家咖啡店外面停了下来，想象着他能够听到餐叉在瓷器上刮擦的声音、牙齿咬下去的声音、下腭咀嚼的声音、嘴唇吸吮的声音……

餐刀切割的声音。

就像餐刀在切断喉咙……

他在贪婪地聆听噪音，像在把噪音吸入体内，盖住那些尖叫声。

让它们停下，让它们停下来……

回想起他的少年岁月，女孩子们都躲着他，男孩子们不会躲开而是盯着他，有时还会在斯蒂芬走进教室时放声大笑。他很瘦弱，不擅长运动，能讲一两个笑话，谈论电视里那些节目，聊聊音乐什么的。

不过普通的部分无法盖过奇怪之处。

他记不清有多少次在老师的说话声音中迷失自我，她说出的单词如音乐般悦耳，无关乎内容——那些他从未听过的字词。

"斯蒂芬，总和是多少？"

啊，多么美丽的声调！这句话最后那个三连音，切分音，G,G,然后是B平音，她的声音因为这个问题绽放出来，真是悦耳。

"斯蒂芬，这是你最后一次无视我了，你马上去校长那里，现在就去。"

这个"校长"的发音更胜过三连音。

之后他才能反应过来：哦，我又搞砸了。

此时,其他的学生不是避开他就是盯着他看(两种同样残忍)。

奇怪的人。斯蒂芬真是太怪了。

好吧,他的确是。他像其他人一样清楚这一点。他的反应就是:要么把我变得不那么奇怪,要么干脆闭上该死的嘴巴。

现在,在这个忙碌的城市中的某个忙碌的角落,斯蒂芬把头抵在一面老旧的墙上,让数千个声音在他身边流过,穿过他的身体,这就像浸泡在温暖的浴缸中,环绕着、安抚着他狂跳不止的心脏。

听啊,在他的脑子里、他激烈的幻觉里,地上的红色血泊,昨夜从那个男人的脖子里漫延出来。

听着血液喷涌的声音在他的耳边嘶吼,声音大得就像响亮的钟声:叮当,叮当,叮当。

听着那些难民发出的尖叫声。

接着是黑色尖叫。

从青春期起,黑色尖叫就开始了,抑制住它们是一场持久战。声音如同斯蒂芬生命中必需的血液,给他慰藉,给他解释,给他启迪。木板的吱呀声,树杈的沙沙声,小动物在宾夕法尼亚州的公园和庭院里四处跑动发出的咔嗒声,蛇在灌木丛中滑行的声音。可是就像伴随着健康细胞生长的脓毒病一样,一些声音也会折磨他。

人声变成其他声响,而各种声响变成人声。

路边的建筑工地的设备运转时发出这样的声音:"地窖,地窖,地窖,地窖。"

鸟鸣声不再是鸟鸣声。"看我摇荡,看我摇荡,看我摇荡。"

风声也不再是风声。"啊——走,啊——走,啊——走。"

树枝的嘎吱作响。"滴下，滴下，滴下，滴下……"

还有一个从紧闭的喉咙中发出的声音，那应该是一声低语，"再见，我爱你。"变成一串遍布林间的卵石。

此刻，一声黑色尖叫，一声可怕的尖叫，如钻孔机的咆哮。从他的腹股沟开始——是的，你可以听见它们在那下面——接着尖啸声透过他的脊背，穿过他的下巴，穿过他的双眼，钻进他的大脑。

不……

他睁开双眼，用力眨了眨。人们在经过他身边时，不安地看看他。值得庆幸的是，在城市的这个区域，有很多流浪汉，也有很多人失魂落魄，所以他的异常举动并没有使别人因此报警。

这真是太糟了。

欧忒耳珀不会原谅他的。

他尽力控制自己，保持前行。他走到下一个街区后停下，抹了一把汗水后，他把脸再次抵到墙上。他拼命地呼吸着，环顾四周。斯蒂芬此时在著名的圣齐亚拉教堂附近，在贝尔迪托十字街上——这条一英里长的街道把罗马古城一分为二，也就是所有人都熟知的斯帕卡那坡，或被称为那不勒斯分割点。

这是一条交通混乱的街道，十分狭窄，游客、行人、自行车、小型摩托车和小汽车杂乱地塞满整条街。有很多小商贩和小店铺在兜售纪念品，圣像画、家具、意式即兴喜剧雕像、腌肉、水牛马苏里拉奶酪，装在有本国形状的瓶子——利蒙切洛瓶里的意大利柠檬甜酒，还有各色当地甜点——斯福利亚特尔，也就是贝壳形的意大利夹心酥，这是斯蒂芬最为钟爱的糕点。不是因为它的味道，而是因为牙齿咬开馅饼脆皮时发出的清脆声响。

现在的清晨已经很热了，于是他摘掉帽子，用随身携带的纸巾擦拭光头上的汗水。

  黑色尖叫又来了，他只好绝望地把注意力再次转回到周遭充满嘈杂声的街道中。小型摩托车的突突声，叫卖声，喇叭声，什么重物在石头上被拖拽的声音，街头艺人身边的扩音喇叭里传出小孩子咯咯的清脆嗓音——眼前这个中年男人蜷缩在折叠成摇篮模样的纸盒子里，只露出戴着婴儿软帽的头，正在摆弄面前的一个洋娃娃。看起来真是够怪诞的，他匪夷所思的歌唱吸引了周围经过的路人。

  一阵风刮得头顶上那些晾晒的衣物猎猎作响。

  "妈咪安静，妈咪安静。"

  随即他意识到这是另一个声音，正在逐渐变大。

  踢嗒……踢嗒……踢嗒……

  这个节奏立刻把他吸引住了。声音形成和谐的共鸣。他闭上双眼，并没有转头去看身后声音来的方向。他在仔细品味这个声音。

  "抱歉，"一个女人说，"不，嗯，我的意思是，我很抱歉。"

  他睁开眼，转过身来。她二十岁左右。很瘦，头发编成长发辫，脸蛋很漂亮。她穿着牛仔裤和叠穿的吊带背心，深蓝色的套在白色的外面，以及浅绿色的文胸——这是他从露出的肩带判断出来的。她单肩背着一台相机，另一边肩膀背着一个背包。她的双脚上套着一双木质高跟的牛仔靴，真是特别。正是这双鞋使她在走近时踏出了那样独特的声音。

  她踌躇了一下，眨眨眼。然后说："哪里有出租车？"

  斯蒂芬说："你是美国人？"

  "哦，你也是。"她大笑起来。

  很显然她早就看出来他是美国人了。

另一件显而易见的事是她有意来搭讪他。她的情况和看起来的差不多,是个单身女大学生,刚到这边不久。是那种可以轻松"上一垒"——甚至是"二垒或三垒"的状态。她搭讪的男人拒绝了她,那么她就会露出一个十分自然的微笑,不会有任何困扰地走开,出于对自己青春和美丽的自信,不会感到丝毫受伤。

他有点胖,而且汗津津的,不过长得还算不错,而且看得出不是个浪子。足够安全,挺讨人喜欢的。

"我不知道你能在哪儿等到出租车,抱歉。"他又擦了擦脸。

她回答:"天气真热,是不是?这在九月可是够奇怪的。"

的确,尽管意大利西南部的潮湿空气并不是他汗流浃背的原因,当然不是。

一群穿着校服的小学生笑着打闹着跑过去,由一名像母鸡妈妈那样保护他们的老师引领着。斯蒂芬和这个女孩让到路边。然后他们又让到另一边,躲开那辆几乎轧到他们的皮亚乔牌小型摩托车。一个胡子花白、戴着渔夫帽的送货员又把他们轰到另一个方向,他正推着一辆装满纸箱的手推车,由于车子太重而举步维艰。他瞪着眼睛,嘴里不停地抱怨,就像这条人行道本该只属于他自己似的。

"这地方可真够疯狂的!你是不是也挺喜欢这里的?"她长着雀斑的脸上满是愉快兴奋,她的嗓音轻亮却不会过于高亢。如果这个声音是花瓣的话,那么它们应该是来自粉色玫瑰——刚刚摘下,清新湿润。他能感觉到那些音节像花瓣一样触碰到他的肌肤。

这和那种破裂如锉刀的气泡音有天壤之别,之前那个厌恶音乐的难民,法蒂玛,就是那种气泡音。

每当眼前这个女孩开口讲话,脑海中的黑色尖叫就会缓和一点。

"等回家以后就根本找不到像这里一样的地方了,反正我是想不出来。"他回答。因为这是从家乡出门的人总会说的话。其实他觉得纽约有点像这里,不过考虑到最近在那儿的冒险经历,他是绝不会自愿再回去接受严密监控的。

她信步走着,样子迷人,说自己最近去过法国南部,问他之前去过没有。若没有的话,真是遗憾。那个安提普海角真是太美了!

他听着,脑中的尖叫声逐渐减弱了。他也看着她,这是个多么漂亮的年轻女人啊。

有如此可爱的嗓音。

还有那双敲击悦耳声音的靴子!就像红木槌敲击的鼓点。

当然,斯蒂芬也曾经有过爱人。不过那是很久之前了。远早于那些医生叫他破发球手——尽管从不当着他的面,那时他大概二十二岁。在那之后,他就放弃了成为正常人的努力,而是一步步顺其自然地走进了自己的声音世界。也就是在那时,妈咪在地窖永远安静了,安静而冰冷。在那个死寂又闷热的地窖里,洗衣机正在清洗屋子里最后一堆毛巾。

也就在那时,爸爸决定要彻底摆脱这个有问题的儿子的麻烦。

远在那时之前,就是说,在变成破发球手之前,确实偶尔会有一两个漂亮女孩,不介意他的古怪。

他其实也挺喜欢她们的——那些别具风情的夜晚。尽管比起感觉上的乏善可陈,各种声音会比较有趣一点:肉体间发出的微妙响动,有时是耳鬓摩挲,或者是舌与舌潮湿的纠缠。

还有指甲。

喉咙和肺里的喘息,还有心跳,不言自明。

后来,当然,怪人越来越怪异了,于是女孩子们越来越躲着他。她们开始介意。而那些对此不介意的,他自己也失去了兴趣。当雪莉还是琳达在轻声呢喃着脱掉身上的内衣时,他却满脑子都是汤姆·杰斐逊的声音,或者来自泰坦尼克逐渐沉没时的呻吟声。

此时,眼前这位穿着牛仔靴的年轻女士说道:"那么,我来这里有几天了。和我一起旅行的女伴在出发之前,和她男朋友刚闹掰了。可是后来他又打来电话,于是他们俩和好了,所以她又回家去了。"说着她不住地噘着嘴,"她就这么弃我而去了!还能怎么办呢?可是我还是来到这儿,来到意大利!我是说,难不成我就应该早点回到克利夫兰吗?我才不要呢。所以我就来了。看我在这儿一直唠叨——真抱歉,大家都这么说我,说我话太多。"

的确,她确实是。

不过,斯蒂芬微笑起来。他是可以露出一抹漂亮微笑的:"不会,这挺好的。"

她没有因为他的沉默而停下来。她问道:"你来这里是做什么的?你在上学吗?"

"没有,我在这儿工作。"

"你是做什么工作的啊?"

最近都是把绞索套在人们的脖子上。

"声音工程师。"

"不会吧!你是说,音乐会?"

此刻黑色尖叫已经被成功压制,所以他的举止可以像普通人一样。他可以游刃有余地使用温柔平常的语调、词句,甚至还能闲聊几句:"我倒是想啊。是在检测噪音污染情况。"

"嗯。真有趣。噪音污染。比如交通方面的?"

他不太确定,只好顺着这个话题编下去:"对,没错。"

"我叫莉莉。"

"乔纳森。"他回答。这是个他一直喜欢的名字。

三连音：乔－纳－森。

一个采用华尔兹节奏的名字。

"你必须取得很多数据，或者你能得到的其他别的什么，就在那不勒斯这里。"

"这里的确挺吵的。真的。"

她顿了顿："那么，不知道在哪里能打到一辆出租车呢？"

他看了看四周，因为这是一个温柔的正常人会做的动作。他耸耸肩："你想去哪里呢？"

"一个观光景点。我住的那个旅馆里有个家伙跟我推荐了这个地方。他说那里棒极了。"

斯蒂芬在思考着。

这不是一个好主意……他应该继续进行自己关于阿耳特弥斯的计划（那可是一个非常不错的计划）。可是，毕竟她现在不在这儿，而莉莉在。

"好吧，我有一辆车。"

"不会吧！你开车了？在这里？"

"是啊，挺疯狂的。秘诀就是你要忘记那些交通法规，只管开车就行了。还有就是别去礼让面前的行人。你就只管开。人人都是这么做的。"

温柔的正常人，斯蒂芬扮演得很好。

莉莉说道："那么你愿意一起来吗？我是说，如果你现在没什么别的事要忙的话。"

一声黑色尖叫响起来，他集中精力把它压了下去。

"那是个什么地方？"

"那个家伙说那里挺阴森恐怖的。"

"阴森恐怖？"

"完全被废弃了。"

那么它应该很安静。

安静从来都不是个明智之选。当一切安静时，即使是最好的初衷也会消失。

但是，斯蒂芬从到头到脚打量着莉莉，然后说："没问题，咱们走吧。"

第三十七章

头骨。

一万。

两万。

十万个头骨。

不,比十万还要多很多。

头颅都被有序地成排摆放着,空洞的眼窝统一朝外,呈三角形的黑色孔洞曾经应该是鼻子,成排的黄牙多数已经没有了。

这就是莉莉带着斯蒂芬来的地方——位于那不勒斯的囟门公墓。

"阴森恐怖……"

嗯,还真是。

这里并非那种传统的墓地,而是一个巨大的、令人生畏的洞穴。莉莉的导游手册上说,在公元一六〇〇年,这里曾经被用作大型公共墓地,那时有将近半数的那不勒斯人死于瘟疫。

"此外,还有传说埋葬在这里地下的人数量更多,如果追溯到古罗马时期,咱们脚下也许有上百万尸骸。"

他们站在入口处,那是一个巨大的天然拱门,把你带入无尽的黑暗之中。时下已经不是旅游旺季,这里游客寥寥。

眼前有几个人看起来更像是来做祭祷，而不是来观光游览。他们点燃蜡烛，低声祈祷。

阴森恐怖……而且十分安静。几近寂静无声。

好吧，他总是要面对这种困境。斯蒂芬擦着汗，再把用过的纸巾收好。

"你没事吧？"

"没事。"

他们接着朝更深处走去，她的靴子踏出的声音激起了回声。真可爱！她正在读导游手册，小声念叨着——这似乎是个只适合小声低语的地方。二战时期的那不勒斯曾经遭受过无数的野蛮轰炸；在当时，这个地方曾经是为数不多的避难所之一，能够让市民在此躲过联军飞机编队。

燃烧的蜡烛发出忽明忽暗的光，映衬出骸骨摇曳不定的阴影，看起来有些瘆人——那些被害者的尸骨已经在这里很多年了，它们有成百上千，或是成千上万。

"毛骨悚然，嗯？"

"确实如此。"当然，不是因为这里看起来令人害怕，而是因为太过安静。这个大山洞就像一只巨大的黑色尖叫培养皿，它们之中已经有一些蠢蠢欲动，开始逐渐增长、迅速膨胀。

直到他有了一个新的想法。一个新任务。好的，很好。

黑色尖叫消退了。

一个新的任务。

就是来自眼前这个莉莉。突然之间，他为他俩的不期而遇感到格外高兴。这就好像是他的缪斯女神感应到他的痛苦后把她送给自己。

感谢您，欧忒耳珀……

这再明显不过了，他意识到，当他在市区想着要做什么的时候，那明显不是一个好主意。于是他又想道：也许我还有其他的选择。

昨天夜里的失败……唰唰声，在难民营地时刀子的唰唰声；喷涌出的鲜血形成一大片钟形血污。那些梦魇，如黑色尖叫般的声浪。

他需要这个。

他开始仔细打量起莉莉来，眼神里满是渴望。在她看向他之前，他移开了目光。

此时，莉莉就像每个天真的少女那样微笑着。尽管旁边的墙上满是骷髅头骨，那些漆黑的眼窝都在瞪着他们。她依然笑闹着："你——好——"

激起的回声从四面八方传来。

斯蒂芬听着那个回声好一会儿，她则早把注意力转到别的地方去了。

他们又走到更深处的地方，里面很凉爽。

"瞧你的脸。"她说。

斯蒂芬回过身，把头稍稍偏向一边。

"你的眼睛是闭着的。你在想什么呢？在想这些人曾经都是谁？"她朝那些骷髅头骨扬扬下巴。

"不，只是在听声音。"

"听？我没听到有什么声音啊。"

"这里有上千种声音。你也听得见，只是你自己并没有意识到这一点。"

"真的吗？"

"比如我们血液流动的声音，心跳声，呼吸的声音，衣服相互摩擦和接触到身体的声音。我无法听见你的，而你也听不到我的，但那些声音就在那里。有一辆小型摩托车——声音有点难以辨认，因为它是远处回声引发的回声。滴答声，我猜那是水。那边！那是快门声。有人刚才在拍照，用一部旧的苹果手机。"

"哇，你能分辨出那个？那些声音都离得太远。我根本什么都听不出来。"

"你必须让你的内心去聆听那些声响。那样你就能听见到处都有声音。"

"到处？"

"好吧，也不是很准确。不会来自真空，不会来自外太空。"斯蒂芬回忆起一部电影，《异形》（从各个层面上讲，是部还不错的片子）。有一条广告是这样写的："在太空，没人会听见你的尖叫。"

他把这一条讲给莉莉听，之后还加上一句："你知道，在那些关于太空的电影里，如果你能够听见激光枪和空间飞船相互碰撞和爆炸的声音，那么，就都是错误的。它们应该都是在一片寂静中完成的。所有的声音——比如子弹射击，比如尖叫，比如婴儿的嬉笑——都需要分子相互作用作为介质。声音就是如此产生的。这也就是为什么声音的速度会有很多差异。在海平面，它是七百六十米每小时；在海拔六万英尺，它是六百五十米每小时。"

"哇，差别可真大啊！是因为分子微粒更加稀薄吗？"

"没错。太空里是没有分子介质的。那里什么都没有。所以如果你张开嘴并且震动你的声带，是不会有人听见你的声音的；但如果你身旁还有其他人在那儿，在你尖叫时，让他把手放在你的胸口，他就能听见你。"

"因为他身体里的分子作为介质产生振动。"

"正是如此。"

"我非常喜欢看别人痴迷于自己的工作。当你第一次说到'声音工程师'时,我就在想,还真是挺无聊的。可是你却是,你知道吗,完全乐在其中。这可真酷。"

当某件事令你疯狂时,也同样可以令你保持清醒,真是讽刺。

此刻他正在审视她,而她转过身走到更加靠近一段拉丁语写的铭文的地方,那段文字是刻在石头上的。

踢嗒……踢嗒……踢嗒……

是她的靴子。

"这不是一个好主意……"

斯蒂芬对自己说:离开。跟她说再见。今天很开心。祝她回程旅途愉快。

但是斯蒂芬感到欧忒耳珀正在他的头顶盘旋,正在注视着他,给他下命令要他去做他必须做的事。她非常清楚什么东西可以驱散黑色尖叫。

洞穴向右边延伸到一个昏暗的地方,几乎看不清。

"咱们到那边去看看。"他指着那个方向说。

"那边?看起来真是够黑的。"

是的,的确如此。非常黑暗而且空无一物。

有那么一瞬间,斯蒂芬在想他是否能够说服她,不过看起来莉莉没觉得自己会有危险。也许他有点奇怪,他在不停冒汗。他有点胖,但他是个声音工程师,而且喜欢聊天,还是个能说出有意思故事的人。

女人们通常会被和她们聊天的男人吸引。

嗯,而且他还是个美国人。他能有多危险呢?

"好吧,没问题。"她的眼睛闪闪发亮。

他们开始朝着他指的那个方向走去。

借着环顾四周的空当,他悄无声息地走到她身后。

听着她靴底的摩擦和靴跟的敲击声:

踢嗒……踢嗒……踢嗒……

他看了看四周,此刻这里只有他们两个人。

斯蒂芬伸手到口袋里,握紧了那冰凉的金属。

踢嗒……踢嗒……踢嗒嗒嗒嗒……

第三十八章

卡尔·桑德伯格。

"卡尔……那位诗人,是吗?"阿米莉亚·萨克斯询问眼前这位有点谢顶的男人,他正驾驶一辆小型灰色雷诺汽车。

夏洛特·麦肯齐事先联系好,让他到米兰利纳特机场来接她,这是米兰境内两座机场中较小的那一座,位置更靠近市中心。他们此时已经在拥挤的车流中了。

"就是他。"皮特·普雷斯科特对她说道,"他写了《芝加哥》。"这位法律联络官把声音压低了些,萨克斯猜测,这样听起来更有诗意一点,他开始背诵那首诗的开头,是描述屠猪城的。①

"你是从那里来的吗,芝加哥?"萨克斯不明白话题为什么会扯到这上面。

"不是,波特兰。我的意思是这首诗或许也适合米兰。米兰相当于意大利的芝加哥。"

啊,原来如此。她现在有点兴趣了。

"工作,忙碌,米兰不是这个国家里最好的城市,一点也算不上。不过它确实有活力和某种独特的魅力。更不用说《最后的

---

①由于其巨大的猪肉加工行业,芝加哥又被叫作"世界屠猪城"(Hog Butcher for the World)。

晚餐》，世界时尚之都，还有斯卡拉①，你喜欢歌剧吗？"

"谈不上喜欢。"

片刻的沉默，好像是在说：怎么会有活人不喜欢歌剧呢？

"真是太遗憾了。我可以弄到今晚《茶花女》的票，由安德烈·卡雷利主演。这可不算是一次约会。"他这么说似乎想等她马上就回答说："不，不，如果是约会就再好不过了。"

"很抱歉。我今晚就得回去。"

"夏洛特说你正在调查那件案子，那个绑架犯。"

"是的。"

"和大名鼎鼎的林肯·莱姆一起。我也读过一些关于他的书。"

"他不怎么喜欢那些书。"

"至少人们会去写他。依我看，就不会有人想写一部关于法律联络官的小说。况且我也对那些案件非常感兴趣。"

他没有再继续啰唆下去，这令她感到松了口气。可是再看看他的GPS，交通变得更加拥堵了。普雷斯科特只能在路上缓慢前行。与现在相比，从那不勒斯到米兰的那段路上车速可谓风驰电掣。计算机行业的百万富翁迈克·希尔的司机，是位富有传奇色彩的意大利人。他有着浓密的头发和富有感染力的笑容。他在她所住的酒店外等她，身旁停着他那辆闪闪发亮的酷黑奥迪。他立刻跳过来帮她提包，在接下来半个小时的车程中，给她上了关于意大利南部的宽泛历史课；他讲一口流利的英语，其间还掺杂些许调情的成分。然后他们到达位于那不勒斯的私人机场，一路开到跑道边。于是她登上飞机——这架飞机比他们搭乘来到意大

---

①位于意大利米兰的著名歌剧院。

利的那架还要好——然后飞机很快就平稳升空了。在飞机上，她和希尔的高管中的一位聊得很愉快，对方是瑞士会议的负责人。确实很愉快，尽管这位年轻男子是个极客，他还经常忽略她，自顾自地说着当代高科技现状，充满了激情。

　　普雷斯科特再次开口说："我更喜欢米兰，坦白地说，和这里的其他城市相比，米兰境内的观光客不会那么多。而且我觉得最好多步行——南部的食物中有太多的芝士。"

　　因为前不久刚刚享用过一整块马苏里拉奶酪，她觉得差不多有一磅重。阿米莉亚很想为那不勒斯菜说几句公道话，不过她还是克制住了这股冲动。

　　普雷斯科特继续说道："但是在这里，交通状况实在糟糕。"他苦着脸把车挪动到另一排车队后面，沿途有一些小商店、小作坊、批发经销点以及公寓；这些建筑的大部分窗户都被用金属板或者铁丝网之类的东西遮蔽起来，还从上面用铁链锁住。阿米莉亚试图从招牌上分辨出这些小工厂或店铺都是做什么的，不过并没有很成功。

　　然而有一点可以确信：这里的确很像芝加哥，她曾经去过那里几次。米兰是个石质颜色而且满是灰尘的城市，加上现在正值秋季，树木凋零，随处可见的红色屋顶调和整体色调收效有限。那不勒斯则有更丰富的色彩——不过也更加杂乱无章。

　　就像希尔那位皮肤黝黑、热情洋溢的司机一样，普雷斯科特也乐于谈论这个国家。

　　"和美国一样，意大利也有南北之分。北部地区更加工业化，南部则偏重于农业。听起来很耳熟吧？这里从来没有发生过内战，不过类似的，不同的国王之间为了统一发生过很多斗争。有一场著名的战役就发生在这里——一八○四年'米兰的五日'

第一次独立战争的部分战役。那场战役迫使奥地利人离开了这座城市。"

他看向前方,目光所及之处有交通堵塞,于是急向右转弯。然后他接着说:"关于这个案子,这个作曲家,为什么他要来意大利呢?"

"我们还不是很清楚。考虑到目前为止,他已经对两个移民——难民下手,也许他认为对于警方来说,调查没有存档的受害者会更加困难,而且他们会对这些人更缺乏调查动力。"

"你觉得他会有这么聪明吗?"

"毫无疑问,是的。"

"啊,瞧瞧这里!"

交通全部停滞。在飞机上时,阿米莉亚已经给普雷斯科特打过电话,给了他那个写在记事贴上的地址,就是作曲家刺杀马利克·达迪案发现场找到的那张。普雷斯科特向她保证说只需要半个小时车程就能从机场开到那个地方;可是现在,他们已经和这令人头疼的交通状况战斗了超过两倍的时间。

"欢迎来到米兰。"他低声咕哝道,把车靠边,骑上人行道,然后掉头去找新的路线。回想起迈克·希尔曾经警告她关于米兰那座更大一点的机场交通状况不佳,她思索着,想着如果飞过这二十多公里的拥堵路段会需要多久。

在她下了飞机将近一个半小时后,普雷斯科特拐上一条宽敞的浅运河边道。这片区域内建筑混杂,有的怪异时尚,有的廉价低俗;有居住区、餐馆和商店。

"这里就是纳维格利,"普雷斯科特说道,他指着浑浊的河水,"这里和一些其他类似的地方有差不多一百英里的运河,连接米兰到附近的河流,用来运输货物和乘客。在意大利的很多城市，很多河流分布在城市外围或市区内，米兰却没有。所以只好尝试借助人造运河来解决问题。达·芬奇也参与设计了水阀和水闸。"

他转个弯之后，把车开进一条安静的街道，向前是个四周是商务大楼的十字路口，周围空无一人。他把车停在一个禁止停车的警告牌下面，那副架势明显表示出他相当有把握——这样做完全不会被开罚单，更不用担心车被拖走。

"那边就是那个地方了：菲利波角。20-32。"

有个标志已经从红色褪成粉红色：弗拉泰利·圭达仓库。

普雷斯科特说："这里是圭达兄弟的仓库。"

那个标志显然年代非常久远，阿米莉亚猜测这对兄弟大概多年以前就已经去世。马西莫·罗西之前已经发信息给她，说明这栋大楼的所有权属于米兰的一家商业地产公司。它被一家总部位于罗马的公司租用，不过致电该公司尚未得到答复。

她钻出车子，走到大楼前面的人行道上。这是一栋两层结构的混凝土建筑，浅灰色的楼体已经被很多大胆的涂鸦覆盖。所有的窗户都被从里面涂成了深棕色。她在巨大的双开式大门前方蹲下身子，检视着散落在地上的绿色玻璃碎片。

她又折回来，普雷斯科特也走到车子外。她问道："能否请你在这里仔细盯着周围的情况。如果有人来了，就给我发信息。"

"我……"他有些紧张，"我会的。不过为什么会有人来呢？我是说，这里看起来已经有几个月甚至几年都没有人来过了。"

"不对，有人在几小时之前刚刚来过。一辆车，它碾过了前面的一个玻璃瓶。看到没？那些碎玻璃？"

"哦，那个啊，看见了。"

"那里面还残留着一点未干的啤酒。"

"如果这里有涉及什么不合法的事,我们就应该报告给宪兵队或者警察局。"此时,普雷斯科特感到忐忑不安。

"不会有事的。给我发信息就行了"

"好的,没问题。我肯定会发信息的。我应该发些什么呢?"

"一个笑脸表情就行。我只需要感觉到手机振动。"

"感觉到……哦,你要把手机静音。这样就不会被别人听到了?以防万一有人在里面?"

无须再做说明了。

萨克斯站到门边,她把手放在装着伯莱塔的口袋旁。没有迹象表明会是作曲家带着他那些工具来到米兰,开着他的黑色汽车,碾碎玻璃瓶后钻进仓库,然后躲在里面,手里抓着剃刀刀片、一把刀子或小型绞索。

不过,也没有什么令人信服的理由不去考虑这个可能性。

她用一只手拍打大门,沉稳地大声喊话:"警察。"

她心想,自己的意大利语发音很标准,对此她感到自豪;而刻意忽略掉这种明目张胆地违反规定在心里产生的深切内疚感。

当然,没有人回应。

又重复敲了一次门,还是没有任何反应。

然后她绕到大楼后面,找到一扇小一些的门,门用相当厚重的锁链和挂锁锁住了。她再次敲门。

依然无人应答。

她返回到普雷斯科特身边。"怎么样?"他问道。

"被锁得结结实实。"

他露出宽慰的神情:"咱们去找警察申请一张搜查令?还是你要返回那不勒斯?"

"可以请你打开后备厢吗?"

"啊……好的。"他照做了。

她弯下身子探进去，抽出一把轮胎撬棍。

"你不介意我借用一下吧？"萨克斯问道。

"呃，不会。"他似乎在快速思考着，回想自己应该从来没有使用过这个配件，那么这个破门工具上也就不会出现他的指纹。

萨克斯决定从那扇供行人通行的前门下手，而不是车辆通行的大门。比起后面那扇被铁链锁起来的门，这扇门更容易突破。她朝四周看了看，视线之内没有目击者，然后举起撬棍伸到门框里。她大力扭动撬棍，大门上的锁扣受力逐渐从锁芯上脱落，最终，门被打开了。

她放下撬棍，把它放在远离门边的地方，避免里面万一有人能抓起它作为武器；然后她抽出枪，并快速闪身进入，眯起眼睛，以适应里面的黑暗。

第三十九章

生命可以给我们带来多少惊喜呢？

就在一两天之前，他还是一个大树警察、猪獾警察……以及蘑菇警察。

现在他却已经是一个犯罪调查警探，在调查真正意义上的案件，追踪那个作曲家。

警察局和宪兵队的警探多年来都在办一些诸如琐碎的盗窃案、汽车劫持案、行凶抢劫案、系列抢夺案……还从来没有机会去处理像这样的案件。

驱车穿过一个令人愉悦的街区，比邻费德里科二世大学——就是这所大学，埃尔克莱·贝内利思索着。有趣的是，这实际上也是自己正在调查的"第二起"连环杀人案（是啊，阿米莉亚，我记着呢：作曲家不是一个连环杀手）。其实，第一起案件调查的受害者是十几头被偷的牛，案发地点位于这片群山的东部地区。那也是一起绑架案，这些不幸的家伙原本在无忧无虑地游荡，被赶上卡车时甚至都没有反抗，卡车载着它们迅速逃离，接着它们就变成了一道道主菜和午餐肉。

可是如今他已经是一名真正的警探，现在正独自一人搜索案发现场。

更加令人兴奋的是：埃尔克莱还是林肯·莱姆的"秘密武器"，这位大名鼎鼎的警探是这么跟他说的。

好吧，是秘密武器之一。还有坐在他身边的人，汤姆·莱斯顿，他的私人看护。

这次不像第一次在对索姆斯进行调查时那样偷偷摸摸——就是去娜塔莉亚·加雷利的公寓那次；这次的任务对埃尔克莱丝毫没有造成困扰。可以说，他自认为已经掌握了个中诀窍。考虑到实际犯下如此严重罪行的可能另有其人，而加里·索姆斯是被冤枉的，他就打起十二分精神想要竭尽所能地找出真相。早些时候，他对一位经验丰富的内行死缠烂打，这位专家就是性感迷人的丹妮拉·坎通。这位美丽而且极具音乐领悟力的警员，身为一名特警队的基层警官，有着远远超出这个职位的能力。她讲解了作为第一个到达现场的人，要立即隔离现场、保护证物，等待科学技术警察随后赶来。她自然是最适合求教的人。他们约在警察局的自助餐厅见面，在喝过卡布奇诺之后，这位女士尽可能给他详尽地讲解，包括要找到什么，如何接近现场，以及更重要的——如何确保现场不被污染，物证不被以任何方式移动，也不能允许其他人做这些类似的事。

事实证明，大部分内容他已经从阿米莉亚·萨克斯那里学过了，但是能够坐在丹妮拉身旁听她说话，看着她那双清澈湛蓝的双眸仰望昏暗的天空，这本身就是一件令他身心愉悦的事。

看着她修长、优雅的手指环绕着杯子。

一只有青蓝色爪子的豹子。

他暗自思忖，陷入遐想：也许她没有电影明星那般具有野性，她似乎来自截然不同的纪元；她所属于的影片应该出自那些最伟大的意大利导演之手——费里尼、德西卡、罗西里尼、维斯康蒂。

因此,他尽力压制想要给她看伊莎贝拉照片的强烈冲动。尽管那让他倍感自豪,但是似乎找不到任何理由能把话题转移到一只怀孕的鸽子上面;噢,她是个如恒星般闪耀的女人,而他能做的仅仅是在那里记笔记。

于是,借助于她独到的见解,以及快速浏览了科学技术警察手册,埃尔克莱·贝内利就投身于他的任务中了。此刻他把自己那辆又小又旧的小汽车开上人行道(以那不勒斯人特有的风格泊车),然后下了车,一起下车的还有他的"同谋"。

汤姆环顾了一下四周:"这是城市的什么区域?"

"靠近那所大学,所以这里有很多大学生、作家、艺术家。是啊,这里虽然看起来不怎么样,其实却是个挺不错的地方。"

这里的街道是典型的那不勒斯风格。狭窄的街道两旁,拥挤的公寓住宅楼被涂成黄色、灰色或者红色——而且大多数房子看起来都需要重新粉刷。有一些墙上布满涂鸦,空气中充满"芬芳":垃圾清运车大概有好几天没有过来收垃圾了——这类情况在那不勒斯并不少见,也不能都怪那不勒斯,毕竟克莫拉几乎控制了大部分垃圾收集厂和众多垃圾场,于是污废清运变得时断时续,取决于谁晚付了清运费。

晾衣绳上晾晒着大量衣服,孩子们在小巷里或者独栋公寓楼前的院子里玩耍。至少有四场足球赛在同时进行,球场上跑动着小到六七岁的孩子,大到二十多岁的青年。埃尔克莱注意到,年龄较大的那些球员大多身强体壮,情绪高涨而且技巧娴熟;有好几个看起来颇具职业球员素养。

他对运动从来都不在行——他个子太高,又太瘦。埃尔克莱作为男孩子的爱好就只有观鸟和棋盘游戏了。

"你踢足球吗？我是说英式足球。"他问汤姆。

"不，我大学时期学剑术。"

"击剑！真是厉害。你是不是很擅长这个？"他看着眼前这位清瘦而肌肉线条鲜明的男人。

"我只是得过几个奖项。"汤姆说得很谦虚。

埃尔克莱心里想着，眼前这位男士大概可以去参加奥林匹克运动会。

"那边那栋楼就是。"埃尔克莱朝着那栋建筑大步走去。这是一栋两层楼的公寓，看起来已经为了出租改装过：从二楼通向一楼的地方另装了一扇粗笨的门。这里位于一层的居住空间就是加里·索姆斯的住处。这很容易猜出来，因为在廉价的木门上贴着相当醒目的警告，上面写着：此处已经被警察封锁，禁止任何人擅自入内。这是标准操作流程吗？仅仅因为与一起犯罪行为有关联就把整整一层楼都封锁了，这个地方又不是袭击发生地点。

也许因为这次是极其不道德的强奸案吧，一定是的。

汤姆笑了笑："这就表示我们不能来这里，对不对？"

"禁止擅自闯入，是的。咱们去后面看看，现在这么站在前面很容易被别人看到。"他们穿过一条杂草丛生的小巷，绕到后面。

正走着，他的电话叮的一声响，那是一条简讯，是对于他之前发送的讯息的回复。

埃尔克莱，可以，下班后我有空喝个开胃酒。晚上九点在凯斯泰洛酒廊见怎么样？

就像一记重拳击打在他的下腹部。瞧啊，看看这个。原本觉得她肯定不会答应他提议喝酒或晚餐的邀请，心里也已做好遭到拒绝的准备。

"猪猡警察，蘑菇警察……"

不过她还是答应了！他可以和她约会了！

他马上打出了："好的！"

埃尔克莱犹豫了一下，把惊叹号删掉，然后发送了讯息。

现在好了，回到工作上，贝内利警探。

看起来不可能从前门闯进去布置好约会强奸痕迹，又不被人看见。那后门呢？这里有一道门，就在一层露台处。房子也有几扇窗，不过那些足够人钻进去的窗子都很高——有三米高，不容易够到。一楼建筑的四周有几扇气窗，都只有二十厘米高，不足以让人通过。不管怎样，这些窗子都紧闭，而且被漆上了颜色，显然多年都没有打开过。

汤姆指着两个矮胖的工人，他们正在粉刷隔壁那栋楼。埃尔克莱和他走了过去。那两个人注意到来人身上的警员制服，就从脚手架上爬了下来。埃尔克莱询问他们，在过去的几天里是否看见后院有人。他们回答说，昨天和前天，只看到一些小孩在那里踢足球。

汤姆让埃尔克莱询问他们是否会在夜间把梯子留在这里，这样入侵者就有可能拿来用。不过他们并没有这样做，下班后，他们会带走所有装备。如果那人想要用梯子破窗而入，就得自己拿一架来，就是这样。然后埃尔克莱向他们借了一架梯子，亲自爬上去检查每一扇窗户。它们都是锁死的，而且被上了漆。他归还了梯子，然后走进了后院。

他双手叉腰站在那里，审视着加里这栋楼的背面。院子里有一些垃圾，不过也不算太多。露台下方有两个很大的塑料花瓶，里面是空的。这一层看起来没有什么后门——只在露台右侧有一扇小窗。与四周的其他窗子一样，它也是被漆死的。

他戴上乳胶手套，把橡皮圈套到双脚上；汤姆也进行了同样的操作。他们爬上了一层凸出的露台。露台上摆放着一把已褪色开裂的草坪躺椅；还有三个更大的花瓶，里面装满干燥龟裂的泥土，不过并没有栽种任何植物。落地窗通往上面的单元。他推了推，和其他的窗子一样，也是锁着的。透过满是灰尘和泥点的玻璃，他能看见里面是一间厨房，并没有厨具或者家具，台面上也都落满了厚厚的灰尘。

汤姆也朝里面看去："看来这里没人住，所以，在加里楼上就无法找到目击者。"

"是啊，这可太糟了。"

从露台下来，回到后院，埃尔克莱遵从丹妮拉的建议，向远离这栋建筑的方向走了大概十码的距离。他转过身，审视着这座建筑的全貌。她曾经解释说，这样做可以让你有全局观念。

门在什么位置，窗子在什么位置，是否能够钻进或逃走，哪里有凹室和过道——这种地方可以让人藏身，伺机闯入。

哪些地点便于里面的人看见外面的情况，还有哪些地点有利于外面的人窥视建筑内部。

有没有能在里面找到证据的垃圾箱。

有没有可以藏匿武器的地点。

这些问题被一一罗列出来，可是没有得出什么有用的答案。他摇了摇头。

汤姆用一种柔和的声音说道："你变成他了。"

"他？"

"那个嫌犯。"这位私人看护看向他，很明显地注意到埃尔克莱困惑的神情，"你理解那个单词吧？"

"是的,当然。'嫌犯'。可是你说'变成'他?"

"这就是为什么林肯会是犯罪现场鉴证的金牌权威,自从他在纽约警察局从事法医鉴定工作开始就是如此。这也是为什么多年前他会挑中阿米莉亚作为他的门徒。我是没办法理解。"过了一会儿,这位私人看护又补充道,"不过这个过程一旦开始,用杀手的思维方式,你就不再是一名警探。你就变成了那个杀手、窃贼、强奸犯或者猥亵犯。你就像一个演技派演员——你知道的,就是按照他们扮演的角色身份进行思考。你进入那些黑暗地带,而这有时要花点时间才能从中摆脱出来,但是只有最优秀的犯罪现场调查者才能做得到。林肯总说,善与恶之间仅有一线之隔,最好的法医学警探很容易变成最厉害的凶犯;也就是说,你的目标不是试图找出线索,而是把整个犯案过程重复一遍。"

埃尔克莱的双眼回到那栋楼上:"那么'我'现在就是一名罪犯。"

"正是如此。"

"好啦,我要做的就是把证据放到那栋公寓里,以便让加里·索姆斯看起来有嫌疑。"

"说得没错。"汤姆说道。

"可是前门开在一条嘈杂的街道上,还有很多邻居。我不能从这里闯进去。也许我可以假装有兴趣去租楼上的公寓,然后让真正的房地产中介人带我进去,我再偷偷潜入加里的公寓,然后留下证据。"

"但是你能做到吗?作为那个罪犯?"汤姆问道。

"不能。当然做不到。因为我会留下自己来过的记录。所以,

---

① 原文为意大利语。

我必须从侧面或者后面闯进去。可是所有的门窗都上了锁或者被漆死。而且也没有痕——"

"啊，埃尔克莱，你现在正在以一名警探的方式思考。想要找出犯罪的真相，你必须像'罪犯'一样思考。你必须'去'犯罪。你是那个真正的强奸犯，那个想要诬陷加里的人。也许你就是那个他曾经恶劣对待的女朋友，所以想要报复。你孤注一掷，必须要完成这一切。"

"是的，是的。"埃尔克莱低声说道。

那么我现在就是嫌疑犯。

我孤注一掷，怒不可遏。我必须闯进去，把那些药物弄到加里的卧室里。

埃尔克莱走进后院。汤姆紧随其后。那位警员突然停住脚步："我必须要把药物留下，但这仅仅是我犯罪的一部分；另一部分是要确保没有人知道这些是我干的。否则，警察就会调查并推测出加里是无辜的，然后开始追捕我。"

"是的，很好。你在说，'我'，而不是'他'。"

"我怎么才能做到呢？我不是个超级大反派，更做不到从烟囱滑下去。我也不能挖地道钻进公寓……"

埃尔克莱用眼睛扫视着建筑的后面，感觉到胃里扭成一团。我的时间紧迫，不能被人看见。我也没有什么特殊的工具，毕竟我不是一个职业盗贼。可是我必须闯进去，还要确保不留下门窗被撬过的痕迹。他嘀咕着："一点痕迹都不能有……我要怎么才能做到？怎么做？"

汤姆没说话。

埃尔克莱还盯着那栋他必须闯入的建筑，目不转睛，全神贯注。

然后他想通了,发出一声大笑。

"是什么?"汤姆问道。

"我想我有答案了,"警探轻声说道,"是花瓶,答案就是那些花瓶。"

第四十章

流血的时间到了。

阿尔贝托·阿莱格罗·普龙蒂悄无声息地走在弗拉泰利·圭达仓库后面影影绰绰的小巷里，地址是朱兰菲利波角 20-32 号。

当他坐在一张晃晃悠悠的小桌旁抿着瓦尔波利塞拉——当然是某种红酒，他听到了半个街区外传来的噪音。也许那个声音就是抢劫。

他马上站起身，快速跑向他判断声音传来的方向：仓库。

此刻，他就在这栋楼的背面，他感觉自己看见有一扇被漆死的窗子出现反光。

有人进到里面去了。

这对普龙蒂来说是件好事，不过对于那个家伙就是坏消息了。

这个五十八岁的男人，精瘦结实，回到他刚刚品尝红酒的小桌取来武器——一柄大约三米长的铁棍，带螺纹的顶端套着方形螺母，上面已经锈迹斑斑。

这东西非常称手，非常危险且足以致命。

他招呼着马里奥，说自己可以处理眼前这个情况，让他不要轻举妄动。然后他回到仓库，悄无声息地慢慢绕到后面。这边有一扇窗已经被刮掉了一小片油漆，那是他最近去里面时弄掉的，就是为了方便自己做现在这样的事——暗地侦查到底谁在里面,然后按照自己的意愿去处理。

普龙蒂从那个窥探孔快速看进去,他的心跳逐渐加速,有点担心会看见一只眼睛正从里面直直看着他。不过并没有。他随即注意到,有一个人影出现在入口处,就在从这里通往一层的楼梯口。果然如此,里面的确有个人。

他穿着运动鞋的双脚踮起脚尖,悄悄挪动到后门旁边,从口袋里掏出钥匙,轻手轻脚地打开锁,小心翼翼地把锁链从门框和门的门环中抽出来,再拿掉门闩——把这些一字排开放在泥地上,这样它们就不会互相撞击发出声响。

然后他同样小心地把锁也放在地上,远离其他那些东西;接着,他悄悄地向铰链上啐唾沫作为润滑剂。

普龙蒂曾接受过良好的训练。

他的大手握紧那根致命的铁棍,推门走进去。

一片寂静。

尽管他对屋内的布局了如指掌,还是花了一点时间让双眼适应屋子里的黑暗:这个仓库建造得很像一个大型马厩,用六码高的分隔物把整个空地分隔成不同的仓储区域。其中一块区域里堆满了垃圾和陈旧腐烂的建筑材料;另一块则堆放着纸箱和货物托盘——最近有一家公司租了这个地方用于物流。这里的地面很干净,没有灰尘,他可以从这里走到纸箱堆后面藏起来,不需要担心他的目标看见脚印。他现在就是这么做的,然后开始等待,仔细听着天花板上传来的吱嘎声,不停地闭上眼睛再睁开,以确保视线清晰。

流血……

他的目标返回楼梯顶部,普龙蒂能听见对方从楼梯上小心地走下来。当他走出楼梯口时，就要回到前门或者穿过中心通道。不管走哪边，都会把后背暴露给普龙蒂和他手里的厉害家伙。

他那双训练有素的耳朵就像蝙蝠一样，可以清楚听见那个狗娘养的混蛋所在的位置，然后普龙蒂就可以走过去挥舞他那致命的武器了。他侧耳倾听动静，心里想起那些旧时光——在军队的日子，令人愉快、同样也是麻烦不断的那些日子。和马里奥在一起酒足饭饱之后，他总是对他絮絮叨叨说起这些往事。

现在他正回想着在波河那时候的事……

然后普龙蒂回过神来，集中精力到现在的事上。

这是一场战争。

脚步声延续到楼梯口就停住了，那人正在分辨该往哪边走。

从左边到门口，还是直走？

不管哪边，你都马上要尝到我的苦头……

普龙蒂双手抓紧棍子，生铁味充斥着他的鼻腔。血液和铁锈的气味有点像，而他手中这个武器上残留着两者混杂的味道。

然而突然……发生了什么？

砰的一声闷响——是脚步声，接着又是一声，然后又一声。居然是从仓库的后面传来的！这个入侵者没有走他预计的路线直接穿过中间的过道走过他身边，而是选择走靠近墙边那块满是工程垃圾的区域。普龙蒂完全没料到会发生这种情况。

好吧，你错了，我的朋友，就算这样你也别想从我手里逃走。

普龙蒂从他藏身的地方走出来，用双手握住铁棍，蹑手蹑脚地迂回到那片区域的后面，普龙蒂猜测那个家伙可能要从那边走那道后门。这也没问题，那个家伙无论怎样也会走到门这边来，然后普龙蒂就可以痛下杀手。

悄悄地……悄悄地……

当他靠近那边时,一个脚步声就在他身边响起,距离太近,吓了他一跳。

但是他没有看见谁的脚在那里。

这是怎么回事?

接着又是砰的一声。

一小块砖块滚落到他面前。

不,不!他的军人职业素养看来反而害了他。

那些脚步声,那些砰砰声,根本都不是入侵者的。这是调虎离山计,肯定是这样!

在他身后,一个声音以一种命令的口吻响起。

这个命令来自一个女性的声音,是用英语说的,而他几乎听不懂英语。虽然不知道这句话的内容,普龙蒂也能毫不费力地猜出它的含义,于是他迅速丢掉铁棍,双手高举过头。

阿米莉亚·萨克斯把枪收起来。

她站在那里,俯身看着对面这个瘦骨嶙峋、胡子拉碴的男人,他正坐在仓库的地上,身上的衣服破烂不堪。皮特·普雷斯科特站在她旁边,正在检查他之前拿着的那根铁棍:"这武器不赖。"

她盯着那根棍子看了一眼,说得没错,确实不赖。

"你叫什么名字?"普雷斯科特问道。

男人没有回答,瞪着眼睛从这个人看向那个人。

普雷斯科特又重复了一遍问题。

"阿尔贝托·阿莱格罗·普龙蒂。"他回答,接着又对普雷斯科特说了些什么,后者从他的口袋里掏出一张卡片——是他的身份证明。

然后又是一长串尖锐而充满挑衅的意大利语。萨克斯只能听懂零星单词:"他是个共产党员?"

他双眼放光:"意大利共产党!"

普雷斯科特说:"一九九一年时就已经解散了。"

"不!"普龙蒂咆哮起来,接着又说了一大堆,那是一大段冗长的独白。萨克斯猜测他是在抗议那些过去的运动,这和现状离题太远。

那个男人滔滔不绝讲了一阵子之后,表情变得痛苦起来。

普雷斯科特好像被逗乐了:"他说你很棒,你把他给耍了。他可是个训练有素的战士。"

"是吗?"

"好吧,我不知道训练有素是指什么,不过他应该服过兵役。在意大利,每个男性都要服一年兵役。"普雷斯科特又问了他一个问题。

普龙蒂低着头回答。

"看来他服役时是个厨师,不过他强调自己参加了基础训练。"

"问问他这到底是怎么回事?还有,告诉他不要耍花样。"

看起来他是个流浪汉,就住在离这里半个街区远的小巷。

"他为什么想要来袭击我?"

普雷斯科特歪着头听着那个家伙的回答,随后解释道:"几周以来,他都住在这个仓库里。这间仓库已经被废弃至少一年了。于是他就用一条铁链和锁把后门锁起来,这样一来,他随时都可以进到仓库里。他可以躲开街上那些地痞,感觉比较安全。本来他对这一切都挺满意的。结果有一天这个仓库的主人还是什么人,又回来开始在仓库里存放东西。那个人威胁他,把他赶出去,还狠狠地揍了他。而且他还踢了马里奥。"

"马里奥是谁?"

"我的猫。"

"他的——"

"猫。"

普龙蒂说:"那个把他扔出来的人当时……很生气。"

就像大多数踢猫的人那样生气。

"今天他听见了动静,以为那个家伙又回来了。普龙蒂想要报仇。"

"之前有人来过这里?"她指了指那个碎玻璃瓶。

普雷斯科特翻译了普龙蒂的回答:是的,来了一些工人模样的人,卸下一堆货物或者装上一堆货物之类的。"大概是在两个小时之前,当时他睡着了,所以没有看见他们。但是后来他听见了你的动静。"

萨克斯把手伸进口袋,拿出一张二十欧元的纸钞递给这个流浪汉。他的眼睛睁得大大的;她很确定,他是在估算这些钱够买多少最便宜的酒。她向他展示了作曲家的合成画像以及马利克·达迪的护照照片。

"你见过他们吗?"

普龙蒂表示明白,但是他摇了摇头作为否定回答。

那么,最合理的解释应该是那张便利贴是在营地里的某个人给达迪的,也许是想等他通过庇护审核后,提供一个可能的工作机会。

尽管机会渺茫,还是有可能和作曲家有所关联,于是她说:"如果你看见他,"她指了指手机,"能打电话给我吗?"说着她就像一个单人喜剧演员那样做了个拨打电话的动作，然后指了指自己。

"我没有手机。"他向她露出一个非常失望的苦瓜脸，好像觉得自己需要把到手的欧元退还给她。

"这附近有什么地方可以让我给他买个预付费手机吗？"

"距离这里一个街区远的地方有家烟草杂货店。"

于是他们三个人一起去了那家小小的"速超"便利店，普雷斯科特用萨克斯的现金买了一部手机，里面已经包含一些短信和通话时长。

她把自己的手机号码输入这部手机里："如果你见到他，就给我发讯息。"她把这只诺基亚手机和二十欧元递给他。

"谢谢你，小姐！"

"不客气。问问他，他的猫现在怎么样了，叫马里奥，对吧？被踢了之后情况如何。"

普龙蒂的脸色相当难看。

"他说马里奥的伤势不算太严重。可是他的自尊心受到了严重的打击。"普雷斯科特耸耸肩，"可是，这种事难道不是时常发生吗？"

第四十一章

"莱姆警监,莱斯顿阁下和我有了一些发现。"

挂断了阿米莉亚·萨克斯的电话后,莱姆不禁翻了个白眼。

注意到他这个样子,埃尔克莱一时没有说话。

还在米兰的萨克斯刚刚报告说,没有任何发现。现在基本可以确定他们找到的这条线索——这张便利贴——属于马利克·达迪,而不是作曲家。以防万一,她还是采集了一些仓库地上沙土的样本。至于指纹,她找到了将近三百枚指纹,用来做技术分析不太现实。不过也不能断言此行一无所获,至少可以基本排除作曲家与这个地点的关联。

莱姆感到很失望,尽管这在意料之中;更令他感到不快的是,萨克斯要到明天才能赶回那不勒斯。迈克·希尔的私人飞机所属机组人员今晚要留在瑞士,最早也要明天早上才能接上萨克斯。

尽管萨克斯在电话里说,她已经找到一家很棒的酒店——马内大饭店,街对面就是著名的米兰动物园;那个久负盛名的斯卡拉歌剧院也在不远的地方,还有主教座堂,就是米兰大教堂。虽然她对逛景点不怎么感兴趣,不过还是可以随便转转的,反正也没有足够的时间去做她真正想做的事:出海去马拉内洛,法拉利的故乡,在赛道上试开一辆F1方程式赛车。

莱姆现在只好盼着林业警员那边不会空手而归了。"好了，好了，埃尔克莱，告诉我点有用的东西吧。"他同时也对汤姆点点头，这算是他的感谢了。

"碧翠丝·伦扎刚刚完成证物分析报告。"埃尔克莱低声说，其实这是多余的，因为现在这里只有他们几个人，"有关索姆斯，我现在就可以向你报告。首先，是发生袭击的那间公寓。"

埃尔克莱走到桌子旁边，找出这队秘密调查小组用来记录私下调查的那本黄页便笺本——迷你分析列表。他小心翼翼地写着，看来很介意自己糟糕的笔迹：

吸烟区，娜塔莉亚·加雷利的公寓，
卡洛·卡塔尼奥街

- 痕迹：
- 醋酸。
- 丙酮。
- 氨。
- 草酸铵。
- 灰尘。
- 苯。
- 丁烷。
- 镉。
- 钙。
- 一氧化碳。
- 小茴香。

· 生化酶：
· 蛋白酶。
· 脂肪酶。
· 淀粉酶。
· 乌洛托品。
· 甲醇。
· 尼古丁。
· 磷酸盐。
· 钾。
· 红酒。
· 藏红花粉。
· 碳酸钠。
· 过硼酸钠。
· 咖喱。
· 烟草和烟灰。
· 豆蔻。
· 尿酸盐。

袭击地点，相邻的屋顶，卡洛·卡塔尼奥街

· 痕迹：
· 小茴香。
· 生化酶：
· 蛋白酶。
· 脂肪酶。
· 淀粉酶。

· 磷酸盐。

· 藏红花粉。

· 碳酸钠。

· 过硼酸钠。

· 豆蔻。

· 咖喱。

· 尿酸盐。

"正如你看到的,"埃尔克莱兴奋地说道,"有很多共同点,两边有同样的成分。所以很可能是某个在吸烟区待过的人留下的这些痕迹,而他就是袭击者。"

这很难说,不过的确很有可能,莱姆心想,眼睛还盯着这张清单,考虑着各种可能性,否定一些理论,再提出另一些理论。

"碧翠丝正在研究这些化学成分会是什么。"

"好,好,好,尽管我认为没必要再劳烦她做这些。"

林业警员一时语塞,继而说道:"可是这样列出来的仅仅是一些化学物质,咱们怎么才能知道它们来自什么东西呢?咱们需要知道它们结合在一起会是什么。"

莱姆嘟囔道:"这是我一直在做的事。比如说,这些在吸烟区发现的东西,醋酸、丙酮、氨、苯、丁烷和镉;这没什么难度,都来自香烟。"

"可是它们都是有毒物质,不是吗?"

汤姆大笑起来:"请勿吸烟,埃尔克莱。"

"哦不,我不吸烟,也不打算吸。"

莱姆因为被打断而皱起眉头:"就像我说的,在吸烟区的是香烟的残留物。不过我认为其他的成分是洗衣粉。显而易见,还有调味料和咖喱——印度菜。再来看看袭击发生地的，只有洗衣粉和调味料。所以，埃尔克莱，回想一下。站在屋顶时，有没有看见附近有洗衣房招牌？我猜洗衣房在那不勒斯大概到处都是。"

"没有，我确定没看见。因为我自己由于个人原因特意在那边找过。我当时想着，如果有人在洗衣房等待的时候，有可能目击袭击。"

"嗯，"莱姆回应道，极力克制住论述为什么不可能找到目击者，"关于这间公寓的主人，你有他们的电话号码吗？"

"是的，我有那位女士的号码，她叫娜塔莉亚，也是个大学生，而且非常漂亮。"

"你觉得我会在意这个？"

"如果你见到她本人，也许会的。"

"打给她，现在就打，问问她在开派对之前有没有去过洗衣房。此外，问问派对上供应的餐饮食品中有没有印度菜——咖喱。"

埃尔克莱找出电话后直接拨过去。莱姆很乐于旁听，可以马上得到答案。在简短的意大利语交谈过程中，听起来似乎充满激情，比起英语更具有表现力。

埃尔克莱挂断电话后道："是的，关于洗衣房的问题，我得说她下午当然换洗过床品，这是考虑到也许当晚会有一些客人想要留下来过夜，省去深夜还要开车回家的麻烦。这条线索看来不是来自强奸犯。

"至于食物方面，真不走运，也是这样。单从派对本身来说，只有薯条那类的东西和一些坚果以及甜点。但是派对之前的晚餐上，她和她的男朋友吃了咖喱。我记得看过他的照片，他是印度人。所以说，这对咱们来说都是坏消息。"

"确实如此。"

那些在吸烟区残留的调味料和洗衣粉痕迹有可能来自娜塔莉亚，也可能是她当时和客人们一起待在吸烟区，或者是她后来上去清理那里。而且也许是因为她到隔壁的屋顶帮助那个女孩，在袭击发生地点留下了一些痕迹。

埃尔克莱问道："我记得你曾经说过，加里认为有可能是他之前的女伴想要陷害他，以此作为报复。"

莱姆回答："他的律师是这样告诉我们的。那个女人，瓦伦蒂娜·莫雷利，她好像在佛罗伦萨或者周边地区，到现在还没有回电话。"

正说着，埃尔克莱的手机响了一下，他低头看着屏幕，脸上就浮现出一抹红晕，他微笑起来，开始打字回讯息。

莱姆和汤姆交换了个眼色，莱姆觉得他们想到同一件事：是个女人。

也许就是那位金发美女，丹妮拉，他之前一直在讨好她。

嗯，和这么漂亮的女孩约会，尤其还是个女警，这位年轻男子大概会表现得很糟。

莱姆·林肯对此可是颇有心得。

埃尔克莱收起手机："我把最好的留在最后了。"

"这都是什么跟什么啊？"莱姆嘟囔道。因为萨克斯的缺席，他心情欠佳。

"现在，说说加里的公寓，莱斯顿先生对我的指导非常有帮助。他提醒我说，要'变成'嫌犯。我照做后，我们发现了一些有趣的东西。"

回应他的是一个不耐烦的挑眉。

"那栋建筑是座典型的公寓楼，布局对称，右边每一扇窗在对应的左侧也会有一扇。正面的每一面山墙，在后面对应的地方也有一面。在每一……"

"埃尔克莱。"

"噢，好吧。可是在后面仅有一扇高二十厘米的矮窗，以便让光线照到公寓的地窖。如果你面向公寓后身，它在右边。就只有这一扇。为什么左边就没有呢？明明其他地方都是对称的。后院的左边又没有比右边高，可是偏偏那扇窗子该在的位置上有个小土丘。然后，在门廊下方有几个空花瓶。它们和露台上的花瓶是一样的，只是露台上那些花瓶里装满了泥土。"

莱姆来了兴致："所以说嫌犯就是从左侧的窗子闯进去的，那边就是加里的卧室？"

"是的。而且他或她把药物留在里面，然后用花瓶里的泥土遮住了左边的窗子。"

"难道在犯罪现场的那些人没有在地上发现玻璃或者泥土吗？"

"这个嘛，"埃尔克莱说道，"他或她很聪明，用到了玻璃切割器。在这里，看。"他从文件夹里抽出几张八乘十英寸的照片，把它们摆开来，"碧翠丝把这些打印出来了。"

莱姆可以看到那些痕迹被标示出来，隐约可以看出是一个矩形。

埃尔克莱接着说道："当他做完这些之后，就用一块从后院捡来的卡纸板挡在窗子的破洞上，再用泥土把这些痕迹掩盖了。我很遗憾，在花瓶和纸板上都没能找到指纹。不过我发现了残留的痕迹……"他顿了顿，"那种乳胶手套留下的痕迹。"

很好。

"而且我还找到了足迹，很可能是'破窗闯入者'留下的，是这个词吧？"

"应该是。"莱姆觉得眼前这个年轻人还是大有前途的。

于是埃尔克莱又做了一个迷你证物列表。

加里·索姆斯的公寓，
科尔索翁贝托大街一号，那不勒斯

- 矮窗被切割开。
- 未发现指纹，有疑似乳胶手套的残留痕迹。
- 用卡纸板挡住缺口后，再用泥土填埋掩盖掉破坏痕迹。
- 破窗附近和室内地板上都发现了脚印。
- 尺码：7½ (m)/9 (f)/40（欧码），皮质鞋底。
- 羟基丁酸，约会迷奸药物。
- 轮胎印记，位于后院的泥地上。
- 欧陆 195/65R15。
- 足迹中搜集到的沙土。
- 尚待分析。

"那些约会迷奸药物是在哪里发现的？"

"在窗台上。"

莱姆盯着证物表，嘀咕道："这个该死的闯入者到底是谁？"

这个"破窗闯入者"。

他接续说道："会不会就是那个打电话给警察并且向他们提供加里姓名的家伙？那是一个女人的声音，而鞋子的尺码也应该是个女人的。"

埃尔克莱说："我查过轮胎纹路的信息。那是马牌轮胎。我们还不能确认那是来自入侵者的，不过轮胎印记是一两天前留下的。而且说起来，把车子停在那就可以避免被街上的人看到。

"是的,的确。"

"遗憾的是,很多型号的汽车都用那种轮胎。不过我们可以——"

一个声音突然响起,就像在抽打整个房间。"林业警员,你给我赶快离开这个房间,马上。"

莱姆把轮椅转过来,与但丁·斯皮罗面对面。这个精瘦的男人身穿一件黑色外套配白色衬衫,没系领带。山羊胡子,秃顶配上震怒的表情使他看起来像极了恶魔。

"长官……"埃尔克莱脸色发白。

"出去,快点。"接着是一串恶毒的意大利语。

这个年轻的警员朝莱姆那边瞥了一眼。

"他不是你的上级,我才是。"斯皮罗大声呵斥。

年轻人开始朝外走,小心翼翼地绕过斯皮罗。

他朝莱姆深深地看了一眼,检察官小声对埃尔克莱说:"你出去后把门关上。"

"是的,检察官先生。"

第四十二章

"你怎么能这么做?你居然在调查一件我正负责检控的案子!"

斯皮罗朝莱姆走过去。

汤姆迎上来。

这位检察官说道:"还有你,你也出去。"

这位私人看护语气镇定地回答:"不行。"

斯皮罗把脸转向汤姆,和这个美国人对视,随即决定不再要求他离开。显然,不论在任何情况下,这位私人看护都不可能照做的。

他继续对莱姆说道:"我一直都反对让你在这里。一直都不想让你到这里来。是马西莫·罗西认为这有可能有助于调查,考虑到他是这个调查的负责人,我才犯了这个愚蠢的错误——我同意了。结果事实证明,你跟他们没什么区别。"

莱姆好奇地皱皱眉。

"又是一个爱多管闲事的美国人。你根本不懂什么叫规矩、忠诚和界线。你是这个巨大而愚蠢的国家机器的一部分,想去哪里就去哪里,碾碎一切妨碍其道路的东西,而且从来不会道歉。"

莱姆并不想指摘这些词句;他飞行四千公里来到这里可不是

为了捍卫美国的外交政策的。

"是啊,诚然,你在这件案子上确实提供了一些有用的意见,不过你也应该想明白,这本来也是你们惹出的乱子!那个作曲家是个美国人。你们没能找到并且阻止他。所以你的协助是你唯一能做的事。

"可是你却反而来破坏另一个案子,我的案子,那人被指控犯下性质恶劣的性侵犯,侵犯一名失去意识的女士?好啊,莱姆先生,这可是越界了。加里·索姆斯并不是女巫审判的被告。[①]他是依据本国法律被逮捕的。这是个民主国家,逮捕是基于合理的证据和指控,而且他也享有一切他该有的权利。警监劳拉·马尔泰利和我也会继续追寻线索。如果他能够证明自己是清白的,他将会被释放。但是现在看来他是有罪的,而他将会被监禁,除非地方法官决定他可以在等待审判时被保释。"

莱姆想要说话。

"别,让我说完。如果你来找我,跟我说你希望为辩方提供建议,提出一些法医学意见,我还可以理解,但你却没有这样做。更讽刺的是,你居然还动用了我们的警员——那个年轻人,直到几天前他还只能检查山羊谷仓的状况,因为阻止销售未清洗的花椰菜受嘉奖。你还在未经授权的情况下动用警方设备做调查。在这个国家,这种行为严重触犯了法律,莱姆先生。而且,坦白地讲,要我说还更糟,这种行为是对东道主的公然冒犯。我会起草一份指控你和埃尔克莱·贝内利的文件。如果你不立即离开这个国家,我就会正式发出这份指控。而且我向你保证,先生,你不会喜欢我为你挑选的监狱的基础设施。以上就是所有我

---

① 女巫审判(又称魔女狩猎),是中世纪基督教对其所谓异教徒进行迫害的方式之一,受害者多是女性,主要目的是维护教皇权威,铲除异端。

对此事要说的话。"

他转身朝门口走去,接着推开门。

莱姆说道:"真相。"

斯皮罗停住动作,他回过头来。

莱姆接着说:"对我来说只有一件事是有意义的,就是真相。"

一个冷酷的微笑浮现出来。"依我看这就是你所谓借口?这也是美国人的最爱:借口。你们想干什么就干什么,然后找个借口来为自己的行为脱罪。我们错杀千人就是因为被更崇高的理由蒙蔽双眼。你的国家应该感到羞愧,时时刻刻内疚。"

"这并非借口,检察官。这是事实。除了查出真相,我绝对不会做任何多余的事。而这也包括我是否有必要在你或者别的什么人背后搞小动作。我们在这里的所作所为,我当然知道这不合程序,不过并未触犯法律。"

"你指什么?"斯皮罗追问道。

"加里·索姆斯在强奸弗里达·S.一案中很有可能有罪,我不在乎;说真的,我根本不在意。如果我的调查结果证明他是有罪的,我会乐于把所有成果都提供给你,这与找到证明他无罪的证据对我来说并无差别。我也是这么告诉加里的律师的。但是我不能容忍存在任何疑点。仅靠这点证据就足以告诉我们一切吗?证据是否含糊?是否具有双重性?是否根本就是被伪装成截然相反的东西了?"

"很聪明,莱姆先生。你是不是也在你的课上用这种个性化的说法来吸引学生?"

他确实会,这是事实。

"我发现你们在强奸案上的调查做得很不错——"

"真虚伪!这也是美国人的另一件拿手本领。"

"不，我是说真的。你和马尔泰利警监的工作做得很棒；但另一个事实是，你的案子还缺很多内容。我认为通过我的调查可以很好地对其进行追查。"

"啊哈，别再耍嘴皮子了。你已经听见我的最后通牒。请马上离开这个国家，否则你就要承担一切后果。"

他再次转身要走。

"你知道加里的公寓被人闯入过吗？"

他一下子僵在原地。

"有人戴着橡胶手套打碎位于他卧室的窗子，悄悄闯了进去，并且用泥土掩盖了破窗的痕迹。而约会迷奸药物残留痕迹正是在那间房间内他的衣物上发现的。而且那扇窗的窗框以及窗外周边，都发现了那些药物痕迹。"

莱姆朝汤姆点点头，示意他拿出那个黄色便笺簿，翻开迷你列表。他向斯皮罗展示了列表，而对方很不屑地挥了挥手。

他继续朝门走去。

"我请求你，请看一看这个。"

这位检察官大声叹了口气，走过来抓起便笺簿。他看了一会儿后，说道："你还找到了关于某个人的证据，如果按你所说，那个受害人遭到袭击的案发现场吸烟区；那些痕迹，洗衣皂——肥皂，还有调味料。"

显然他也认出了那些成分的来源。令人欣赏。

他以一种坚定的语气说："可是这些证明不了什么。这些痕迹可能是房主娜塔莉亚留下的。她当时去救助受害人了。还有她的男朋友德夫是个印度人。这就解释了咖喱的痕迹。"检察官的脸色缓和了下来。他歪着头对莱姆说："我个人还是把他作为首要怀疑对象。我曾经带着他的资料去了他的学校，当时我就观察到他经常盯着经过的女学生们看。他的目光看起来很饥渴。而且有人看见他和受害人弗里达聊天，就在案发当晚早些时间。可是他能够说清楚自己在派对上每一分钟的行踪，而且他的DNA与受害人体内的不相符。"

莱姆接着说："还有附近酒店的监控录像发生了故障。"

"这是常有的事。"

"是的，你说得对：在那不勒斯发现的证据没有用处。但是我们在加里那儿的发现就不同了——在现场发现的脚印很关键。"

斯皮罗的眼里露出好奇的神色。他读道："男性小码尺寸，或是女性。而且当时是一个女人声称加里往弗里达的红酒里放了东西。"

"埃尔克莱从嫌疑人出现的地方采集了泥土样本，碧翠丝正在做分析，结果也许会有帮助。"莱姆接着说，"那有可能就是一起强奸，但是也有可能是某个人想让他陷入麻烦——也许是那个女人。加里的律师告诉我们说，他是个十足的女性杀手，一个花花公子，你知道吗？"

"我知道。"

"他对待那些女人的方式有可能导致她们想要报复他。有一个在佛罗伦萨的女人也许——"

斯皮罗打断他："瓦伦蒂娜·莫雷利，是的，我也正在找她。"

一段短暂的沉默后，斯皮罗脸上的表情像是在说：出乎我的意料。"那么，莱姆警监，我会进一步调查这个案子；同时也会暂时搁置我对你和林业警员贝内利的指控，关于你们滥用警用设施以及干扰司法程序的指控——只是暂时性的。"

他从胸前口袋里拿出一支方头雪茄，把黑色的烟卷横放在鼻子前面闻了闻，然后又放回口袋。

"我对你的态度,也许你也看出来了,部分原因是因为你,要我说的话,那是犯罪。不过你来到这里也是冒了很大风险的——以你目前的情况来说,旅行并非易事,而是相当危险的。"

"大家都清楚这个事实。"

他没回答而是继续说下去:"而且就算你能够成功地抓到那个作曲家,也没法保证你能把他引渡回美国。记住——"

"那个狼乳房法则。"

"没错。不管怎么说,你来这里追捕你的逃犯。"他微微侧着头,"你来追寻真相。而我在各个环节上都加以反对。"

斯皮罗顿了顿,看着作曲家案证据记录簿,然后又缓缓开口说:"我的反对是有原因的。出于个人原因,可以这么说,但是却很说明问题,就是我们刻意不去接受。"

莱姆一语不发。他很乐于可以继续追查手头这两个案子,当然也乐于不被丢进某个意大利监狱,所以他听任这个男人说下去。

检察官接着说:"这个答案可以追溯到很多年以前——第二次世界大战期间,那时你的国家和我的国家是不共戴天的仇敌……"斯皮罗的声音温和,"不过也不见得……"

第四十三章

"你应该还没听说过'意大利联合交战军'。"

"没有。"莱姆回答斯皮罗。

"意大利联合交战军。一个复杂的名称表示一个简单的概念。还有一个大多数美国人都不知道的真相：意大利和二战时期的同盟国仅仅在交战之初是敌对关系。双方在一九四三年签署了停战协议，早在德国战败之前便结束了彼此之间长期的敌对状态。诚然，有些纳粹军人还在为法西斯效力，但是我们的国王和总理加入了美国人和英国人的行列，一起对抗德国人。这个意大利联合交战军就是意大利的同盟国部队。

"不过，你也许猜到了，战争是复杂、龌龊、肮脏的。一九四三年九月之后，尽管停战协议已经全面生效，我们应该一起战斗，大部分美国士兵仍然无法信任意大利人。我的爷爷是其中一位勇敢的精锐步兵指挥官。可以这么说，这个组织是协助美国第五军攻破伯恩哈德防线的——位于罗马和那不勒斯中间地带。那里的部分法西斯分子防御十分坚固。

"我的爷爷把他的人留在防线后方，靠近圣皮埃特罗。他们从后方发起攻击，并且取得了漂亮的胜利，同时也遭受了重创。但是当美国部队向前推进时，他们发现我爷爷的部队仍然待在防线后方。他们没收到关于这次战斗行动的消息。他们缴械了我爷爷部队余下的三十几个幸存者，对他们进行了围捕。可是他们并没有报告给上级；而且也不听我爷爷的解释，把他们一股脑地扔进了战俘营，和三百个法西斯分子关在一起。"他发出一声冷笑，"你能想象那些意大利人在那里——与他们的'好邻居们'待在一起，能活多久吗？大约十个小时，一切就都结束了。后来的报告中表示，大多数死者死状都相当凄惨，而我的爷爷也在这批死者之中。那些美国人仅仅听见了那些惨叫声。真相大白之后，第五军团的少校向六名生还者正式道歉。一个少校做出了道歉，不是将军，也不是上校，只是一名少校，他只有二十八岁。

"对此我要多说几句：战争不仅肮脏，而且其结果往往无法预料。当我的外祖父在战俘营去世的时候，我的母亲还是个小女孩，对她的父亲几乎不太了解。可是他的去世还是影响了她的心智。不管怎么说，我的奶奶是坚信如此。她的想法从来都不会错。我母亲后来结婚，然后生下我和我的兄弟，可是在生下我之后没多久，她就开始出现各种状况，并且越来越糟。抑郁症，然后是躁狂症；又是抑郁症，然后是躁狂症，逐渐远离人群。有时候当她来到学校接我的兄弟和我时，她就开始尖叫；有时是在教堂，她开始失控。于是她接受了各种各样的治疗。"

"很少有人会了解那些原料指的是导电凝胶……"

"那些治疗除了损坏她的短期记忆以外毫无帮助。悲剧始终没有终止。"

"她现在的情况怎么样了？"

"她在家里，我的兄弟和我时常去探望。她有时候能够认出我们，新型药物治疗帮助她稳定了病情。医生说，这已经是预期中最好的结果了。"

"非常抱歉听到这些。"

"我能否把这些也怪罪到你的国家头上呢?作为害死她父亲的又一恶果?尽管这么说似乎十分有失公允,但是为了能够让自己释怀,我还是选择了坚持这样的理念。好了,这就是我想说的,所有我必须要说的。"

莱姆点点头,带着些许歉意,尽管他很清楚,这实在没有什么实际意义。

斯皮罗拍了一下大腿,表示关于这个话题的讨论已经结束:"现在,我们在追寻加里·索姆斯一案背后的真相这件事上目标一致。我们手头上还有些什么呢?"

"在罗马对约会迷奸药物的分析要尽快取得结果。我们必须弄清楚从他的公寓里找到的药物样本是否与在弗里达体内检测到的是同一种。"

"好,我会盯着这个。"

"另外,碧翠丝正在对加里住处窗外的泥土样本进行分析。"

"好吧。"

"不过我还有一个主意。我希望再追加一项分析。埃尔克莱可以告诉碧翠丝怎么做。"

"啊,那个林业警员。我差点把他忘了。"斯皮罗朝门口走去,他探出头,大声下着命令。

埃尔克莱走进来,样子十分局促不安。

"你现在尚未被遣散,还没有,埃尔克莱。"斯皮罗瞪着眼睛,"莱姆警监刚刚挽救了你的'培根'[①]。这是个美国式的表达方式,倒是挺适合一名林业警员的。"

[①]指差事。

埃尔克莱笑了笑,虽然没能感受到任何幽默。

斯皮罗的脸色变得更加冷酷:"不过如果你胆敢尝试穿越底线……"

是越过底线,莱姆差点就要开口纠正了,不过他决定还是别这么做为好。

"——你的工作也就完蛋了。"

"您这话是什么意思?"

"这还用挑明吗?当然我不是在说你让萨克斯警探去做所谓阿拉伯语翻译,尽管这明显是个可笑的小把戏。我指的是在卡波迪基诺机场接待中心的那个记者:努齐奥·普拉达。那个家伙向我连珠炮似的提问关于达迪遇害当晚的事——他是你的朋友,不是吗?"

"我……好吧,是的,我跟他比较熟。"

"当时你看见我来了之后,没有马上溜掉,而是指点他,让他对我说我邀请美国人来这里协助办案是个英明举措。"

这名警员的双颊变得通红:"我非常抱歉,检察官先生,但是我认为我们能从萨克斯警探的协助中受益;而您,请恕我直言,您看起来是不会允许她插手的。"

"欺骗,你的诡计都是为了达到目的,埃尔克莱,于是我也就将计就计,尽管我早就看穿了这个把戏。这是一个好机会,让整个调查保全面子,同时又能允许颇有才能的萨克斯警探直接介入案件调查。但是你的计划——用英语说,真是拙劣。你应该感到难为情,你的行为实在相当愚蠢可笑。"

"您为什么这么说,检察官先生?"

"难道你就没想过,比起称赞,我很可能会遭到嘲笑吗?——意大利警探邀请了应对连环杀手成功逃离纽约一事负责的警探。"

莱姆和汤姆都笑了。

"感谢上帝,那些媒体也都是一些笨蛋,他们都没有注意到这种自相矛盾。但是以后你最好给我老实一点。老虎不发威,你就当我是病猫?"

"可是,检察官先生,事实是……"

"你看起来好像很怕我!"

"长官,恕我直言,我认为很多人都很怕您。"

"这是为什么?"

"您很严酷,大家都知道您时常大声呵斥,甚至会对人们大喊大叫。"

"如果有必要的话,很多人,演员和侦探也都会这么做。"

"您的书……"

"我的书?"

埃尔克莱低头看了看他的口袋——那个镶金边,皮质封面的小册子轮廓清晰可见。

"这又怎么了?"

"那个,您知道的。"

他厉声道:"在我要求你给我解释的时候,你凭什么觉得我会知道?"

"长官,您会把那些冒犯过您的人的名字写在那上面——那些你会伺机还击的人。"

"我这么做过?"

"我是听别人这么说的,是的,我想这是真的。"

"好吧,林业警员,告诉我你看见了多少人的名字,那些要被打击的人的名字。"斯皮罗把那个册子递给埃尔克莱,他哆哆嚓嚓地接住。

"我——"

"念出来，林业警员，念。"

他颤抖着翻开纸页，莱姆可以看见那上面密密麻麻但是整齐清晰的意大利语，那些文字很小。

埃尔克莱皱着眉。

斯皮罗说："那个标题，读第一页页首的标题。大声点。"

埃尔克莱读道："《夏安的女孩》，"他看向莱姆和汤姆，"意思是《夏安的女孩》。"

"下面呢？"

"第一章。第一章。"

"再下面呢，请继续，翻译给莱姆警监听。"

埃尔克莱一时迷惑起来。他歪着头断断续续地一边读，一边翻译道："在四点二十五分的去往图森的火车上，尚未遭到袭击，贝尔·沃克本应该和她的未婚夫完婚，而她的人生也本应归于沉闷，和她姐妹们的人生一样，和她们母亲的人生一样。"

埃尔克莱抬起头。

斯皮罗说道："这是我的爱好。我非常喜欢美国牛仔故事，而且读了很多。从我还是个小男孩时就开始了。你知道意大利和美国西部一直都有密切联系。塞尔希奥·里昂、克林特·伊斯特伍德的电影《荒野大镖客》《黄金三镖客》；还有那部杰作，《西部往事》；戴尔西奥·科尔布奇的《姜戈》，捧红了伊朗福·尼禄；当然还要提到那些埃尼奥·莫里康内制作的电影背景音乐，这位配乐大师甚至还给一部昆汀·塔伦蒂诺指导的新片做了配乐。

"我尤其喜欢女性作家写的那些十九世纪的西部小说。你知道她们写过一些最棒的作品吗？"

其实莱姆对此一无所知，而且他也不在意这些，不过他还是点点头表示赞同。

看来埃尔克莱并没有被记录在检察官的书中。他说道："真是令人着迷，检察官。"

"我也这么觉得。玛丽·福特在一八八三年写过一部关于采矿的巧妙小说。一年后，海伦·亨特·杰克逊写了《雷蒙娜》，相当知名。而最为有趣的一部则是玛拉·埃利斯·瑞安写的《在山里说》；内容涉及很多种族关系的一个奇遇故事。我觉得那是最卓越的一部作品，而且居然是在一百多年前写成的。"

斯皮罗朝埃尔克莱现在念的那本书点点头，然后说道："我也在尝试写西部小说，于是塑造了那样的人物，贝尔·沃克，来自东部的社会女性，变成一个逃犯猎人。还有，最后，在我未来的作品里，将成为一位检察官。所以，你该明白了，林业警员，你大可不必担心会出现在我的书里；不过，这并不代表如果你的工作出现什么纰漏，不会导致灾难性的后果。"

"是的，是的。"年轻警员的目光再次落回那些纸张上。

斯皮罗把书从他的手中取走。

"但是，求您了，谁是火车袭击者？检察官？野人？还是土匪？"

斯皮罗挥了挥手、变了脸色，于是埃尔克莱马上就闭嘴了。

"现在，我们有两个案子要追查。而且目前莱姆警监想让你安排碧翠丝对加里·索姆斯案再次做分析……这会是什么呢？"

莱姆回答说："我刚刚又看了一遍证物列表和对案件的描述。于是我觉得最好对在吸烟区找到的酒瓶做个进一步的全面分析。"

"这个瓶子已经被检查过约会迷奸药物、瓶身上的指纹和DNA信息。"

"我知道,不过我希望再检查一下瓶子表面的痕迹和标签。"

斯皮罗对埃尔克莱说:"现在就去做。"

"好的,我这就去找碧翠丝做。瓶子现在在哪儿?"

"证物柜在大厅那边,她知道的。还有什么其他的事吗,莱姆警监?"

"林肯,请叫我林肯。没有了,我想目前这些就已经足够了。"

斯皮罗看着他:"你怀疑派对上供应的酒水,我倒是对另一个问题产生了兴趣。"

"那是什么?"

"第三个人。是谁闯入了加里·索姆斯的公寓,这个人蓄意用证据让一个无辜的男人获罪,是为了保护真正的强奸犯还是仅仅为了报复索姆斯。"

"不错,这的确是可行的理论。"

"还有一件事,你知道的,那个闯入者也有可能是索姆斯的朋友伪造有人闯入的样子,希望以此令我们得出现在这样的结论,那就是他可能是被诬陷的……而实际上他就是有罪的。你们美国人是怎么说的来着?——罪有应得。"

VI 老鼠之家

九月二十六日,星期日

第四十四章

　　G6 喷气式飞机徐徐降低飞行高度，接近那不勒斯机场，平稳得就像凯迪拉克的随速减震悬挂控制模式。
　　阿米莉亚·萨克斯是今天机上唯一的乘客，全程享受着空乘人员无微不至的服务。
　　"再来点咖啡？你真应该尝尝这些羊角面包。里面的意大利熏火腿和马苏里拉奶酪都是最棒的。"
　　想要适应这些还真是需要花些工夫……
　　此刻，享用过早餐和咖啡之后，萨克斯坐回座位，透过飞机窗口向下面观望；航程即将结束时，她可以清晰地俯瞰整个卡波迪基诺机场接待中心。从这里看去，它凌乱不堪地向四周蔓延，远比从地面上看起来大得多。她想知道，是否那就是那些人生命归宿的地方？再过十几年，他们能否在这里有个家？还是会去其他的国家？又或者会不会被送回他们来的地方——逃到这里的旅程不过延缓了他们的命运而已。
　　他们是会活下去还是会死去？
　　她的手机发出嗡鸣，机组人员没有要求将手机关机，所以她接听了电话。
　　"你好？"

"萨克斯警探……我很抱歉，阿米莉亚。我是马西莫·罗西。你现在还在米兰？"

"没有，我刚刚降落，警监。"

"在那不勒斯？"

"是的。"

"好的，好的。我们的警察总署网站上收到一封邮件。写信人声称他——或者她，没有署名——看见有个男人出现在靠近营地的山顶，时间正是达迪被谋杀当晚，就在案发之后不久。他当时靠在一辆黑色汽车旁。信中的意大利语写得很糟，所以我们几乎可以断定他用的是翻译软件。我猜测他是那些小商贩中的一员，阿拉伯语才是他的母语。"

"他有没有说具体在哪儿？"

"有。"罗西给了她一条路的名称。他已经通过谷歌地图查找到那条小路，通向可以俯瞰营地的山顶。他把这些都告诉了她。

"我大概刚刚飞过它上方。我会在回去的路上直接过去看看。"

"我会让埃尔克莱·贝内利在那里与你会合。以防万一需要翻译。"他轻声笑了一下，"或者是需要亮出一枚真正的警徽来进行问询。"

她挂断电话。好吧，一位深感忧虑的市民站了出来。

一位多少有些担心的市民。

那里会不会还有些什么证据呢？

也许会，也许不会。无论如何都不能错过任何机会去收集哪怕只有一微克的痕迹证物。

* * *

阿米莉亚·萨克斯坐在迈克·希尔的雷诺汽车后排座位,这位热情的司机再次和她攀谈,并向她讲述了更多那不勒斯的细节。维苏威火山爆发是今天的头条新闻,令她感到颇为惊讶的是,没有出现火山灰尘埃、地震或者熔岩岩浆导致的伤亡,只是些有毒的烟雾。

"那是在仅仅几分钟内发生的。砰。你们会怎么说吗——砰?"

"是的。"

"砰的一声,然后,死亡!成千上万的死亡。你肯定会这么想,对不对?一定不要浪费生命中的每分每秒。"他眨眨眼,这让她好奇他是不是经常像这样借助自然灾害来怂恿女人。

她给了他目的地位置,然后,奥迪豪华轿车穿过营地以北的那些小山。在林木之间,她找到了埃尔克莱·贝内利,于是她让司机停车。

他们彼此打了招呼,她把他介绍给这位司机。两个男人用意大利语简单地交谈。

"你能否在这里等等?我不会耽搁太久。"萨克斯对司机说。

"好的,好的,当然没问题。"这个身材魁梧的男人微笑着,表现得像是乐意接受美丽的女士提出的任何要求。

"是这条小路吗?"她问埃尔克莱。

"是的。"

她向四周看了看。从这里是无法看见营地的,不过她相信顺着这条路走上去就能发现理想的观察位置。

他们在鞋子上套上橡皮筋之后就出发了。小路坡度陡峭,有很多烂泥和杂草,不过踏脚石都很平整,看来是人为铺设的。这里曾经会不会是旧时罗马的某条小路呢?

他们沿路向上，呼吸沉重，还在不停地出汗。尽管现在还是早上，天气却很热。

一阵风吹过，他们周围随之充斥一股甜香味。

"泰利南。"埃尔克莱说。他大概是看见阿米莉亚把头转向气味来的方向。

"一种植物？"

"一种香水。不过是由一些你现在闻到的东西制造的——柏树、菖蒲和香甜墨角兰。泰利南是恺撒时期最受欢迎的香水。"

"尤利乌斯？"

"他是无二独一的。"埃尔克莱说。

"独一无二。"

"噢。"

他们走到山顶。这里没有什么树木，他们朝下望去，现在可以看见了，没错，她可以清楚地看见营地。她并没抱什么希望能够看见明显的痕迹表明作曲家曾来过这里。他们又往远处走了走，一直走到山脊中央的一片空地。

埃尔克莱问道："关于米兰，莱姆警监说你一无所获。"

"确实没有。不过我们排除了一条线索，这和发现一条线索同样重要。"

"同样重要？"他面带困惑地问道。

"好吧，没这么好。不过再怎么说你都得追查下去不是吗。更何况，我刚刚在一架私人喷气式飞机上享用了牛角面包。所以我也没什么好抱怨的。你看，我没能找到任何脚印或者……好吧，任何线索。他会站在哪儿呢？"

他们二人环顾四周，埃尔克莱沿着空地周边小心翼翼地查找了一番，然后他扭头对萨克斯说，"没有，我什么都没发现。"

"为什么作曲家要来这里呢？而且据目击者说，是在谋杀发生之后。"

"为了看看有谁在跟踪他？"年轻的警员耸耸肩，"或者与上帝，或者撒旦，或者其他什么指引他的神魔交流。"

"这和一无所获也没什么区别。"

埃尔克莱摇摇头："他可能在那些树后面找到一些掩护，我过去看看。"

"我去看看那边下面的地方。"萨克斯从山顶向下，走到一块更加靠近营地的小空地上。

不禁再次想道：他到这里来是为了什么呢？

这应该不在他的既定路线上——大概要花费他宝贵的十几分钟逃跑时间——为了爬上这条小路。

然后她突然停下脚步。

那条小路！

唯一能够看见营地的地方，说的是这里，在山脊上，从路上爬到这里之后。而那位发邮件的人说的是，目击到嫌疑人当时正站在一辆黑色汽车"旁边"，好像正在看着营地方向。

这不可能。

根本不可能把汽车开到这里来；那辆汽车只能被留在谷地看不见的地方。

这是个陷阱！

是作曲家自己发送的邮件——用蹩脚的意大利语，通过翻译软件把英语翻译过来——为了引诱她或者别的警员到这儿来。

她转身看向山脊的另一侧，喊着埃尔克莱的名字，随即听见一声枪响。一声强劲的来福枪的枪声，响彻群山。

还在山顶的萨克斯迅速趴下，匍匐钻进空地周边的灌木丛里，拔出她那把伯莱塔。她看向山谷，看到希尔的那名司机，他惊恐万状地蹲在奥迪车的挡泥板后面。他在打电话，看起来正在对电话里的警方呼救。

然后她看向那些干燥的、沙沙作响的杂草，看到埃尔克莱·贝内利四肢伸开，面部朝下，倒在一棵巨大的玉兰旁边。她起身跑向他。第二发子弹呼啸着打到她面前，顷刻之间，强有力的枪声再次响彻山林。

"一次采访？"

电话另一端的男人用他那轻柔的南方口音（美国而非意大利口音）慢吞吞地说道。这种方式总是能让要求看起来更加具有说服力。

一如既往，莱姆对达里尔·穆布里说："不行。"

这位面色苍白的男子如果不是如此锲而不舍，其实也没什么不好。

莱姆和汤姆正坐在他们下榻的酒店餐厅里。莱姆对早餐一向缺乏兴趣，不过欧洲这边的房费中包含全部早餐费用；而且，也许是因为旅行的缘故，又或者是因为对案子的热情，他的胃口要比平时好。

好吧，实事求是地说，这里的食物还真是相当美味可口。

"加里被打了。如果我们对这个案子能说几句的话，就有可能帮助他躲到大众的视线之外。"穆布里通过夏洛特·麦肯齐位于领事馆的办公室里的免提电话说道。她就在他旁边，此刻也开口说道："监狱警方都是正派人，他们现在也很关照他。但是他们不可能时时刻刻看着他。我只要求能有一点可以支持他无罪的东西，这样我就能把他弄到其他地方去。"

穆布里再次接话。"至少你可以给我们透露一点口风，"他用的是询问的口气，"你们是不是找到了些什么？"

莱姆叹了口气，继而尽量耐心地说道："我们的确找到了一点踪迹表示他有可能是无辜的，是的。"他不想说得太过详细，担心穆布里有可能泄露出去。

"真的吗？"这次是麦肯齐。她的声音里充满热情。

"不过这件事才算刚开个头。我们必须要找出真正的嫌疑犯。目前为止我们还没能到这一步。"他们插手此案已经被斯皮罗咒骂了好几遍，如果没有检察官的首肯，莱姆是绝不可能发布任何新闻声明的。

穆布里问道："你能不能给我们提供一点线索？"

莱姆抬起头，目光越过早餐餐桌："啊，我很抱歉。我现在有个重要会议。我等的人已经到了。我会尽快给你们回电话的。"

"好吧，如果——"

咔嗒。

莱姆把他的注意力转移到刚刚他提到的那个人身上，来人走到早餐桌旁边，是他们的侍者，一个身穿白色外衣的消瘦男子，有着极其夸张的大胡子。他询问莱姆："再来一杯咖啡吗？"

汤姆开口道："他说——"

"我知道他在说什么，答案是好的。"

那个侍者转身离开，片刻后端着美式咖啡回来了。

汤姆环视整个房间："意大利没有胖子。你注意到没有？"

"那又怎么样？"莱姆问汤姆。他的口气表明他完全心不在焉。他的心思全在加里·索姆斯和作曲家的案子上。

这位私人看护继续说道："看看这些食物。"他抬头示意那个巨大的自助餐台，上面琳琅满目的火腿、萨拉米香肠、奶酪、鱼、水果、麦片谷物、油酥糕点、半打各式各样新鲜出炉的面包，以及用闪亮的锡纸包裹的不知名的美味佳肴，此外还有鸡蛋和其他一些单点的菜肴。每个人都在享用大餐；同时，的确，没有一个胖子，也许有比较丰腴的，就像碧翠丝，但是没有大胖子。

"的确没有。"莱姆没好气地说，旋即结束了这场也许会发展到关于美国的肥胖问题的谈话——这种话题他是全然没有兴趣的，"该死的，她到底在哪儿？咱们现在该出发了。"

迈克·希尔的私人司机已经从米兰接上阿米莉亚·萨克斯，并且把她送回那不勒斯。她是半个小时之前落地的。她要去和埃尔克莱会合，然后一起去查勘难民营那边的山地，可是莱姆从没想过这要花这么长时间。

侍者再次迂回过来询问。

汤姆说："不用了，谢谢你。"

"乐意效劳。"然后，停了片刻，"请问能否向您要个签名？"

"他是在开玩笑吗？"莱姆嘀咕道。

"林肯。"汤姆用告诫的口气说道。

"我是个警察，一个前警察。谁会想要我的签名？他不会是从《圣经》里知道我的吧。"

汤姆说："可是你在办作曲家的案子啊。"

"对！那个作曲家！"侍者的眼睛里闪着亮光。

"他很荣幸。"汤姆接过侍者递来的纸，并且把它放置到莱姆身前。莱姆勉强挤出个微笑，拿起递过来的笔。他以一种夸张的动作签了自己的名字。

"太感谢您了！"

汤姆轻声说："意思是——"

"别像个古板女教师似的。"莱姆小声对汤姆说,接着又对侍者说,"我的荣幸。"

"这些鸡蛋真是太棒了,"汤姆说道,"'这些鸡蛋非常好吃'。这么说对吧?"

"对的,对的!非常好!来点咖啡吗?"

"一杯格拉帕酒。"莱姆斩钉截铁道。

"好的。"

"不行。"这次是汤姆。

侍者注意到私人看护坚定的眼神和摇头的动作,又悄悄朝莱姆递了个眼色。意思大概是:也许现在不行,不过晚一点儿就可以上格拉帕酒了。莱姆会心一笑。

他透过硕大而厚重的玻璃窗向外张望,发现迈克·希尔的豪华轿车刚在酒店正门前停好。萨克斯下了车,然后伸展了一下四肢。

有什么地方不对劲:她的衣服上满是灰尘。而且,那是什么?她的衬衫上有一块血迹。她的脸上没有一丝笑容。

他看向汤姆,这位私人看护同样眉头紧锁。

那位司机,大块头,古铜色皮肤,毛发浓密的男人——十足的意大利人——跳下车,想把她的小行李包从后备厢里拎出来。她摇摇头,谢绝了这个没什么必要的绅士礼仪;那个包最多也就十磅重。他们简短交谈了几句后,他点点头,然后加入旁边的几个司机一起抽烟去了。以莱姆对意大利人的观察来看,这是一种交谈方式。

她来到莱姆和汤姆这里。

当她走进大厅,汤姆就站起身,喊道:"阿米莉亚!"

"出什么事了?"莱姆的声音僵硬,"你受伤了?"

"还好,我没事。"她坐下来,一口气喝干了整杯水,"不过……"

"噢,该死的。是个陷阱?"

"是啊。那个作曲家。他搞到一支大口径的步枪,莱姆。"

莱姆歪着头说:"埃尔克莱呢?他应该跟你在一起的。"

"他也没事。我当时以为他被击中了,不过作曲家大概用的是机械瞄准镜不是狙击镜。他射偏了,埃尔克莱也就躲过一劫,他就地倒下装死。有一颗子弹擦着我身旁飞过,然后我马上趴下,以开枪作为掩护,之后我们走下了小山。"

"你没受伤吧?"

她摸了摸脖子上的几处擦伤,然后低头瞥见自己衬衫上棕褐色的痕迹,做了个鬼脸:"有点擦伤,砂石还是什么的,不过希尔的司机那时已经报了警,他们真的很快就赶到了。科学技术警察现在应该在侦查现场。不过对于他是从哪里伏击我们的,我一点头绪都没有,何况他就只开了两枪,所以估计他把子弹壳也带走了。我希望他们能找到子弹。我离开的时候,他们正在用金属探测器。埃尔克莱留在那里帮忙了。"

这个作曲家的装备齐全。先是绞索,然后是刀子,现在又是步枪。

好吧,这样一切都变了。从现在起,在每个现场,他们都要假设他正在附近并且伺机要阻止他们。

不管他的目标任务是什么,从魔鬼的手里拯救世界也好,希特勒转世也罢,都重要到令他不惜一切手段——甚至是杀掉警察,以确保他能够完成任务。

萨克斯啜饮着莱姆的咖啡;神情自若,一如每次结束这种冲突之后的样子。大概只有单调沉闷和安静会令她紧张。她接了个电话，听了一下，然后挂断。

"是埃尔克莱打来的。他们没能找到枪手射击的地点，而且他已经绕开或者通过了他们设置的所有路障。他们找到了一颗子弹。看起来像是点二七〇口径的温彻斯特步枪子弹。"

这是一种非常流行的打猎用步枪子弹。

莱姆大致讲述了斯皮罗发现他们未授权调查，指责他们试图为加里·索姆斯脱罪，不过后来又有所缓和的经过。

"是碧翠丝告发的吗？"

"不是，她根本不知道这不是官方调查。我觉得但丁是一位非常厉害的侦探。之后我们还是言归于好了；或者说，达成了一个共同认可的观点。从现在开始，我们也算是与他联手。"

接着莱姆又说了证物分析的详细情况，那些是从娜塔莉亚公寓的屋顶，也就是袭击发生的地方采集的。还有一些证物是从加里的公寓采集的。

"听起来进展不错。"

"还要等待罗马对于约会迷奸药物的分析。还有一些埃尔克莱从加里那边取得的沙土样本。咱们还是先去警察总署吧。看看咱们的朋友是否足够谨慎，连装填那把福猎枪的子弹时也戴着该死的乳胶手套。"

"法蒂玛！"

听见这个友好的声音，法蒂玛·贾布里尔转过身，看到拉尼娅·塔索正在从两排帐篷中间拥挤的走道中挤过来。这位女士总是脸色严峻——法蒂玛自己也差不多如此，而此时她正在微笑。

"塔索主管。"

"拉尼娅,拜托,请叫我拉尼娅。"

"好的,就按你说的。不好意思。"法蒂玛放下她的背包,里面装满足足十公斤的医护用品,还有她手里拿着的纸包。她伸展着她那几乎被压断的后背,骨头发出咯咯的响声。

"我听说了婴儿的事!"拉尼娅说道。

"是啊,两个人都安然无恙。母子平安。"

仅仅在半个小时之前,法蒂玛刚刚作为助产士帮一位母亲分娩。在成千上万个这样的"村子"里,生孩子并不常见,但是这个女婴是一个里程碑,是卡波迪基诺机场今年第一百个新生儿。

而且,出乎所有人意料之外,这对突尼斯夫妇给她取名为玛格丽特,取自于十九世纪末意大利国王的王后。

"你一切都好吗?"拉尼娅问道,"在医务室这里。"

"是的。这里的设备都不错。"她朝着那一背包的医疗物资点点头,"尽管有时候我觉得像个战地医生。总是跑来跑去的,固定擦伤的膝盖,包扎烧伤。人们都很粗心大意。一个男人从小贩那里买了些山羊肉。"法蒂玛朝外面的围栏瞥了一眼,那边都是商贩的货摊和贩卖亭,"然后他居然在自己的帐篷里生起火来!"

"不是吧!"

"他们本来会窒息的,要是他们的儿子没有跑过来对我说,'为什么妈咪和爹地都在睡觉呢?'"

"又不是游牧民族,真是的。"拉尼娅说道。

"可不。真正部落里的人了解如何在帐篷里生活,清楚什么安全,什么危险。这些人是从托布鲁克的郊区过来的。他们都会没事的,可是他们衣服上留下的厚重烟味就永远也无法去除了。"

"我会去发一些传单,列明人们不应该做哪些事。"

在拉尼娅的注视下,法蒂玛拾起背包。这个难民笑了笑,也许这是她第一次向这里除了她丈夫和穆娜以外的其他人展露自己的情感。她指着那个用纸包着的包裹:"这是个奇迹!我妈妈从的黎波里寄来了一些茶。那上面给我的地址是那不勒斯的'卡普奇诺'接单中心。"

"卡普奇诺?"拉尼娅大笑起来。

"是啊。可它居然能送到。"

"这可真是个奇迹。意大利的邮局大概熟知一些错误的邮寄地址实际指的是哪里。"

两个女人彼此点头道别,接着就又各自去忙了。法蒂玛再次背起那个大背包,她回到帐篷里,放下这个重负,和她的丈夫打招呼,然后举起女儿并拥抱了她。哈立德看起来心情不错。而且,似乎有话要说。

"怎么了,我亲爱的丈夫?"

"我最近听说有个工作机会,也是咱们这个庇护所认可的。有个突尼斯人已经在这里住了好几年了,他有一家阿拉伯语书店,而且他也许会想雇用我。"

贾布里尔曾经非常喜欢自己作为教师的工作——他热爱语言,热爱故事。自从"解放运动"之后,这一切都成为泡影,他只好改行经商。但是这一行他做得既不称心也不成功(主要原因是,比起建立民主政府,街上的男人们更愿意四处抢劫)。法蒂玛对她的丈夫微微笑了一下,但随即看向了别处……她没有把自己心中所想说给他听——她知道这件事无法成行。过去的几个月里发生的一切都让她明白,想要简单地重操旧业,就像什么都没有发生过那样在意大利过上愉快的家庭生活,几乎是不可能的。

不可能。她感到一抹绝望压上她的双肩,便不自觉地将怀中的女儿抱得更紧了。

现在她的丈夫还是如此天真，而她不忍心破坏他的期望；当贾布里尔说起那个书商要在营地外面和他一起喝茶、询问她要不要一起来时，她便答应了。她尽力不去回忆那些关于她和丈夫初次约会的那个晚上，两个人一起喝茶的片段；那是在的黎波里的巨大广场上，颇具讽刺意味的是，这个广场是殖民时期由意大利人建造的，最早名称就叫作意大利广场，现在叫作烈士广场。

解放运动……

她愤怒地哆嗦起来。

笨蛋！疯子！是谁在摧毁着这个世界，是谁……

"怎么了，法蒂玛？你的脸色，看起来满是忧虑？"

"哦，没什么，我亲爱的丈夫。咱们走吧。"

他们走到外面，把穆娜托付给邻居照看，那是个有四个孩子的妈妈。她的帐篷就像是个非正式的儿童托管中心。

于是夫妻二人一起走到了营地后面。那边有几个临时出入口，实际上就是在栅栏上割开的口子。安保人员也知道存在这些出入口，但是没有人前来阻止人们从那里溜出去买东西或者去见朋友和亲人——那些已经通过庇护审核后搬到营地以外的人。他们此刻就从栅栏的缺口处俯身钻了过去，走在一排小树和低矮的灌木丛之间。

"哎呀，你看。"法蒂玛说道。当她停下脚步时，贾布里尔又继续向前走了一小段路，走到了树木尽头。树丛间满是含苞待放的花蕾，点缀在郁郁葱葱的绿叶之中。她想要摘几朵给自己的小穆娜，所以她俯下身去；突然之间，她僵在那里，倒抽了一口冷气。

一个大个子男人突然钻出灌木丛。他白皮肤，身穿黑色衣服，头戴黑色棒球帽，脸上还戴着墨镜，他的双手还戴着蓝色乳胶手套。

这种手套正是她刚才接生小玛格丽特时使用的那种。

一只大手里举着看起来像是绞索的东西，看着像是某种黑色丝线做的。

她开始尖叫并且转身朝她的丈夫跑去。

但是这个不速之客的拳头却呼的一声结结实实地打在她的下巴上，使她朝后倒去。一切恢复宁静，就像真主，赞美真主，一下子就让她不能再发出任何声响。

一个小时之内，作曲家案件负责小组就在那间无窗的作战室集结完毕，紧邻法医鉴定实验室。这次除了莱姆、萨克斯和汤姆以外，斯皮罗和罗西，还有贾科莫·席勒——那位沙色头发的特警队队员。

"你受伤了？"斯皮罗问道，他的目光停留在萨克斯的擦伤上。

萨克斯回答说她没事。

莱姆询问作曲家在伏击萨克斯和贝内利并逃脱之后，有没有什么进一步的消息。

"没有，"罗西答道，"不过科学技术警队找到了他开枪的狙击地点。有他的匡威鞋印。他们使用金属探测机扫描了整个山脊，不过看起来他已经把弹壳带走了。"他摇了摇头，"而且很遗憾，我还要说件事，就是在找到的子弹上没有发现指纹，子弹本身也无法匹配国家犯罪武器数据中心的任何记录。我猜测那是他在此地获得或盗窃的武器。"

莱姆同意这个假设。作曲家是不敢一路从美国带一把枪过来的。就算可以合法操作，过海关时还是需要面对很多问询。

埃尔克莱·贝内利此时也到了，他边走边说："对不起，对不起！我来晚了。"

斯皮罗面带关切地看着这个年轻人："不要急，埃尔克莱。没受伤吧？"

"没有，没有，我很好。这不是我第一次被人瞄准射击了。"

"以前就被射击过，林业警员？"

"是啊，一个盲人农夫以为我是个小偷，他觉得我要偷走他的宝贝种子。"埃尔克莱说着耸耸肩。

斯皮罗说："言归正传吧，这颗子弹就只是一颗子弹而已。"

"正是如此。"

萨克斯说："有目击者吗？"

"没有，我们搜索了整个区域，一无所获。"警官皱着眉说道，"这有点说不通，那样的武器看起来不太符合他的作案模式。"

萨克斯表示不赞成："我认为他是在铤而走险。那种阿莫巴布药物已经告诉我们，他在遭受着恐惧的侵袭，一直惶恐不安。他的状况应该一直在恶化。"

莱姆问道："他的武器会是从哪儿来的？"

罗西说："在这里不算一件难事。手枪和自动武器都一样。没错，你可能需要找个地下交易场所；克莫拉甚至算是有个军械库。不过我猜枪是他偷来的。村镇里有很多人都打猎。"

莱姆接着说道："从现在起，我们都要格外小心。假定各个现场的事都还没完。你们知道我在说什么吧？作曲家正在附近，拿着步枪或是别的什么武器。"

罗西说他会把这条信息发到执法频道上，向所有警员提示这个风险。

"那么，"斯皮罗对萨克斯说，"我从林肯那边得知，作曲家和仓库那边似乎没有什么关联？"

"的确不太可能。没有人看见符合他样貌的人。虽然有一些脚印,但是没有匡威鞋印。也没找到指纹。我已经把沙土样本留给了碧翠丝。也许她能检测出什么可以与他联系起来的蛛丝马迹,不过我认为希望相当渺茫。"

埃尔克莱说:"我想说我这边的情况也差不多。我们吃完晚饭后,我用了整个晚上查看机场监控录像,想要找到某个类似作曲家的身影。不幸的是,大部分飞机都会经停罗马,我有几百卷带子要查看。看完这些录像就要花几周的时间。不过我至今都没有找到看起来像他的人。"

莱姆注意到了他的措辞。"我们"吃过晚饭后。于是回想起埃尔克莱发的那条短信,还有他看着丹妮拉·坎通的眼神。

碧翠丝走进办公室,她用充满激情的英文说道:"我拿到了那些检测结果。第一,你给我的沙土样本,埃尔克莱,取自加里·索姆斯的公寓,靠近闯入地点。未检测出任何独特物质,如果我们想要以此匹配其他地点,其他鞋子可以进行比对,不过目前这条线没什么帮助。"

她朝萨克斯点点头。接着,比起费力地讲英语,碧翠丝转向埃尔克莱。他翻译了她的话:"她在说从米兰的仓库取得的样本。是的,那些沙土与坎帕尼亚这里的沙土一致。当然,这是因为维苏威火山,这里的土壤中充满独特的火山灰颗粒。可是考虑到米兰和那不勒斯之间商贸频繁——每天都有大量卡车开往那里;所以那不勒斯的灰尘出现在米兰也不能代表什么。"

"不过,另一个痕迹就无法与坎帕尼亚或者那不勒斯联系起来了,那是你在一间仓库可以随处找到的柴油燃料、常规汽油……"他要求她把刚刚说的话复述一遍,接着又让她再说一遍。她皱着眉,慢慢地复述道,"二硫化钼和聚四氟乙烯含氟聚合物。"

他看着她,对她说了句意大利语。大概是确认什么,而她的回答语气激烈。埃尔克莱回答道:"我怎么能知道那些都是什么?"继而转向大家,"她说那是用于户外重型机械、升降机、传送带的润滑油,以及喷气式飞机的燃料。这也是仓库中的常见物品——卡车会从机场货物装载区带出来的东西。"

马西莫·罗西接了个电话。莱姆马上注意到他脸上浮现的焦虑情绪。

"天啊!"高级警监咕哝道,"作曲家刚刚又犯案了。在卡波迪基诺机场,那个营地,又是那里。"

"又是一起谋杀?"

"不是,是绑架。他留下了另一条绞索。"

莱姆说:"邮政警局方面是否已经开始监控流媒体网站?他再上传一个新曲子应该只是时间问题。"

然后他看了看萨克斯,对方点点头。"埃尔克莱?"

伴随着一声叹息,林业警员从口袋里掏出他的车钥匙,他把钥匙串递到她手上,两个人就跑出去了。

第四十五章

阿米莉亚·萨克斯猛踩刹车，突然把车停在卡波迪基诺机场接待中心后面。顺着那些特警队的警车和闪烁的警灯指引，他们已经到达案发现场附近。作曲家是从难民营的西边把受害者掳走的，与他刺死马利克·达迪的现场在相反的方向。

她和埃尔克莱·贝内利钻出那辆小车，看见一个制服警员正在指挥一个下属在周边拉起黄色警戒线；还看到一名美国警探，腰间别着毫无意义的纽约警察局警徽和一把伯莱塔，旁边陪着一个身穿灰色林业警员制服的高个子年轻人。这位警官看见他们似乎并不觉得惊讶，看来罗西或者斯皮罗已经通知过批准他们进入现场，而且也解释过他们的身份。

在和警官用意大利语简单交谈之后，埃尔克莱对她说："他刚才说受害者是在栅栏外面遇袭的，就在那边。"

萨克斯顺着他手指的方向看见另一个临时出入口。

"挟持者是从灌木丛那边接近受害人的，而且在那里发生了厮打。看起来是他用面罩罩住了受害人的头，然后带着他逃跑了。不过依我看，更有意思而且对我们更有用的是：有人跑来救助受害人并且和作曲家扭打了起来。"

啊，萨克斯心想，证据交换。

"和他打起来的那个人是安保人员吗?还是警察?"

"都不是。是受害人的妻子。"

"妻子?"

"是的。他们正沿着那些树木走着,夫妻二人一起。作曲家袭击了她,把她打倒在地。但是她又爬起来开始打他。她的名字叫作法蒂玛·贾布里尔;她的丈夫叫哈立德。他们是最近才到这里的。"

科学技术警察的战术卡车到了,两名警员下车后开始穿戴隔离服。她认出他们是之前出现场的小队,于是彼此打了招呼。

萨克斯也穿上杜邦连体防护服,套上靴子,戴上帽子和手套。由于还没有正式进行分工,那位科学技术女警进行询问,由埃尔克莱翻译,萨克斯是否要负责主要现场——扭打发生的地点,那样的话他们就去搜索第二现场:更远一些的那片乔木和灌木植物。作曲家当时把汽车停在那边,据分析,他应该是趴在那里等待受害者的。

"是的,"萨克斯说道,"这样很好。"

那位女警回以微笑。

萨克斯花了半个小时走完格子,使用意大利数字卡片标记了拍照点并且收集证物痕迹,包括那个标志性的绞索。她还在灌木丛边上的扭打痕迹处有了一个大发现:一只低帮款式的匡威鞋。

当她完成这些时,科学技术警察进入现场,并取走了证物袋、绞索和鞋子,然后配合那些号码牌对现场进行拍照和录像。

走出警戒线后,萨克斯脱下杜邦服,接过埃尔克莱递来的瓶装水:"谢谢。"

"不客气。"

"我想和受害人的妻子聊聊。"她一边说一边喝光整瓶水,然后用袖子擦了擦脸。这个地方什么时候才能凉快一点?

他们走到前面的营地,她之前看见过那边有很多巴士排队等待放下更多的难民。他们步行通过大门,一个武装士兵把他们带到一个大型的移动式房屋前面,屋子前有个牌子写着:办公室。

进入杂乱无章的办公室后——谢天谢地,这里有空调,一位面露疲态的黑发女士坐在办公桌旁,身边堆着厚厚的各种文件。她把他们引到后面的一扇门。萨克斯敲敲门并表明来意。她听见里面传来一声:"请进。"

她和埃尔克莱走进门,并对拉尼娅·塔索点头打招呼。她身边坐着一位深肤色的女人和一个可爱的小孩,小姑娘看起来大约两岁。当女人看到埃尔克莱时,就瞪大眼睛,然后迅速拿起叠放在旁边椅子上的一块布,用它把头包好。

拉尼娅说:"这位就是法蒂玛·贾布里尔。"她又加了一句,"在非同一宗教的女人面前,她可以露出面容,比方说你和我,不过在男人面前是不行的。"

"需要我先出去吗?"埃尔克莱问道。

"不用,"拉尼娅说,"你可以留下。"

拉尼娅的谈吐举止令萨克斯印象深刻:对其他的风俗和信仰表现出足够尊重,同时又在这个新家园里坚持他们的礼仪。

"请坐。"

法蒂玛很漂亮,脸形偏瘦长——有些青肿,脸上有一小块绷带;浓密的睫毛下是黑色的双眸。她身穿长袖高领长袍和牛仔裤,双手的指甲涂了亮红色指甲油,化着最时髦的妆容。她的注意力时不时就回到她女儿身上,双眼中流露的那种清冷的眼神会在望向女儿时变得柔和。她用阿拉伯语急切地询问着什么。拉尼娅对萨克斯和埃尔克莱说:"她会说一点英语,不过主要还是说阿拉伯语。很明显，她正在担心她的丈夫。你们有什么线索了吗？"

"还没有，"萨克斯说，"不过，既然绑架已经成功了，我们认为那个人暂时不会伤害他。他的名字叫哈立德，对吗？"

"是的。"法蒂玛自己回答道。

拉尼娅问道："你是说目前还没有杀了他？"

"是的。"

拉尼娅思考片刻，然后翻译给法蒂玛。

法蒂玛的反应既焦虑又气愤，怒不可遏。这女人很瘦但是并不矮小，萨克斯能想象出她结结实实地打了作曲家。

这位主管转向萨克斯说道："我知道你们想对法蒂玛提些问题，不过有件事我必须先告诉你们。我刚刚了解到一些关于马利克·达迪被杀的事——就是那个被用刀子刺死的难民。他们告诉我说，作曲家并没有谋杀他。"

"没有？"

"有些人说，不同的人，他们都说看见那个作曲家出现在灌木丛中。用你们的话怎么说？盯梢？"

"是的。"

"作曲家一直在东面围栏的缺口附近盯梢。当达迪从那儿钻出去时，他跑过来。他当时手里拿着一个黑色面罩——正是他今天用在哈立德身上的那种。可是突然又从营地跑出来其他几个男人，他们在达迪身后出现，一起扑向他，想要抢劫他，看起来是这样。他反抗了，那帮人里的一个割断了他的喉咙，抢走了他的钱；而那个美国人，就是作曲家，实际上当时是想要救他。"

"想要救他？"埃尔克莱问道，"这个说法可靠吗？"

"是的。他跑向那伙人，大喊大叫，但是一切都太晚了。他们迅速退回了营地。当作曲家看见达迪躺在地上,他就那样站在他面前,看起来被吓到了。他一直在摇头。然后他就把绞索放在地上也逃走了。"

"好吧。这真是个有意思的消息,拉尼娅。谢谢你。关于他,他们还说了别的什么事吗?有关于汽车的信息吗?"

"没有,一切都发生得太快了。"

萨克斯转向法蒂玛。"请告诉她,对于她遇到的这些事我感到很抱歉。"

这位女士直接以英语回答道:"谢谢你能这么说。"

"到底发生了些什么,请详细说说好吗?"

法蒂玛马上就用阿拉伯语回答了,语气因为急躁而断断续续。

拉尼娅解释说:"她和哈立德离开穆娜,就是她的女儿,把她托付给邻居,然后出去见一个人,想要谈谈通过庇护审核后,给哈立德一个工作机会。作曲家从那里接近他们。他袭击了法蒂玛,并把她推倒在地——被一个非穆斯林触碰是一件很严重的事,对于穆斯林女人来说,这本身比挨打更恶劣。她当时被吓坏了,完全不知所措。然后他把面罩套在哈立德头上,哈立德马上就晕过去了。法蒂玛跳起来和他厮打。但是他再次打了她,下手极重,她被击倒,晕了过去。等她恢复神志时,他们已经不见了,一辆汽车正飞驰而去。她也没能看清那辆是什么车,只看见是黑色的。这就是她说的全部内容。"

"我打——到他,还抓——到他,"法蒂玛用生疏的英语说道,为了想出合适的单词而说得很慢,"他很……"她对拉尼娅说了一个阿拉伯语单词。

"吃惊,"拉尼娅翻译道,"出乎预料。"

"他的鞋子是在打斗中掉的吗?"埃尔克莱问道。

"是的,我抓——下它。抱着他的大腿。"

"你有没有看见他的某些特征?比如刺青,疤痕?他的眼睛颜色?衣服?"

在翻译之后,拉尼娅说:"他的墨镜掉下来了,他的眼睛是褐色的,圆脸。也许她可以再次认出他,不过她不太确定。所有的西方人在她看来长得都差不多。他的脸上有些伤痕,看起来像是刮胡子弄的。他戴着帽子,不过她想不起来他穿的衣服了。只记得是黑色的。"

"她没什么大碍吧?"

"是的,我们的医生说只是一点皮外伤。没伤到骨头,只是有些瘀青。"

法蒂玛的眼睛盯着埃尔克莱的灰色制服。然后她转向萨克斯,绝望地看着她:"求求你们,找——到哈立德。找——到我的丈夫。这是最重要的!"

"我们会尽全力的。"

法蒂玛勉强笑了笑,然后抓住萨克斯的手,贴在自己的面颊上。她小声地说着阿拉伯语。拉尼娅翻译道:"她说,'真主保佑你。'"

第四十六章

伤得不算重。

比起受伤,斯蒂芬更多的是感到震惊。在卡波迪基诺机场接待中心外面,那个女人从地上爬起来,尖叫着挥舞双臂,击打他。

现在他已经走进他的农舍,戴着手套的手上拿着勃朗宁点二七〇猎枪。他把它挂在壁炉上方的一排钩子上,枪下面是装子弹的盒子。这可真是讽刺,他心想:用一支猎枪来对付阿耳特弥斯,狩猎之神。

好吧,她现在应该不再那么迫切追捕她的猎物了。哦,他当然不认为现在这样就能让她放弃追捕他。但是至少她被吓到了,她会心神不宁。他们肯定都会的。

这也就意味着他们将会犯错误……而这或多或少可以减少大和谐乐章中的不和谐音。

回到自己的安全屋后,他坐下来开始检视自己被咬伤的手臂和大腿。只有一些瘀青,没有弄破皮肤。他始终双手颤抖,身上汗津津的……而且,黑色尖叫正伺机爆发。

他弄丢了一只鞋子。这给他带来了很大的不便,因为他只有这一双鞋,又不愿意再买一双。他害怕警方已经向商贩们发出警告,要他们留意一个穿着袜子去买鞋的白种美国人。他把始终不省人事的猎物妥善地锁在梅赛德斯的后备厢里，驾车穿过那不勒斯外的海滩，直到他确认没有被人看见，也没有监控摄像时，他才顺手牵羊拿了一双旧跑鞋，那是一个游泳者放在靠近路边的地上的。这双鞋还算合脚。

然后他就急匆匆地回到这里。

斯蒂芬走进昏暗如巢穴的起居室。他接下来的作品的乐章就躺在这里——在一张行军床上。他低头凝视哈立德·贾布里尔。这个男人可以说是骨瘦如柴；他的妻子倒是结实得多。男人脸孔瘦削，头发浓密，满脸络腮胡；他的指甲很长，这令斯蒂芬好奇如果他合拢手指会发出什么声响。他记起医院里的一个女病人，是那些医院"之一"，他觉得那应该是在新泽西。她当时穿着粉红色的宽松长袖运动衫，上面有些午餐留下的污渍。她一边盯着窗外看，一边用指甲敲击着，拇指对食指。

咔嗒、咔嗒、咔嗒。

一而再，再而三地重复敲着。

另外一个病人显然被这种噪音烦透了，始终愤怒地瞪着那个女人。可惜，想要靠瞪视一个精神病人来达到目的，这无异于向一棵树问路。斯蒂芬倒不会被这种声音困扰。很少有某种声音是他讨厌的——气泡音就是其中之一。

婴儿的哭闹声？那是需要、渴望、悲伤和困惑等等特质的混合，多么美妙！

打桩机？那是孤独机器的心跳。

人类的尖叫？那是丰富情感的宣泄。

指甲刮在黑板上？这就有点意思了。他的档案中有一打这样的录音。在令人不舒服的声音汇总中位列第三名，位居叉子刮在盘子上和刀子割在玻璃上之后。这种厌恶并非心理层面的：一些研究人员认为，人们的反应像是这个声音曾经是一种原始的预警——事实并非如此。不，那纯粹是身体层面的——对某个特定赫兹范围的反应，被耳朵的特殊形状增强，给大脑内的杏仁核带来剧烈疼痛。

没错，斯蒂芬只讨厌极少数的声音，不过他可以迅速指出音调与音量之间的差别。

不管是什么声音，提高分贝都会令人不适，令人痛苦……甚至变成毁灭性的灾难。

斯蒂芬对此有切身体会。

现在，这是他深藏心底的记忆之一。

手仍在颤抖。

他擦了擦汗，再把面巾纸收好。

啊，欧忒耳珀……请助我冷静下来，求你了！

接着他就看到哈立德的手指抽动了几次。尽管如此，这并非是他醒过来的信号。他还会再昏睡上好一阵。斯蒂芬对自己的药物效果了如指掌。疯子们都是相当厉害的药剂师。

斯蒂芬放松下来，现在他还有一项任务。他坐到哈立德身边，俯下身子，出于一时冲动，他抓起那个男人的手。他用自己的指甲去叩击哈立德的。

咔嗒，咔嗒……

如此悦耳。

他从口袋里掏出录音机，并解开那人的衬衫。

然后他启动录音机，把它抵在哈立德的胸口上。心跳声听起来缓慢而柔和，这是当然，就像每个睡着的人一样；只不过现在房间里极度安静，可以捕获清晰完整的声音。

他已经录好了心跳声，现在就差乐章了。在他的库存乐篇中，他找出一条非常适合下一个视频的音轨。

斯蒂芬认为只有这支华尔兹才能将音乐和死亡完美地结合起来。

第四十七章

"时间问题。"莱姆小声说道。

最近发生的这起绑架案涉及的证物已经送达；埃尔克莱正在协助碧翠丝把它们取出并放在实验室里的检验台上。莱姆、萨克斯和汤姆则从作战室这边观察着。

"他的鞋子呢？"莱姆问道。这个发现对他来说是个意外，也是个惊喜。鞋子非常适合用于法医学分析；这不仅仅是因为鞋子能提供独特的踩踏痕迹，把嫌疑人和案发现场联系起来；而且鞋子上就很有可能存在宝贵的DNA信息和指纹，因为像这种运动鞋需要用手才能把脚塞进去穿好。莱姆曾经锁定过一个嫌疑犯，就是因为他曾经这样系紧他的牛津浅口鞋。

萨克斯解释了作曲家是怎样掉落这只鞋子的，他与受害人——也就是哈立德的妻子进行了搏斗。

埃尔克莱用一只戴着手套的手拿起那只鞋给莱姆看："一只匡威牌滑板运动鞋，尺码对得上。"

碧翠丝吼道："你为什么要把它拿起来？"

他转身看着她："我只是把它展示给莱姆警监看。他刚才问起它。鞋子还在证物袋里呢，而且我还戴着手套。"

"但是现在我们又需要考虑新的一条监管链项目！何况在转

移证物过程中的任何地方都存在污染的风险。"

确实如此。莱姆朝埃尔克莱使了个眼色,埃尔克莱叹了口气,把那只鞋放在桌子上,开始填写碧翠丝递过来的卡片。

但丁·斯皮罗和马西莫·罗西也来了。

斯皮罗朝埃尔克莱那边看了一眼:"现在,林业警员,可以肯定地说我们开始找到那个模式了。你能想出来那是什么吗?"

"难民。"

"没错。这就是他的理想目标——至少是在意大利,我们已经有三个这样的受害者了。"

罗西说道:"难民营的主管坚信他的目标是寻求庇护的人们。因为他觉得我们不会尽全力查这起案子。尽管事实绝非如此。"他朝列表扬了扬手。

"但是,"埃尔克莱说道,"我在想……"

斯皮罗说道:"这又怎么能与纽约的那个商人相一致呢?"

"正是这样,检察官。"

"我相信有一种方法可以把这些合并。模式并非总是一成不变的,尽管我们目前还不能确定。不过我们正在接近。"

萨克斯接着说道:"你提到过的主管,拉尼娅·塔索,告诉我一件有意思的事,不过我还没有弄明白事情的来龙去脉。据她说,作曲家并没有杀死马利克·达迪,而是想要去救他。"

"此事属实吗?"罗西问道。

斯皮罗眉头紧锁,不过什么也没说。

"她很肯定。"萨克斯回答道。

"那么谁是凶手呢?"

"抢劫犯,几个小偷,也是营地内的难民。他们在作曲家之前围住了他,在迪达反抗的时候,作曲家跑过去想阻止那几个人,可惜他还是晚了一步。"

埃尔克莱说道:"真奇怪。这对他的侧写来说是个很不寻常的情况。"

不过,莱姆对侧写没有丝毫兴趣:"两只狮子同时盯上一只幼年瞪羚,谁也不想放弃自己的猎物,它无非是以这种方式或那种方式被结果掉。这没有什么值得在意的地方。咱们还是看看证物能给咱们带来什么样的惊喜吧。"

罗西接了个电话,在一阵短暂的意大利语交谈后,他说:"网络上还没有发现任何视频。"然后挂断了电话。

半个小时之后,碧翠丝·伦扎从实验室的无菌操作区出来,走到他们这边,手里紧捏着写字板。她什么也没说,就把东西直接递给埃尔克莱,自己拿起马克笔。他一边翻译她一边写。

卡波迪基诺机场接待中心绑架案

- 被害人:
  - 哈立德·贾布里尔,利比亚人,三十六岁,寻求庇护的难民,来自的黎波里。
  - 欧洲难民指纹数据库:无犯罪行为/恐怖分子关联。
  - 轮胎痕迹:米其林轮胎 205/55R16 91H,与其他现场发现一致。
  - 因发生冲突而掉落的犯罪人员鞋子。
  - 匡威牌滑板运动鞋,尺码为 10 1/2(m)/13(f)/45(欧码)。
- 极轻微磨损
  - 未发现指纹,但是有明显的乳胶手套造成的手指压痕。
  - 检测到的 DNA 信息

- 与作曲家相符。
- 羟基丁酸。
- 三乙酰甘油，游离脂肪酸，甘油，甾醇，磷脂，深绿色色素。疑似有机材料的微小颗粒。
- 微型绞索，以乐器的琴弦制作，与其他案发现场发现的相同。
- 大提琴。
- 无指纹。
- 无 DNA。
- 从法蒂玛·贾布里尔的衣服上采集的痕迹。
- 来自卡波迪基诺机场的土壤。
- 无其他可鉴别物质。

"他的鞋上没有指纹？"莱姆小声咕哝，"该死的他是怎么回事？连睡觉都戴着手套吗？"接着他皱起眉，"还有那条：羟基丁酸，这该死的东西怎么会在这里？"

斯皮罗说："是啊，这怎么可能呢？"

埃尔克莱和碧翠丝交谈了几句，然后他说："这是从作曲家鞋子上携带的泥土上采集的。"

"这不可能。这不是'这个'案子的。这是加里·索姆斯案的，是那个约会迷奸药物。肯定是发生了交叉污染。该死。"

这时，罗西把这件事解释给碧翠丝听，她用一种平淡的语气回答，丝毫没有表现出抗拒。

警监说："她说在从鞋子上发现这种药物时，也感到很吃惊。她对证物一直都非常谨慎。实验室里不会发生交叉污染。加里·索姆斯的衣服是在实验室中的另一区域，由另一位检验员进行分析处理的。"

于是所有人的目光都落在埃尔克莱身上。斯皮罗说:"你曾经把它拿起来过,林业警员。而且也是你在加里·索姆斯的公寓收集的药物样本。"

"是的。可我始终戴着手套。那时戴着,现在也戴着;而且那只鞋子是封在证物袋里面的。"

"可是很明显,这里发生了交叉污染。"

"如果这是我造成的,那么我非常抱歉;但是我坚信这不是我的错。"

碧翠丝转过身来,表情冷漠地看着他。

莱姆看见年轻人眼睛里满是沮丧的神色。他说:"这又不是世界末日,埃尔克莱。庭审时才是真正的麻烦。辩护律师有可能在鞋子被甩脱的那片土地上找到很多有用的证据。不过现在我们还是先别理会这件事了。我们的首要目标是抓到他。交叉污染的事以后让美国律师在南部地区做辩护时再想吧。"

斯皮罗轻笑一声:"林肯,你的意思是说,这将是在那不勒斯法庭上我要考虑的问题。"

莱姆朝他苦笑了一下。

"狼乳房法则……"

莱姆说道:"再来看看那些三乙酰甘油,游离脂肪酸,色素。"

埃尔克莱说:"碧翠丝提供了一份化学分子式,在这里,我们要不要把它写下来?"

莱姆瞥了一眼那个分子式:"不用了,没有这个必要。我们已经拿到需要的东西了。三丙基甘油或者是甘油三酯。"

"那些都是什么?"斯皮罗问道。

"基本上就是脂肪。这些是给生物提供能量的存在。水分子加上乙二醇和三个脂肪酸链就成了甘油三酯。在植物和动物体内都存在，不过动物脂肪更多的是饱和脂肪。"

"这是什么意思？"罗西继续追问道。

"简而言之，饱和脂肪——就是坏脂肪，如果你听过健康理念的话——之所以叫这个名字是因为它们的碳链上的氢离子是饱和的。这使得它更容易保持固态，这是相对于不饱和脂肪，也就是有更少的氢离子那种脂肪来说的。"他朝化学分子式图点点头，"而这些就是不饱和脂肪，也就是说它是植物脂肪。"

"可是，会是哪种呢？"埃尔克莱问道。

"这是个'六万四千美元的问题。'"①

"六……什么？我不明白。"碧翠丝说道。

"美国文化的老梗了，很久以前，五六十年前吧。"

警员把这些翻译给碧翠丝听，听者难得露出一个笑容，又说了几句什么。埃尔克莱翻译道："她说这不算什么'很久以前'，如果与意大利的历史文化相比的话。"

萨克斯大笑起来。

莱姆说："我们需要一起来找出这是什么植物。科学技术警察方面有没有植物相关数据库？"

碧翠丝回答说在罗马方面有一个，她可以上网搜索。她一边打字，一边像以往那样自言自语："那么，一个三乙酰甘油的分子式，不饱和的、不完全的碳氢链，二十二个碳原子连在一起。墨绿色，是色素。这是什么植物，是什么呢……"最后她点点

---

①美国俚语，意思是至关重要的问题。更常见的俚语表达为"sixty-four dollar question"。重大问题，难题，源自二十世纪四十年代无线电问答比赛中所设最高奖为六十四美元。

头,"好了,我找到了。可是这能有多少帮助,我觉得应该不会太多,这是橄榄油。"

莱姆叹了口气,然后看着罗西说:"你说在意大利的橄榄油生产量是多少?"

这位警监转而指了指埃尔克莱。当然了,这应该是他的经验范畴。年轻的警员回答说:"每年大约有四十五万吨。我们是世界第二大生产商。"他做了个苦脸,然后下意识地争辩道,"不过我们已经越来越接近西班牙了。"

这能有什么帮助?莱姆心里想着,愈发急躁起来。这有可能来自这个国家的任何地方:"该死的。"

这是法医学工作中最令人感到沮丧的事,拼命努力才找到一条线索,满心期待从中找到有可能与嫌疑犯的联系,结果这种物质太过普通、不具有任何法医学价值。

埃尔克莱又对碧翠丝说了些什么,然后碧翠丝就离开了,不一会儿,她带了一些照片回来。

他仔细端详着这些照片。

"怎么了,埃尔克莱,你发现了什么吗?"莱姆问道。

"我想是的,警监。"

"是什么?"

"这个列表上的这些东西——这些有机物质,固体颗粒,看看这张照片。"

莱姆看着那些影像。他看见成百上千的微小黑色碎片。

埃尔克莱继续说道:"因为咱们现在已经知道这是橄榄油了,我敢断言这痕迹绝对不仅仅是橄榄油,是油渣,是压榨橄榄后留下的残渣。"

斯皮克说:"也就是说这不会是出自某个饭店或者某人的家

里，只会来自工厂？"

"是的。"

这样就能把范围缩小一点了。但是能缩小多少呢？他问道："你们这里有多少生产商？"

"在坎帕尼亚，我们所在的地区，不会有太多，不像在卡拉布里亚那么多，不过还是有很多，是的。"

莱姆又说："那你为什么说这有帮助？而且为什么我从你脸上看见了该死的笑容？"

埃尔克莱问道："您是不是总是这样心情不好，莱姆警监？"

"如果你能回答我的问题，我的心情会有很大程度的改善。"

"我笑是因为我在这照片上没看见某样东西。"

莱姆不耐烦地挑起眉毛。

"我没看见任何橄榄核的残渣——那种坑坑洼洼的果核，你知道吧。"

萨克斯问道："可这又有什么重要呢？"

"总共有两种生产橄榄油的方法。一种是在压榨橄榄时保留完整的果核或者事先取出果核。卡托——一位罗马作家，认为'去核油'，也就是压榨之前先取出果核可以令油的质量更加上乘。有一众拥趸推崇这种油，也有些人对此不屑一顾。我自己比较认同这个说法，因为我就曾经抓到过一些生产商，他们声称自己的油品是'去核油'，而实际上并不是。"

"所以，"莱姆打断他，嘴角似乎浮现出一丝不易察觉的（几乎算是）微笑，"这是一种更加耗时费力而且成本更高的工艺，因此只有少部分生产商使用这种技术。"

"正是如此，"埃尔克莱说道，"据我所知，本地区只有几个这样的生产商。"

"不对,"碧翠丝说道,她正低头看着自己的电脑,"不是'几个'。只有一家。"她用修剪得很整洁的指尖戳着那不勒斯的地图,停在距离仅有十英里远的一个地点上,"就是这里。"

第四十八章

透过脏兮兮的挡风玻璃，阿米莉亚·萨克斯观察着窗外那不勒斯的丘陵地貌。

今天下午的空气里满是灰尘，带着早秋的气息。当然，依然很热，这里总是很热。

她和埃尔克莱开车经过成百上千亩橄榄树林区。这些树有八英尺到十英尺高，枝叶茂密，树杈相互交错纠缠。距离最近的树上，可以看清那些小小的绿色橄榄，埃尔克莱说它们曾经被叫作水果。

这次他们还是没能逮住作曲家。

国家警察和宪兵队划分了周边地区和芭芭拉橄榄油工厂所在地——就是唯一一家生产去核油的制造商，他们分散在这些区域搜索哈立德·贾布里尔和作曲家。萨克斯和埃尔克莱正在自己负责的区域内搜索。刚才他们沿着一条很长的小道一路搜索过来，她有点灰心地发现……真是，一无所获。整片地区位于那不勒斯东北部，绝大部分都已经被荒废；这里只有一些农舍、小工厂，还有一些厂房、仓库以及田地。

他们在靠近芭芭拉工厂四周零零散散的几间房舍停下。是的，他们已经确认过了，这里没有与作曲家相似的人；而且，里面也没有疑似哈立德·贾布里尔的人。看起来最近他们都没有到过这里，也许从来都没来过。

"对不起……"

对不起。

两人又回到车上。

很快，萨克斯和埃尔克莱走到这条破旧不堪的道路尽头。这里已经没有商户或者住户了，只有田野和芭芭拉公司的橄榄林区。

"死胡同。"埃尔克莱说。

"呼叫其他小队吧，"萨克斯说道，有点心烦气躁。她挥手轰赶着一只飞进梅甘娜的蜜蜂，"看看他们有没有什么收获。"

不过在三次通话之后，埃尔克莱不出意料地答复说，其他搜索小队也没能找到什么有用的东西。此外，他还向邮政警局确认，对方一直在仔细监控社交媒体和流媒体网络。不过，"他还没有上传过什么视频。"

也就是说，贾布里尔可能还活着。

他们回到来时的路上。

"嗯。"萨克斯皱眉盯着远处的田野。

"怎么了，警探？阿米莉亚？"

"作曲家鞋子上沾着的东西，橄榄油的残渣，你叫它什么来着？"

"那个词是'浮渣'。"他拼读了一遍。

"榨取油之后会被丢弃吗？"

"不会的，这是很有价值的东西。可以用作发电机的燃料；不过，在本地区被用作有机肥料。"

"那么他有可能不是在芭芭拉油品生产区沾上这一个东西

的。"

他面色凝重地盯着她:"事实上,他绝不会在这里沾上它。工厂会非常小心地避免泄漏或者浪费哪怕一点点。他们会把这些东西收集并包装好出售。现在我也想明白了:很可能作曲家是在某个使用这种有机肥料的农场沾上它的,而不是在这里。"

"那么你知道这些农场会在哪里吗?"

"啊,这是'一个价值六万四千美元的问题'。而且答案是肯定的,是的,我知道。"

二十分钟后,他们已经深入乡间,靠近一座叫作卡亚佐的城镇,四周环绕的小麦作物在朦胧的阳光下闪着苍白的反光。

萨克斯沿着高速公路一路飙车,两人急匆匆地赶往文丘里有机肥料斯帕公司。她把这辆小小的汽车狂飙到一百二十迈,心想着:要是在这条路上我开的是一辆法拉利或者玛莎拉蒂……她手脚并用,以接近四十迈的速度急转弯,车子有不易察觉的打滑;埃尔克莱·贝内利声音颤抖地发出:"我的上帝。"

她瞥了一眼GPS地图,图上显示他们已经接近岔路口,于是她减速并转弯拐进去。

五分钟后,埃尔克莱指着一处说:"看那边。"

操作间的区域很小,那是一间看起来像是办公室的建筑,几间仓库和生产装置,场地中堆放着几堆小山一样的黑色原料,大约五十码长、三英尺高。"那边那些是不是混合肥料堆?"

"是的。"

她猛踩刹车。

"看,最那边小丘的山顶上。因为没有下雨,残渣会扩散到整个村子里。那边是不是有一座房子,你看见了吗?"

埃尔克莱看不见。

萨克斯把车开到肥料工厂所属地的尽头。他们发现这边有一条小路。路面满是灰尘。她慢慢沿着小路开过去。

"那边!"埃尔克莱大声说道。

他们前面大约一百码远的小路尽头有一座突兀的建筑,周围都是杂草丛、灌木、橡树、桃金娘、松树和杜松树。

萨克斯让汽车保持在三挡,尽量保持安静。她尽力踩住离合器以延长滑行时间。

最后,她把车子开下靠近那座房子的车道,停在灌木丛中并熄了火。

"看来我没办法下车了。"埃尔克莱尝试着打开车门,可是四周的植物却把车门挡住了。

"必须尽量确保咱们不被人看见,从我这边爬出来吧。"

萨克斯下车,埃尔克莱跟着她,动作笨拙地迈过变速箱。

埃尔克莱指着两人的脚边。"看那些残渣。"手指着那些黑色颗粒状物质。她能清晰地闻到加工有机肥料散发出来的刺鼻气味。

他问道:"我们是不是该呼叫罗西警监?"

"是的,不过在他派遣一队警员抵达这里之前,说不定他可能还在附近。"

于是,在他打电话时,她打量起那座房子来。这间农舍外表看起来十分陈旧,是用木头和空心砖搭建的,占地不算小。她朝他示意,两个人开始沿着来时那条长长的车道走,始终走在路旁树木的阴影里。

埃尔克莱挂断电话后。她说:"咱们动作要快。他还没有上传任何视频,可是我担心哈立德先生剩下的时间不多了。"

穿过灌木丛,越过一些倒在路边的树木,他们步履沉稳地朝那幢房子走去。四周萦绕着蚊子、蠓和小虫子。不远处,一只野鸽子发出它特有的咕咕声,听起来有些哀伤,又像是某种安慰,显得十分诡异。空气中弥漫着气味刺鼻的烟雾,可能来自腐烂的橄榄和油质肥料。

他们沿着车道向左,那是个无人看管的车库。这座房子看起来比从远处看还要大得多,几间房子分布疏落,以无窗的门廊相连接。

"哥特风格。"她轻声说道。

"你说'哥特式'?那种阴气森森的?斯蒂芬·金式的?"

她点点头。

车库上了锁,也没有窗户,也就无法确定里面有没有人。

"咱们现在该怎么办?"

"你知道'偷窥狂'是什么吗?在意大利?"

"知道,知道。我们了解这个说法。来自一部电影,是个多年前的老片,在这边也曾很流行。"他大咧咧地笑了一下,"挺奇怪的电影,讲述了一个连环杀手录下受害者的故事。英文名就叫《偷窥狂》。"

"好吧,咱们得试试偷窥这一招。"她拔出武器,转身想要告诉埃尔克莱照做,却发现他已经拿出了枪。他们开始绕着房子潜行,迅速从几个没有窗帘的窗子向内窥视。起初看起来里面似乎没有人住,不过随后她瞥见一小堆衣服和几个空易拉罐。

那边是灯光吗?就在稍远的那个房间?还是阳光透过窗帘的缝隙照进房间的光线?

萨克斯看见那边有一扇很大的木门,她觉得那扇门应该通向地窖。门是关着的,那个贾布里尔会不会就关在里面呢?

斯蒂芬·金……

他们差不多绕着这个房子转了一圈。还剩下一扇窗,就在前门的左侧。窗帘有点歪斜,于是她快速探头从缝隙向里看。

好吧。

房间是空的,不过有什么东西引起了她的注意。在壁炉上方有一把猎枪。虽然她不太确定,不过那把枪看起来很像是点二七〇口径的。

而且桌子正中间就突兀地摆放着六根乐器用的弦线。其中一根已经编结成一根绞索。

第四十九章

贾布里尔在恐惧中苏醒过来,彻头彻尾的恐惧。

他发现自己身处一间昏暗的房间之中,四周潮湿发霉,充斥着食物腐烂的气味,可能还夹杂着下水道的恶臭。

这是哪儿?这是在哪儿?

主啊,赞美真主,我这是在哪儿?

简直毫无头绪。他一点也记不起来之前发生的事……过了多久呢?是一个小时,还是一个星期?断断续续想起是在帐篷里。那是——对了,那是个白天,太阳很大。那个帐篷……是他的住处。他为什么会住帐篷?他在的黎波里的家发生什么事了?

不对,那是"他们的"家。

他和其他人的。一些……对了!他的妻子!现在他能想起她了。啊!法蒂玛!他想起了这个名字,赞美真主!还有他们的孩子。

而她,他觉得那孩子是个女孩,她的名字是……他想不起来了,这让他想流泪。

他真的哭了起来。

是的,是的,她的确是个女孩,有一头卷发的漂亮女儿。

他记起了女孩的样貌,他的女儿,应该说是他们的女儿,她也被他的兄弟视如己出。接着另一件事闪入他的思绪，意大利，他现在是在……在意大利。

这个记忆正确吗？

但是他现在是在哪儿呢？他之前是在帐篷里。他很确信这一点，至于什么原因，他就想不起来了。只有一顶帐篷，再无其他，然后他就到了这个地方。这就是他能回忆起来的所有事。他的记忆支离破碎——这是药物作用的结果吗？还是因为窒息造成的，他的脑细胞死亡了？也许吧。他的嗓子很疼，他的头也很疼，头晕得厉害。

这间黑暗的房间，很冷。

他觉得，这是一间地下室。

这是谁干的？为什么？

而且为什么他的嘴巴被堵住，用胶带封着？

有毛茸茸的东西扫过他赤裸的脚，令他尖叫出声，他大声叫着，声音却非常细微，几乎都被嘴里的东西堵住了。

是老鼠！有很多只，在焦躁不安地来回跑动。

它们会不会在他活着的时候就把他吃掉？

噢，我的主啊，赞美真主！

救救我吧！

可是那六只，不，是十二只，不，更多！那些啮齿动物从他身边经过，跑动到他右侧的墙边。他们不再对他感兴趣了。

目前没有。

好吧。该看看现在是什么情况了。双手双脚都被绑住，嘴巴也被堵住了。这是绑架。可为什么会被丢在这儿。这是为什么啊我的主，赞美真主。您为什么会允许这样的事发生？现在，更多的记忆恢复了，不过不是最近的事。他回忆起自己还在的黎波里当老师的时光，直到后来利比亚的教育机构变得非常紧张，然后关闭了所有非宗教学校。后来他开始经营一家电器商店，再后来利比亚的经济崩溃，他的店也被抢光了。

仅剩下他做护士的妻子那点微薄的薪水维持家里的生计。

生活变得异常艰难。没有钱，没有食物，原教旨主义者的传播，ISIS和"达伊沙"①接管了德尔纳②、苏尔特③以及其他城市和村镇，就像瘟疫一样扩散开来。难道是那些人在幕后操纵这起绑架？那些人确实会实施绑架和拷问。贾布里尔和他的家庭都是温和的逊尼派，拥护不受宗教管辖的政府。不过他从未声称反对极端分子。那些毛拉④和ISIS的将军恐怕根本不知道他的存在。

那会是利比亚政府吗？

好吧，"那些政府"，是复数。先是利比亚国民大会，以图布鲁克⑤为基地，由利比亚国民军支持；然后是其对手利比亚国民议会，总部在的黎波里，令人生疑地宣称其执行单位是利比亚黎明民兵团。是的，哈立德⑥的确倾向于国民大会，不过他也是非常谨慎的。

不会的，这次绑架不可能是政治性的。

接着，他又回想起来一些事，画面像是突然撞进脑海一样。那是一艘船……在一艘船上颠簸着，频繁地呕吐。还有炙热的骄阳……

---

① Daesh，全称为"伊拉克和大叙利亚伊斯兰国"，是一个自称建国的活跃在伊拉克和叙利亚的极端恐怖组织。
② 利比亚东北部港市。
③ 利比亚地名。
④ 穆斯林宗教和圣法的教师。
⑤ 利比亚港口。
⑥ Khaled Haftar，哈利德·哈夫塔尔，利比亚国家地面部队将领，卡扎菲时期也担任将军。

然后画面就回到了帐篷……

还有他的女儿。是的，他的女儿，叫什么名字呢？

他小心审视着自己被囚禁的这个地方，是座老房子，四周全是砖墙，头顶上有横梁。他现在在地下室里，地面是石头的，而且磨损得很厉害，到处都是斑驳的刮痕。他低头看自己坐的椅子，顿时感觉到脖子上传来的压力，那像是某种绳子，他抬头看去。

不！

这是根绞索！

这根细绳延伸到他头顶上方的横梁，然后继续向前到远处的墙边，绕过另一根横梁，尾端被重物固定，那是一套圆形杠铃片中的一片。它被直立摆放在距离地面五英尺高的壁架上。架子是倾斜的，使得配重很容易滚落并且绷紧绞索，那时他就会被勒死。感谢真主，赞美真主——它现在被固定在那里。

他试图理出个头绪，接着，从眼角的余光中，他注意到有东西在动。

在地板上，有更多的老鼠。而且，这些老鼠都对他并不在意。它们对其他的什么东西更感兴趣。

随即，哈立德感到毛骨悚然：他看见那些蠕动着挤作一团的生物，它们闪烁着红光的小眼睛和尖利的黄牙齿。它们前面还有一团什么东西正挡住那该死的重物，让它被卡在壁架上，不会掉下来勒死他。那个东西颜色粉红，上面还有白色的纹理——是一块肉。就是它阻止了绳子和绞索的运行。

站在最前面的老鼠，正在小心翼翼地、既好奇又害怕地靠近那个肉块。这些老鼠都在努力抽动着尖尖的鼻子嗅着空气；它们退回去，然后又凑得更近。其中一些把其他的一些挤到旁边——

这些老鼠更有侵略性。它们似乎已经得出结论：这个出现在老鼠窝外面的东西不仅无害……似乎还非常好吃。

先是四只老鼠很快就变成了七只，随即增加到十二只，一大群老鼠在肉块周围推挤着，就像一群巨大的细菌。

有些老鼠开始争抢，互相撕咬着，发出刺耳的吱吱叫声；不过总的来说，它们还是在"分享"食物。

老鼠们享受美餐开始带来严峻的后果。

哈立德竭尽所能地大声呼救，透过嘴巴里堵塞物的空隙发出尖叫，并且在椅子里拼命摇晃。

这一切努力只引起了一两只啮齿动物的注意，它们的反应也仅仅是带着好奇瞥了他一眼，而它们欢乐的咀嚼和吞咽却一刻未停。

再有五分钟，也许是十分钟或者二十分钟后，它们就能把这块肉彻底啃食干净，随即配重就会落下。

他绝望了。

不过，此时一个念头闪入了脑海。

是的，是的，感谢您，真主，赞美真主。他记起了女儿的名字。

"穆娜"……

最后关头，他终于记起了女儿的名字，还有她那快乐的小脸蛋，她可爱的浓密头发，他可以带着这些美好的记忆赴死了。

第五十章

他们已经很累了。在反复冲撞农舍的前门后,两个人差不多已经筋疲力尽。

这座房子大概建于战前,因为在战时,成批的橡木和枫木会全被征用运往前线,这是很难被打破的规矩,不论是过去还是现在都是如此。

埃尔克莱再次打电话给罗西——对方已经联络距离最近的地方警察局。那是宪兵队的竞争对手,但是在类似目前这种案子面前,所有意大利的官方部门都会站在同一条战线上。一辆车会在十到十五分钟内赶到。之前从国家警察总局派出的警车大概也会在同时抵达。

"用枪把锁打掉。"埃尔克莱对萨克斯说道。

"这行不通。用手枪不行。"

他们迅速地绕着农舍移动,始终保持警惕。没办法证明作曲家不在房子里或者附近,所以现在他很可能已经发现了这两个不速之客,而且也能够看到或者猜到他们是警察。

埃尔克莱被一条老旧的园林用水管绊倒了,疼得蜷起身子。他的手也被一些碎瓦片割伤,还好不算太严重。萨克斯的视线始终专注地盯着那些窗子,想找出潜在的威胁以及能闯进去的机会。

终于,她找到一处。后面有一扇窗,之前他们也看见过,那扇窗居然没锁。

她掏出随身携带的小型强光手电筒。"待在那里,离窗子远点儿。"她朝埃尔克莱喊。

他立刻蹲伏下来。她打开手电筒,用左手拿着,把它高举过头,快速走到窗边,让光线穿透整个走廊,右手里的伯莱塔始终在瞄准。如果现在作曲家在里面,做好瞄准和射击准备,他就会本能地瞄准光源或者靠近光源的位置。这样一来,也许她的胳膊会挨上一枪,却能让她在因疼痛倒下之前的一两秒内就完成射击。

或者,她会死于动脉血管中枪。

然而她看到的只是房间里堆积的落满灰尘的箱子,以及用不搭调的床单罩起来的家具。

"把我托上去。"

他先帮她爬进去,然后自己也上了窗台,钻进屋里。

两人走到那扇通往走廊的紧闭着的门边。

他碰了碰她的手臂,她看着他正举着一卷橡皮筋,露出了笑容。

两人照例用橡皮筋套在鞋子上。他小声说:"不过出于战略考虑,不能戴手套。"

她点点头,轻声回答:"我们已经查看过每个房间,这意味着我们要假设他藏在某扇关着的门后,或者他正躲在什么大到能够遮住他身形的物体后面。我要再撞一次门,动作很快,同时保持高举灯光,就像我刚才在窗口做的那样。然后退回来找掩护。接着我们要低身位移动,保持蹲伏姿势。他可能会以为咱们是站姿,实际上咱们是蹲姿。"

"那要是咱们找到他，而他又不投降呢，是要朝他的胳膊或者大腿射击吗？"

她皱起眉说："不，如果他有武器，就要将他击毙。"

"哦。"

"瞄准这里。"她碰了碰自己的上唇，就在鼻子下方，"直接射击脑干，开三枪。你可以吗？"

"我……"

"你必须要做到，埃尔克莱。"

"我可以的。"他坚定地点点头，"是的，好吧。"

就像狩猎开始之前那样，他做了几个深呼吸。这是一场你永远不会适应的游戏，一场你憎恨的赌博，即便是最上乘的高级药品也无法比拟这样的效果。

她指示他先去那里，就是她发现猎枪的地方。他们搜查了房间，她取下那把枪，把枪栓摘下来放进口袋，这样枪就不能用了。接着他们开始逐个房间进行搜查，从房子的后面一路搜到前面。大部分的房间都是空的。有一间小卧室看起来是作曲家用过的。床脚边有一只孤零零的匡威运动鞋。

还有厨房，看上去最近也被使用过。

他们继续前进。

敲击检查了每个房间的地板，然后上楼。作曲家也没在楼上。

最后，他们回到萨克斯认为是地窖入口的门边。

她查看了门上的铸铁门闩，发现它并未锁死。

阿米莉亚·萨克斯最恨地下室。在一套完整的战术操作中，你可以扔一枚闪光弹，打倒任何出现在面前的嫌犯，快速地一路突击。可是现在？就他们这两个人？她只能走下楼梯，她的双腿、臀部还有整个躯干都会暴露在作曲家手里武器的射程之内。

在他偷走猎枪的时候，是否也偷走了手枪呢？

如果膝盖中了两枪，她就会直接摔下去，在痛苦中无助地尖叫，然后再被彻底杀死。

她抬头瞥见旁边的埃尔克莱，这家伙对这种事简直毫无经验，因此看起来沉着冷静。她确信，如果她发生任何意外，他能做好接下来该做的事。

她低声说道："如果哈立德在这里的什么地方，那也就应该在这下面了。要不就是在车库。我觉得他更有可能是在这里。那么咱们行动吧。你推开门，我冲下去，动作要快。"

"不，我冲下去。"

她笑了："这是我的活儿，埃尔克莱。我下去。"

"让我来。如果他开枪或者发动袭击，你就能开枪射击他，你枪法比我好多了。射击在受训时就不是我的强项。松露走私犯又不会带着 AK47。"他笑了笑。

她抓紧他的胳膊："那好吧，动作要快，给你手电筒。"

他做了个深呼吸，然后嘀咕了句什么，是一个名字。她觉得那是"伊丽莎白"，也许那是某位圣贤。

"准备好了？"

他点头。

她猛地拉开门，门砰地撞在墙上，激起一片灰尘。

片刻之间，谁都没有动。

这不是一个地窖，这是个壁橱，而且是空的。

两个人的呼吸急促起来。

"好吧，去车库。我们得找点什么东西破坏挂锁。"

他们四处搜索工具，总算在厨房里，埃尔克莱找到一把大的短柄斧头。他们离开房子，继续蹲伏着朝外屋移动。

他们再次试图进入——这次与之前不同：现在他们两人可以同时开火。先由埃尔克莱破坏门锁，拉开滑动门，而萨克斯则全程保持蹲伏，用手电筒和伯莱塔同时向小屋内瞄准，然后他也蹲下一起瞄准。

她点头示意。

一斧子挥落，挂锁应声飞了出去。他拉开门……就像刚才的壁橱一样，又是空的。

叹了口气，两人收起武器走回到农舍那边。

"看看咱们能发现什么吧。"

在哈立德死之前他们还剩下多少时间呢？她知道已经所剩无几。

他们走进起居室，戴上蓝色乳胶手套，开始检查桌子、纸张、文件、便签以及乐器琴弦，搜索任何可能指出作曲家和哈立德所在地的线索。

她的手机振动起来——她在进来之前把它调成了静音。

"莱姆，"她对着耳机线上的麦克风说道，"找到了他的藏匿地点，但是他们不在这里，作曲家或者受害人都不在。"

"马西莫说宪兵队马上就会赶到。"

她已经能听见警笛声了。

莱姆说道："没多少时间了。他刚刚上传了视频。马西莫把链接发到埃尔克莱的手机上了。邮政警察正尝试着追踪位于远东地区的代理。虽然他没有爱德华·斯诺登的手腕，但这仍然要花费几个小时才能让他们追踪到那个特定的网站。"

"我们会在这儿等着，莱姆。"

她挂断电话后继续搜索，招呼林业警员说："查看一下你的手机。"

埃尔克莱把手机屏幕转向她:"这里。"

视频中的人毫无疑问正是哈立德·贾布里尔。他正坐在椅子里,被一个绞索套着脖子,嘴被堵住。即便是透过埃尔克莱手机那个小小的扬声器,他们也能清晰地听见低沉的节奏,以及随着屏幕下方进度条播放的华尔兹,曲调非常诡异。

埃尔克莱说:"啊,这次他没有像上次那样用窒息的呼吸声当作节奏,这次是受害人的心跳声。"

萨克斯说:"这音乐,听着很耳熟。你知道是什么吗?"

"啊,是的。这是《骷髅之舞》。"

萨克斯哆嗦了一下,这种脉搏声,像在预示不祥的节拍。接着她把注意力转到面前的那些纸张上。

不,这不可能。

她再次拨号。

"萨克斯,你发现了些什么?"

"这太牵强了,莱姆,可这是我们现有的唯一机会。马西莫在哪儿?"

"别挂电话,我打开免提。"

"我在这里,萨克斯警探。"罗西回答。

"这里有个地址,在那不勒斯。"她叙述了一遍。

"是的,这个地址在西班牙社区,离我们不太远。那里有什么?"

"哈立德·贾布里尔,对此我很确信。现在只有一个问题,就是他是否还活着?"

第五十一章

当萨克斯看见马西莫·罗西时，他正站在看起来像是一座废旧工厂的建筑前面，这个地方看起来已经荒废多年，四周都被用木板封了起来。"生产"这个单词还清晰可辨，就在另外一个单词后面，那应该是某个人的名字，或者某种产品或是服务，字迹已经难以辨认。

警监看见他们就招呼道："这里。来这边。"

她和埃尔克莱是步行过来的，他们不得不走路过来，因为他们找到的地址在罗西的描述中为"西班牙社区"，是那不勒斯省内的一个拥挤不堪、充斥着杂乱无章的狭窄街道和小巷的地方。"被命名为西班牙要塞的地方就在附近，建于十六世纪，"埃尔克莱告诉她，"如果你看见有小孩在这里跑动，与在沃梅罗不同，他很可能是要去警告他的爸爸或者兄弟，这里来了警察。克莫拉就在这一带。'许多'克莫拉。"

在她头顶上方，白色晾衣绳上的衣物随着微风摆动；下方的街道上，几十名制服警察正在进行搜捕。占据有利地势的阳台和窗边上站满了围观者——他们可能已经站在那儿消磨了自己的大部分时间：这里没有庭院，房子的正面和后面都没有，所以多数时间里,他们会斜倚在门窗边,摇晃着怀里的婴儿,谈论政治和工作中的新鲜事,晚上则在门边喝杯啤酒或者葡萄酒。

萨克斯被突然从她面前落在地上的大篮子吓了一跳。一个男孩跑过去,把一个食品塑料袋丢进去。那个篮子随即开始攀升;他的爸爸或是哥哥正从三楼将这个重物拉上去。

西班牙社区的生活看起来大部分都是这样在空中进行的。

此时,他们已经进入工厂内。这里的空气很潮湿,满是刺鼻的霉味。地上堆着一些叫不出名字的机器设备,也根本看不出来这些都是干什么用的。这个工厂地方不大,现在一下子进来这么多警察,更显空间狭小。在这里,阳光几乎照不进来,因此架起了一些白炽照明灯,惨白的光线让房间显得更加阴森恐怖,就像明亮的光线照进一个开裂的伤口。她看见丹妮拉和贾科莫,向他们点点头。他们也朝她点头示意。

罗西指着后面那些设备,她和埃尔克莱继续朝着他指的那个门口走去。"从那边下去。作曲家这次超越了他自己。"他低声说道。

警监已经穿好了鞋套,萨克斯和埃尔克莱也套好鞋套——当然,还戴上了蓝色乳胶手套。他们进入狭小的房间,走进工厂的地下室。

建筑物里的这片区域内没有发现任何完整的脚印,只找到半个后跟印。这里有更多大片的霉菌和霉斑,腐烂程度也更严重。头顶上是横梁,地板则是被磨损的斑驳的石头;这一切都让这个地方呈现出中世纪的模样。

一间刑讯室。

现在它正发挥着它曾经本应发挥的作用。哈立德·贾布里尔就是被安置在这里——又是椅子,就像阿里·麦塞克一样——背靠一面潮湿的墙壁,这是作曲家最近的视频中出现的背景。

"他被绑了起来，绞索一路越过横梁，被固定在那边。"他指着一个健美运动员使用的那种圆形杠片，正放在地板上，在一个大证物袋里。另一个袋子里面装着绞索。

"重量是多少？"埃尔克莱问道。

罗西回答道："十千克。"

大约二十五磅。麦塞克差点被一只水桶绞死，萨克斯猜测，那只桶的重量大概和这个差不多。

罗西咋舌道："但是做得非常迂回。看那边。"

在壁架那边立着一张数字卡片，旁边还有一块肉。

萨克斯明白了。

埃尔克莱问道："老鼠？"

"对，正是如此。作曲家用这块肉作为挡板，挡住杠片不让它掉下去，然后老鼠嗅到了肉味，跑过来吃。这时受害人还有时间，时间充足到让他能够仔细审视自己即将到来的死亡。"

"有没有人看到作曲家出入这里？"埃尔克莱问道。

"没有。外面有一辆手推车。我们觉得他用毯子盖住了失去意识的受害者，把他从附近的广场推到这里来。他看起来和其他的小商贩没有什么区别。我们四处走访查问，尽管西班牙社区是个很小的区域，可是这里人口稠密，有很多商贩和商铺，所以没有人会留意到他。"罗西耸耸肩，解释着这种令人无奈的情况。

随即他提高音量说："不过现在，咱们还是上楼去吧。你也许该见见这个被你救下来的人。我肯定他非常想和你说几句话。"

哈立德·贾布里尔正坐在救护车里。他看起来还不太清醒，脖子上绑着绷带；不过总体来说，他看起来并无大碍。

医护人员用意大利语向罗西和埃尔克莱说了些话，然后埃尔克莱翻译给萨克斯说："他目前还不太清醒。为了让他听话，用了三氯甲烷或者其他什么药物。"

哈立德看着萨克斯："您就是救了我的警官？"他说话带着利比亚口音，不过她能听懂。

"还有这位贝内利警官，"萨克斯回答，"你的英语讲得不错。"

"我学了一点，是的。"男人回答道，"我在的黎波里学的，在大学里。我的意大利语讲得不太好。我想我已经向妻子报了平安。他们告诉我她被那个男人袭击了，就是绑架我的那个人。可我一点也记不起来了。"

"她没事。在袭击发生后，我跟她说过话。"

"还有我的女儿，穆娜怎么样？"

"她一切都好。她们母女在一起。"

医疗官又对埃尔克莱说话，他翻译道："她们会到医院和你见面。已经派车去营地接她们了。"

"谢谢你们。"哈立德哭了起来，"要不是你们，我现在早就死了。愿真主永远保佑你们，赞美真主。你们是这个世界上最聪明的警察！"

萨克斯和埃尔克莱彼此交换了一个眼神。她没告诉哈立德，锁定他的位置并非他想象的那样。她用来阻止这一切的那张纸就在作曲家藏身的农舍桌子上，就是肥料农场旁边的那个农舍。纸上列着他的那些受害者名字——麦塞克、达迪和哈立德·贾布里尔——以及他们被藏匿并拍摄视频的地点。萨克斯自己都觉得难以置信，这些信息居然如此显眼地摆在那里。

"虽然这有点匪夷所思，莱姆，可是这是咱们目前唯一的机会……"

在她把地址提供给罗西之后,警监把它发送给米开朗基罗和他在这边的战术小组。

然后,在这个地下室,他们真的找到了哈立德。

萨克斯感到欣慰的是,她可以用英语进行问询……尽管结果远远不尽如人意。惊魂未定的哈立德·贾布里尔对于绑架的全过程都没有印象。实际上,连他们在难民营地的生活他能记起来的也很少。他醒来时,就发现绳索已经套在他的脖子上。他尖叫着,嘶哑的声音从嘴里的阻塞物缝隙中流出,他想要尽可能地吓退老鼠,以及呼救(两样都没能成功)。

经过十分钟的问询,没能得到什么有用的信息。没有对绑架者的描述——他真的只字未提,对哈立德被运送的汽车也是毫无印象。他觉得自己绝大多数时间都是被蒙住双眼,不过对此他也不能确定。

一位医务官说了句话,萨克斯听懂了,他们想要送他去医院做全面检查。"好的。"她说道。

随着汽车驶入人群中,她、埃尔克莱和罗西并肩站在一起,目送它离开。

"我们的朋友呢?"罗西小声说着,看向城中混乱的人群。

我们的朋友在哪儿?萨克斯相信这是他所说的话。

"也许证据可以告诉我们。"她回答道。她和埃尔克莱转身去往刑讯室。

第五十二章

莱姆一直看着但丁·斯皮罗，直到他挂断电话。在埃尔克莱·贝内利做汇报的过程中，他始终面带愠怒，双眼里满是探寻，样子就像被泰瑟枪击中了一样。不过在结束通话之后，莱姆看出他的情绪变得激动起来。

"哼。没有迹象表明作曲家会回到乡下那个农舍去。"

位于国家警署的作战室里，此刻只剩下莱姆和斯皮罗。莱姆，如无必要他哪儿都不会去，出于对照顾他身体机能的考虑，只能在这里，汤姆也就没有充足的时间去游览风景名胜。这位私人看护不厌其烦地一遍遍进来查看他的情况。最终莱姆忍无可忍地说："够了！出去找些乐子去！如果有什么问题我会打电话的！这里的电讯信号比曼哈顿的一些地方还要好。"事实确实如此。

现在他正在消化斯皮罗公布的消息。不像在导水槽现场，阿里·麦塞克受害的地方，这次作曲家没有在农舍设置警报系统，当他这个窝点被侵入时，也就无法示警。罗西分派了人手看守那栋房子和周围的有机肥料工厂，寄希望于他也许会返回。他们还推迟了对犯罪现场的勘查。但是两个小时过去了，罗西终于还是向莱姆还有碧翠丝·伦扎妥协了，答应开始进行走格子勘查。

莱姆呼叫了萨克斯，让她直接去农舍进行搜查。她和埃尔克莱以及科学技术警员已经完成了位于西班牙社区的工厂搜查工作，就是在那儿，哈立德·贾布里尔差一点被绞死。

碧翠丝站在作战室的门口，当她听到现场已经完成搜索工作时，赞许地点点头："很好。"说着，她把罩着杜邦防护软帽的头偏向一边，"成功保存证据与毁坏证据之间的差别就取决于这宝贵的每分每秒。必须尽可能迅速地搜索现场，采集证据并妥善保存。"

她的语法和句子结构拿捏得相当准确，尽管表达时仍然有浓重的口音。

斯皮罗飞快地瞥了她一眼："你过来对我演讲是为了什么，伦扎警官？"

莱姆不禁笑了一下："她是在引述，但丁，不是演讲；而且她引述自'我'——我写的教科书。我敢说是一字不差。"

她回答道："这里也使用这本书，不过只有英语版的。应该发行翻译版。"

"应该很快就有了。"他解释说，就在今天早上，汤姆刚刚接到来自意大利最好的文学代理人的电话，是一个名叫罗伯托·桑塔奇亚拉的男人，他读到了媒体对莱姆正在那不勒斯的相关报道，于是想和他谈谈把他其中一本书译为意大利语出版的相关事宜。

"那它一定会荣登畅销书榜单。至少是在我们之中大受欢迎——我是说这些科学技术警察。"然后碧翠丝举起一个文件夹，"现在，我想该谈谈我刚刚发现的一些东西，关于加里·索姆斯一案的是埃尔克莱请我做的对红酒酒瓶的分析。"

袭击案发当晚，这只酒瓶就放在吸烟区的桌子上。

她把这份厚厚的报告递给了但丁·斯皮罗。他浏览了一遍内容后对莱姆说道:"我来翻译。这些是和第一份分析报告中相同的结果,趾掌脊、DNA、黑比诺红葡萄酒,里面没有约会迷奸药物痕迹。不过在酒瓶表面有新发现。"

"嗯?"

"碧翠丝找到了环甲硅脂、聚二甲硅氧烷、有机硅和二甲基酮共聚酯。"

"啊。"莱姆应了一声。

斯皮罗看着他说:"这有什么重大意义吗?"

"哦,是的,确实有,但丁。的确意义重大。"

她真是美得不可方物。

不过,是与阿米莉亚·萨克斯完全不同类型的美,莱姆心想。萨克斯散发着来自家乡的邻家女孩一般的吸引力,就是那种可以亲近并与之亲切交谈却不会感到紧张的类型。

娜塔莉亚·加雷利则是完全不同的另一种美——用一个比较贴切的说法来讲,她身上透着一种动物般的野性魅力:她个头很高,颧骨突出,双眼距离很近,瞳孔是超凡脱俗的绿色。她下身穿紧身黑色皮裤,由于脚上穿着高跟靴子,比斯皮罗还要高三英寸;上身是一件剪裁合体的薄款棕色皮夹克,皮质柔滑如水。

娜塔莉亚看着莱姆和斯皮罗,这间作战室里只有眼前这两个人,不过莱姆看见碧翠丝正从她的实验室里好奇地向这边张望,然后这位科学技术警察又把目光转回显微镜。

这位女士对莱姆的身体不便没有表示出一丝兴趣,她的思想停留在别的地方:"你们把我叫到这里是因为,'怎么说来着'?列队辨认嫌犯,要确认嫌疑人?"

"请坐,加雷利小姐。说英语不会给您造成不便吧?我这位同事不会讲意大利语。"

"好的,没问题。"她坐下,甩了甩一头秀发,"那么,列队辨认?"

"不是的。"

"那为什么叫我过来?我可以问吗?"

斯皮罗说道:"我们需要再问几个关于弗里达·S.遭性侵犯的问题。"

"哦,当然可以。但是我已经都跟您说过了,'检察官',还有'督察'……她叫什么名字?"

"劳拉·玛塔丽,是的,她是国家警察局的。"

"就是她。而且我还曾经对一位美国女士说过,有点奇怪,那天同去的还有一位林业警员。"

斯皮罗瞪了莱姆一眼,转头看着娜塔莉亚:"有一个细节令我很在意,你说,你和你的男朋友在派对当天吃了印度菜。"

短暂的停顿。"是的,没错,晚餐。"

"当时你们都吃了些什么?"

"我记不太清了。好像是科尔马咖喱菠菜①,蒂卡马萨拉咖喱②。怎么了?"

"而且你在下午去过洗衣房?"

"是的,正如我之前对你讲过的,对其他询问过的人也说过,我当时想,说不定当晚会有客人想要留下来过夜,当然就会需要干净的床单。"

斯皮罗稍稍向前探身,用急促的语气问道:"那么派对当晚,

---

① 奶油(或酸奶)浸肉(常加有杏仁的南亚咖喱菜肴或调味汁)。
② 印度常见菜,用玛萨拉咖喱制作的咖喱鸡块。

弗里达·S.，也就是受害人，和你的男朋友德夫调情了多长时间。"

"我……"猝不及防的问题令她怔了一下，表情的瞬间变化没有逃过他的目光，"他们不是在调情。谁告诉你的？"

"我不能告诉你向我说明这件事的目击者都是谁。"

根本就没有这样的人存在，莱姆心知肚明。

那双绿色眼眸突然睁大，这是具有力量的颜色，三叶草绿色。莱姆怀疑那是隐形眼镜。她语无伦次道："他们只是在开玩笑。德夫和弗里达。仅此而已。你的目击证人弄错了。那是个在那不勒斯的大学生派对。一个惬意的迷人秋夜，所有人都玩得很尽兴。"

"开玩笑。"

"是的。"

"你是否知道德夫甚至已经买好了舒适牌避孕套？"

她眨了眨眼："您怎么敢问我这种私密的问题？"

斯皮罗的语气坚决："请回答问题。"

一阵迟疑之后，她说："我不知道他买了什么。"

"你是他的女朋友，却说你不知道这个？"

"对，我根本没注意过这种事。"

"如果我搜查你的医药柜，是否能找到舒适牌避孕套？"

"我讨厌这个问题，而且我讨厌你的态度。"

斯皮罗发出一声高卢式的冷笑，他的脸拉得更长了："这也无关紧要了。在你来这里的时候，一位警员已经去了你的公寓。她没有找到舒适牌。"

"什么？你怎么能这么做？"

"你的公寓是个犯罪现场，小姐。这就是为什么。现在，正如我刚刚说的：没有任何发现。不过，信用卡记录显示你的男朋友曾经在三天前购买了一盒舒适牌，那是一盒二十四枚装避孕套。而现在公寓里却一枚都找不到。它们都去哪儿了？谁把它们丢弃了？它们的去处是，咱们就直说吧，能让两打避孕套在三天内消失的唯一方法——现在的年轻人在某方面的胃口确实是挺惊人的。不过呢，说实话，那可是两打避孕套。"

"你是在指控我的男朋友犯了强奸罪吗？他绝不可能做出那样的事。"

"不，我在指控你性侵了弗里达·S.！"

"我？你疯了！"

"啊，加雷利小姐，让我们解释一下我们都发现了些什么。"

他看向莱姆，莱姆调整轮椅面对她。他语气平稳地说道："在吸烟区桌子上找到的红酒瓶，其瓶口和瓶颈处有避孕套润滑剂的痕迹，经鉴定那是舒适牌的。这应该属于，请原谅，这里我可能要说得很露骨，这与在弗里达大腿内侧以及阴道内发现的润滑剂一致。

"我的同事搜索你公寓的现场时，找到了衣物清洗剂和印度菜调味料，而你，就是这两样东西的来源。在吸烟区和性侵案发现场均发现了这两样东西。"莱姆抿紧嘴唇，表情不悦，"好吧，当然了，你当时就在吸烟区，因为那是你的公寓，是你组织了派对。可是性侵案发现场的痕迹要怎么解释？那是怎么来的呢？我本该早点想到这个问题，漏掉这个细节是我的疏忽。你和被害人都说过，是她翻过那道隔开两栋楼的墙，爬回了你的屋顶，接着你就听见她的哭声并且跑过去救助她。那里距离袭击发生地点有很远一段距离，那么咖喱和洗涤剂怎么跑到性侵案发地的呢？"

"你也疯了！"

斯皮罗接过话题:"我们认为你的男朋友和弗里达在派对上调情,而且开学时就有人看见过他俩在一起,那是在第一天下课你们分别之后。是你把药掺进弗里达的红酒;是你跟着她和加里上了楼,希望她会失去知觉,而加里会趁着她意识不清强奸她。你认为这就足够让她蒙羞了。可是他没有这么做;他下楼去了,把她独自留在楼上。于是你决定亲自行动。你拿了一枚你男朋友的避孕套,当时桌子那里没人,你把神志不清的弗里达弄到墙的另一边,也就是隔壁的屋顶上,然后用那个瓶子侵犯了她。接着你把避孕套藏好,晚些时候与剩下的一起处理掉,也许是第二天,然后你就回去继续扮演你女主人的角色。"

莱姆清楚,正是娜塔莉亚拨打了匿名电话,声称看见加里往红酒里下药,也是她闯入他的公寓,在他的衣物上留下约会迷奸药物。埃尔克莱和汤姆找到的脚印显然是女性的尺码。

"一派胡言!"娜塔莉亚怒喝道,眼睛里充满了敌意。

斯皮罗继续说:"我们对派对上客人的问讯都集中在男性身上。我们走访了强奸案发当时你周围的目击者,比对了派对上所有'男性'和弗里达其他男性朋友的DNA。而现在,我们则要对你的DNA进行比对测试。"

她嘲弄道:"这可真是荒唐。"她愤怒至极,"我绝不能接受这样的对待。"

莱姆感到她真的相信这些常规法律不能施加在自己身上……因为她是如此美丽。

娜塔莉亚站起身:"我无法忍受再待在这里了,我现在就要离开。"

"不,你不能。"斯皮罗起身挡住她的去路,朝门厅方向做了个手势。丹妮拉·坎通走进来,从腰带上取下手铐,把它套在娜塔莉亚的手腕上。

"不，不！你们不能这么做。这是……错误的！"

娜塔莉亚低头盯着自己的手腕，莱姆觉得她双眼中的恐惧似乎并非来自她被捕这一事实，而是因为银色的手铐与她的金手镯极不协调。

当然，这纯粹是他的想象。

第五十三章

毫无希望。

他的人生全完了。

当加里·索姆斯离开会见室并被带到监狱共用活动区时，他几乎要哭出声来。这片面积约为两英亩的贫瘠区域只有杂草和走道，明显被废弃一段时间了。他慢慢朝着自己被拘禁的囚室走去。

他的律师，埃琳娜·西内利，曾经告诉他，尽管警方正在考虑他在弗里达·S.强奸案中被当作替罪羊的可能性，地方治安官还是拒绝了她提出的假释请求，就算扣押他的护照都不行。

这也太不公平了！

埃琳娜告诉过他，有两位美国最顶尖的法医学科学家因为别的案子正好在那不勒斯，他们也在协助调查证据。但是协助调查并不表明他就是无辜的。瓦伦蒂娜·莫雷利，就是那个特别恨他的女孩，已经被找到，而且提交了一份声明，随后也已被证实，弗里达遭侵害当晚，她本人在曼图亚。于是嫌疑又一次回到他的身上。

这简直是无法摆脱的梦魇……

身在异国他乡，随时会有"朋友"突然小心翼翼地来找他。他的双亲还在做安排，以便尽快飞往意大利（加里的弟弟妹妹都需要进行妥善安顿)。这里的食物糟透了,无尽的空虚寂寞还有绝望越来越令他无法忍受。

前路始终不明。

再看看其他的犯罪嫌疑人都是怎么对他的。有些人很狡诈,那些颇具深意的眼神,像是在说他们要分享强奸犯的癖好,令人感到毛骨悚然。还有一些人怒目而视,那些人想要缩短司法体系程序,来个快速"裁决",绝不妥协的正义审判。有几次他听见有人用夸张的英语说出单词"荣誉";这就像鞭子狠狠地抽打他,责罚他犯下侵犯女性的罪行。

这一切该死的都是怎么回事?那天晚上和弗里达去屋顶上,在那不勒斯的星空下,怎么就变成性侵了呢?

他甚至都没有勃起。我,加里·索姆斯,可是"随时都能上"先生。

接吻,抚摸……然后他就烂醉如泥了。

对不起,对不起,对不起……这不是我能控制的,我根本无能为力。

实际上他根本不怕把这件事说给别人听。反倒对这种事还要保密这么做本身才令他感到羞愧。他不能告诉警方,也不能告诉他的律师。对谁也不能说。"不,我绝对不可能强奸弗里达,就算我真的给她下了药,何况我也没有这么做。不,'随时都能上'先生那天晚上完全不行。"

现在该怎么办?接下来会发生什么——?

他的思绪被监禁区空地上突然出现在他附近的两个男人打断。他对这两个五短身材、浑身肌肉的囚犯不太了解,只知道他们不是意大利人。他觉得他们是阿尔巴尼亚人——皮肤黝黑,总是板着一张脸。他们总是自己待着,或者只和看起来和他们一样的少数几个人来往。这两兄弟从来没和加里说过话，大部分时间都视他为透明人。

现在也是一样。他们朝他看了一眼，然后继续聊自己的，与他保持大致二十步远的距离并排走着。

他朝他们点头。他们回应了一下，然后低着头继续走。

加里心想：为什么我那天非要去参加那个该死的派对呢？

我应该回去学习的。

他并没有后悔来到意大利。他热爱这个国家，热爱这里的人和这里的文化与美食。可是现在他觉得这次冒险完全就是个错误。我原本可以去任何地方的。而且，我本应该是个知名的周游世界的旅行者，让每个美国中部乡村的笨蛋都看到我的与众不同。我是独一无二的。

加里察觉到那两个阿尔巴尼亚囚犯悄悄加快了移动速度。他们好像想要在儿童攀岩墙的阴影那边赶上他——那一小片区域是在周日用来供囚犯会见他们的妻子以及和孩子们玩耍的地方。

他没理会他们，继续回想着那不勒斯的那个派对。他就不该把弗里达留在屋顶上。可是看着她睡眼惺忪，感受着她把头压在自己肩膀上……然后发现自己下半身居然没有什么起色，他不得不赶快溜掉。他怎么也不可能料到当时她被下了药，而且有危险。

真是一团糟……

阿尔巴尼亚人已经走到他跟前。伊利尔和阿尔廷，他记得他们大概是叫这个名字。他们曾经说过，他们仅仅是因为帮助难民逃脱被压迫的境遇而遭到错误的逮捕。检察官的指控则与这个说法有些不同：他们把年轻女孩从她们的家里拐走，然后逼她们在斯康匹亚的妓院工作，那里是那不勒斯郊区的贫民窟。他们自称无私行为的证词,所谓反抗压迫,没有被听取,因为大部分女孩并非来自北非,而是来自波罗的海诸国和意大利本土的小城镇,都是轻信了他们许诺的模特工作。

加里不悦地注意到这两人加快脚步追上来,在他身后仅有几步之遥。他改变方向,想要躲开他们。

可是这一切都太迟了。

这两个肤色黝黑的男人俯身向前扑来,把他压到草地上。

"不要!"他喘着气,感觉肺里的空气都被挤出来了。

"嘘,安静点!"伊利尔,年纪较小的那个人在加里的耳边怒呵道。

他的兄弟四下张望,以确保没有守卫或者其他囚犯出现,然后从口袋里掏出一块长条的厚玻璃,用布条包裹住一头,另一头六英寸的锋利边缘闪着寒光,就像一把刀。

"不要!求求你们!别这样,我没做过任何——事!"也许他们以为他可能和狱警是一伙的,趁现在,要跟他们说清楚,"我什么都没说过!"

阿尔廷笑了一下,马上又板起脸,他让伊利尔压住他,用带有浓重口音的英语说道:"现在,在这里。就是这里。好吗?接下来就要发生的事,你知道阿尔贝托·巴吉亚吧?"

"求求你们!你们的事与我真的没关系。我只是——"

"现在,现在。你要回答我。是的,说吧,回答我的问题。别哭哭啼啼的,回答问题。"

"好吧,我知道巴吉亚是谁。"

谁不知道他呢?那个大块头,囚犯中的疯子,身高六英尺四英寸,他会恐吓每个走过他身边的人,尽管那些所谓对他的背叛纯粹是他疯脑袋里的想象。

"那么，这就对了。巴吉亚跟我们兄弟俩有点过节。他很想杀了我们俩。现在，现在，我们就要这么办。"

加里奋力想要推开伊利尔，可是这个铁钳一样的男人牢牢地压住他。"别动。"他低声说道。加里只好照做。

"我们得给你来几下。扎你几刀，是的。"他举起玻璃刀片，"不过我们并不打算杀了你。只是把你割伤，但是不会弄死你。然后你要说这都是那个阿尔贝托·巴吉亚干的。"

伊利尔接着说道："这样他就得换个监狱，那种专门对付极度危险犯人的监狱。我们就是这么打算的，就是这么回事。一切就都解决了。"

"不要，别这样！求你们了！"

阿尔廷点点头："啊，不会太多的。六七下。这没什么。我也被捅过。瞧瞧这些伤疤。这所监狱里的人们都说你应该被切掉蛋蛋，你这个强奸犯。"他比画着加里裤裆的位置。"不，不。我们现在不打算这么干。"两个人大笑起来，"就因为你上了个姑娘？谁在乎？所以，你会没事的。只是在脸上、胸口上来几刀，也许再狠狠切在耳朵上。"

"切掉吧。"他的兄弟说着。

"要看起来像是巴吉亚干的，得像是他的手法。"

"你瞧，爱哭鬼，行了。好了，阿尔廷。快动手，然后咱们撤，赶快！"

阿尔廷低声用阿拉伯语说了句什么，伊利尔用他脏兮兮的大手堵住加里的嘴巴，并狠命地压住他。

加里试图尖叫出声。

那把玻璃刀已经靠近他的耳朵。

远处突然传来一个声音。"索姆斯先生！你在哪儿？"

从他刚刚离开的那道门穿过连通会见室的走廊，一个男人正在叫他。

"你还在院子里吗？"

这对阿尔巴尼亚兄弟对视了一眼。

"妈的。"伊利尔啐了一口。

刀片瞬间消失不见，他们马上站了起来。

加里努力站稳脚跟。

"你一个字都不许说出去！"阿尔廷低声说道，"老实点，爱哭鬼。"他们转身迅速离开了。

加里从墙边走出来。

他这才看清刚刚是谁在叫他。那是监狱的助理主管，一个瘦小的秃顶男人，身穿狱警制服，来得简直太及时了。

加里跟着来人走回门口。

"你没事吧？发生了什么事？"他端详着加里身上的灰色囚服，上面沾满了草屑污渍。

"我摔倒了。"

"啊，摔倒了。我明白了。"他根本不信他的话，不过在监狱这种地方，哪怕只是短时间待在这里，加里已经明白，管事的不会去问他们真正遇到的问题。

"怎么了？"加里问道。

"索姆斯先生，我给你带来了好消息。负责你案子的检察官刚刚打电话过来，他通知我说真正的袭击者刚刚被确认。他已经向地方法官申请释放你。"

一瞬间几乎忘了呼吸，加里问道："这是真的吗？"

"是的，没错，他很肯定。释放你的文件还没有被签署，不过很快就能完成了。"

加里回头看了看他的囚室那边,心里想着那两个阿尔巴尼亚人:"您是想让我回到我的囚室等吗?"

这位助理主管盯着加里充满褶皱的衣袖思考片刻后说道:"不了,我觉得没有这个必要。来行政办公区这边吧。你可以在我的办公室里等。我给你拿杯咖啡来。"

眼泪又流了下来,这次是喜悦的热泪。

第五十四章

位于国家警署一楼靠近实验室的作战室内,整个团队现在都到齐了。

萨克斯和特警队警员丹妮拉·坎通带来了在有机肥料农场旁的农舍采集的证物,碧翠丝·伦扎正在完成她的分析工作。从那不勒斯工厂采集的证据也在这里,是丹妮拉的搭档贾科莫·席勒送来的,那个"老鼠之家"。

斯皮罗站在房间的角落里,双手抱胸:"埃尔克莱去哪儿了?"

萨克斯解释说她给他安排了一个额外任务,不过很快他就会回来。

罗西正在打电话,等他挂断后,他解释说那个农舍的房主已经找到了,他把那个地方租给了作曲家。房主住在罗马,开车到那不勒斯来,见到一个美国人。他说自己名叫蒂姆·史密斯,来自佛罗里达。房主确认说,那人和绑架案中嫌疑犯的拼图画像很像。他当时用现金支付了两个月的房租外加一笔奖金。

"一笔奖金,"罗西用带有明显起伏的语气说道,"保密的奖励。不得不说,想得可真是周到。这不是那个房东说的,而是我自己的理解。他以为那个男人是想给自己的情妇找个地方。没想到会发生犯罪,他坚称是这么回事。当然了,话虽如此,其实他才不在乎。"

　　房东还告诉罗西说,支付的现金已经都花掉了;因此,没有可能采集指纹了,但是他对对方的车子型号很有印象。虽然作曲家把汽车停在两人视线之外的地方,可是这个房东那天临时起意,开车从主路下来去城外的饭店吃饭,正好看见一辆旧款的深蓝色梅赛德斯。我们也马上核实了,确认米其林轮胎尺寸正好符合老款梅赛德斯。罗西把这一消息通知了所有执法部门,以共同寻找这样的汽车。

卡亚佐郊外的农舍

- 戴尔灵越系列电脑
- 有密码保护,已送至邮政警局。
- 西部数据,1TB 硬盘。
- 有密码保护,已送至邮政警局。
- 勃朗宁 AB3 步枪,口径:温彻斯特点 270。
- 序列号显示为三年前被盗,被盗地点是位于巴里的私人住宅,可能通过地下黑市买卖取得。
- 温彻斯特 23 子弹盒,点 270 子弹,两枚黄铜质空弹壳。
- 经弹道学鉴定,为在卡波迪基诺难民营枪击美国警探阿米莉亚·萨克斯和警员埃尔克莱·贝内利的同一武器。
- 六根电子贝斯琴弦,一根已经编成绞索。
- 驾驶一辆旧款,深蓝色梅赛德斯。
- 车道上有四条轮胎印迹。
- 米其林 205/55R16 91H(与之前现场发现的相同),可能来自那辆梅赛德斯。

· 倍耐力型号 6000 1 8 5/70R1 5。

· 倍耐力 P4 P2 1 5/60R1 5。

· 马牌 1 9 5／6 5 R 1 5。

· 多项衣物残留物，有些来自嫌疑犯，有些来自受害人（详见清单）。

· 无法追寻购买线索。

· 多项化妆品残留（详见清单）。

· 无法追寻购买线索。

· 食物（详见清单）。

· 无法追寻购买线索。

· 福尔多意大利旅行手册。

· 无法追寻购买线索。

· 贝立兹意大利短语手册。

· 无法追寻购买线索。

· 受害人清单，个人细节，他们被囚禁并拍摄视频的地点。（打印版）

· 阿里·麦塞克。

· 马利克·达迪。

· 哈立德·贾布里尔。

· 更多的奥氮平和异戊巴比妥痕迹。

· 趾掌脊：

· 只有受害者的。

· 阿里·麦塞克。

· 哈立德·贾布里尔。

· 房子内部推测已经被清理过，用的是酒精。

· 乳胶手套的痕迹到处都是。

· 两打脚印，与早先的发现不匹配。
· 尺码 7 1/2 (m)/9 (f) /40（欧码），皮革鞋底。
· 尺码 10 1/2 (m)/13 (f) /45（欧码），磨损严重。
· 尺码 9 1/2 (m)/10 (f) /43（欧码），无法确定款式，可能为远足靴或跑鞋。
· 匡威牌滑板运动鞋，与之前相同——属于作曲家。
· 另有三个无法辨认的尺码，两个普通皮革鞋底，一个洛基·莱克兰远足靴。

"为什么会有这么多脚印？"斯皮罗大声质疑道。

罗西回答："我推测有可能是租客来看房时留下的，还有那些受害者的脚印。作曲家把他们关在那里，直到他做好拍摄视频的准备。他们可能要上下汽车——尽管他们现在已经记不起来了。"

莱姆叹了口气："我希望这些脚印里面没有'另一个'受害者。仅凭清单上没有再出现一个名字是不能说明他没有劫持其他人的。"

碧翠丝说道："这可真是挺奇怪的，竟然没有指纹。一枚都没有，除了受害者的。这就像您之前说的，莱姆警监，他连睡觉都戴着手套。"

斯皮罗面带怒容："这给每一次的新进展都带来了麻烦。"

"哦，不，"莱姆回答，"找不到指纹对我们来说是好事。不是吗，萨克斯？"

她兀自凝视着列表应道："啊，嗯。"

"你这话是什么意思？"罗西问道。

门口响起一个声音。"你好。"说话的正是埃尔克莱·贝内利,他扛着一个垃圾袋走进来。

注意到林业警员正冲自己微笑,萨克斯说道:"现在您的问题有答案了,检察官先生。"

莱姆解释说:"多年前我们就碰到过一个案子,那是一个职业杀手。我们找到他的老巢,同样找不到任何一枚指纹。他一直戴着手套。但是这就意味着他要频繁地处理那些手套——正因如此,可想而知,那些手套内部就留有非常完整的指纹。不幸的是,他把这些手套扔在距离他住处两个街区远的垃圾箱里。我们找到了它们,于是就追踪到了他的身份,然后抓住了他。我猜这就是贝内利警官刚刚去的地方,翻找那些垃圾箱。"

"是的,没错,莱姆警监。"他扬了扬手里的绿色塑料袋,"我在一个电话亭后面的垃圾箱里找到的这个——那是一个加油站,位于卡亚佐和那不勒斯之间。恐怕我没能成功找到那些手套。"

他从塑料袋里拎出三个金属油漆罐,小心翼翼地把它们放在桌子上。莱姆抽了一下鼻子,闻到一股刺鼻的气味,他脸色一沉道,"甲基异丁基酮。"

"那是什么?"罗西问道。

碧翠丝用缓慢的英语回答道:"这是一种溶剂。专门用来溶解乳胶。"

"没错。"莱姆说道。

埃尔克莱说道:"这里只有一些蓝色的残渣,用你们的话说叫沉淀物?在底部。手套已经全部溶解掉了。"

斯皮罗看着林业警员。"可是你看起来却没有该有的那种沮丧,说说你还带来了什么消息。是不是在故意兜圈子?别扭扭捏捏的,快说。"

"好的，检察官先生。装着这些罐子的是那种用盖子盖住的垃圾箱，而我在盖子上没有找到手套留下的痕迹，却找到几枚指纹。我希望，这是他掀开垃圾箱盖丢弃罐子时留下的。也许他根本没想到我们能够找到这些东西。"他拿出一张SD卡，把它递给碧翠丝。她坐回电脑旁，调取里面的图像。埃尔克莱使用了指纹粉末，一种老式的备用品，来提取指纹。这些指纹都不完整而且模糊，有的部分相对要清晰一点。

尽管如此，莱姆认为，这些还不足以用作确证。

不过他转头看向碧翠丝，后者会意地点点头。如他预期的那样，她在键盘上键入一些指令，片刻之后，另一些指纹也被显示在屏幕上，就在垃圾箱上发现的残缺指纹旁边。那是作曲家的其他指纹片段，是在阿里·麦塞克外出用餐那晚，作曲家在公交车站实施绑架之前，躲在树杈后监视阿里·麦塞克时留在树叶上的。

"这可能需要花点时间，甚至更久。"她开始用两个指纹残片像玩魔方那样尝试拼合，她尝试各种方式组合它们，放大、缩小、旋转，把它们从一边移动到另一边。整个房间出奇地安静，所有的目光都集中在屏幕上。

她调整了一下她那精致的绿色框架眼镜，仔细研究着，然后说了句意大利语。

埃尔克莱说："她认为这就是作曲家的指纹，三个部分组合在一起几乎是一枚完整的指纹。"

碧翠丝开始像机关枪一样飞速敲打着键盘。她用意大利语又说了什么。埃尔克莱转向莱姆和萨克斯。"她刚刚把这枚指纹发送到欧洲难民指纹数据库、国际刑事警察组织、苏格兰场和美国的综合自动指纹识别系统。"碧翠丝坐回椅子，但是眼睛就像枪口一样瞄着屏幕。

斯皮罗正要开口问问题,埃尔克莱就说:"而且我也询问了加油站的老板,不过他没有看见任何人站在垃圾箱旁边,还有他的雇员们,也都没有看见。"

检察官点点头,表示这也就回答了他想要提出的问题。他再一次想要开口。

埃尔克莱又说:"而且没有监控录像。"

"哦。"

经过了漫长无比的两分钟后,一个噪音打破了僵局。那是碧翠丝电脑的蜂鸣声。她俯身到电脑屏幕前,然后点点头。

"这个,就是作曲家。"

她把显示屏转过来对着大家。

屏幕上是一张脸上有胡茬,头发浓密的男性面孔。来自宾夕法尼亚州,雄鹿县的县治安官办公室的面部照片。他那时是个小胖子,一双敏锐的棕色眼睛正盯着摄像头。

下面有一行小字标注着综合自动指纹识别系统报告。"他的名字叫斯蒂芬·默克,现年三十岁。他是一名精神病患者,因袭击和谋杀未遂的罪名被判处无期徒刑。三个星期前,他从医院逃了出去。"

第五十五章

阿米莉亚·萨克斯在拨通电话后回到房间,并且宣布道:"我刚刚联系上了宾夕法尼亚州精神病院的董事。她是桑德拉·科恩医生,我已经打开了免提。"

"是的,你们好。请向我说明一下。现在你们是在意大利吗?这是关于斯蒂芬·默克?"

"是这样的。"萨克斯说道。并且解释了她这位病人的所作所为。

这位女士沉默了片刻,大概是因为震惊。最后她说道:"哦,我的上帝。"顿了顿,她用一种沙哑的嗓音继续说,"在那不勒斯发生的那些绑架案,是的,它们也上了我们这里的新闻。我记得新闻里说这些都发生于第一起在纽约犯罪之后。可是我们完全没想到斯蒂芬可能是这些案子的始作俑者。"

莱姆问道:"他的病情诊断是什么?"

"精神分裂症人格,躁郁症双相障碍,重度焦虑症。"

"他是怎么逃出去的?"

"我们是一个中等级别的安全保障机构。而且斯蒂芬从被送到这里起一直表现得非常好。他有庭院特权,加上我们这边有几个非常粗心大意的园艺师,他们把铁铲落在外面了。他找到了一把，并用它在铁丝网下面挖了一个洞。"

"他曾经被指控犯有谋杀罪？"

"那是在另一个机构，是的。他不停地伤害一个人，那人在随后的问讯中几乎无法站起来。"

罗西说道："我是那不勒斯的调查员。您好，医生。他是怎么负担这次旅程的费用的？他有什么资源吗？"

"他的母亲几年前去世了，他的父亲失踪了。他有一些信托基金，而且他最近还会见了他的叔叔和婶婶。他们可能也给了他一点钱。"

"能否把他们的名字告诉我们？"萨克斯问道。

"可以，我去查查档案。"她记下了萨克斯的联系方式，并且说挂断电话之后会尽快把信息发送过来。

"您还有什么能想到的事吗？"萨克斯问，"也许可以帮助我们理解为什么他要做这些事？"

短暂的停顿之后，这位女士说道："斯蒂芬有他自己的现实世界。他的世界全部由声音和音乐构成，除此以外再没有什么事能触动到他。抱歉，我不得不说，我们没有资金或者授权为像他这样的病人提供有用的帮助。就像在斯蒂芬的病例中，需要乐器或者互联网。几年来，他一直对我说他渴望着声音。他并不危险，也从不具有威胁性，但是必须有些什么东西把他从现实中抽离出来。"她再次顿了顿，然后继续说道："你们是想要了解现在你们面对的是怎样的人？曾经在一次会谈中，他告诉他的心理治疗医师说，他感到十分沮丧。为什么呢？因为他没有耶稣被钉在十字架上的声音记录。"

这些话让莱姆深受触动。他有时会想象自己正在著名的历史案件犯罪现场走格子，用最先进的司法鉴定技术分析犯罪。耶稣受难被列在他心中清单里的第一位。

萨克斯问道:"为什么选在意大利?这之间有什么联系?"

"和他的过去没有关联。不过就在他逃脱之后不久,我了解到一个情况:他一直提到,在他生命中有一位十分特殊的女人。"

"是一位与意大利有关联的人吗?我们可以联系上她吗?"

一阵笑声传来。"这恐怕非常困难。后来我们弄明白了他说的是一位三千年前的希腊神话中的形象。欧忒耳珀,是希腊和罗马神话传说中九位缪斯女神中的一位。"

"那是掌管音乐的缪斯。"埃尔克莱说道。

"是的,就是她。"

萨克斯又询问了他是否会吃什么特定的食物,有没有什么特殊的兴趣爱好,他可能会去的商店,或者是他想要去的别的什么地方,那些他们有可能抓到他的地方等。

她没能再提供什么有用的信息,只是又补充了一个有意思的情况,那就是斯蒂芬根本不在乎食物的味道,只在乎吃东西时发出的声音。比起柔软的食物,他更喜欢硬脆的食物。

从调查的角度来说,这几乎毫无帮助。

莱姆询问除了这张摄像头拍的照片以外,她是否有斯蒂芬的其他照片。

"有的,我得找找看。给我个邮箱地址。"

罗西报出邮箱地址。

片刻后,他们就收到了那些照片,六张照片上的他是个小胖墩,看起来挺聪明的小伙子,有着敏锐的眼神。

斯皮罗向她表示感谢。

这位女士又说道:"请你们了解,很显然他现在病得很厉害;但是直到现在,他还都是一个非常通情达理的人。因为这些绑架案，他变得很危险，这毋庸置疑。但是如果你们找到他，我请求你们，在伤害他之前，请先试着和他谈谈。"

"我们会尽力而为。"萨克斯回答道。

切断电话后，罗西咕哝道："试着和他谈谈？跟这个不假思索就会去狙击两名警官的家伙谈？"

斯皮罗盯着这个绑架犯的照片，用一种柔和的声音说道："你打算怎么办，我的朋友？怎样才能让在纽约和那不勒斯遭到袭击的这些可怜灵魂感到安慰呢？"

莱姆对这样的问题不感兴趣，他驱动轮椅向前，继续检查证物清单。

罗西用意大利语对丹妮拉·坎通说了几句，于是她开始敲击键盘。他对屋子里的人们说："我把这些照片发送到我们的公共信息办公室。他们会把照片放到网上，并且发送给媒体。照片还会被送到其他法律执行部门。很快就会有成百上千警员开始搜索他。"

莱姆把轮椅移动到更靠近证物列表的地方，一遍又一遍地仔细察看着；那个架势就像是在阅读一本经典小说——每当你又一次拿起这本书时，你都能发现一些新东西。

他希望借助自己的洞察力，用每个最细微的发现得出最终真相。

不过在他的脑海中始终无法得到什么特别启示。

他先是面色阴沉：不，本不该是这样的。一定是什么地方出了错。但是他的目光随即停留在一条记录上，并且突然顿住。莱姆双眼仍然盯着布告板，用急促的声音问道："没有人觉得那边有什么地方奇怪吗？"

屋子里的所有人都迷茫地望向他，他接着说："那些轮胎痕迹和脚印。"

萨克斯发出一声惊讶的笑声："这说不通。"

"没错,的确说不通。不过这就是你该发现的。"

斯皮罗随即领悟过来:"农舍里发现的脚印中有一个尺码与在加里·索姆斯公寓里发现的脚印是同一尺寸。"

埃尔克莱·贝内利接过话说:"而且其中的一个汽车痕迹,我在加里那边发现的马牌轮胎印,在农舍这边也有一模一样的轮胎印。怎么会这样?"

莱姆说:"这表示是同一个人闯入加里的公寓,同时也去过作曲家的农舍。"

"但是,闯入加里住处的人是娜塔莉亚·加雷利。"埃尔克莱说道。

莱姆转向斯皮罗:"我们'假设'是这样。但是我们从来没问过她这件事。"

"你说得对。我们的确没有问过。"

萨克斯接着说:"而且当我们和娜塔莉亚谈话时,她并没有指责加里。她当时说他是无辜的。她想让隔壁的塞尔维亚人背这个黑锅。"

罗西摸着自己的胡子说道:"这么看来,关于那个约会迷奸药物痕迹,你并没有交叉污染任何证物,埃尔克莱。这两个现场,加里的公寓和作曲家的窝点,存在合理的关联。"

斯皮罗说道:"可是怎么会?"

林肯·莱姆没再说什么。他的注意力完全放在两个证据列表上——不是意大利的那几个,而是最初的两个,描述的是纽约的现场。

曼哈顿,东区第86街,213号

• 事件:搏斗/绑架

- 方式：犯罪嫌疑人面罩罩住其头部（黑色，很可能是棉质的），里面有药物能使人失去意识。
- 被害人：罗伯特·埃利斯
- 单身，可能和萨布丽娜·狄龙住在一起，正在等待她回电（现在日本出差）。
- 居住地为圣何塞。
- 拥有一家处于起步阶段的小型电商公司。
- 没有犯罪或危及国际安全的记录。
• 犯罪嫌疑人：
- 自称为作曲家。
- 白人男性。
- 年龄：三十岁左右。
- 身高：大约六英尺。
- 黑色胡须，黑色头发，长发。
- 体形：粗壮。
- 头戴长帽檐的棒球帽，黑色。
- 黑色衣服，可能是休闲装。
- 鞋子：
- 很可能是匡威牌，颜色未知，尺码是 10½。
- 驾驶黑色小轿车，牌照未知，制造商未知，车龄未知。
• 侧写：
- 动机不明。
• 证物：
- 被害人的手机。
- 没有不寻常的电话／电话名单。
- 短发，染成金色，没有 DNA。

- 没有指纹。
- 绞索。
- 传统刽子手绳结。
- 肠线，大提琴琴弦长度。
- 来源极为普遍。
- 黑色棉质纤维。
- 来自面罩，用来制服受害者？
- 三氯甲烷。
- 奥氮平，抗精神病药物。
• YouVid 视频：
- 白人男性（很可能是被害人），绞索套在他的脖子上。
- 正在播放《蓝色多瑙河》，配合喘气声（被害人发出的？）。
- "© 作曲家"出现在结尾。
- 画面消失在黑暗中，声音也随之结束，预示着即将发生的死亡？
- 正在搜索视频上传的地理位置。

威科夫大街，布什威克，布鲁克林，绑架地点
- 汽油被用来销毁证据。来源不明。
- 地面被清扫过，但仍留有匡威牌滑板运动鞋痕迹。
• 物质痕迹：
- 烟草。
- 可卡因。
- 海洛因。
- 伪麻黄素（甲基苯丙胺）。

- 额外发现的两根金色短发,与在第86街的绑架案发地发现的类似。
- 据罗伯特·埃利斯说很可能是他女朋友的。
- 四张纸。
- 护照照片。
- 帽子和T恤,绝大部分已被烧毁。
- 采集到的DNA,在数据库未见匹配。
- 无法追踪来源。
- 面罩,绝大部分已被烧毁。
- 无法追踪来源。
- 奥氮平痕迹(抗精神病药物)。
- 三氯甲烷痕迹。
- 乐器键盘,已损毁。部分按键被修复。使用现金购于安德森乐器行,西46街。没有监控录像。
- 无线网络配置路由器。
- 用现金购于艾弗里电器行,位于曼哈顿。没有交易相关录像。
- 技术照明行业卤素电池供电灯。
- 无法追踪来源。
- 用作绞刑架的房间门把手。
- 未发现指纹或趾掌脊。
- 无法追踪来源。
- 网络监控摄像头。
- 无法追踪来源。
- 吊起的贝斯琴弦(E音阶),被捆在一起(卡瑞克弯曲绳结,也称水手花结),其中一根用作吊起被害人的绞索。

·无法追踪来源。

·货币兑换收据。

再次浏览了清单后,莱姆叹了口气,摇了摇头。

埃尔克莱问道:"怎么了,莱姆警监?"

"它就这样摆在咱们面前,一直都在那里。"

"到底是什么?"

"这是再明白不过的,不是吗?现在我要给美国方面打个电话。不过与此同时,马西莫,请马上集结一支战术小队。如果我想的答案是正确的话,我们必须要尽快行动了。"

四十分钟后,小队已经在那不勒斯某个住宅区内安静的街道上集结完毕。

十二个特警队员分成两组,分别守在一座样式普通的独栋住宅大门口两侧,大门被漆成芥末黄色。莱姆可以看见第三小队的装备上映出太阳下沉的反光,他们正守着房子的后门。

他自己也在街上,他的轮椅就停在斯宾特房车旁边。但丁·斯皮罗站在他身旁,他用牙齿紧咬着一支方头雪茄,并没有点燃。

他能看见,阿米莉亚·萨克斯就站在前门——守在门右边的那一队人最后。尽管她被事先警告不允许参与行动,这令她很恼火。一旦开始破门,如果有必要,小队六名队员就会火力全开。然而行动组的领队,那个名叫米开朗基罗的壮汉还是让她留在了比较靠近行动的位置。而且他还给了她一件防弹背心,胸前和后背上都印有"警察"字样。她想在行动之后,把这件防弹衣留作纪念。

当他们到达现场时，米开朗基罗打量着萨克斯，目光中闪烁着光芒，说道："上吧！'警探哈里'！"

她笑了："求之不得！"

此时马西莫·罗西从一辆特警队警车前座上下来。他把耳机塞在耳朵里，以便收听通讯信息。他站直身体，显然后面的队伍已经准备好了。他向房子靠过去，朝米开朗基罗点点头。这位大个子警官用拳头敲打大门，隔着这么远的距离莱姆都能听得非常真切，他边敲边喊："警察！开门！开门！"然后退开。

后续行动最终有点虎头蛇尾。

没有开枪，没有阻碍，没有破门而入。

门就这么简单地打开了。尽管隔着很远的距离，莱姆还是清楚看见，夏洛特·麦肯齐，那位美国领事馆联络官，没有做出任何抵抗，也没有表达出一丝惊讶。她点点头，双手高举过头。她身后站着的男人，斯蒂芬·默克，也做出同样的动作。

第五十六章

米开朗基罗的战术小队清理了整栋房子。并没有花太长时间。就像那不勒斯的大多数独栋住宅一样,这座房子很小。陈旧的空间里散落着几件家具,大部分都有十年以上,感觉应该是个租户。

在两名特勤队员的帮助下,莱姆的智能轮椅登上楼梯,然后进了起居室。夏洛特·麦肯齐正双手交握着坐在长沙发椅上,仿佛刚刚放下手中的针线活。罗西和斯皮罗站在旁边,各自拿着手机讲电话;他们说话声音很低而且语速飞快。警监表情生动,而检察官则面无表情。萨克斯穿戴好乳胶手套和鞋套,正在勘查房子后面其他地方。

麦肯齐神态从容自若地看着她,就像有人已经把所有与案件有关的证据都妥善藏到房子以外了一样。

让我们拭目以待吧……

房间内是温暖的黄色灯光,空气中弥漫着肉桂香气。斯蒂芬站在女士坐的椅子后面,满脸都是困惑不解的表情。虽然麦肯齐并没有被戴上手铐,但是这个推定的连环杀手已经被铐起来了。刚才帮助莱姆进入房子的战术小组警官们正紧紧盯着这两个犯罪嫌疑人。他们二人都皮肤黝黑,尽管算不上大块头,比他们那位以伟大艺术家命名的头儿身形要小很多，不过也都是浑身肌肉，线条绷紧，看起来如果必要，准备随时动手。

自从警察抵达后，这个绑架犯只对阿米莉亚·萨克斯说了一个单词后便不再言语。

"阿耳特弥斯。"

回忆起埃尔克莱的推测和精神病院主管说的话，斯蒂芬的犯罪与神话有关，莱姆认为那个词应该是一位希腊女神。

此刻，他正仔细观察着斯蒂芬，他的外貌和情绪都没有一点非同寻常之处。他仅仅是一个长相英俊的年轻人，微胖，但身形依然很匀称，因为汗水而泛着光。他穿着牛仔裤和马克·扎克伯格样式的灰色T恤（罗西是这么形容的；莱姆不知道这是谁，不过他猜测那大概是个极客之类的人）。

莱姆注意到斯蒂芬有一个奇怪的行为。他一次又一次地闭上双眼，并且把头偏向一边。他偶尔会微笑，有一次则是皱眉。起初莱姆并不理解这些动作和表情，后来他意识到那是斯蒂芬在"倾听"。看起来那是针对声音，而非字句或是谈话。当有人在说意大利语时，他会做出这样的动作；可是他并不怎么擅长，至少不可能听懂房间里这些警员讲话的语速。

那只是对声音的反应。

不过还是弄不清吸引他的到底是什么声音。房间里其实并没有太多声音，为了弄明白是什么令斯蒂芬如此频繁做出反应，莱姆也闭上眼睛专心过滤声音，他逐渐分辨出一两种声音，然后是十几种，接着更多——斯蒂芬手上手铐的叮当声，萨克斯在房间里走动的脚步声，远处的汽笛声，门的嘎吱声，外面传来的金属碰撞声，在斯皮罗体重的压力下地板发出的轻微抱怨，昆虫的嗡嗡声，金属磕碰声，蛀虫啃食木材的声音以及冰箱的嗡嗡声。

这里是如此安静，几乎是寂静，实际上却又充满各种嘈杂的噪音。

先挂断电话的是斯皮罗，他转头用意大利语对制服警员说话。等到罗西也挂断电话，他和检察官一致认为斯蒂芬应该被带到等在外面的囚犯押解汽车上，让夏洛特·麦肯齐独自留在这里接受问讯。斯蒂芬作为一名连环杀手是不争的事实，但这位女士扮演什么角色尚不清楚。而且有一个非常重要的问题需要马上得到答案。

"这边走，先生。"警官对斯蒂芬说，他的英语说得很慢。

斯蒂芬看着麦肯齐，对方点点头，然后她开口了，语气坚定地对斯皮罗和罗西说道："把他的电话还给他，这样他就能听音乐了。如果你们愿意，可以把SIM卡取出来，这样他就不能打电话。不过最好让他有音乐听。"

特警队员面带困惑地看向斯皮罗，他虽不情愿，却还是把这个年轻人的手机从桌子上拿起来，取出里面的电话卡之后，把它递给斯蒂芬，并且把之前一起没收的耳塞式耳机也还给了他。

当他们走开时，麦肯齐对他说："不许对任何人讲话，斯蒂芬。"

他点头。

现在萨克斯回来了，她手里提着四只塑料袋。两个塑料袋里装着非处方药的药瓶。莱姆认得出它们。"很好。"他说道。另外两个袋子里面是一双鞋。萨克斯把鞋底翻过来展示给莱姆看。

所以并非所有的证据都被转移了。

莱姆情不自禁地思索着，尽管如此，这位夏洛特·麦肯齐仍然不会有什么麻烦。

他转头看斯皮罗，对方一边看着笔记一边说："你将面临多项极其严重的犯罪指控，麦肯齐小姐，所以我们希望你会合作。我们知道，在农舍那边，就是你们关押阿里·麦塞克和哈立德·贾布里尔的那间屋子，并非只有你和斯蒂芬·默克——那里至少还有两三个你的同伙。而且在卡波迪基诺接待中心内部，至少还有一个助手。所以，还有几个人的身份是我们想要知道的，而你在协助我们找到他们这件事上的合作将会对双方都大有好处。作为一名检察官，我就是那个要对当地法官提出指控和量刑的人。现在，为了让你弄清楚自己的状况，我会让莱姆警监陈述，正是他破了这个案子并且抓到你和默克先生的。"

罗西点头表示赞同。

莱姆驱动轮椅靠得更近一点。她轻松地迎向他的目光。"我简单点说吧，夏洛特。我们手中握有证据可以证明，在斯蒂芬进行首次绑架时你就在现场，在布鲁克林。那些感冒药是麻黄碱。"

她稍微眯了一下眼睛。

这个小动作当然逃不过莱姆敏锐的洞察力，也令他感到更加恼火，之前在作战室时他就开始生气了。

这不是很明显吗，是不是？

"起初我们认为那是在废弃工厂里焚烧甲基苯丙胺产生的，但其实不是，那是来自你，因为感冒你服用的药物；而且，我可以肯定，化学成分与此完全一致。"他朝萨克斯手里塑料袋中的药瓶点点头，"我们可以借助提取你的毛发样本来比对你体内残存的药物成分。"

他顿了顿，看向斯皮罗，对方马上说道："这易如反掌。"

她出奇地安静，就像一名被敌人捕获的士兵那样。

"关于头发，你有一头染成浅黄色的短发。请你原谅，不过我得说克莱尔女士也被牵涉其中，不是吗？我们在布鲁克林的绑架案发现场找到了类似的发丝，在罗伯特·埃利斯的手机上也发现了。我确信这些发丝都是你的。"

如果说她有流露出一丝表情的话，那就是她看起来对莱姆和其他人是如何解开整个案子感到好奇，不过也仅限于好奇。

毕竟莱姆当时不在那里。"现在，我们已经掌握证据，可以证明你出现在斯蒂芬躲藏的农舍中，我们找到了你的鞋子。"他瞥了一眼萨克斯另一只手上的证物袋，"看起来那个鞋底的印记与斯蒂芬躲藏地的脚印一致。很快也能在上面找到相符的土壤痕迹。"

他抬起一只手，轻轻停在空中，继续说："那么，我差不多说完了。咱们再谈谈对你将面对的另一项指控——诬陷加里·索姆斯犯下性侵案，以及干扰正常的司法程序。"他再次看向执法官，以问询的挑眉向他示意。

罗西说道："罪名应该是干扰警方调查——严重程度相同。以及诬陷他人犯罪，这在意大利是独立的一条罪行，是重罪，就像阿曼达·诺克斯[①]那样。"

莱姆继续说道："还是鞋子——它们与加里·索姆斯住所窗外留下的脚印相符。而且埃尔克莱也采集了那边的土壤样本，就是……好吧，我们也会据此比对鞋子上的痕迹。

"现在，轮胎痕迹。一辆安装着马牌195/65R15轮胎的汽车曾经停在索姆斯的公寓后面。还有一辆安装着马牌195/65R15轮胎的汽车曾经停在那个农舍。还有一辆安装着马牌195/65R15

[①]阿曼达·诺克斯（Amanda Knox），一九八七年七月九日出生于美国西雅图，作家，华盛顿大学毕业，后在意大利做交换生。阿曼达·诺克斯因被指控在意大利留学期间残忍杀害室友，而震惊意大利全国。由于她容貌俊美，案情曲折离奇，再加上有诸多噱头，在意大利、美国和英国引起媒体的极大兴趣，阿曼达·诺克斯被媒体称为"天使脸孔杀手"。她于二〇一一年十月三日被无罪释放，回到美国西雅图后撰写了回忆录《等待倾听》。

轮胎的汽车就停在一个街区远的地方。一辆美国车牌的尼桑Maxima登记在罗马大使馆你的名下。顺便说一句，这辆尼桑就停在斯蒂芬的汽车旁边，那是一辆二〇〇七款的梅赛德斯4MATIC，安装的米其林轮胎在所有涉案现场都留下了痕迹。

"也就是说，作曲家案和加里·索姆斯案相关联。你同时牵扯在两个案子里。为什么呢？因为当你听说我们从纽约赶来协助当地警方时，你觉得有必要阻止我们，或者至少让我们行动的速度慢下来。我不确定你是如何得知强奸案还有加里当时已经遭到别人质疑的，不过这也没什么难度——我推测是因为监控，或是黑进意大利警方报告。你打碎他卧室的窗户，把约会迷奸药物残留物投进去。你还拨打了匿名电话诬陷他。然后你给我们打电话，诉说一名无辜的年轻美国学生惨遭错误逮捕这个令人悲伤的故事，以此干扰我们对斯蒂芬的调查。

"而当这些都不足以达到目的时，你给了你的男孩一把猎枪。斯蒂芬用它'挫败'我们，让我们动作慢下来。我相信他并不想开枪伤害到谁，仅仅是想让我们认为他可能想杀警察，让我们感到恐慌。"

他面露愁容，并且真心感到后悔。"我本来应该早点想通这点的——斯蒂芬和哈立德·贾布里尔的妻子进行搏斗时掉了一只鞋子，那上面也发现了残留的约会迷奸药物痕迹。我得承认，我们有失公允——把这怪罪到一名年轻警员头上，责骂他造成了交叉污染。但是当我意识到他是一名非常尽职尽责的警员之后，我就开始考虑是否是作曲家接触过约会迷奸药物的来源。而且显然他的确接触到了，就是你。"

"至于为什么我会首先考虑这个？"莱姆顿了顿。"也许这有点夸张，但看起来却在情理之中，"那就是'名字'，夏洛特。清单上的这些姓名。"他转向但丁·斯皮罗。

"是的，是的，麦肯齐女士。萨克斯警探在农舍那边找到一张清单，上面写着斯蒂芬的目标受害者的姓名。阿里·麦塞克、马利克·达迪和哈立德·贾布里尔。他们的名字，他们的手机号码，以及他要安置他们并拍摄绞刑视频的犯案地点。这并不是一个连环杀手会有的行为。是的，是你招募了斯蒂芬去绑架那些人。至于为什么？"

莱姆停顿了一下，接着说道，"那是因为，当然了，你是一名间谍。"他皱着眉，"我猜你们这些人还是这么称呼自己的，是不是？"

第五十七章

夏洛特·麦肯齐依然面无表情。

莱姆原以为她会假装无辜，但她并没有。她的脸上是那种明知自己有罪，却根本不在乎被抓个正着的表情。这令他不禁想起他曾经抓到过的一名士兵——他的脸上就是已经完成任务的士兵会有的表情。

莱姆接着说道："一小时前，我联络了纽约的联邦调查局特工，请他打了几个电话，专门去了解了名叫夏洛特·麦肯齐的国务院法律联络官。没错，确有此人。但是再想深入调查就碰了钉子。除了一份通用简历外就没有其他履历信息。这还不算完，他告诉我，那边原话是'官方掩护'状态。某人似乎表面上为国家工作，实际上却是中央情报局的特工。法律联络官是个常见的官方掩护身份。

"我问他在意大利有没有美国安全部门的人，结果也是一片空白；但是，至少他确实找到了频繁来往于那不勒斯的密码联络记录。这些都是来往于称作AIS的新一代政府机关，也就是替代情报服务处（Alternative Intelligence Service，后文简称AIS），总部设在弗吉尼亚北部。

"所以，我的推论是：你是这个机构的外勤特工，你被派到意大利来审问三名有恐怖分子嫌疑的人，这三人来自利比亚，伪装成想要来意大利寻求政治避难的难民。这种事以前就发生过——曾经就有一名ISIS的恐怖分子被意大利警方在巴里的难民营逮捕，就在普利亚区，就在去年。"

她的眼神好像是在说，对，我知道。她的双唇却依然紧闭。

"现在，我猜想你所在部门的'替代'原则，意味着你会使用非常规手段扣押并审问你的嫌疑人。于是你就想出了这个主意——用连环杀手来掩盖这些特殊的拘押审问。出于某种原因，你发现了斯蒂芬，而且觉得他非常适合执行你的任务。你和一位同事去医院见了他，伪装成他的叔叔和婶婶——与他达成了某种协议。

"第一次绑架发生在纽约，一个小女孩目击到全过程——这一切都是伪造的。受害者也是你们的一名特工。你需要让这件事看起来像是斯蒂芬确实有精神病，而并非专门针对难民。我曾经考虑过那起绑架案有些古怪。受害者的女朋友一直都没有回复我们。罗伯特·埃利斯看起来也没有因为被一个疯子差点绞死而情绪失控。"莱姆把头偏向一边，"当他还在工厂时，你就很担心我们太过于接近斯蒂芬。是你让弗雷德·德尔瑞和FBI得到这个案子的吗？你给华盛顿方面打了几个电话？"

她一言不发，眼神中也没有透露出任何信息。

莱姆继续说道："这场'序幕'之后，你和你的团队就在这里起用斯蒂芬。你们开始追踪恐怖分子嫌疑人，然后绑架他们，在农舍里审问。"

莱姆转向斯皮罗说："你搭档的工作到此为止就完成了，但丁。"

"是啊，好的。总算完了。那么，现在就是我们的案子了。

在开庭审理之前就能理出头绪。好了，麦肯齐女士，我们需要你同党的姓名。而且我们需要你交代清楚在这发生的所有事。基于你手上并没有人命，而且绑架案的受害者似乎都是恐怖分子，对于你和你的同事们的量刑应该不会太重。不过，当然了，一定会受到刑罚的。那么，你有什么要说的吗？"

经过一阵深思熟虑之后，最终，她开口了："我需要和你们谈谈，你们所有人。"她的声音从容不迫，充满自信，就像她才是主持这次会议的人，她才是那个负责人，"接下来我所说的一切都是假设，而且将来我会否认我将说出的每一句话。"

斯皮罗、罗西和莱姆彼此看了看。斯皮罗说道："我是不会答应任何形式的条件的。"

"根本就不会有什么协议。我刚刚只是陈述一项事实。这只是假设，如果被问起，我会否认这一切。"没等别人回答她就说，"阿布·奥马尔。"

莱姆对此并不知情，不过他注意到但丁·斯皮罗和马西莫·罗西这两人的反应。他们彼此对视了一眼，都皱起了眉。

斯皮罗对莱姆说："是的。几年前在意大利发生的一起事件。阿布·奥马尔是米兰的伊玛目[①]。他被逮捕，并由你们的中情局和我们的秘密特工达成了特别引渡条款。他被送到埃及，在那里，他声称自己曾经遭受刑讯逼供。这里的检察官对中情局和我们的警官实施的行动提起了指控。据我所知，那起事件造成很长一段时间内中情局中断了在意大利的一切行动，而且针对你们的特工下达了监禁判决——是在他们缺席的情况下做出判决的。"

麦肯齐说道："这个阿布·奥马尔案囊括了情报机构在国外

[①] 又译阿訇，意为领拜人，最早源自对穆斯林祈祷主持人的尊称。

面对的两个典型问题。首先，国家主权问题。他们在异国土地上没有合法的权力去逮捕或拘押任何人，除非得到该国的同意。一旦外国政府发现，就会引发一系列后果——比如中情局负责人会遭到指控。第二个问题是要找到审讯的合适手段。水刑、拷打、高强度审讯、未经过正当程序的监禁——这些不再是我们的策略；而且，实话说，也不是美国方面的策略。我们需要采用一种人道的方式来获取信息。并且是一种更高效的方式。刑讯没有用——我早就发现这一点了。"

一直在回避实质问题：在哪里，以什么样的方式，去对付谁？

萨克斯此时开口了："所以你们AIS就虚构了一切，像演戏一样，就为了绑架并审问嫌疑犯？"

"你可以这么说。"基于假设。

莱姆思索片刻："那么，那些异戊巴比妥，我原以为那是斯蒂芬在发作时服用的镇静剂，实际上你们把它用作最原始的应用目的——吐真剂。"

"说得没错，尽管还要结合我们自行研发的其他合成精神疗法。结合药物和特殊的审讯技术，我们可以得到85%到90%的合作率。承受对象不会主动欺骗或者隐瞒信息。"她的声音里透着骄傲。

可是但丁·斯皮罗说："你说过人道，可是这些人都在冒风险！"

"不。他们并没有面临任何危险。"

萨克斯轻笑一声："你很清楚，那些绞刑架都是粗制滥造的。"

"的确如此。我们把它们设计得在造成什么伤害之前就会先坏掉。而且万一需要，也会有匿名电话报警。"

"那马利克·达迪呢？这个人被杀死在卡波迪基诺难民营外围。"罗西问道，"啊，他是碰巧被抢劫犯杀死的。"

"斯蒂芬试图去救他。斯蒂芬对于那个男人的死亡感到非常沮丧。他觉得自己负有责任。"

斯皮罗举起双手，掌心朝上，说道："可是有一件事让我很困惑。那些受害者——"

"他们是嫌疑人，是恐怖分子。"她用坚定的声音纠正道。

"——受害人应该会记得关于审讯的事。他们也应该会把你们做的事告诉别人。"

萨克斯缓缓说道："除非他们不记得。麦塞克和贾布里尔一点都记不起来发生了什么——看来这不是在撒谎。"

"没错。"

"这是当然的，"莱姆说道。房间里所有人都转过来看他，"咱们一直假设在那不勒斯的第一个绑架现场发现的导电凝胶来自斯蒂芬接受的治疗。可是事实并非如此，你给受害者们使用了电击疗法，以此破坏他们的短期记忆。"

麦肯齐点头："说得没错。他们也许还残存一点支离破碎的记忆，但是那些片段就像是梦一样。"

莱姆说："那么接下来他们会如何呢？他们始终是恐怖分子。"

"我们一直在监视他们。希望他们会改变他们的生活方式。否则，我们会先他们一步找他们谈话。实在不行就把他们转移到一个他们无法造成任何伤害的地方。"说着她耸耸肩，"生活中哪里有什么事是百分之百的？我们用人道的方式阻止恐怖分子。过程中多少都会有些状况，不过我们这个项目总体来说是奏效了。"

斯皮罗细长的双眼看着她："你们的方法……在纽约伪造

绑架，在这里实施真正的绑架，起用一名精神病患者，滥用药物……真是做了不少工作，搞得相当复杂。"

麦肯齐并未表露出一丝犹豫，她直截了当地回答："你可以试试从这儿坐热气球飞到托斯卡纳，当然，如果风向帮忙而且运气足够好的话，就能到达佛罗伦萨附近，这大概要花上一天或更多的时间。或者你可以搭乘喷气式飞机去那个城市，更高效也更快，不管是什么天气条件，只需要一个小时。乘坐热气球是最简单的旅行方式。喷气式飞机则要复杂得多。但是哪种方式效率最高？"

莱姆很确信她之前就面对过多次这样的质疑——也许是在参议院或是白宫经济委员会。

麦肯齐继续说："我可以告诉你们我的背景……还有我们组织负责人的背景。"

莱姆说道："情报机构大多抽调自军队或者政府的其他部门。有时也招收自高校。"

"好吧，我是政府服务人员，他以前是军队的情报人员，不过在那之前，我是一名好莱坞的制片人，专门搞独立电影。他上大学时就是演员，还在百老汇工作过。我们都有丰富的经验把不真实变为可信的东西。而且你们知道人们最吃哪一套吗？是那些最大的幻想。真是奇怪怎么没有任何人想起去质疑他们。因此，斯蒂芬·默克，这个精神病绑架犯，创作死亡的华尔兹曲目。他怎么可能会掺和进间谍活动呢？而且就算他把这些告诉别人，最多也就是被当成疯子被打发掉。"

萨克斯说："可是不管怎么说，就算没有人质疑你的伪装故事，选用斯蒂芬也很冒险——他曾被指控绑架、袭击和意图谋杀。"

"那些确实都是事实，"麦肯齐说道，"不过实情要比这复杂得多。几年前,那时斯蒂芬还是费城某个医疗机构的门诊病人,他看见一位男护工在虐待病人,有的病人已经几乎没有行动能力了。这名护工被检举过,可是医院的高管根本不闻不问,于是他就继续虐待女性,只是行事更加小心了。

"斯蒂芬查出那个男人的住处,然后闯了进去。他用胶带把那人绑在椅子上,这就是绑架指控的由来,他给那个男人戴上一副自制耳机,把它与一个声波发生器相连,然后把音量调到最大,以至于震破了那人的耳膜。他永久性失聪了。"

"那企图谋杀呢?"

"似乎是如果你把声音开到足够大,开的时间足够长,就足以致命。斯蒂芬的律师坚称这绝非他的意图。我很确定这的确不是。对斯蒂芬来说,变成聋子要比死更悲惨。他的精神评估促使大法官认为他不适合接受审判,因此他被无限期看管起来。"

"你是怎么找到他的?"斯皮罗问。

"我们想要起用一名精神病人,要有精神分裂症行为史。我们搜索,好吧,是黑进药物档案记录。斯蒂芬看起来很可能是个合适的人选。关于你提到过的交易,林肯?我跟他说如果他帮助我们,我保证他可以被送到一个更好的机构里。在那里他可以接触到音乐,还可以上网。他还得到了电子键盘。他是如此渴求他的音乐,他收集的声音。他说,如果我能履行约定,他就能得到大和谐。"

莱姆回想起斯蒂芬的医生,那位医疗机构的主管,也说过类似的话。

麦肯齐说:"的确,斯蒂芬情绪不稳定,但是他并不危险。实际上他胆子非常小,而且很害羞。有一天他遇到一个女孩。他当时病情发作,于是他就去了那不勒斯的城区。那些噪声,街道里的嘈杂声帮了他,令他平静下来。安静对他来说是最糟的。总之,他在那儿遇到一个女孩。她的名字叫莉莉。他和她一起去了凶门公墓——这里的一处地下洞穴。"

罗西和斯皮罗点点头,显然知道这个地方。

她说:"一个情绪不稳定的人也许会伤害她,袭击她。但是你们知道他做了什么吗?他悄悄地录下了她的脚步声。看来他很喜欢女孩靴子踏在洞穴里的声音。然后他开车把她送回家。这就是这位'危险的'斯蒂芬·默克的行为。此外,哦对了,关于那次猎枪射击?那只是想吓退你们。"

萨克斯说:"那加里·索姆斯呢?他差一点就被判有罪了。"

"不会的。这根本不会发生。我们完全可以证明是娜塔莉亚·加雷利袭击了弗里达。只要等到这边的任务完成后——"

萨克斯有所醒悟地摇摇头:"是'你们'拿走了街对面酒店那该死的监控录像。"

麦肯齐点头:"我们黑进了安保系统,把它下载下来,然后清空了他们的硬盘。在录像里可以清楚地看见娜塔莉亚犯案。我明天就会把它送到警方手上。"

关于安保录像带的对话让莱姆想起了点什么。"那么斯蒂芬录制的视频呢?是你让他这么做的?"

"不,不。实际上这是他自己的主意。我们想让他留下绞索,也许再给媒体提供一张字条。但是他认为视频可以让所有人都认为他的确患有精神病。"

"为什么选择华尔兹?"斯皮罗问道。

"他热爱这种音乐,出于某种原因。他从来没告诉过我为什么。我想,大概与他的双亲有关。事情其实非常简单,在他出生时,他的父母并没有结婚,他们完婚时他已经十岁了。我见过一张他们在跳舞的照片。斯蒂芬就在那里看着他们。他母亲有问题，酗酒、服用处方药物——四处鬼混、风流成性。她最后自杀了。他的父亲也不见踪影，消失了。也许他把华尔兹和曾经的快乐时光联系在一起——或者是悲伤的时光，我不知道。他告诉我说，他是在家中的地窖里发现了他妈妈的尸体。"

"她是上吊自杀的吗？"

"确实是。"麦肯齐点头，"一个孩子看见这样的场面是多么可怕啊。"

这就能解释一些事了，莱姆心想。做这一行，你要抽丝剥茧，去追寻那些不易察觉的细枝末节，有时甚至会令你身陷险境。

"他不会说什么的。对他来说，没理由这么做。从某些方面来说，我们很亲近，亲近到他会无条件地按照我的要求去做，欧忒耳珀让他做什么他都会服从。"

萨克斯说："你就是欧忒耳珀，他的缪斯女神？"

"他是这样称呼我的。当我说我可以让他接近音乐和电脑时，他拥抱了我，说我是他的缪斯女神。我给他的灵感能让他升上天堂——应该说，按他的话说这是大和谐。斯蒂芬拥有一个非常复杂的世界观。那是基于中世纪将音乐等级分为三个层次的宇宙概念。而我正在帮助他完成他的开悟教化——大和谐。"麦肯齐冰封的脸上流露出一丝笑容，"而你，警探，你是阿耳忒弥斯——狩猎之神。顺便一提，在神话中，你我是同父异母的姐妹。"

啊，这就是刚才斯蒂芬说的那个词的意思。

莱姆说："好吧。最重要的问题：AIS在这边的工作进展得成功吗？"

"相当成功。我们通过手头的技术查出了阿里·麦塞克的恐怖主义任务：他要去维也纳，在城外的一个车库拿到爆炸物，然后在一个商业购物中心引爆。"

莱姆想起了亨利·穆斯格雷夫，那位大使馆的领事，他曾经提到过一次被挫败的袭击。

"那些拨打到博尔扎诺的电话，"斯皮罗说道，"提到的那次意大利铁路旅程，六个小时就把他送到那里。"

"是的。他去见一名说德语的联络人，那人将开车把他送到奥地利。我们没能找到机会在马利克·达迪被杀前审问他。他的目标在米兰。不过你们在那里帮了我们——找到那张记事贴和上面写明的位于米兰的那个仓库地址。"

萨克斯摇摇头说："啊，你那个所谓'法律联络员'普雷斯科特？他当然也是AIS的人。早在麦克·希尔的私人飞机降落在利纳特之前，我就已经把仓库地址给了普雷斯科特，可是他却不直接带我过去，反而载着我几乎跨越了整个米兰，还一直抱怨交通状况不好——那不过是为了给你的团队争取时间突袭那个地方。我曾在通往私人车道的岔道上找到一个摔碎的啤酒瓶。你们的人一定是在我们抵达之前刚刚完成转移爆炸物的工作。"

麦肯齐说道："确实如此。我们找到了另外半公斤的C4。我们不知道目标是哪里，应该是米兰的某处。不过这次袭击不可能发生了。"

罗西问道："那哈立德·贾布里尔呢？是你们审问的第三名恐怖分子吗？"

她的脸绷紧了："这是一个错误情报。我们在利比亚的线人给了我们他的名字，可结果证明他是无辜的。我们充分地审问了他，可他根本不知道什么阴谋。我们的技术非常先进。如果有什么情报，我们一定能够问得出来。"麦肯齐一个接一个地看着每个人，"那么，我把所有事都已经告诉你们了。当然了，这都是假设。现在我需要你们的帮助。这里有个问题。"

罗西说道："我不得不说，女士，在我的职业生涯中，我也接触过不少犯罪嫌疑人，但是没有人会如此毫无悔恨……悔意，像你这样。"

她冷漠地看着他："这对每个人都有好处。你们的国家和我们的国家同样受益。"

斯皮罗说道："继续，请你接着说。"

"这里的恐怖分子，麦塞克和达迪，是在的黎波里被一个名叫易卜拉欣的人招募的。我们对此人及其政治宗教关系知之甚少，也许是ISIS或者是基地组织，或者是其他激进组织；也许他是个自由职业者，为某个雇用他的人工作。易卜拉欣的同谋就在那不勒斯，或者附近什么地方。他是这里的恐怖分子联络人，他提供爆炸物，也是计划在维也纳和米兰袭击的策划人。"

萨克斯说："他就是与阿里·麦塞克吃饭的人，那是他在达布鲁佐附近遭到绑架之前。"

"没错，通过审讯，麦塞克供出他的名字是吉阿尼——当然，这只是个化名。不过他也不知道更多的信息。"

莱姆想到碧翠丝曾经找到的富含灿岩痕迹的那不勒斯土壤样本就在仓库里。一定就来自那个男人。于是莱姆提到这点。

"是的，吉阿尼应该是那个把爆炸物安置在维也纳和米兰的人，然后他就到这儿来了。现在，我们的行动重点不再仅仅是阻止袭击，同时也要找出易卜拉欣的真正身份和他在的黎波里的地址。找到吉阿尼是我们唯一的希望。但是我们没有更多的线索了。你们可以协助我们吗？"

的确，在她的眼神中，丝毫看不出一丁点悔意。看起来就像她完全没听见，而且也根本不在意她即将要面临的指控。

斯皮罗和罗西彼此使了个眼色。然后检察官转过头说:"那么,莱姆警监,你是不是也在思考这件事?"

VII 感觉之声

九月二十七日,星期一

第五十八章

上午九点,大部分队员再次集中到位于警察总署一楼的作战室。

莱姆、萨克斯和但丁·斯皮罗,还有汤姆——这是当然,始终都在的汤姆。埃尔克莱·贝内利也在这所大楼里,不过此刻他正在别的地方。马西莫·罗西已经安排他去整理所有与作曲家案相关的物证,现在差不多应该快做完了,并且正把它们安置到警察总署的证物室。

罗西很快也会过来。他正在楼上自己的办公室里,和劳拉·马尔泰利督察在一起,准备加里·索姆斯的官方释放文件,验证证据,问讯娜塔莉亚、她的男友和派对上的其他人。加里已经被释放,不过仍然被安置在那不勒斯城区内一个最低限度安保防范级别的机构中,等待地方法官签发文件。

斯蒂芬也被关进看守所,不过夏洛特·麦肯齐还在这里,不再被她的两重虚假身份所累,现在她穿着黑色长裤、黑色衬衫和一件柔软的皮夹克。她仍然像个祖母——却已经俨然变成那种会练习跆拳道,热爱在急流中玩漂流,或者去参加狩猎的祖母了。

一位制服警官佩戴着闪亮的白色皮带和手枪皮套站在门外,全神贯注地看守着这里,除非接到命令,否则绝不允许她离开房间。

罗西在离开之前，严肃地对他说："去厕所也要有人陪同。"虽然用的是意大利语，意思却十分明确。

尽管埃尔克莱把证物都送到仓库去了，列表清单还留在原地，在他们周围的黑板架上。萨克斯已经列出一张新的列表——那是关于他们的猎物，那个恐怖分子易卜拉欣的同谋者吉阿尼的。

吉阿尼（化名）

- 推定正在那不勒斯地区。
- 与易普拉欣保持联系，后者现在应该在利比亚并策划了维也纳和米兰的恐怖活动。
- 白种人，但肤色偏黑。
- 意大利人。
- 被描述为"脾气暴躁"。
- 身材魁梧。
- 无明显可辨识特征。
- 黑色卷发。
- 吸烟。
- 熟知并且能够接触到爆炸物。

如此少的描述和毫无帮助的证物，再加上阿里·麦塞克被用药和接受电击之后无法提供的细节，莱姆、斯皮罗和萨克斯都认为追踪他的最好办法就是借助他曾经打过的那几通电话，通话对象是他雇用的难民阿里·麦塞克。

邮政警察和意大利国家情报机构都曾经彻夜监听那些呼入和呼出的电话。他们能够确认吉阿尼的电话，是通过他拨打和接到的来自麦塞克的电话；他们还发现吉阿尼也频繁地呼出和接到一部座机电话——位于的黎波里的一家咖啡馆。毫无疑问，那是易普拉欣使用的电话，出于安全考虑，他不使用手机。

尽管如此，吉阿尼的那个电话号码现在也已注销，他显然换了新号。这就是他们当前需要找出来的电话号码，然后他们就可以追踪并监控它，或者至少能够顺着这条线索找出他的所在位置和其他有关他身份的信息。

马西莫·罗西回到办公室，向屋里的人打招呼，商讨可以找出吉阿尼新电话号码的策略。斯皮罗说明了目前的情况。

罗西说："一部座机，哼。他还真够聪明的。因为意大利和利比亚长期处于敌对状态——我们曾经占领过他们，这你们也清楚，把他们作为殖民地。而现在我们的政府因为他们对移民危机的处理而焦头烂额，他们根本就没做处理。在的黎波里或是托布鲁克都不会有人愿意与我们合作。"

但丁·斯皮罗说道："我倒是有一个解决方案。"

在场的所有人都转过来看着他。

他继续说："这个方法的唯一难点是它多少有些不合法。这是一名检察官不应该提出的方法。"

"好了，你就快点告诉我们吧，"莱姆说道，"'假设性的'？"

纽约这座城市通常被叫作"不夜城"，尽管这个描述仅仅适用于曼哈顿以外的地方，曼哈顿则因为贩酒执照和早班时刻表确保了短暂的几小时宁静。

与此截然不同的是，华盛顿特区外的一座小城镇，那里高楼林立，里面住着成千上万的劳动者，他们不分昼夜，全年无休。

在这众多劳工之中，有一个年轻人名叫丹尼尔·加里森，半小时前他接到了夏洛特·麦肯齐在但丁·斯皮罗扭捏的建议下打来的电话。

对国家安全局，加里森早就有一些幻想：它坐落在那座不夜城，马里兰州的米德堡。而他的业余工作简单来说就是：黑客。

麦肯齐已经给加里森提供了一些消息：是关于易卜拉欣用的那部座机电话所在的咖啡屋的；他就是在那里和吉阿尼策划了恐怖活动的计划。而现在，在等到华盛顿方面大人物的允许后，加里森正在全身心投入监控全面运行的网络机器人程式中，"她"（国安局的人是这么称呼的）正飞速搜索涉及利比亚的哈蒂夫·W. 阿拉蒂萨特的记录，或者"电话和电讯"。据加里森说，"设计并运行这样的指令几乎没有任何难度，简直易如反掌。真是替他们感到尴尬。好吧，只是说说而已。"

没过多久，加里森的程序就捕获到一些电话记录：来自的黎波里的咖啡馆"Yawm Saeid"——意思是快乐日，易卜拉欣就是在这家店打的电话。以及与那不勒斯地区的手机通话记录：在过去一天里有几通，过去几周内则有上百通。看起来不乐观，这部座机似乎被频繁用来与意大利南部地区的人联络。

埃尔克莱·贝内利把清单打印出来，并把它们钉在墙上。如果涉及的电话号码不多的话，邮政警察就可以追踪它们。借助一点运气，也许就能锁定其中之一是吉阿尼的新号码。

正当莱姆浏览电话号码时，身后突然传来的吸气声把他吓了一跳。

他看向夏洛特，心想她大概病得厉害，她喉咙里发出的声音就像窒息了一样。

"哦不，"她说道，"我的上帝。"

"怎么了？"罗西问道，看着她满脸惊恐。

"看这个。"她指着列表,"那个从的黎波里的咖啡馆打给吉阿尼旧号码的电话,就在几天前。"

"是的,我们看到了。"斯皮罗看着麦肯齐,很明显他和莱姆同样感到困惑。

"在这条上面的那个电话号码呢?从咖啡馆打出去,就在他打给吉阿尼之前的那个?"

莱姆注意到那是一个美国号码:"那有什么问题?"

"那是我的号码,"她小声说,"我的加密手机。而且我记得那通电话。那是我们在利比亚的线人打来的,我们当时在讨论麦塞克的绑架案。"

"天啊。"斯皮罗轻呼。

萨克斯说:"你们的线人,那个向你提供关于奥地利和米兰的袭击情报的人,就是易卜拉欣,从最开始就是他雇用的恐怖分子。"

第五十九章

"我很抱歉,"但丁·斯皮罗打断道,"请原谅我的愚钝,可是你没有审查过这些人吗?"

"我们的线人——"麦肯齐刚要回答。

莱姆,声音和那位意大利人一样愤怒,大声说道:"什么你们的线人。那人'假装'是你们的线人,出卖你的人就是他。不要忘了这一点。"

"据我们了解他叫哈桑。"她用带着防备的语气小声说道,"他是被举荐过来的。推荐他的是最高级别——美国参议院情报委员会,中央情报局。他是'阿拉伯之春'中的退伍老兵。西方和民主主义的坚决拥护者,反卡扎菲派,差点死在的黎波里。"

"你的意思是,他自己说他是'这样的'。"萨克斯直截了当地总结道。

"他过去是一个小商贩,并不是激进的原教旨主义者。"她接着对斯皮罗说,"对于你的问题,答案是肯定的,我们对他做过审查。"

埃尔克莱·贝内利从证物室回来后,罗西向他简要介绍了目前的进展情况。于是这位年轻警员说道:"天啊!这是真的吗?"

斯皮罗正在说着:"好啊,一个美国政府的线人,易卜拉欣/哈桑，在利比亚征募了两个恐怖分子，阿里·麦塞克和马利克·达迪，然后把他们送到意大利，伪装成寻求政治避难的难民，蓄谋在维也纳和米兰实施爆炸袭击。他在这边还安插了接应，就是吉阿尼，提供爆炸物并且协助他们。这两个人都已就位而且也准备好了武器。但是接着，这个易卜拉欣／哈桑又向你提供关于袭击的情报，让你能召集行动，用你的疯子绑架者去阻止他们。为什么？我看不出任何能讲得通的道理。"

这次，麦肯齐自己似乎也只能盯着地板，谁也不知道她此刻在想些什么。

斯皮罗拿出他的雪茄放在鼻子下面深深吸气，然后又把它放回口袋，似乎这样能让他重新集中精神。

莱姆对斯皮罗说："刚刚你说什么，就刚才。"

"什么是什么？"

"伪装成寻求政治避难的难民。"

"是的。"

莱姆对麦肯齐说："你向华盛顿报告说他们是恐怖分子，他们是怎么进入意大利境内的？假装成难民？"

"当然。"

"于是中情局就联系了意大利的情报机构核实此事？"

她显得有点迟疑："在我们的行动结束之后，是的。"

罗西说道："我没明白你说这些有何深意，莱姆警监。"

斯皮罗点点头。"啊，但是我明白了，马西莫。"他看着莱姆说道，"是现在正在罗马举行的那个会议，关于移民政策的。"

"完全正确。"

罗西也会意道："是啊，有很多国家都会来参会。"

莱姆说："我在来时的飞机上看到这个消息。就在《纽约时报》上，咱们能不能再看看那篇文章？"

埃尔克莱坐到电脑前，寻找着这家报纸的网络版，然后找到了那篇报道，并把它投放到房间内的显示屏上。

应对处理难民危机大会

　　罗马——现在正召开会议，关于应对来自中东和北非籍因偷渡大量涌入的难民潮，与会者有超过二十个国家的代表。

　　会议中，人道主义者首要提出的议题涉及寻求庇护的难民所遇到的各项风险，包括在海上漂泊和在人口贩子手中受到虐待的致死风险；这些难民孤注一掷逃离战争区域，却遭到人口贩子的中途抛弃、抢劫和强奸。他们一贫如洗，缺衣少食，面临宗教极端主义分子的威胁和政治迫害。

　　此次危机波及比例之高，曾拒绝为难民提供任何协助的各个国家如今已正式开始商讨接纳难民的具体数量。例如，日本和加拿大正在商讨大幅度提高接纳难民的配额；而美利坚合众国一向对该提案持反对意见，在此次大会前提出具有争议性的法案，批准将本国允许接纳的难民人数即日提高一百倍。意大利国会也考虑采取放宽遣返相关法律条款的措施以使难民更易被收容。意大利以及其他地区的右翼势力已经宣称对这些措施表示出强烈反对，并表示还有更激烈的行动。

"啊，莱姆警监，"罗西说着，他的脸上挤出一个不安的笑容，"这就说得通——易卜拉欣和吉阿尼根本不是什么恐怖分子，他们都是雇佣兵。"

莱姆回答道:"他们被某个政治右派雇用,在意大利,以难民的身份实施恐怖活动。并非表达某种思想意识,只是想表明难民构成威胁。用这种方式来反对议会正在商讨的新提案,也就是关于放宽遣返条例的那些。"一声冷笑之后,"看来你被耍了,夏洛特。"

她一言不发,目瞪口呆地盯着那篇报道。

"上帝啊。"埃尔克莱轻呼道。

"之前我们也觉得很奇怪,"夏洛特·麦肯齐说道,"阿里·麦塞克和马利克·达迪曾经都当过演员,两个人都不是激进分子。他们的过去都很干净。"

罗西提出:"他们都是被迫的,被逼去完成他们的任务。"

阿米莉亚·萨克斯撇撇嘴:"知道吗,我在想当我们听说关于维也纳的袭击计划时,这位领事总是提到半公斤的C4。的确,这很危险,可能造成伤亡,但是却不能形成一次大规模爆炸。"

莱姆看着麦肯齐,说道:"在米兰的也是一样。你不是曾经说过,在仓库里就只有半公斤炸药吗?"

麦肯齐满脸沮丧:"是的,是的,这是当然!无论是谁雇用的易卜拉欣和吉阿尼,都不需要杀死很多人。他们只是想表明恐怖分子'很可能'潜藏在这些难民中间。这样就能让罗马的议会害怕,让他们否决提案。"

"那么谁是幕后黑手?到底是谁躲在这整个计划背后呢?"

斯皮罗看着罗西耸了耸肩。罗西说道:"这里有很多人反对让移民入境更容易或者被驱逐出境更困难。北方联盟党,当然,他们也反对我们加入欧盟和收容难民。而且还有其他很多势力。不过他们大部分动作都是常规的政治党派方式,不会采取像这样的暴力或非法行为。"

斯皮罗双眼中寒光一闪:"啊哈,不过也有新民族主义党,就是民粹主义。"

罗西点头。提到这个名字时他的脸色很不好看。

检察官继续说道:"新民族主义党确实支持使用暴力手段对付移民。而且他们自称已经渗透到整个政府体系中。如果是某位资深的 NN 党官员雇用了易卜拉欣和吉阿尼实施这个计划,我一点都不会感到吃惊。"

莱姆的注意力转向埃尔克莱·贝内利,他正在满脸愁容地盯着一面白墙。

"埃尔克莱?"

他转过头来面向大家。"有一件事反复困扰着我。也许这无关紧要……"他顿了顿,"不,我想这还是有意义的。很明显它非常重要。"

"说下去。"斯皮罗说。

埃尔克莱清清嗓子说道:"你的特工,"他转向麦肯齐,"哈桑,或者说易卜拉欣,告诉你说有三个目标,而不是两个。维也纳、米兰和另外一个,对吗?"

"是的,说是在那不勒斯这里。我们详细审问了哈立德·贾布里尔,可是他对袭击一无所知。我之前提到过这是一次技术性失败,一定是哪里弄错了。"

"不,不对。"莱姆低语,他明白了埃尔克莱的意思。

这位林业警员用一种焦虑的声调继续说:"但是不可能弄错的。如果易卜拉欣声称有三次袭击,那就应该是三次袭击,因为这三次袭击都是他亲自安排的!"

麦肯齐瞬间瞪大眼睛:"对啊,我明白你的意思了。可是哈立德，他什么都不知道。我很肯定，我们的技术向来奏效。"

莱姆问道："你的线人提供给你的名字真的是'哈立德'？"

"是的，而且当时他正被收容在卡波迪基诺接待中心。"她突然停下，"可是，等等，哦不，实际上他给我的不是这个名字，他给我的是姓氏，贾布里尔。"

莱姆看向斯皮罗，他马上说道："你绑错人了，麦肯齐女士。恐怖分子是哈立德的妻子，法蒂玛。"

第六十章

萨克斯和埃尔克莱全速赶到距离市区十公里远的难民营。

萨克斯把车停在营地外的大门口，在那里遇到迎接他们的拉尼娅·塔索。拉尼娅把他们领入营地，带着他们快速穿过拥挤不堪的帐篷空隙。

拉尼娅一边跑一边大口喘着气说："你打过电话之后，我就马上让我们的安保人员暗中封锁了所有出入口以及周边地区。我们守住这里，让警员监视法蒂玛的帐篷，他们都很小心，悄悄藏在附近；而她一直没有出来过——如果她还在帐篷里的话。我们也不清楚她在不在。"

"她有可能已经离开帐篷了吗？"

"在我们封锁这里之前，有这个可能。按照你要求的，我们没有进入帐篷或者联系她丈夫。他也没有露过面。"

快速穿过营地中心后，拉尼娅指了指前面："就是这间帐篷。"浅蓝色的帐篷上溅满泥点，杜邦纸材料上还布满裂口。外面晾晒着的衣服就像旧时船上挂着的信号旗。仅有床单、男人的外衣和孩子的衣服在随风飘荡。难道只有这些衣物被允许在外面公开晾晒吗？

帐篷的门紧闭着，帐篷也没有窗户。

一位身穿制服的警员走过来加入这一行人，他皮肤黝黑，有黑色的双眸，汗水从他的贝雷帽下滴落。之前就是他躲在附近堆着的矿泉水瓶小山后面，一直盯着这里。

"安东尼奥？你看见里面的情形了吗？"

"没有，拉尼娅女士。我不知道法蒂玛是不是还在里面，或者里面还有没有什么人。一直没有人进出过。"

萨克斯解开夹克，露出那把伯莱塔。埃尔克莱也解开了他手枪皮套的搭扣。

萨克斯说："埃尔克莱，我知道你在想什么。她是女人，还是个母亲，不可能会是一名恐怖分子核心成员。我们不知道易卜拉欣和吉阿尼用了什么手段胁迫她这么做。但是我们必须假设，一旦她觉得我们有可能会阻止她，她会立刻引爆爆炸装置。记住：射击她的——"

"嘴唇上方，"他点头，"开三枪。"

拉尼娅正盯着她看，她的浅灰色双眸中同时反射着明亮的阳光和发自内心的忧虑。"请务必小心一点。"

萨克斯明白这位女士想要表达的意思：在帐篷旁边的一小片空地上有六个女人，她们坐在临时用作凳子的轮胎、铁路枕木和装水的纸箱上，怀里抱着婴儿。其他的孩子年龄在两岁到十岁之间，有几个也许更大一点。他们跑着，大笑着，浑然忘我地嬉戏着。

"尽你们所能清空这片区域，要在暗中行动。"

拉尼娅冲着安东尼奥点点头，于是他侧头对着无线电准备说话。

"不行，"萨克斯马上说道，"把声音关掉。"

他和拉尼娅都无声地关掉了无线电，并且向其他安保人员打着手势。所有警员都从帐篷中疏散人群。随着警员们的行动，这片空地上渐渐站满好奇的人。

萨克斯看了一眼人群，他们仍然都在子弹射程内。

眼下也只能如此了。

她询问了拉尼娅帐篷内部的布局结构。对方依据记忆回答：靠右的墙壁边上有几个硬纸箱，里面整齐地叠着衣服；左边是用餐区，祈祷用的铺毯被卷起来放在旁边。三张床，一张是给大人的，一张给他们的女儿，还有一张空着，彼此之间用床单做帘子隔开。

天啊，多好的掩护。

还有那个女儿，穆娜，她有一些由志愿者家庭捐赠的玩具。拉尼娅记得它们都散落在地上。"小心不要被绊倒。"

"有没有手提箱或者旅行箱能让人藏在后面的？"

拉尼娅苦笑了一下："这些人随身带来的行李只有塑料袋和背包。"

萨克斯碰了碰埃尔克莱的胳膊，于是他看着她的眼睛。她很高兴地看见他透露出的自信和从容。他已经准备好了。她轻声说道："你去右边。"

"右边，好的。"

萨克斯拔出她的配枪，用左手食指伸向空中，然后指了指前方。他也举起他的伯莱塔，接着她朝门那边点了一下头，冲了进去，动作快如闪电。

哈立德·贾布里尔一哆嗦，手中的玻璃茶杯掉在地上，杯子在铺着杜邦纸的地面上弹跳，杯中的热水洒得到处都是。萨克斯迈过地上散落的玩具——那些用来装玩具的箱子也被迅速扫落一旁。帐篷里只有他一个人。

哈立德显然认出了萨克斯，不过他还是有点神志不清，没完全从药物作用中恢复过来："啊，这是怎么了？"

萨克斯招呼拉尼娅进来，然后对哈立德说："你的妻子，她在哪里？"

"我不知道，这到底是怎么回事？她没出什么事吧？"

"她去哪里了？什么时候走的？"

"请回答我！我要被吓死了。"

很显然在他被审讯还不知道他妻子的任务，不过法蒂玛很可能之后跟他解释过。但是，当萨克斯向他简要说明了关于易卜拉欣和吉阿尼计划以及他们让法蒂玛成为恐怖分子时，他显然大吃一惊。

他的第一反应是因为惊骇而大口地喘气，不过随后他就点点头："是的，是的，她看起来很奇怪，她的行为很不寻常。一定有什么人在胁迫她！"

"是的，应该是这样。"萨克斯在他身边蹲下来，用坚定的口气说，"可是她还是会去伤害别人，哈立德，帮帮我们。我们必须要找到她。她还在营地里吗？"

"没有，她一个小时之前离开了。她去给穆娜买点东西，有可能在营地这边的商铺或者外面那些小商贩那里。我记不清她是不是还说了什么。也许她说了，可是自从我遭到袭击、经历了那些发生在我身上的事之后，我的脑子就非常——这么说吧，非常不清楚，糊里糊涂的。"

"她有自己的手机吗？"

"我记得她有。"

"给我她的电话号码。"

他照做了，他们把号码打电话通知了夏洛特·麦肯齐，她答复说:"收到。我这就把号码发给米德堡,看看他们能不能追踪到。"

萨克斯继续问眼前这个难民:"你是否还记得她最近见过什么人没有?有没有谁给过她什么东西?"

他皱着眉。"也许……让我想一想。"他一边说着一边轻敲着自己的额头,"是的,她收到一个包裹,是从她老家寄过来的茶叶。"

拉尼娅脸上一下子绷紧了,面色凝重地说:"是啊,我记得这事。"

他指着一个带锁的柜子说:"我想她把它放在那里了。"
埃尔克莱打开盖子,然后递给萨克斯一个棕色的硬纸盒。
萨克斯把盒子举到鼻子下方。
她叹了口气。

"还有这个。"埃尔克莱说道。他找到一只廉价手机的塑料包装袋,不过里面既没有写着电话号码的标签,也没有SIM卡相关信息——法蒂玛把它们都带走了。

戴上耳机,她迅速拨了个号码。

"怎么样?"电话一接通立刻响起急促的问话,"我们一直在等你的消息。"

"她不在这儿,莱姆。而且她之前收到过包裹:C4,也许是塞姆汀塑胶炸药。和其他的发现一样,看起来也是半公斤。还有一部手机,用作引爆器。"

如今都是用手机代替计时器和无线电设备来引爆爆炸物。

"一枚炸弹?目标是我们这里吗?" 拉尼娅用惊恐的声音询问萨克斯。

警察总署那边也听到了这个问题,经过简短的讨论后,莱姆回答:"不是,不太可能。整个阴谋的目的是指向国会对于移民的法案。这就意味着意大利市民将是被袭击的目标,而非难民。"

哈立德找到他的手机并问道:"我可以给她打电话吗?试着劝她不要做这种傻事?"

萨克斯能听见耳机里莱姆和斯皮罗在为此争论。

不过最后是麦肯齐开口说话。"没意义了,米德堡说它已经关机了。他们会持续监听,但我打赌她已经把那部电话扔掉了。"接着她又说,"等一下。他们发现了新情况。"短暂的停顿,萨克斯能听见电脑键盘噼啪作响。"应该是个好消息。国家安全局刚刚追踪到一通电话,是今天早上在那不勒斯的一部一次性手机打给的黎波里那间咖啡厅的。这个电话现在还是通的。"

"是吉阿尼?"萨克斯问道。

罗西说道:"如果咱们运气够好的话。它在什么位置?"

麦肯齐报出了经度和纬度坐标,然后,又是一阵键盘敲击声。那位警监说道:"位置在皇宫,就在那不勒斯市区里。我现在就派一队人过去。"

第六十一章

路易吉·普罗科皮奥，也就是这次任务中的"吉阿尼"，此刻正斜靠在车旁；他把车停在那不勒斯皇宫前方的广场边上。眼前这座气势恢宏的雄伟建筑曾经是波旁皇族的府邸，那时他们还是西西里岛两个王国的统治者，那是在十八世纪和十九世纪。普罗科皮奥很喜爱这段意大利历史。

普罗科皮奥来自卡拉布里亚的卡坦扎罗区，是坎帕尼亚以南的地区。

卡拉布里亚就是意大利靴子一样的版图上那个尖头。该区域的著名特产有烧猪肉肉酱意面、鳕鱼干以及各式各样的腌制食品。因为当地的炎热气候，当地一直用腌制肉和海鲜的传统方式来避免食物腐坏。

卡拉布里亚也因"Ndrangheta"，也就是光荣会，这个武装犯罪组织而广为人知，意思是"忠诚"。正像大众熟知的那样，该组织的六千名成员确实对自己的同伴彼此忠诚，他们在意大利境内形成一百五十个左右的小团体。但是这并不意味着这个组织的成员之间不会发生内斗——只要存在利益冲突，他们就会这么做。

尤其是当某个成员并不是隶属于卡拉布里亚的组织，而是来自其他分支，比如那些英国或者美国的分支时，情况更是如此。

实际上，这个光荣会在东海岸从事犯罪活动的历史已经持续一个多世纪。早在二十世纪初，就有一个组织在宾夕法尼亚州的采矿村镇上从事勒索和收保护费的勾当。多年来，该组织又牵扯进美国的毒品和洗黑钱的交易，并且经常与移民的黑手党和克莫拉成员合作，还有当地的盎格鲁和加勒比帮派（有传言说在美国的"光荣会"大佬们对《教父》这部电影大为光火，他们觉得论起有魅力、聪明和冷酷无情来，黑手党远远不如他们）。

身材魁梧，黑色皮肤，头发浓密而且面孔吓人，路易吉·普罗科皮奥就是这样一个自由职业者。他会说几种语言，在军队和工会都有关系，而且乐意作为中间人从事任何能够让他发挥自己特长的活动，促成来自意大利南部、北非、欧洲以及美国境内各种有意向人物之间的交易。

本能驱使着他，踩钢丝般在一己私利和"光荣会"利益之间博弈，而他一向都很成功。

不管哪里有钱赚，普罗科皮奥都能插上一脚：军火、毒品还有人口走私，不论是二十世纪还是如今的二十一世纪，这些营生从未停歇过。

比如说，恐怖主义，就是个好例子。

他刚刚打电话给位于的黎波里那个快乐日咖啡厅的易卜拉欣，向他报告那不勒斯这边的进展情况；而现在，他则一边抽烟，一边观察着眼前的大广场。

当他抬头看向远处路口时，突然看见几辆黑色卡车和带有警用标志的汽车正向这边急速驶来。车上的警灯在闪烁，警报器却都没有声响。

越来越近，越来越近……

接着车队一行从他身旁鱼贯而过，车上没有一个司机或者乘客朝他看上一眼。

这些执法人员只是全速穿过广场，然后甩着车头滑出弧线，停在一个垃圾箱旁边。他们跳下汽车——全副武装的男女警员全员开始搜索他们的目标。

他们的目标显然就是他。

或者，说得更准确一点，是那部他刚刚用来给易卜拉欣打电话的手机。普罗科皮奥让电话保持开机状态，把它放进一个纸袋，丢弃在垃圾箱前的地上。一个国家警署的年轻警员正在小心翼翼地检查垃圾箱——提防有可能会在这里面找到炸弹——然后发现了那部手机。他把它拿起来。另一个警官，看样子是个长官，摇了摇头，看来他很失望，还多少显露出一丝厌恶。其他警员开始搜索附近的建筑物，肯定是在找监控摄像头。不过这里当然没有监控。普罗科皮奥在把作为诱饵的电话丢在那里之前就已经反复确认过了。

现在，他丢掉手里的烟蒂。他已经得到了所有自己需要的——实际上，这就是他打电话到的黎波里的全部原因。他需要了解警方目前的调查已经追踪他们到什么程度了。

那么，看来他们已经知道易卜拉欣的存在，虽然还不知道他的姓名，不过很明显这边有个厉害的侦探。而且他们已经查到了那部座机和所有与之联系的电话。

从现在起，所有的电话联系都要切断。

他回到车里舒适的座椅上开始发动引擎。他想找一间咖啡馆，然后再抽一支烟，最好是提供阿普瑞提式餐前酒的小馆，点上一杯上好的西罗红葡萄酒，再来点硬质卡拉布里亚烟熏香肠配面包。

但是还要再等一等。

等到流血事件之后。

第六十二章

这条街上真是熙熙攘攘。

有很多游客,也有不少一眼就能认出是那不勒斯当地人:举家出行的家庭,结伴闲逛的女人,骑自行车的小孩,还有十几岁的少年和二十几岁的青年男女。他们有的意气风发,有的腼腆,还有的无比张扬——他们穿着锃亮的靴子,运动鞋,或是高跟鞋,搭配图案夸张的紧身衣,或者是松松垮垮的衬衫。这些年轻人显得极为自信:穿戴着时髦的项链、眼镜、戒指、踝链,手里抓着漂亮的手包,就连手机上都套了讽刺画的手机壳。

身体随着走路的步伐而摇曳生姿,他们看起来天真烂漫,就像一群充满自信的猫。

哦,看看眼前的景象,多美啊。前方不远处就是维苏威火山,码头上停靠着不少船只。海湾中一片碧蓝。

可是法蒂玛·贾布里尔对眼前这一切都无心观赏。

她的全部注意力都集中在自己的任务上。

法蒂玛小心翼翼地推着一辆婴儿推车。

"啊,多漂亮啊!"一对夫妻中的妻子说道,那是一个孕妇,语气有点夸张,她笑着又说了一些什么,发现对方似乎听不懂意大利语,于是她改用英语,"你女儿?"女人看着婴儿车说,"她的头发就像天使一样！瞧啊，多么漂亮的黑色卷发！"然后，她顿了顿，看着这位没有穿戴希贾布的母亲，好像是在思考穆斯林是否相信有天使。

法蒂玛·贾布里尔明白这话的意思。她微笑着，略显笨拙地回答："谢谢你。"

女人又看向婴儿车："而且她睡得真香啊，这里这么吵，她都能睡着。"

法蒂玛把肩膀上的背包往上拉了拉，继续慢慢往前走。

因为这里太拥挤了。

因为她迫不得已要去杀人。

因为婴儿车里放着炸弹。

我的人生怎么会走到今天这一步？

好吧，她可以很清楚地回忆起这个问题的答案。她每晚想着它入睡，每天早上又想着它醒来。

几个星期以前的那一天……

她记得那天在的黎波里的街上，她被两个男人粗暴地拉住——他们显然不在意触碰陌生的穆斯林女性。她被反绑着带到位于烈士广场后的一家咖啡馆的内间里，进去后被丢在一张椅子上，让她在那儿等着。那家咖啡馆名字是快乐日。她的眼泪不争气地夺眶而出。

一小时之后，在她惊恐万状地熬过这一小时后，门帘被猛地拉到一边，一个满脸胡须、四十多岁的男人怒气冲冲地走了进来。他自称易卜拉欣。他面无表情地审视着她，递给她一张纸巾。她擦干眼泪后，把纸团猛地扔到他脸上。他却被这个举动逗笑了。

他操着利比亚腔的阿拉伯语尖声说道："我来给你解释一下

为什么你会被带到这里,以及接下来将会发生在你身上的事。我要雇你完成一项任务。啊,哈,先让我说完。"他叫了茶,茶几乎立刻就送来了——端着杯盘的店主哆嗦得厉害。易卜拉欣等他走开后继续说道:"我们选中你是出于几个原因。第一个原因,你不在任何被监控的名单上;相反,你刚好是我们说的'隐形信徒';也就是说,相对于基督教,你是我们信仰中的'神为一体派信徒'。你知道什么是神为一体派吗?"

法蒂玛思索着西方文化中的相似称呼,想不起这是哪一个宗派:"不知道。"

易卜拉欣说:"简单说吧,我们称之为'适合'。然后,对于西方的军队和安全部门来说你是'隐形的'。你能够穿越边境、抵达目标,却不会被视为一个威胁。"

"目标?"她被这个词吓到了,双手颤抖起来。

"你会被指派到意大利的一个目标,你要完成一次袭击。"

她倒吸一口凉气,然后拒绝了易卜拉欣递过来的茶。于是他小口啜饮,细品茶的滋味。

"现在我们来说说选中你的第二个原因。你在突尼斯和利比亚都有家人,三个姐妹和两个兄弟,而这些人赞美真主,他们都有孩子。你的母亲也仍然健在。我们知道他们都住在哪里。你必须完成我们给你安排的任务,完成这次袭击,否则他们就会被杀掉——你的每个家人,从六个月大的穆罕默德到你的母亲——当她从市场回家时,哦,还有和她手挽手走在一起的索尼娅,我得说,她也会死。"

"不,不,不……"

易卜拉欣对她的情绪波动完全无动于衷,他轻声说道:"那么接下来我们来说说你要帮助我们完成任务的第三个原因。一旦你完成了任务，你和你的丈夫还有女儿就能得到全新的身份和一大笔钱。你们会得到英国或者荷兰护照，你们可以去任何想去的地方。你觉得怎么样？"

她只能有一个回答。

"好的。"她还在哭。

易卜拉欣微笑着喝完手中的茶："你和你的家人会作为难民先到达意大利。今晚我这边的一个走私贩子会告诉你细节。等你们一到了那边，会按照流程被安置到一个难民营地。到时会有个叫吉阿尼的男人联系你。"

他站起身离开了，再没多说一个字。

后来，他们刚刚抵达卡波迪基诺接待中心，吉阿尼就联系了她。他嗓音低沉、清晰而冰冷，说明不允许有任何借口。如果她生病了，不能引爆炸弹，她的家人就会死；如果她因为偷窃一条面包而被捕，不能引爆炸弹，她的家人就会死；如果炸弹因为机械故障而没能成功引爆，她的家人就会死；如果在最后关头她被制服……好吧，这下她完全明白了。

一切都在按计划进行，可是却发生了可怕的事，她的丈夫被一个美国疯子绑架了！这简直糟透了，她深爱着他，这场意外已经招来了警察，他们会不会发现吉阿尼给她的炸药、手机和起爆器？他们会不会在寻找贾布里尔时转移他们的女儿？

还好最终他得救了。

当然，这简直是万幸！可同时也让法蒂玛的内心更加挣扎。因为每个人，不管是拉尼娅、那位美国警探还是意大利警员，都是那么拼命尽责，甚至是冒着生命危险去营救哈立德——一个他们一无所知的男人，一个甚至靠偷渡来到这个国家的男人。

当然，这里也有些人讨厌难民，比如被阻挡在营地外面的那些抗议者,法蒂玛也见过他们。可是你瞧,瞧瞧刚刚走过来的那个女人。

"你女儿?她的头发就像天使一样!"

大部分意大利人还是对寻求庇护的难民面临的困境表示出痛心和同情的。

这一切都令她对自己正在做的事,从两个小时之前开始行动到现在,感到羞愧难当。

但是她不得不这么做。

"不管因为什么,你一旦失败,你的家人就得死……"

所以她绝不能失败。她看见自己前方的目标。距离袭击还有不到两个小时了。

法蒂玛在海湾不远处找到几条空长凳,她面对海湾坐在其中一条长凳上,这样就不会有人看见她在哭了。

第六十三章

指向皇宫的这条线索也断了。莱姆确信吉阿尼之所以打电话到的黎波里的咖啡厅，就是要看看警方掌握了多少情况，以及他们是否在监控电话。他现在已经确认了他们的监控，于是便人间蒸发了。

已经不可能再靠电话找到他，加上也没有线索可以联系到法蒂玛，于是小组又回到炸弹将会袭击的目标这一问题上来。诚然，完全靠猜测，这是他们目前唯一能做的。

由于难民营地靠近那不勒斯机场，莱姆和斯皮罗立刻就想到法蒂玛有可能去袭击飞机或者航站楼。

这位检察官说："她不可能把炸弹带上飞机。但是她有可能在栅栏上剪个洞，在停满飞机的地方放置炸弹，然后在跑道上引爆爆炸装置。"

麦肯齐说道："不会出现自杀式袭击的。他们都是用手机远程引爆装置。我觉得不是机场。也许会是火车站，那里的安保人员更少。"

罗西打电话到意大利国铁安防部。挂断电话后，他说："他们会派警员去各个车站。我们也有自己国家的恐怖分子，由来已久，情况和你们美国的相似。一九八〇年，有个恐怖分子团伙把一枚将近二十五公斤的炸弹放在博洛尼亚中央火车站。它被放置在候车室,由于那天天气太热,那是在八月份,很多人都待在有空调的室内。要知道那时在意大利只有很少的建筑物里安装了空调。因此有将近八十人遇难,超过两百人受伤。"

斯皮罗说:"还有那些在市中心的大型购物中心、娱乐园区、博物馆……"

莱姆的双眼紧盯在那不勒斯的地图上。

可以当作袭击目标的地方有上千个。

夏洛特·麦肯齐的手机响了。她扫了一眼屏幕后,接起了电话。

"什么?"她眯起眼睛,"好的,好的……马上把它加密后发给我。谢谢。"

房间里的人都用询问的眼神盯着她,她说:"咱们交上好运了。还是米德堡打来的。我把法蒂玛的号码发给他们后,那个号码就被自动与'NOI'清单进行比对——也就是'需关注号码清单'。那边的超级计算机搜到该电话在几天前的一通电话。程序搜索到'目标'这个词出现在利比亚和那不勒斯之间的通话中,也就是最近进入恐怖袭击警戒状态的地区。计算机系统记录了那通电话。当我发出搜索她电话号码的请求之后,计算机程序马上就标示出通话记录并把它提到'优先级'状态。他们现在正把通话记录发过来。"她按了几下按键,看着屏幕,然后按下免提,把手机放在他们面前最近的桌子上。

手机里开始播放:铃音响起。

"喂?"一个女人的声音,用带有阿拉伯口语的英语说话,那是法蒂玛。

一个粗鲁的意大利男人的声音,应该是吉阿尼,说道:"是我。你现在在卡波迪基诺吗?"

"是的,我在。"

"很快你就会收到那个包裹。所有东西都在里面。准备好行动。里面还有一部新手机,不要带着现在你用的这部,把它扔掉。"

"我会照做的。"法蒂玛的声音颤抖。

"你的丈夫,他是什么时候被绑架的?他没有对任何人透露什么会引起怀疑的事吧?"

"他怎么可能说什么?他根本就什么都不知道。"

"我……"他顿了顿。响起了一片周遭嘈杂的噪音,听上去应该是来自吉阿尼电话那边。他继续说:"我现在在那不勒斯。我可以看见目标。这里状况很好。现在这边没有多少人。"

更多的噪音,小型摩托车引擎的轰鸣,叫嚷声,吆喝声。

吉阿尼又说了些什么,可是声音被淹没了。出现了很多鸟叫声和更多的叫嚷声。

"……我是说现在这的人不多。但是周一时就会有很多人。拥挤的人潮和记者。你必须在十四点完成,不可以提前。"

斯皮罗在莱姆身旁低声说:"从现在开始算还有九十分钟。上帝啊。"

"跟我说说计划。"吉阿尼指示。

"我都记得。"

"如果你记得,那你就能说给我听。"

"先抵达你告诉我的那个地点。然后我进入一间洗手间,换上随身携带的西方款式的衣物。我会打开手机,把它贴在包裹上,然后把它留在人最多的地方。然后我走到大门口。"

"是拱门。"

"是的，拱门。石头可以作为防护，我会拨打号码引爆它。"

"你记住号码了吗？"

"是的。"

莱姆、斯皮罗和罗西彼此对视了一眼。求你了，莱姆心想，大声说出来吧！只要有一方说出了号码，他们就能立刻把它发给NSA，然后黑掉这个电话，让它立刻就无法使用。

但是吉阿尼只说了句："很好。"

妈的，莱姆心想。斯皮罗脱口而出："该死。"

"引爆之后，你要倒下，在石头上割伤你的脸，然后跟跄着走出废墟。你懂什么是跟跄吗？"

"是的。"

"你伤得越重，越会被认为是无辜的。流血，你必须要流血。他们会首先以为这是自杀式炸弹，而你只是众多受害者之一。"

"好的。"

"我现在要走了。"

"我的家人……"

"他们的命就取决于你能否确保任务完成。"

然后电话就挂断了。

莱姆低声问："有他打电话的地点吗？"

麦肯齐回答："没有。NSA的计算机程序没有追踪定位，只有通话记录。"

他再次集中精神去看那不勒斯的地图。

斯皮罗说："通过这通电话能否了解更多关于袭击地点的位置呢？看来时间就是今天，十四点。有什么事会吸引媒体过来。会是什么呢？"

"时间在下午，会是体育比赛吗？或者商店开业？或者音乐会?"

"而且是星期一?"埃尔克莱说。

莱姆回答:"提到了石头拱门,她会躲在门口,以此阻挡爆炸的冲击波。"

埃尔克莱不禁苦笑:"这在那不勒斯几乎到处都是。"

短暂的冷场。

然后莱姆说:"但丁,你刚才问我们是否能从通话录音中找到什么线索。你指的是对话。如果线索不是在对话中呢?"

"你是指背景中的声音?"

"完全正确。"

"这个想法不错,"斯皮罗对麦肯齐说道,"你能否把通话录音用邮件发到这里?我们可以用更好的播放设备再仔细听一听。"说着给了她一个邮箱地址。

片刻后,电脑发出提示音。罗西朝埃尔克莱点点头,埃尔克莱打开收件箱下载文件,莱姆看见那是一个 MP3 文件。

年轻人敲了几下键盘,通话记录再次被播放出来。这一次,通话双方的声音听起来清晰了很多。不过他想要听清楚的是吉阿尼和法蒂玛谈话之外的声音,对那些背景音莱姆无法得出什么结论。

"希望渺茫。"罗西说,

"也不见得。"莱姆回答。

第六十四章

斯蒂芬·默克是一个充满好奇心的人。

他很害羞,一双黑色的眸子里闪烁着孩子气的眼神,一张圆脸上满是天真的表情。

当然,他也是一个大块头,强壮又结实。在莱姆看来,这也许是因为他的基因,他并没有那种经常锻炼的人才会有的线条。

当他被带到作战室内时,双手是被铐起来的。莱姆说:"取下手铐。"

斯皮罗思考片刻,冲押解斯蒂芬的警官点头,并用意大利语说了句话。

当镣铐被取下来后,斯蒂芬的反应非常怪异:他并没有揉捏手腕或者是做类似的动作,而是偏着头,闭上双眼开始倾听,好像注意力全被吸引到警官把手铐放进口袋时,金属环相互碰撞发出的细小叮当声上。

他的样子和那天在夏洛特·麦肯齐的屋子里被逮捕时别无二致。

看来他正在试着记住这种声音,把它存储在脑子里。

然后他睁开眼睛,表示想要一张纸巾。罗西递给他一个纸巾盒,他从中抽出一张擦拭脸和额头。当麦肯齐说:"坐下,斯蒂芬。"他立刻照做了。并非出于恐惧,更像是她就是他头脑中意识的一部分,而他是因此做了决定一样。

当然,她可不是什么合作伙伴。她是欧忒耳珀,他的缪斯女神,那位引领他走向大和谐的女神。

"这些人会解释我们需要做什么,斯蒂芬。晚一点我会告诉你都发生了什么。但是目前,请按他们说的去做。"

他抬起头,然后缓缓点了一下头。

她看着莱姆。莱姆说:"我们手里有一条录音,斯蒂芬。能否请你听一听它,然后告诉我们你能听出来的所有信息?我们需要找到某个人,而且认为录音里的背景声音也许能够引领我们找到他们。"

"是一通绑架电话吗?"

莱姆回答:"不是,是两个人在计划恐怖袭击。"

他看着麦肯齐。她说:"是的。其中一个人我们跟踪过,因为我的错误导致咱们抓错了一个人,而忽略了另一个,现在我们需要阻止她。"

"她?哦,我绑架的是她的丈夫,而实际上应该是那个妻子。"他笑了笑,"那个抢走我鞋子的女人。"

"是的。"

很聪明,这很好。

斯皮罗问道:"把灯关上会不会更好点?"

"不用,我不需要那样。"

埃尔克莱开始播放录音。现在是发挥他特殊价值的时候了。莱姆仔细地听着。在最初的一两秒钟内,他下意识地发出了一点轻微的声音,然后就在安静地听。

"再放一遍。"斯蒂芬的声音沉稳。很奇怪,只要进入他们擅长的技能领域,即使是再焦虑不安的人也能变得从容自信。

埃尔克莱又播放了一遍录音。

"再放一遍。"

他照做了。

"请问,能给我一张纸和一支笔吗?"斯蒂芬问道。

斯皮罗立刻递给他。

"我确实认为,要从这些声音里听出点什么来真的挺困难的。"罗西说。

斯蒂芬对此露出困惑的表情,好像是说他可以从这些声音里听见很多东西。

"声音比语言更好。声音表达出来的东西更加可信。罗伯特·弗罗斯特,一位著名诗人,曾经讲述过声音的意义,我很喜欢他说的,你呢?他曾说,你可以从门的另一边去感受一首诗,这样你就听不见那些字句,只是体会那些声音传达出的感情以及它对你的触动。"

这不能算是彻头彻尾的疯人疯语。

他开始用漂亮的字体记下一些东西。碧翠丝·伦扎看见一定会喜欢。

他一边写一边说道:"打电话的人离码头不远,我听见电喇叭,汽笛和公告广播喇叭,客轮和商船,还有柴油拖轮。"

"不是卡车的声音吗?"罗西问道。

"当然不是,不是的。很明显,那些声音是随着水的波浪起伏。你还能够听见船号和邮轮柴油发动机的引擎声,不是吗?"

莱姆没听出来,那些声音都混杂在一团嘈杂的噪音中。

斯蒂芬快速写着,然后盯着眼前的纸面,闭上了眼睛,然后又突然睁开眼睛,划掉一些刚刚记下来的内容,然后继续写。

"我需要自己重播录音。"他马上走到电脑旁边,一把推开埃尔克莱。

"这些按键要……"

"我会用。"斯蒂芬直截了当地打断他,开始按键。他拨回录音进度条,开始一小段一小段地播放,同时做着记录。十分钟后,他抬起头。

"我能听出变速箱减速又加速的声音,像是有汽车正在靠近电话。这就说明通话者是在山顶上。小山坡度很陡,旁边有很多汽车,应该是使用柴油和燃气的小型汽车。有一辆正在离开。我觉得还有一些厢式轿车,但是没有大型卡车。"

又播放了一遍,他盯着对面的白墙:"有鸟群。应该是两种。首先是鸽子,有很多的鸽子。我能听见它们一次又一次地扇动翅膀:有一次,是当有男孩们说的那种滑板——从它们旁边经过;还有一次,是四五岁的孩子们追着那些鸽子跑。我是从孩子们的脚步声和笑闹声里听出他们的年龄的。那些鸽子很快就飞回来了。当汽车经过时,它们并没有飞走。这就说明它们是在一块空地或者广场上,而不是在街上。"

他们转头去看那不勒斯的地图,斯皮罗把所有的码头都用红色记号笔圈了出来。现在他又开始用红叉标出那些知名的广场和空地,都是他知道的靠近港口并且在山顶的地方。

"第二种鸟类是海鸥。当然了,在那不勒斯市内和周边地区,它们几乎到处都是。但是我认为录音中的地方只有四只,一只正在发出求偶的叫声,它在距离稍远的地方,更靠近电话的三只发出了攻击和警告的叫声。它们正在相互争斗,也许是为了抢食,因为现在不是筑巢时期。而且考虑到只有三只海鸥,我想它们不是在一个小垃圾箱上为了垃圾争斗,就是在某个餐馆或者房子后面。它们离码头有点远；如果再近一点，就会有更多的食物来源了——那里有渔民，也有更多丢弃的可吃的东西，那样的话，争斗也就不会如此激烈。"

斯蒂芬再次把录音倒回去，然后暂停："附近有一所学校，我们美国人叫小学。我猜这应该是一所教会或者私立学校——大部分孩子都穿着皮鞋。我能听出那种鞋子鞋底在跑动时发出的声音。皮鞋就意味着制服。所以是私立或者宗教学校。说它是所学校是因为他们笑啊、跑啊、嬉闹啊，然后，几乎在同一时刻都停下了，声音听起来变成了整齐的节奏，好像他们都回去上课了。"他看着众人，大家也都在盯着他，"他们是小学生——我这么说是因为他们的嬉闹声和脚步的间隔。就像之前我说的那样。不远处还有一个建筑工地，机器在运转，还有切割金属的声音和固定铆钉的声音。"

"那是一个楼房的金属构架吧。"罗西说道。

"我不知道那是不是一栋楼，"斯蒂芬纠正道，"可能是任何金属的东西，比如一艘船。"

"当然。"

"然后，也不能忽视那些语言。你们听见那个美国人的声音了吗？一个男人在提问，'多少钱？'说得很慢而且很大声，好像这样能够有助于理解一样。不管怎么说，他正在和一个摆摊的小贩说话；或者也有可能是一个商店的外卖窗口。

"还有一个男人吐了。然后他就遭到了愤怒的抗议。所以，我猜他是喝醉而不是生病了。生病的人会得到同情。另外，还能听见有女人挑逗的声音。这说明附近可能有一家酒吧。我听见了小型摩托车引擎的发动声，然后它运转几分钟又停下。看起来它们，至少是其中的一部分，熄火了。还有工具发出的声音。"

"一家修理厂。"埃尔克莱说道。

"是的。"他又听了一部分录音,"教堂的钟声。"斯蒂芬重播了这部分,"音符是 D,G,G,B,G,G。"

斯皮罗问道:"你能肯定吗?"

"我非常有把握。是的,我清楚那些音符。我不知道它们是什么曲目,但是咱们可以弄清楚。"

罗西问道:"可能的话,你能哼唱一下吗?"

这次没有回放录音,斯蒂芬用清澈的男中音唱出了音调。"我是用低八度的音阶唱的。"他说,好像这很重要似的。

埃尔克莱点点头:"是啊,是啊,这是祈祷钟声,我猜是《圣母玛丽亚》,是午间钟声。"

"一间天主教堂。"莱姆说道。

"我觉得,那不是很近,但是也不超过一百码的距离。也许是在学校旁边。"

但丁·斯皮罗在他们之前标出的地点上又标记出了教堂。

斯蒂芬又听了一遍录音,然后他摇摇头说:"我想大概就是这么多了。"

斯皮罗问道:"这些就是你能够听出来的全部内容了吗?"

斯蒂芬咧嘴笑了:"哦,不是的。我还能听出很多东西。天空中的飞机,地上的砾石翻滚,很远的地方传来的枪声,玻璃破碎的声音——是一只玻璃水杯,不是一扇窗子……不过这些都太常见了,对你们的调查没有帮助。"

"你已经做得很好了,斯蒂芬。"莱姆说道。

"谢谢你。"麦肯齐对这个年轻人说。

斯皮罗也不禁说道:"'你是一个艺术家',这句话的意思是,你是一个真正的艺术家。"

斯蒂芬笑了笑,再次害羞起来。

然后斯皮罗皱起眉,用他深邃的黑色双眸盯着地图看。他用手指戳着一个地方:"是的。我想吉阿尼是在这里,蒙特埃奇亚,离这里不远。市中心有一座山正好俯瞰海湾。这就能解释那些变速箱换挡的声音。那里有大片住宅区。但是考虑到附近的那些商店,诸如一家小型摩托修理厂和有醉鬼出没的酒吧,加上可以看见风景,这应该是一个景点。那样就会有小贩沿街贩卖小吃和纪念品。码头不会太近,但是也在能够听见的范围以内。而且还有一间教堂就在这下面,'圣玛利亚·卡塔佩纳教堂'。"

"游客吗?"莱姆说,"这会是个不错的目标。"

罗西说道:"这里不算是个主要景区,但是,就像但丁说的,这里有很多居民区和饭店。那些海鸥大概就是在其中某一家后面的垃圾箱上争夺食物。"

埃尔克莱接着说:"啊,这有可能就是法蒂玛的袭击目标:军事档案馆,巴尔顿军营。"

"我都不知道它还开放,"斯皮罗说道,"不过,就算没开放,周围也有很多居民和游客,炸毁任何一栋建筑都可以引起世界的关注。"

罗西已经开始联络特警队了。

莱姆看着时钟指向时间:12:50。

距离袭击只剩下一小时十分钟了。

阿米莉亚·萨克斯又一次摧残着埃尔克莱这辆可怜的梅甘娜,把它开到极限速度,尽管这次没有超速,这不幸的小变速箱依然在拼尽全力地赶往蒙特埃奇亚的陡峭山路上轰鸣。

他们赶到山顶时,看见两队特警队的战术警员已经先于他们抵达,还有不少警察局派来的警员以及宪兵队队员。那不勒斯市警察局的人和意大利军队的士兵也在这里。

高大魁梧的米开朗基罗,作为战术部队指挥官,正在气急败坏地指挥两辆警车退后,好让萨克斯的汽车开进来。当看见萨克斯下车后他笑了,两个人又玩起了"警探哈里/求之不得"那一套。

她塞好耳机,然后和埃尔克莱一起走进广场,旁边就是巨大的红色石头建筑——那是档案馆。西边就是悬崖峭壁,下面是街道,那里有游客中心——一个街头素描艺术家正在为顾客画素描画像,背景是维苏威火山;街边有小贩在贩卖冰淇淋和各种果味刨冰;一个推着手推车的男人在兜售意大利小旗子,装在意大利国家形状的玻璃瓶子里的意大利柠檬甜酒,匹诺曹玩偶,比萨形状的冰箱贴,地图和冷饮。

尽管天气晴朗,温度舒适,不过大部分区域还是被荒废了。

此时,莱姆已经告诉她关于斯蒂芬针对法蒂玛和吉阿尼通话的分析,同时提醒她关于那些具有特殊意义的声音——一群鸽子,海鸥在附近的垃圾箱争执,汽车变速箱降速以爬上山顶,就像刚刚她做的那样。还有很多其他调节器的声音——远处的码头上有很多船,南边就是火山,小型摩托车修理店,更多的小商贩,游客,在教会学校里的孩子们。

她和埃尔克莱加入搜查,林业警员对米开朗基罗说他们现在要去调查那些商贩和顾客,由警察们和宪兵队搜索整个档案馆附近区域。

"好的,好的。"这个大块头说着就带着他的人往档案馆走去,他的脸上写满失望,好像是因为不能开枪射击谁而感到不悦。实际上，眼前这栋未经粉刷的大楼目前根本没有开放，可是这里有太多凹室、阴影处和门廊，这些地方都可以藏一枚炸弹——而这将杀死以及伤害很多人，就像但丁·斯皮罗曾经指出的那样。

埃尔克莱和萨克斯仔细地前前后后搜索这些街道，她不断地出示法蒂玛的照片，他则不停地询问每个人是否见过她，并且说她可能穿着西方服饰而且没有佩戴头纱，就像她在电话里说的那样。因为在这张照片上的女人穿戴着希贾布，那些游客和商贩肯定认为这可能牵涉到恐怖主义活动，他们都仔细地盯着照片，以判断有没有见过这个人。

可是谁都没有见过她。

这对警员沿着这些蜿蜒的街道登上爬下，在住宅门口停下脚步，询问经过的每个人；同时，制服警员和宪兵搜查着停在街边的汽车，其中一些人在用长竿上的镜子探进车底查看是否有爆炸物。

可是他们还有多少时间呢？

萨克斯的手机上显示着时间是1：14。

距离袭击只剩下四十六分钟了。

他们又回到山顶那边，米开朗基罗正在和一名宪兵交谈，对方显然是一位指挥官，从他胸前和肩膀上的那些勋章和徽章就能判断出来。他的帽子非常高。

这位战斗指挥官看见萨克斯后摇摇头，露出帽子边缘一圈柔软的红色卷发。他一脸愁容，脸色很难看，转身继续搜索去了。

她拨打了莱姆的电话。

"找到什么了吗，萨克斯？"

"一无所获。而且，你知道吗？这种感觉不太对。"

"你的意思是,看起来不像是袭击目标?"

"没错。"她看了看四周,微风吹过,翻搅着一些薯片包装袋、塑料袋、废报纸和沙尘,"档案馆是关闭的,而且周围也没有多少人。"

莱姆沉默了片刻,然后说:"奇怪。吉阿尼说过目标地点今天会挤着很多人。"

"这里不可能在接下来的四十分钟内变得人山人海,莱姆。而且这里也没有媒体,没有任何原因能吸引媒体过来。"

然后他说:"噢,不。真是该死。"

萨克斯不由得心跳加速,这是他生气的语气。

她抓紧埃尔克莱的手臂,于是他马上停下脚步。

莱姆说道:"我犯了个错误。"他转头去和警察总署内的其他人说话,夏洛特·麦肯齐,斯皮罗和罗西,但是她听不到那边的谈话内容。

他又回到线上:"蒙特埃奇亚不是目标,萨克斯。我早就应该想到这一点!"

"斯蒂芬的分析出错了吗?"

"他做得很好。但是我没有注意到吉阿尼告诉法蒂玛的事。他没有说自己'在'目标地点;他是在说他能'看见'目标。他当时就站在那里,而且朝目标地点看过去。"

她把这些解释给埃尔克莱听,对方面露苦相。他们吸引了米开朗基罗的注意力,于是萨克斯朝他打着手势。对方朝他们走过来,然后埃尔克莱告诉他关于弄错地点的事。

他点点头,然后开始对着麦克风讲话。

萨克斯正在盯着远处的街景:"我能看见码头,莱姆。"

他还在听筒边上,斯皮罗也能听见。他说:"可是,警探,那里满是安保人员。我觉得她没办法靠近那里。"

埃尔克莱说:"我们能看见帕泰诺波的通道和街道。这就是所说的人群。"

然后萨克斯的眼睛滑落到帕泰诺波通道前的石坡:"那是什么?"

"戴尔沃城堡,"他回答,"一个非常著名的旅游景点。而且你能看到那里有很多饭店和咖啡厅。"

斯皮罗突然说:"有可能是那里。吉阿尼告诉法蒂玛要在引爆之前走到一扇石墙后面。是的,那座城堡有几十个凹室供她藏身。"

"而且快看!"

两辆大型巴士刚刚被引领到桥的前方,那座桥是通向岛中城堡的。西装革履、精心打扮的人们开始下车,聚集到挂着很多横幅的地方。

"他们在干什么?"萨克斯问埃尔克莱。

"是这里的一场公开时尚活动。有一些设计师和服装公司。"

"那么就会有记者发布会,也许这就是吉阿尼想要在两点钟行动的原因。"

她把他们看到的这些都告知警察总署。

"是的,是的,应该就是这个!"罗西说道。

萨克斯拉住埃尔克莱的手臂。"咱们走。"她冲着耳机说,"我们现在就赶去那边,莱姆。"

她挂断电话,然后两个人跳进梅甘娜,萨克斯随即打火并挂挡。米开朗基罗和战术小组也马上跑向他们的车。

萨克斯让车子来了个 U 形转弯,全速奔下蜿蜒的盘山道。她动作猛烈地操纵踏板和挡把,轮胎在混凝土地面上摩擦出刺耳的噪声。当她全速疾驰穿过一个十字路口时,瞥了一眼后视镜,查看米开朗基罗的车有没有跟上来;几乎同时,远处闪烁出黄橙色的火光。

"埃尔克莱,快看看。咱们后面发生了什么事?"

他尽可能地扭头转身向后张望:"天啊!着火了!就在咱们刚刚经过的那条路那头,有辆汽车烧着了。它就在路中间。"

"是吉阿尼。"

"他一直盯着咱们!他肯定是来盯着法蒂玛。我猜测,他撬开一辆汽车,把它弄到路中央,然后把它点燃了。"

"为了堵住警察。他们现在都被困在山上了。"

埃尔克莱马上打电话汇报最新进展。

借助免提,她能听见罗西说,他会马上从城堡所在的山脚那边调过来更多警察和一支消防队。

"看来现在只剩下你我了,埃尔克莱。"

这次他不再是那个强忍呕吐的副驾驶,他用手指向路前面并大声叫道,"求求你了,阿米莉亚。能不能开得再快一点?"

第六十五章

就像一名冰球运动员迂回射门的动作那样,这辆梅甘娜在帕特诺普勒莱斯街转向并急刹车,轮胎在地面上擦出刺耳的声音,车子灵巧地避开了一个冰激凌小贩和两个身着荧光绿色连衣裙的模特,几乎是擦身而过,停在距离一辆布加迪轿车仅几英寸的地方。萨克斯很清楚,这辆布加迪价值超过百万美元。

然后她和埃尔克莱跳下车,朝连接戴尔沃城堡和大陆的海角跑过去。

萨克斯喊着:"法蒂玛穿的是普通人的衣服,记住。"

"好。"

"还要记住你的目标。一旦发现,你要立刻阻止她。"

"嘴唇上方,记得,开三枪。"

警笛声划破天空——前方的消防车正在奔赴蒙特埃奇亚山那边清理道路,紧急派出增援的国家警察和宪兵现在也正往城堡这边赶,以便加入萨克斯和埃尔克莱搜索法蒂玛·贾布里尔。

时间已经是1:30。

这可真是个巨大的目标:左边是魁伟的城堡,就在岛上,那里有很多商店、饭店和码头。此时挤满了游客和当地人,他们正在享受阳光和那不勒斯的美食与红酒;蔚蓝的那不勒斯湾里到处都是随波漂荡的人们和汽动船。随处可见数以百计甚至更多的衣着考究的时尚界精英。在城堡塔楼下方的阴凉处搭着一个帐篷。

算上那些游客在内,这里有近千人。

当手机响起时,萨克斯吓了一跳,她满脑子都是那个炸弹,那个使用远程手机引爆装置的炸弹。此时的电话铃声让神经极度敏感的她差点心脏停跳。

"莱姆。"

"你在哪儿?"他问道。

"在进入城堡的海角这边。"

斯皮罗的声音响起:"好的,是的,警探。我们能从监控系统上看见你。"

两名穿制服的警员,城堡的警卫人员,迅速走过来。他们显然是接到罗西或者斯皮罗的预先通知了。这对搭档是一位金发女警察和一位黑发男警察;他们朝埃尔克莱跑来时,埃尔克莱通过他们佩戴的警徽和武器确认了他们的身份,也就没再多问。

萨克斯对着电话说:"莱姆,能不能疏散这个地方?"

罗西说,他们反对这个方法,至少现在行不通。城堡以及城堡所在的岛上唯一的出入通道只有那条连接大陆的狭窄小路,就像一座桥,就是他们现在正在走的地方。现在疏散必定会形成恐慌的人潮和发生踩踏事故,甚至会有人在慌乱中跳海和跳崖,这将造成更大的伤亡。"再过五分钟就是两点钟了,看来我们别无选择。但是为了把伤亡人数限制在一定数量以内,现在要关闭出入口。"

萨克斯、埃尔克莱和那两位城堡保安一起迅速越过海湾并登岛。一行人不停扫视着周围路上和码头,看着那数以百计的人们,这些人表情愉快,正懒洋洋地躺在躺椅上。警员们专心寻找一个身材苗条的黑发女人,她很可能穿着西式的衣服,携带着一个包裹或者背包。然而萨克斯很快就意识到,在这个地方到处都是身材苗条并穿着西式服饰的黑发女人。

他们扫视着人群,视线从每个人身上掠过。

这根本行不通……

罗西在电话上说:"火已经扑灭,那辆汽车也被推到路边了。米开朗基罗的人会在十到十五分钟内赶到。"

那正是引爆的时间。

罗西接着说:"啊,我听见来自便衣警察的消息。真是凑巧,他们正在附近码头调查一起走私案,正赶过来;已经被告知关于你和埃尔克莱的情况。他们手里有法蒂玛的照片。"

萨克斯告诉埃尔克莱关于便衣警察的情况,几乎是同时,一个身穿皮夹克和紧身牛仔裤的年轻男子进入了他们的视线。对方展开一侧的皮衣亮出警徽;和他同来的还有一名三十来岁的女子,她也朝他们点头。这两个人,以及先前那两个城堡守卫,还有萨克斯和埃尔克莱在靠近入口处的海鲜餐厅门口会合。他们决定分头行动,然后朝三个不同方向走去。

此时已经是1:40。

她和瘦高的林业警员快速朝西行进,那边延伸到那不勒斯湾最远端的城堡。这里的游客正在欣赏一个街头艺人的表演——一边弹吉他一边演唱,听起来像是二十世纪的意大利民谣。她看见彼此拥抱的情侣,或打情骂俏或互相调侃的年轻人,一个推着婴儿车的金发女人,悠闲散步的大家庭——男人们肩并肩走在前面,他们的妻子手挽手跟在后面,孩子们在旁边绕着圈疯跑,几个小子正在用足球炫耀着他们漂亮的带球步伐。

没有任何一个人看起来像法蒂玛或者是穿着西式服装的难民

女子。

炸弹到底会在哪儿?

它可能被放在任何地方。某个垃圾桶里,某个餐厅或者酒吧的餐桌下面,某个公用电话亭后面,时尚秀舞台的附近某处。

也许是她正经过的某个盆栽花盆里。

C4炸药,官方名称是RDX,由爆炸物研发部门研制,爆炸喷射速度为每小时一万九千米,接近六十倍于音速。爆炸产生的气体和冲击波将摧毁所经之处的所有物体。无论是皮肤、内脏还是骨头都将轻易地瞬间化作一团血雾。

她让埃尔克莱去左边,朝时尚秀将要演出的舞台走。记者们正在随机采访那些等待中的漂亮姑娘——其中还有一两个漂亮男人。似乎是为了避免惊吓到阿米莉亚,罗西用一种轻柔的嗓音在她的耳机中说,"萨克斯警探,米开朗基罗和其他警员差不多都到了。我们现在开始着手疏散人群。现在是十三点五十分。"

还有十分钟两点。

十分钟后,炸弹就会爆炸。

"我并不想这么做,警探。我知道这将会引起巨大恐慌。但是我们别无选择。我要让所有的警员都去——"

"等等,"她说着,一个念头闪入脑海:那个推着婴儿车的女人……有些不太对劲。如果是靠近那边的停车场,在帕特诺普勒莱斯街西边街尾,那是个很漂亮的地方,周围都是修剪精致的绿植,有几条散步小径,冰激凌贩卖车,花园和长凳。那里才是推着婴儿车的妈妈的理想去处。可是在戴尔沃城堡这里,到处都是拥挤的人群和混乱不堪的码头。这说不通。

而且她还背着一个双肩背包。还有比这更适合藏炸弹的地方吗?

可是，她是金发？好吧，如果事先就买好婴儿推车来伪装自己，为什么不会再买一顶假发？

萨克斯猛然转身回到刚才看见女人的地方。"请再给我一分钟。"她低声对着耳机说道，"我找到了点线索。"

"警探，已经没有时间了！"

莱姆的声音响起，语气坚定："不，让她去做。"

"可是——"

斯皮罗说："好了，马西莫，让她去。"

此刻警笛声响起，越来越近。众人都扭头朝大陆方向望去，脸上的笑容逐渐冷却，变成带着好奇的皱眉……进而变成担忧。

萨克斯继续向南，朝着她最后看见那个推婴儿车的女人的方向，全速奔跑在鹅卵石小路上，感觉像是经历了几百年甚至是一千年，她不断地扭头，目光扫视四周。

她的手则紧紧按在那把伯莱塔旁。

1：55。

你在哪儿，法蒂玛？到底在哪儿？

很快她就有了答案：在城堡最南边的城墙那里，她看见了那个推着婴儿推车的金发身影，正在靠近城墙的阴影向码头移动。她在码头边停住，那里拴着六只豪华游艇，游艇映衬着月光，白色的船身干净明亮，甲板上的绳索完美地盘绕在银白锃亮的船锚上。船上上了年纪的人们衣着光鲜，皮肤是晒过日光浴的健康古铜色，发型也都精心修饰过——他们是早些年被称为"乘坐喷气式飞机的士"的名流。

目标不在这里，不是那群人，不过那边有一座坚固的拱门可以在发生爆炸时保护她。

当法蒂玛紧张不安地回头张望时，萨克斯可以清楚地看见她的脸,她此时已经绕到拱门后面了。那顶暗金色的假发与她深橄榄色的肌肤非常不相称。她肩上的背包还在,看起来炸弹已经不在包里了。哦不,她一定是把它放在岛上某个人更多的地方了。

萨克斯抽出武器,但是用胳膊挡住枪身,她继续向前跑着。就在她跑到距离那个女人三十码远时,对方看见她,并且一下子站住了。

萨克斯用温柔而缓慢的语气,一字一顿地清晰地对她说:"你完全被骗了,法蒂玛!易卜拉欣并不是你想象的那样。他是在利用你。他对你撒了谎。"

法蒂玛双眉紧锁,摇摇头:"不,别骗我!"她双眼圆睁,噙满泪水。

萨克斯又朝她走近几步,法蒂玛却退开,把婴儿推车横在她和萨克斯之间。

"我不想伤害你。你会很安全的。请你把手举起来。让我好好跟你谈谈。你根本不想做这件事,你会杀害很多无辜的人的,求你了!"

法蒂玛僵住了。

萨克斯继续说:"我救了你的丈夫,我救过他的命,记得吗?"

接着法蒂玛低下头。片刻之后她微笑着抬起头:"是的,是的,小姐。是的,我很感激你所做的。'谢谢你'!"① 那抹笑容随即扭曲成极度悲伤的表情,萨克斯看见两行热泪夺眶而出。法蒂玛猛地把婴儿推车推向水边。那里没有围栏,甚至没有路沿,推车就那样慢慢地滑下了码头,在二十码外落入水中。

---

① 原文为阿拉伯语。

萨克斯瞥见车子里的毯子和毯子里面露出来的黑色头发，小推车在水上停了一停，随即迅速下沉。

然而，萨克斯没有按照法蒂玛预期的行动——她全然不顾那辆婴儿车，而是举枪瞄准眼前的女人，制止她拿出手机引爆雷管上的起爆器。

"不，法蒂玛，别动！"

在她们上方，城堡中响起了尖叫声，距离她们五十码高的地方，游客们目睹了婴儿推车落水的瞬间。

法蒂玛拿出手机，那是一只翻盖式手机。她打开它，低头看着按键，准备按下数字。

阿米莉亚深吸一口气，屏住呼吸接着扣动了扳机——三次。

第六十六章

"我们找不到任何东西。"穿戴着水肺的潜水员说。

埃尔克莱·贝内利翻译说,他表示很抱歉,他和他的意大利海军同事们在城堡周围的水下搜索中一无所获。

"继续搜索。"林肯·莱姆说道。他、埃尔克莱、萨克斯、斯皮罗和罗西此时都在法蒂玛把婴儿推车推入水中的地点附近,旁边粗糙的城堡石墙投下了大片阴影。说来奇怪,大部分通往这座建筑的出入口,已有几个世纪的历史,却无法通行。

潜水员点点头,然后走回到码头旁边,穿上脚蹼,转过身,伸直双腿再次跃入水中。莱姆凝视着那不勒斯湾里因潜水小队的水下搜索而飞溅起的水花。

一声哀号自众人左侧响起,一个女人因绝望而失声痛哭。这个六十多岁的老妇人指着萨克斯,不停地大声咒骂着。

埃尔克莱刚要翻译就被莱姆阻止了。"她不满我的萨克斯全身心投入阻止一场恐怖袭击而没有去救落水的婴儿。我是不是正中靶心?"

"靶心?"一个费解的表情。

"我——说得——对吗?"

"很接近,莱姆警监。不过她没有提及任何关于投身阻止犯罪的事。实际上,她在指控你的搭档是杀害那个孩子的凶手。"

莱姆轻蔑一笑:"告诉她这里到底发生了什么——如果这能让她闭嘴的话。"

于是埃尔克莱向那位老妇人讲了事情经过——简明扼要地说明了重点,婴儿车里根本没有小孩,只是一个人偶。

萨克斯早就知道法蒂玛和哈立德有个小女儿,穆娜,她根本不在婴儿车里。当她那天在卡波迪基诺接待中心时,在法蒂玛销声匿迹之后,萨克斯看见了由邻居照看的穆娜,她就在帐篷外不远处的空地上。而在帐篷里堆满的纸箱中有一个空间曾经放着一个娃娃,旁边有娃娃的照片。那是个黑发的娃娃,尺寸相当于大一点的婴儿,就是萨克斯在电光石火间瞥见的婴儿推车里的那个。

多么聪明的障眼法。莱姆曾经这样夸赞过法蒂玛。

他盯着情绪激动的游客,直到她不再出声,转身离去。

斯皮罗检察官走过来问道:"他们找到那部手机了吗?"

"没有,"莱姆回答说,"五名潜水员在海湾里搜索,但是一无所获。"

这就是海军潜水员们在搜索的东西。他们希望找到法蒂玛的这部手机,从中复原SIM卡的数据并追踪到吉阿尼的号码,或者其他什么能够引向易卜拉欣的号码,又或者找出罗马那个想通过雇用他们达到阻止移民法案提案的意大利反难民组织。

不过看起来现在海湾这边没有任何进展。

宪兵队的爆破小队,经法蒂玛·贾布里尔的指点,已经找到并移除了爆炸物——之前她把它放在城堡的一处石头凹室中,那里距离时尚秀接待处不远。如果从恐怖分子的角度来看,这并不是个好选择。坚固的城墙可以使绝大多数人免遭爆破的伤害。警犬已经搜索并确认没有其他爆炸物,而另一支爆破小队也清理了法蒂玛的背包,里面没有武器,只有一个医药急救包——装着绷带、消毒剂和诸如此类的东西。还有一张难民营地签发的证件卡,上面写着法蒂玛是那里的急救护士。

法蒂玛本人就在不远处——在城堡里接受医疗队的治疗。她的伤势不算太严重——两处腕骨、指骨破裂和一处严重擦伤。不过九毫米子弹打碎了手机,很难保证完全不伤到人。

萨克斯并没有痛下杀手。

当手机被彻底击碎脱离她的手之后,法蒂玛变得歇斯底里起来。她说,因为她的任务失败,易卜拉欣马上就会杀害她在利比亚的家人。

但是萨克斯向她解释说这不可能,告诉她整个事件并非看起来那样。易卜拉欣和吉阿尼都不是恐怖分子;他们都是被雇来假装恐怖袭击的雇佣兵。而且,为了能让法蒂玛安心,也为了得到她的合作,斯皮罗告诉她意大利驻利比亚特工已经将她的家人监控起来。

她这才同意并交代了所有她所掌握的情况:虽然并不算多,但她可以肯定他是一个皮肤黝黑、不苟言笑的男人,他满身烟味,胡子刮得很干净,有一头浓密的卷发,身形健美。她把他描述成一个经常旅行,无法掌控自己时间的人。当他们交谈时,他经常在城外,也经常在路上。

罗西的电话响了,他接起来:"你好,准备好了吗?"

莱姆没办法从对话中判读出警监收到的消息是好是坏。他忽然从胸前的口袋里取出一支笔,用牙齿咬下笔帽,然后在笔记本上记下了一些内容。

挂断电话之后,他转向众人说道:"是碧翠丝。她从绑在雷管上的手机上找到一枚指纹。比对后有了结果：是一个在国内有合法身份的阿拉伯人。"

"合法？"莱姆问道，"那么为什么系统里会有他的信息？"

"他需要通过安检，因为他在马尔彭萨机场工作，就在米兰。他是机场机修工，负责维修燃料卡车以及机场里进出的其他大型汽车。所有机场工作人员都要被录入指纹。我认为，他应该是和某些阿尔巴尼亚帮派有联系。他可以走私药物而不需要接受海关检查——看起来爆炸物也是一样。"

萨克斯注视着海面，眯起眼睛。这是她紧张时会有的表情，她的女强人表情。莱姆很欣赏她这样的神情。

莱姆问道："萨克斯？你喜欢这里的风景？"

她沉吟道："马尔彭萨机场是米兰的另一个机场。"

"没错。"斯皮罗回答。

她说："碧翠丝是不是提到过，她曾在米兰的仓库发现了工业用油脂的样本？还有喷气式飞机的燃料？"

"她提过，确实。不过咱们当时没有深究这一点，因为这似乎与仓库和作曲家之间不存在联系。"

她转向斯皮罗："在意大利的每个人、每个市民都有身份证，对吗？"

"是的，这是法律规定。"

"上面有照片吧？"

"没错。"

"如果我给你一个名字，你能否找到对应的照片？"

"如果这个名字不太过普遍，就可以。不然你就得提供地址，或者至少是所在社区或城镇名称。"

"如果名字不是普遍的那种，我希望你能把照片发到我的手机上，我需要把它发给某人。"

"我来安排。你想把照片发给谁？"

"你知道有个说法叫'机密情报'吗？"

"啊，这么说你有个内线，是不是？"斯皮罗问道，同时掏出手机。

第六十七章

阿米莉亚·萨克斯坐在林肯·莱姆身边,两人都在一辆残障人士辅助厢型车的后车厢里,车停在那不勒斯市的一条整洁的街道——基艾亚街。远眺可见一个漂亮的公园。从某种程度上,这令她想起法蒂玛。应该选在这样的地方,而不是戴尔沃城堡,这才是一个单身妈妈会带着孩子散步的地方。

但丁·斯皮罗也跟他们在一起,借助耳机听着行动进展,这次的指挥是米开朗基罗。

那个"警探哈里"。

从一扇窗望出去,可以看见海湾梦幻般的全景,从右面的戴尔沃城堡到左面那看似平静的维苏威火山。

不过,与其他人一样,萨克斯对海湾美景不感兴趣;她的注意力全放在另一扇窗外平淡得多的景致上:一栋看似很讨人喜欢的住宅楼,尽管有些老旧,石头建筑粉刷的黄色外层已不再簇新。这是一家家庭式旅店——提供住宿加早餐,它看起来十分精致,相信每晚的住宿价格不菲。

"能确定他就在里面吗?"她问道。指的是那个运作整个计划的男人,那个雇用了易卜拉欣和吉阿尼的人;那个曾经试图杀害众多无辜路人的人;他做这一切只是为了令公众舆论转向反对难民接纳法案，而拖延这样的法案通过会使难民的处境更加艰难。

全部都打着所谓国家主义旗号。

斯皮罗正在偏着头用一部耳机听着警用频道。他说："是的，是的。"接着转向萨克斯和莱姆说，"是的，他就在这儿。"他露出一丝冷笑，"而且据估计他没有携带武器。"

"他们是怎么知道这一点的？有人盯着他吗？"莱姆追问道。

萨克斯清楚，他此刻考虑的是，如果她将要进入计划主谋所在的房间，实施逮捕，那么他们最好是百分之百确认他没有携带武器。

斯皮罗回答道："米开朗基罗报告说通过他们的监视可以确定他目前没有携带武器。但是这不会持续太久的。咱们最好现在就开始行动。"

萨克斯看向莱姆。他说："萨克斯，尽量避免让任何人射击或破坏任何东西，如果他们能够做到的话。那是重要的物证，以后都要用在这个坏蛋身上。"

接着萨克斯和但丁·斯皮罗走出厢式轿车。

他们迅速移动到建筑正门前，四名由米开朗基罗带领的特警队员与他们会合。与他们的指挥官不同，这些队员都不是大块头，不过由于全副武装也都显得相当粗壮；他们穿着全身护甲，背着破拆工具、警用靴子和头盔；手中是战术部队最钟爱的H&K冲锋枪，全部蓄势待发。

斯皮罗打了个手势，众人随即从家庭旅馆的正门鱼贯而入，以最快的速度沿着楼梯上楼。

走廊上昏暗闷热，空气也不流通。房间里应该都配有空调，但是走廊里没有。墙上装饰着一些旧时意大利的图画，绝大多数画的是那不勒斯，背景中隐约可见一座正在冒烟的火山。其中一幅画里，维苏威火山正在剧烈喷发，而身穿旧时古罗马服饰的人群惊恐万状，只有一只小狗还在忘我地嬉闹。每幅画都挂得歪歪扭扭。

米开朗基罗稍作停顿，听了听外面监控车的讯息后，打了个手势，特警队员立刻分为两组。一组人俯身到窥视孔下方，快速穿过嫌疑犯所在的房门后折返；第二组则停在门这边待命。萨克斯和斯皮罗站在十码外。突然，萨克斯听见了响动，那是什么声音？

啊！啊！啊……

斯蒂芬大概能立刻告诉他们那是什么。

接着萨克斯听见一声呻吟。

显然，这是一对情侣在做爱。

这就是为什么通过监听系统监控的小队能断言房间内的人都没有携带武器的原因。也许他们会把枪放在近处，但在这种情况下，两个人都不太可能把枪放在身上。

米开朗基罗在耳机里听到了什么——萨克斯能从他正偏着头的动作看出来。他走回斯皮罗身边，用意大利语说了句什么。检察官对萨克斯说："第二行动队正在跟踪咱们的二号目标。他正在路边的车里。他们会在咱们行动同时发起行动，以作呼应。"

房间里做爱的声音更大了，呻吟喘息变得急促。米开朗基罗轻声对斯皮罗说了什么，后者翻译给萨克斯，"他说咱们是不是再等一等。因为这……"

萨克斯轻声道："不行。"

米开朗基罗露齿而笑，转身朝队员走去。他朝门的方向用手掌做了个下切的手势，类似于神职人员画十字的动作。

他们随即展开行动。一位队员猛地挥起破门锤，重重砸在靠近门锁的位置上。纤薄的木门应声飞出，他退后一步，扔掉破门锤，端起冲锋枪，随着其他队员冲进去，他们用枪口瞄准并搜查屋内的所有地方。萨克斯急忙跟进去，斯皮罗紧随其后。

装饰典雅的房间正中是一张大床，上面有一名黑发意大利女孩，年龄只有十八九岁，她惊声尖叫，疯狂地想要抓起床单遮蔽裸体。在与床上的男人进行了短暂的床单争夺战后，她总算赢了。

场面相当滑稽。

"好了！"斯皮罗大喊，"够了！放下床单！给我站起来！保持双手举高！对，对，转身。"他用意大利语对女人讲话，显然是重复刚才的命令。

那个男人孩子气的脸上通红一片，头发散乱——迈克·希尔，那位曾经提供私人喷气式飞机搭萨克斯到米兰的富商，遵照命令做了。他瞥了一眼米开朗基罗的手枪，又看了看萨克斯的手枪，最后决定还是一直举着手，而不去遮挡突兀的腹股沟。旁边的女孩也照做了。

一名警员搜查了他们的衣物后说："没有武器。"

斯皮罗点点头，于是警员把衣服递给这对男女。

希尔一边穿衣服一边叫道："我要见律师！现在就要！而且我要求律师说英语。"

第六十八章

嫌疑犯均已抓获归案。

在那不勒斯监狱。

迈克·希尔被关在单间，正盼望着他"强烈要求"的律师，律师来时将会就刑事法律提出一两点要求。

莱姆和萨克斯还在警察总署的作战室查看最新搜集的一些证物。

与此同时，希尔的妻子也赶到监狱，看来没太把发生在那家旅馆的嫖娼事件放在心上。那个年轻女孩接受了法律警告。斯皮罗说："要我说，那个富商妻子的情绪，就有点像是粉丝目睹了赛车时的撞车事故；虽然感到震惊，却也多少夹杂着幸灾乐祸的成分。这么看来，离婚诉讼一定会'十分精彩'。"

迈克·希尔被逮捕后不久，萨克斯关于臭名昭著的吉阿尼的猜测也得到了验证，实际上，他就是这个美国富豪的司机，本名路易吉·普罗科皮奥。

这个男人从嫌疑人中浮出水面的原因，正是在法蒂玛被捕后，萨克斯面对那不勒斯湾时脑中闪现的一连串回忆片段。

碧翠丝曾经在仓库证物中发现了火山灰痕迹。这就意味着最近有人从那不勒斯去过仓库。这位法医学鉴定专家当时还发现了那种用于大型室外机械的油脂。提供爆炸物的阿拉伯人就在马尔彭萨机场的机械部任职，整日与这种重型机械为伍。他很可能见了某个从那不勒斯过来、之后又去仓库的人，以便交接爆炸物。

谁能把马尔彭萨和那不勒斯联系起来呢？迈克·希尔。因为他清楚从机场到米兰市区的交通状况，显然他之前就到过那里——并且爆炸物可以通过私人飞机运送过来，并绕开海关和安保人员的检查。

希尔可能没有亲自经手炸弹或者与那个阿拉伯走私犯交易，但是他的司机很可能经手了。路易吉是个老烟枪，胡子刮得很干净，黑色长发，皮肤黝黑。他正是那种大部分时间都在旅行的人，正如法蒂玛告诉他们的那样，他经常在开车。

希尔打电话给穆斯格雷夫大使真的只是巧合吗？当时他提到自己的私人飞机正向北飞，这样萨克斯就能顺路去米兰。这当然不是巧合。希尔、吉阿尼和易卜拉欣肯定早就知道莱姆和萨克斯来这里，很可能在他们的电话或者酒店房间里安置了窃听器，于是他们得知了米兰的线索。考虑到调查的进程，希尔立刻联系了大使，让对方知道自己的飞机正好要出发……这样他就能一直监视警探的行动。

这很难确定，不过，这的确是个值得商榷的可行理论。

为了查明真相，萨克斯把路易吉的照片发给了她的内线，阿尔贝托·阿莱格罗·普龙蒂，那个在米兰无家可归的堂吉诃德式的共产党员。经埃尔克莱翻译，普龙蒂确认了路易吉·普罗科皮奥正是那个把他扔出仓库的人。

当听到对方说话时，埃尔克莱会心地笑了。他告诉萨克斯："阿尔贝托想问问那个虐猫暴徒会不会进监狱。"接着他转回话筒说，"是的，毫无疑问。"

米开朗基罗的第二战术小队是在距离旅馆很远的停车场逮捕路易吉的。当时他正在一边抽烟一边摆弄手机，等着他的老板和当地应召女郎完事。

但丁·斯皮罗为抓住普罗科皮奥感到非常高兴。这不仅是因为他协助希尔阴谋陷害难民伪装恐怖袭击，更是因为他是一名光荣会成员。斯皮罗解释说，特警丹尼尔·坎通就是负责帮派调查的主管之一，跟踪调查光荣会在这一地区的犯罪活动已经有段时日，却始终都没有什么头绪，而现在却得到了这条清晰的线索。

迈克·希尔的卷入改变了整个案件的核心性质。这不再是意大利国家官方或者右翼政党党派，例如新民族主义党，在策划实施伪装的恐怖主义阴谋；这变成了美国人的密谋。

他们已经对迈克·希尔的计划有了一个初步推测：这与意大利移民法案无关；而是为了左右美国的公众意见，让立法者在国会上投票反对亲难民法案，提供"证据"证明恐怖分子鱼目混珠地隐藏在难民之中。

希尔来那不勒斯并非巧合。他来这里就是为了全局把控整个计划，确保它得以成功。至于希尔是否单独策划了整个事件，现在仍然存在疑点。他手机里有不少信息是他与堪萨斯某位议员的来往，赫伯特·斯德申，是其所在的右翼党派内的一名移民宽容法案的坚决反对者和国家主义者。这些信息的内容没有什么异常——在萨克斯看来却太过平常。"这个参议员肯定有罪，"她说，"这是密码。你怎么可能会发送跨国短信，就只为了告诉什么是奥斯丁最好的土豆沙拉，而且是在凌晨三点从犹他州赶往下一站阿肯色州参选的途中。"

时间和证据——将会证明。

此刻斯皮罗走进作战室，一手夹着方头雪茄，另一只手拿着路易斯·拉摩尔的《西部传奇》。

"谈谈咱们的朋友吧。"他说。指的是夏洛特·麦肯齐和斯蒂芬·默克。

既然他们已经阻止了吉阿尼和希尔，关于作曲家的案子该提上日程了。那个希尔操纵了她以及她所在的AIS；但是，绑架仍然是犯罪。

这简直是个错得离谱的指控。

就问问阿曼达·诺克斯……

麦肯齐和斯蒂芬现在都被关在监狱里，各自待在单人牢房内。

马西莫·罗西走进房间："啊，哈，你们在这儿啊。在美国是不是要说你们'都'在？"

"我不这么说。"莱姆回答。

警监继续说道："我们问讯过法蒂玛了。她现在被安置在楼下。关于她，是个有点复杂的案子。她被指控从事恐怖活动和试图谋杀，她显然也是有罪的。我们不能忽视这些。尽管有一些减刑情节，但她毕竟计划并试图引爆炸弹，这仍然很可能造成人员伤亡。之前她在难民营医疗站工作时，获取了一些绷带和药物，她打算用这些帮助爆炸造成的伤员，这些东西都是在她的背包里找到的。她配合警方找到希尔先生和路易吉·普罗科皮奥；提供了关于易卜拉欣，或称哈桑的信息，看来哈桑很可能才是他的真名。显然她像阿里·麦塞克和马利克·达迪一样是被迫按照易卜拉欣的意愿行动的，她担心在利比亚的家人的安危。这些重要因素会在本案中有利于她和麦塞克。"

他转向莱姆说："在意大利，如果你还没有实施犯罪，我们还有个说法，'你怎么说来着？'更全面的司法裁决。地方法官和陪审团会把多项事实放在一起考虑，不仅仅是量刑方面，而是首先判定是否有罪。"他接着说，"最后还有一件事需要解决。加里·索姆斯已被释放，而娜塔莉亚·加雷利面临弗里达·S.性侵案的正式指控。"他用手指摩擦着自己的胡子，"娜塔莉亚真是令人吃惊。据说当她听到正式指控时，她的第一个问题居然是在监狱里售卖的化妆品是什么牌子的，还有她的牢房里能不能装个梳妆台和镜子。"

埃尔克莱·贝内利出现在门口。莱姆立刻发现他的脸色不太对。

"长官？"

罗西和斯皮罗都朝他看过来，虽然很明显他指的是警监。

"怎么了，埃尔克莱？"

"我只是……想弄清一件事。我得说这有点令人苦恼。"

"什么？"

"您是否记得，按照您的指示，我把证物送去证物室，包括科学技术警察、萨克斯警探和我搜集的关于法蒂玛和迈克·希尔还有戴尔沃城堡事件的所有东西，当然，除了C4炸药——炸药被放在军队的爆炸物军械库里。我问过是否这些证物都要和斯蒂芬·默克和夏洛特·麦肯齐的证物放在一起。"

"没错。"罗西说，"这些案件是相互关联的，当然。"

"但是证物室保管员查看了记录后说，没有斯蒂芬或者夏洛特的存档。没有证物被登记在案。"

"没有登记？"罗西问道，"可是你不是登记过了吗？"

"是的，长官。没错。就像您要求的那样。每一样东西：从巴士站开始，在营地，在导水渠和地下，靠近化肥工厂的农舍，位于那不勒斯的工厂……所有证物！每一样东西！我是直接从这里送到那儿的。但是管理员反复检查过——然后，在我的要求下，又检查了一遍。"他的眼里满是痛苦神色，他看看罗西又看看斯皮罗，最后又转向莱姆，"作曲家案的每一样证据都不见了。"

第六十九章

马西莫·罗西大步流星地走到桌子上的座机旁边拨打电话，他按了三个号码。片刻之后，他侧着头说道："我是罗西。关于作曲家的案子，斯蒂芬·默克和夏洛特·麦肯齐，有什么问题吗？"

他听着，脸上开始迷惑。过了一会儿之后，他看向埃尔克莱："你有收据吗？"

埃尔克莱用英语回答："收据？您是说，证物的收据？"

"是的。你什么时候登记的？"

年轻警官的脸涨得通红："我刚才刚收到一个最近的证物。但是更早的……不。我当时把所有证物都放在证物室的存入桌上了。桌子后面那个人——我没看清楚是谁。我告诉他，我把证物都放在这里了，连同所有的文书文件，然后我就离开了。"

罗西看着他，轻声说："没拿收据？"

"我……没。我很抱歉。我不知道。"

罗西闭上了眼睛。

作为法医学技术员，莱姆开始思考，没有什么比不小心处理案件证物更加严重的错误了，更不要说把证物弄丢了。

电话那边又说了几句，罗西的脸色越发阴郁了。他听着。

"谢谢你，再见，再见。"他挂断电话，眼睛盯着地板，语气显得迟疑，"都不见了，"他说，"消失了。"

莱姆怒喝道："怎么会？"

"我想不明白。之前从来没有发生过这样的事。"

萨克斯说："监控录像呢？"

"证物室里没有安装监控，那里并非公共区域，因此没有这个必要。"

斯皮罗狐疑地看着："是夏洛特·麦肯齐吗？"

罗西思量着："警官，你是按照我的要求把证物送过去的？"

"是的，长官。"

"夏洛特那时已经被监管起来了。斯蒂芬也是。他们没办法做到。她的同伙，不管他们是谁，有可能跟这件事有关。警察总署里出了小偷……这种事就算是克莫拉都不敢做。不过美国特工就不好说了。"他耸耸肩。

莱姆说："我们需要证据。我们必须找到它。"没有证据的话，指控麦肯齐和斯蒂芬的案子就只有目击者的证言和自白了……而且他很清楚，麦肯齐告诉他们的那些关于选择性情报服务处以及在这里的一切行动，她都将予以否认；而斯蒂芬，当然，绝不会忤逆他的缪斯女神。

埃尔克莱用捎带结巴的声音说："警监，长官……我很抱歉……我……"声音越来越小。

罗西看着窗外，然后他转过身来："埃尔克莱，我必须告诉你，这是一个非常严重的问题。这是由我造成的。我早该知道你经验不足，可是我却命令你履行我们的司法程序。"

他的长脸变得绯红，埃尔克莱咬紧嘴唇。因为懊恼几乎要咬掉自己的舌头。

"我认为你最好现在就回到林业警局报道。我会把这件事上报罗马。将会有相应的调查。你也会接受调查并记录口供。"

埃尔克莱,这个看起来比三十多岁的实际年龄更年轻的小伙子点点头,然后低头盯着地板。莱姆感觉到,这并不是全然处于自责,尽管他记得罗西说的是警员应该"登记"证物,这明显是指应该有书面交接清单。

莱姆猜测,埃尔克莱曾经希望这次借调安排有可能让他在这个警察局里开始新的职业生涯。

现在由于这个意外,这个机会丢了。

斯皮罗问他:"埃尔克莱?对于迈克·希尔和吉阿尼的证物呢?有收据吗?"

他把收据递给检察官,对方收下了。

埃尔克莱的目光扫过屋里的每个人:"很荣幸和你们共事。我学到了很多东西。"

他的语言表达得恰到好处,可是语气听起来是在说:"我还学得远远不够。"

萨克斯拥抱了他。他和莱姆握手,然后最后看了一眼证物列表板,他点点头,然后离开了。

罗西盯着这个小伙子逐渐远去的身影:"太遗憾了。他很聪明,也很主动。而且,没错,我应该更小心。可是,好吧,不是谁都能胜任刑侦警探的。他还是在林业警局待着更好。不管怎样,我觉得,他的本性更适合那里。"

"树警察"……

罗西说:"我的天啊,上帝啊。那些证物……"他问斯皮罗,"现在咱们怎么办,但丁?"

思考了一阵后,斯皮罗最后说道,"我想不出咱们怎么才能指控麦肯齐和斯蒂芬。他们会被释放的。"

罗西对莱姆说:"不过,对于迈克·希尔和普罗科皮奥的案件将会开庭。我知道你希望引渡希尔,至少,回到美国境内审理。但是我们不能让你这么做。罗马,以及我个人,坚持让他和他的同伙在这里受审。我很抱歉,林肯,可是没有其他办法。你要不要找个律师来质疑'狼乳房'法案?"

这几个新朋友现在又变回了竞争对手。

"我们别无选择,但丁。"

斯皮罗带着哀伤的神色,把方头雪茄放在鼻子下面闻了闻:"你听说过提比略皇帝吗?他是我们祖先中最为声名狼藉的一个,他的奢华住宅就离我们这里不远。也许比起大多数的皇帝来,他更热爱角斗士比赛。"

"是这样吗?"

"我想引用他在每场比赛开场时会说的话。当他面对众选手和观众时会说:'让引渡游戏开始吧。'"

第七十章

"你们不信任我们?"

在警察总署外,夏洛特·麦肯齐对林肯·莱姆和阿米莉亚·萨克斯说道。斯蒂芬站在她身旁。

两名来自罗马办公室的FBI特工站在一辆黑色SUV旁边,一男一女,两人都穿着黑色西装,一定感觉难以忍受——一袭热浪席卷了那不勒斯,似乎是维苏威火山苏醒了,正灼烧着坎帕尼亚周遭的空气。

莱姆自己也在不停出汗,尽管和其他绝大多数感觉一样,不论好坏,他都几乎感觉不到。他的额头偶尔会感到刺痒,不过汤姆总为他擦干。

然后这位副手严肃地提醒他。"必须马上离开,这里的阳光太足了。"过高的温度对他的身体状况极为不利。

"好的,好的,好的。"

萨克斯再次和夏洛特·麦肯齐确认。"能相信你吗?"

"不能。"莱姆直白地回答道。他们已经发现证据没有了,不过他认为这是AIS做的。不知道他们通过什么手段从警察总署的证物室偷取并销毁了用来指控她和斯蒂芬的证物。他接着说:"不过这不是我们真正要说的。你们的转移方案是华盛顿方面做出的。你会乘坐政府的飞机去罗马,然后转到华盛顿,特工会在飞机上等着你们。他们必须确保斯蒂芬回到他该去的医院。而你必须去……你们那个神秘组织总部所在的地方。"

"到杜勒斯的停车场就可以。"

"这之后就要看美国的律师和纽约的地方检察官了——他们会决定你何去何从。"

尽管他心知肚明,不会对罗伯特·埃利斯绑架案提起公诉,当然了,其实那根本也算不上是绑架案。

斯蒂芬正在环顾这座城市,这里充斥着各种相互交融的声音。他的注意力完全沉浸在周遭环境之中,不时地把头从一边转到另一边。有那么一两次,他还动了动嘴唇。莱姆很想知道斯蒂芬在听什么。对于他来说,这一切会不会就像是艺术爱好者正在盯着一幅油画看?而且,如果真是这样,是杰克逊·波洛克的滴洒油画还是莫奈细致入微的风景画作呢?

甲之蜜糖乙之砒霜。

一辆特警队的汽车停到跟前,一名警官下了车,从车厢里拎下来两个手提箱和一个背包:那是麦肯齐和斯蒂芬的,莱姆猜测是从她的住处和那家肥料加工厂附近的农舍拿来的。

"我的电脑呢?"斯蒂芬问道。

警官用还不错的英语说:"那个和其他档案室里的东西一起被偷了。已经不见了。"

莱姆正看着麦肯齐的双眼。当提到用于指控他们的物证失窃时,她没有任何反应。

斯蒂芬脸色变得难看:"我的那些文件,我在这里收集的那些声音,都没了?"

麦肯齐碰了碰他的胳膊:"所有文件都有备份,斯蒂芬。记得吗？"

"没有莉莉的。在公墓那里的，踢嗒……踢嗒……踢嗒……"

"我很抱歉。"她说道。

那个警官说："后会有期。"他的口气不怎么友好。他回到车上，扬长而去。

斯蒂芬又把注意力放回身边的事物上，他朝莱姆走过去："昨天晚上，我一直在想关于您的事，先生。"

"嗯？"

他笑了，脸上满是如假包换的好奇："考虑到您的行动不便，以您目前的状况，是否会有更好的听觉？我是说，这是身体上的某种技能补偿。"

莱姆说："我也考虑过这个问题。我不知道有什么实验可以验证，不过，按理说，我觉得的确是这样。每当有什么人走进我在城里的住所时，只要我之前听见过他们的脚步声，我就可以立刻从他们的脚步声中分辨来人是谁。即便是没听过的，我也能从脚步的间隔判断出来人的身高。"

"是的，间隔，那很重要，也能判断鞋子和体重。"

"这就有点超出我的能力范围了。"莱姆回答。

"您可以试着学学。"斯蒂芬腼腆地笑了，随后走进SUV，坐到靠里面的座位上。

麦肯齐也上车了，然后转向莱姆说："我们做的是好事。我们是在拯救生命。而且我们是用人道的方式行动的。"

对莱姆来说，这样的解释根本毫无意义。

他对此未作出任何答复。SUV的车门关闭，汽车随即驶离。夏洛特·麦肯齐就要回到她那充满戏剧色彩的谍战世界了，斯蒂芬则会被送到一家新的医院，莱姆希望他可以在那里从音乐领域找到自己的大和谐。

莱姆转向汤姆和萨克斯:"啊,快看,街角那边,不就是咱们去的那家'咖啡馆'吗?这说明什么?是时候来上一杯格拉帕了。"

第七十一章

晚上六点，林肯·莱姆已经回到他们在那不勒斯大酒店的套房。

电话响起，他用指令接起电话。

是但丁·斯皮罗打来的。他希望一小时后能和莱姆见面并讨论双方一直争执的引渡问题。

莱姆同意了，于是检察官给了他们一个地址。

汤姆把那辆厢型车开了过来，连上GPS后不久，在导航的引导下，他们就把车开到那不勒斯市外的镇上了。说来也巧，他们再次经过了机场和旁边占地巨大的卡波迪基诺难民营地。此时已近黄昏，营地在暮色的映衬下更显庞大，像极了中古世纪的大型村落，似乎一下子回到了那不勒斯十四世纪王朝时代（埃尔克莱·贝内利，作为林业警员和旅行向导，曾经以历史学爱好者的口吻介绍过这些）。也许区别仅仅是薄雾中那星星点点的现代化亮光——过去噼啪作响的火光变成了如今手中的荧光屏，变得越来越小。那些光亮来自难民的手机，他们正在发讯息或者和亲朋好友交谈，或是与他们已经早就忙得焦头烂额的律师抑或是其他什么人交谈，也许他们只是单纯地观看着突尼斯或是利比亚……或是意大利足球赛。

斯皮罗选定的会面地点并不是酒店的会议室或是检察官自己的郊区住宅。他们的目的地是一家乡间餐厅,有些年代感,但是很方便莱姆的轮椅进出。店主和他的妻子都是五短身材,结实而淳朴,四十多岁的年纪,两个人都为能够接待这么尊贵的美国客人而感到荣幸。尽管莱姆并不是电影明星或体育明星,这种二线明星般的名声一点没有削减他们的热情。

店老板腼腆地拿出一本意大利语版的关于莱姆的书——描写他追捕一名被称为人骨收藏家的杀手。[①]

那件被过分夸大的案子?

"莱姆。"萨克斯在他耳边轻声告诫,要他注意一下自己的态度。

"我真的很荣幸。"他热情地说着并且签了名。实际上,通过接受外科手术恢复活动的手能写出更漂亮的字,比发生意外之前写得还要好。

斯皮罗、萨克斯和莱姆坐在巨大壁炉前的桌子边,此时只有他们三个人,店主带着汤姆,他们之中唯一的厨师,参观厨房去了,所以他现在不在这里。

餐厅里,有着黑亮长发的年轻姑娘过来招呼他们。斯皮罗点了一种浓烈的红葡萄酒,图拉斯红葡萄酒,他和莱姆都喝这种酒。萨克斯点了白葡萄酒,都福格雷克白葡萄酒。

当酒上桌后,斯皮罗举杯祝酒,他以不祥的语气说:"敬真相。以及追寻真相。"

他们啜饮着葡萄酒。莱姆很喜欢这个酒,打算嘱咐汤姆记下它的牌子。

[①]《人骨拼图》中的杀手。

斯皮罗点燃他的方头雪茄——这有点不合规矩，不过马上他就变回了"那个"但丁·斯皮罗："现在，让我解释一下为什么要安排今晚咱们的会面。我们需要先讨论引渡的事，讨论完毕之后再用餐。我的妻子很快也会来，此外还有一位客人。我觉得你们会喜欢这里的菜式。这家餐馆是独一无二的。他们的食材都是在本地自己种植的，只有鱼除外——不过鱼都是店主的儿子亲手捕来的。这个地方完全是自给自足式的。就连这些葡萄酒也来自他们自己的葡萄庄园。咱们的前菜是萨拉米香肠和意大利熏火腿；下一道菜是用杜兰小麦面粉制成的帕克切里通心粉——这是最好的硬质面粉。"

"就像坎帕尼亚地区的马苏里拉奶酪是最好的一样。"萨克斯说道，脸上带着真诚的微笑。

"确实就像那种奶酪一样，警探，那是意大利最好的。现在，说到通心粉，配酱当然是拉古肉酱。接下来是海鲈鱼，烤香肠配上橄榄油、迷迭香和柠檬；配菜是绿皮西葫芦，油炸后加上醋和薄荷。最后，是由当地莴苣制成的卡布卡雅塔沙拉，你们一定会发觉这是人间美味。至于菜后甜品，当然是那不勒斯最棒的斯福利亚特尔泡芙，贝壳形状的夹心酥。"

"对我来说不是，"莱姆说道，"我个人觉得大概是格拉帕酒。"

"不是大概。是肯定。而且他们在这里提供一个不错的选择。我们可以品尝这里的蒸馏葡萄酒。他们供应我最喜爱的一种卡波维拉葡萄酒。来自北方城市威尼斯，那是最棒的；不过这要等到用餐之后。"

在斯皮罗的示意下，侍者再次斟满几只葡萄酒杯。

萨克斯谨慎地看着检察官。

他大笑起来:"不,我并不是想要'灌倒你们'。"

"是灌醉。"她纠正道。

斯皮罗说道:"看来我得在我那本西部小说里修改一下。"说着他就用手机记了一条笔记。他放下手机,然后把双手放在桌子上,"现在,看起来,我们又成了对手了。"

莱姆说:"说到法律问题的谈判,我对这件事没有发言权。我是一名市民,一位顾问。萨克斯在这里是一位法律意义上的警官,她才是那个把案子递送到纽约当局的人。而且当然了,参与的还有来自罗马的驻外办事处的FBI探员和美国的律师代理人。"

"啊,看起来我要面对的还真是一个令人生畏的法律智囊战团。不过请允许我先向你们表明我的立场。"他狭长深邃的双眼直视着他们。

莱姆瞥了一眼萨克斯,萨克斯点了点头,于是他说:"你赢了。"

斯皮罗眨眨眼,有那么一瞬间,他们感觉他似乎有点吃惊。

"'我们'的立场是反对引渡迈克·希尔遣返美国的建议。"

萨克斯耸耸肩:"他是你们的了。"

斯皮罗吸了一口手上的方头雪茄,抬头把烟雾吹到天花板上。他什么都没说,脸上也毫无表情。

莱姆说:"技术上来说,希尔违反的是美国的法律,这没错。但是绑架案受害人都不是美国公民。而且,是的,他还欺骗了一名美国情报局特工,但是AIS根本就不存在,记得吗?夏洛特·麦肯齐说的所有事都只是假设。我们没办法在这件案子上做得太多。"

接着萨克斯说:"我们不能保证的是,当我们返回美国之后,在我们的司法部门中是否会有人想要提出引渡。不过我的团队会提出反对。"

斯皮罗说："所以我猜你回去也要担负着不少压力吧,萨克斯警探。"

是的,她的确是。

"好啦。谢谢你们,警监,警探。希尔,我鄙视这个家伙的所作所为。我想要审判他。"他笑了笑,"有点陈词滥调,是不是?"

"也许吧。不过有些陈词滥调才是最合适的,就像穿旧了的鞋子或是毛衣,它们都达到了最本质的目的。"莱姆朝这个男人举了举手中的红酒杯。然后他的脸色变得阴郁起来,"可是,但丁,这个案子会让你有段很难熬的日子。如果你指控希尔和吉阿尼、普罗科皮奥,就这整件案子来说,你没有目击者:那几个难民的记忆都被破坏了。而且夏洛特和斯蒂芬都已经离开这个国家。我不得不建议你简化这个案子。你最好——"

"仅仅指控他们非法走私爆炸物。"斯皮罗打断他。

"完全正确。"

"是的,我仔细想过,这才是我们应该做的。那个在机场工作的阿拉伯工人可以做证。我们手上有 C4。法蒂玛·贾布里尔能证实关于阴谋的那部分。希尔和他的共犯将会受到合理的审判。"他呷了一口葡萄酒,"足够正义的审判。这些是我们能够做得最好的事。有时候这就足够了。"

这个计划与作曲家的使命有异曲同工之处。新闻报道的故事,基于一位"匿名但可靠的"爆料人的描述(无疑是夏洛特·麦肯齐或者她 AIS 的某位同事),那个连环杀手已经逃离意大利,去了未知国家。爆料人称,那个绑架犯已经被意大利警方牵制住了,他知道自己离被抓住已经不远了。逃去的目的地可能是伦敦、西班牙、巴西或者他的老家美国。

汤姆回到餐厅,手里拿着个袋子:"这是意大利通心粉、奶酪和辣椒。主厨坚持给我的。"他在桌边给自己找了个位置,点了一杯白葡萄酒。莱姆让他顺便给酒标拍照。

这时,餐馆门口出现了一个身影,看到埃尔克莱·贝内利走进来,莱姆感到很意外。

这个年轻警员,穿着他的灰色林业警员制服,表情很得体。他和在座的所有人打招呼。

"啊,大力神赫拉克勒斯。"斯皮罗说,用的是英语,"有十二项伟业的男人。"

"长官。"

检察官指了指桌子,向女招待示意。

埃尔克莱坐了下来,并点了一杯红酒:"再一次,斯皮罗检察官,我必须为我那天犯的错误道歉。我知道这造成了……后果。"

"后果,嗯,是的。没有证据就没办法立案指控美国间谍和她的精神病音乐家了。不过我让你来这里不是要责骂你的,并不是说我不想骂你,这你也知道,但不是在现在这种情况下。现在,让我来解释一下叫你来的原因。我首先要说的是,坦白地讲,如果你想在执法部门干出一番事业来,你就不能怯懦,要像初生牛犊那样,要看清真相——未经油漆的真相。"他看着莱姆和萨克斯。

萨克斯说:"是未加粉饰的。"

"是的。你不能因为未经粉饰的真相而羞怯。而真相就是:你什么都没有做错。即便针对斯蒂芬·默克和夏洛特·麦肯齐的证物很可能已经被妥善登记入库了,它们依然会丢失的。"

"噢不！检察官，这是真的吗？"

"是的，很遗憾这千真万确。"

"可是怎么会呢？"

"很遗憾我必须要告诉你，还有我们在座的客人，警监马西莫·罗西就是那个安排证物丢失并销毁的人。"

年轻警员的脸上写满震惊："这是真的？噢不，这绝不可能。"

莱姆和萨克斯也是一脸吃惊。

"是的，这件事，他——"

"可是他负责整个案子，他是主管——"

"林业警员。"斯皮罗侧头看着年轻警官。

"对不起！请原谅。"他闭上嘴。

"在过去几天里，你已经学到了不少警方调查的手法。"斯皮罗向后靠着椅背，"法医鉴定，战术操作，肢体语言，审讯技巧……"

带着一脸苦笑，埃尔克莱朝萨克斯瞥了一眼，然后低声说："还有飞车追捕。"然后他看着斯皮罗，此时，斯皮罗因为被打断再次瞪了他一眼。他马上说："对不起！请您继续说，长官。"

"但是我想你已经掌握了另一个重要的，不，是我们职业生涯中更重要的东西，这就是执法部门内部的政治。是不是这样，莱姆警监？"

"就像是每一枚指纹都是独一无二的一样千真万确。"

斯皮罗接着说："比起其他欧盟国家，我们的人均警察数目更多，警力也更雄厚。那么，从逻辑上来讲，我们有更多的执法分支以及……用英语说就是那个词，'游戏规则'。"

莱姆说："'游戏'是个名词。我觉得它不该用作动词。不过我得承认很多人这么用它。要我说，这叫'行规'。"

斯皮罗轻笑道："好啦，不过你懂我的意思。那么你呢，埃尔克莱，你明白我的意思吗？"

"我想我懂了，长官。"

"我们的同僚罗西先生愚弄了体系。虽然他是公认的具有极高天赋的调查员和公务员，但实际上远不止于此，他在政治上也十分活跃。"

"您是怎么知道的，长官？"

"公众并不了解，不过他的确是 NN 的成员。"

莱姆还记得这是什么：新民族主义党，右翼反移民党派，犯有对难民采取暴力手段的罪行……也是被怀疑为发动伪装恐怖袭击的始作俑者。

"他与坎帕尼亚的一位上级政府官员联手，也就是安德烈·马科斯，同为 NN 成员。罗西借助自己警监的身份使自己看起来非常可信，但实际上一旦有机会，他就会为同党的长远目标进行尝试。很不幸，这个目标是我发现的。不，应该说是该受谴责。的确，那些难民是个沉重负担；带来很多风险，我们不得不小心防范。但是意大利这个国家本身就拥有很多不同宗族的民众：伊楚利亚人、德国人、阿尔巴尼亚人、西里西亚人、希腊人、奥斯曼人、北非人、斯拉夫人和提罗尔人。更有甚者，我们这里还有法国人！这里有北方意大利人、南方意大利人、西西里岛人和撒丁岛人。也许美利坚是这个世界上多人种融合度最高的国家，但我们同样是一个融合国家。那些冒着生命危险逃离疯狂战败国家的家庭来到这里，共同造就了这个国家。

"当罗西警监意识到这个连环绑架犯可能把目标锁定在难民身上时，他就相信这个犯罪嫌疑人正在做正确的事。哦，马西莫在履行他的职责，但是在他内心深处，却希望难民们该受到惩罚。如果这个杀手成功了，那么公众也许会认为意大利和利比亚同样危机四伏，这样一来，他们在跑来侵占我们的土地前会再慎重考虑一下。"

"所谓安葬时刻。"萨克斯引用了这个说法。

他们看着她，于是她向他们解释了国会上的那次演讲，那个卡波迪基诺难民营的拉尼娅·塔索曾经提到过：一位意大利政治家杜撰出这么一个说法，用来形容市民被一波一波涌入的难民潮弄得几近窒息。

斯皮罗说："是的，我也听说过这个说法，安葬时刻。显然马西莫·罗西就是这么认为的。"

埃尔克莱对斯皮罗说："罗西警监想方设法地要负责阿里·麦塞克的案子。在公交站时，他对宪兵耍花招，以此得到调查和干预该案件的控制权。而且他也曾试图不让您作为检察官，长官。"

斯皮罗微微颔首，认同了这个说法。然后说："再加上我们的美国朋友还要过来协助。"检察官呷了一口红酒品尝着，"现在，埃尔克莱，我必须说出比这更令人不悦的消息，那就是马西莫·罗西邀请你来协助办案的唯一目的就是把你当作替罪羔羊。"

"他真的是这么做的吗？"

"是的，没错。他想尽办法减少甚至忽略案子，但是他不能亲自操作。甚至不能让他的门徒去做，那个年轻的助理警监……他的名字是什么来着？"

"西尔维奥·迪·卡洛。"

"对。他也不能让他的门徒这么做。西尔维奥将来是要升到警察局高层的人。马西莫想要你，一个林业警员，来承担案件失败的责任。所以他指派你去登记证物，安排它们被窃，然后再让你承担罪责。"

埃尔克莱抿了一大口葡萄酒："于是现在我的名下就有了这么一条记录：曾经搞砸一件重大案件调查。我能够调职到常规警队的机会就此灰飞烟灭。也许连我在林业警局的工作也岌岌可危了。"

"啊，埃尔克莱，咱们先暂且说到这里，好吗？罗西诬陷你犯了错，并不算是犯罪。不过他的罪行是策划了物证的销毁。他不希望看到任何关于此案的进一步调查。"

"是的，这就说得通了。"

"因此，的确，在警察局内部，你将不会再有任何工作机会。"

埃尔克莱一口喝干自己的葡萄酒，把杯子放到桌子上。"谢谢您，长官。非常感谢您能够告诉我，事实上，并不是我搞砸了这个案子；以及能够如此直言不讳地告诉我，我的事业被毁的事实。"他叹了口气，"那么，晚安了。我现在要回家陪我的鸽子去了。"他伸出手来。

斯皮罗没去握它，他咕哝道："鸽子？你在开什么玩笑？"

"没有，长官，对不起，我——"

"而且我有说过咱们的谈话结束了吗？"

"我……没。我是……"这个年轻人结结巴巴地再次坐回座位。

"现在也许你应该闭上嘴，让我说说为什么要把你叫到这里来。当然，是除了和我们的美国朋友吃饭以外的另一个原因。"

"哦，我没想到我也被邀请来吃饭。"

斯皮罗打断他："我把你叫到餐厅来，顺便说一句，这可是坎帕尼亚最好的餐厅之一，难道不是叫你来和我们吃饭的吗？"

"的确如此，您真是太好了，长官。"

"好啦。我要说的是：我已经做了一些安排。对于一名林业警员，尤其是你这个年龄的林业警员来说，可以说是史无前例了。不过，当然了，办公室政治有消极的一面，也就自然有它积极的一面。我已经为你安排好了，你在一个月后就会接到通知参加军警培训。"

"宪兵队？"埃尔克莱小声问道。

"正如我刚刚说过的，你也听见了。我记得你说过加入宪兵队曾经是你的心愿。"

这个年轻人兴奋得难以自持："我的天啊！斯皮罗检察官，我不知道该说什么了。太感谢您了！"他用双手捧着检察官的手，有那么一瞬间莱姆以为他要亲吻这位长官的手指了。

"够了。"斯皮罗继续说道，"一个月时间足够你办妥所有在林业局遗留的工作和手续了。我从你的上司那里了解到，你之前负责追捕一个格外棘手的松露造假商，结果被作曲家案打断了。我估计你会想要完成这个案子。"

"确实如此。"埃尔克莱眯起眼睛。

"还有一件事我必须额外说明。宪兵队的制度有些变动。你也许了解过去的规定，警员会被派遣到远离家乡的哨所去，这是为了让队员能够在不受干扰的情况下更加高效地完成工作。现在已经不再这么安排了。因此，那个科学技术警官，碧翠丝·伦扎，也就不用担心她的新男朋友会被派往远离坎帕尼亚的地方了。你可以在这里就任。"

"碧翠丝？哦，检察官，不，我……应该说，是的，那天我们确实是在凯斯泰洛酒廊一起喝了一杯，然后我就送她回了她的公寓。"说着脸愈发红了，"是的，可能我当时是留下过夜了。而且她明天还要出席我的鸽子竞赛。但是我并不认为我们之间会有什么更进一步的关系。她是个非常特别的女人,而且她在工作上展现出了她的智慧,她还有独特的魅力。"

他的语无伦次以及满脸通红已经说明了一切。

"不是丹妮拉吗?"萨克斯问道,"我以为你是喜欢她的。"

"丹妮拉?好吧,她的确非常漂亮,而且她的职业素养也很好。可是,我该怎么说呢?"他看着萨克斯,"你,作为汽车爱好者,一定了解:我们之间的齿轮并不能互相咬合。我这么说能明白吧?"

"非常明白。"萨克斯回答。

可是,莱姆有点糊涂了。碧翠丝才是那个点燃埃尔克莱内心火焰的女人?真的很难想象。好吧,不论是多么漂亮的汽车,林肯·莱姆自己是没机会体验机车齿轮的咬合感了。

餐厅的门再次打开,一位有着模特般身材和仪态的高挑的女士走进房间,朝桌子这边微笑。她身穿深蓝色套装,手里提着公文包。一头乌黑的长发梳成高高的马尾。斯皮罗站起身:"啊,'这是我的妻子'——我的妻子,塞西莉亚。"

这位女士坐下后,斯皮罗示意侍者可以上菜了。

---

① 原文为意大利语。

VIII 蜻蜓与石像鬼

九月二十八日,星期二

第七十二章

"看来是出了什么岔子。"

汤姆扭头对莱姆和萨克斯说。他正从无障碍厢式轿车的前挡风玻璃向外看,此时车已经快要到达那不勒斯机场私人飞机的安检口。

莱姆僵硬地向左边扭头,他的轮椅被固定在垂直于行驶方向的角度,这时他看见一辆黑色SUV冲出来挡住了他们的去路。

车子后面,几个穿着警服的意大利警员正懒洋洋地站在门边,全然不在意眼前这两辆车。看来这不关他们的事。

萨克斯叹了口气:"是谁?马西莫·罗西?"

"以什么理由呢?"

汤姆给出了一个可能的答案。"他和迈克·希尔有同样的人生哲学?兄弟会的同党?"

嗯,倒是个很合理的猜测。

萨克斯点点头:"也许吧,有道理。我觉得但丁是对的,罗西希望现在整件事被公开得越少越好。何况我觉得像这样的汽车也不会在国家警察的预算里列支。"

当然也不会包含在纽约警察局的预算中。

这辆来历不明的汽车就这么突兀地横在斑驳的柏油路上,就像一截独木舟,随着距离的拉近,莱姆能看见两个美国许可证标签。

那么,最终进入意大利监狱的概率就非常低了。

难道是美国的监狱?

在他们面前,铁链的另一边就是他们借来的喷气式飞机,正等着带他们回家。飞机上的旋梯已经放下来,距离不算远,几乎近在咫尺,于是莱姆脑海中闪出"逃之夭夭"这个词。不过轮椅一如既往地提醒他这在技术上是根本不可能的;更何况,没得到美国当局的授权,是无论如何都逃不过被逮捕的命运的。

所以,除了停车别无他法。于是莱姆让汤姆停车。

这位私人看护踩着刹车,在三次摩擦声后,车子停了下来。

随即SUV副驾驶的车门打开了,当看到下来的人时,莱姆相当惊讶。来人是个小个子男人,脸上相当苍白,灰色套装下的衬衫上能看见汗渍污迹;他笑容亲切,打着手势示意大家稍等,他正在打电话。莱姆看着萨克斯,她同样皱着眉,不过马上就想起来了:"达里尔·穆布里,是领事馆的那个人。"

"啊,对了。"那个社会公共关系联络官。

"开门。"莱姆说。

汤姆按下一个按钮。伴着另一声摩擦声,与刚刚的刹车声不同,莱姆一侧的车门滑开了。

"要放斜坡吗?"汤姆问道。

"不用。我就在这等着。他可以过来。"

穆布里挂断电话,把手机放回口袋。他走到轿车这边,没等别人邀请便自顾自地上车直接坐到莱姆对面。

"你们好啊。"他对车上的人说,语气友好,说话中带着南方口音的痕迹,第二个音节有尾音。

萨克斯问道:"今天公共关系协调的工作很多?"

穆布里笑了:"新闻报道称作曲家逃离了这个国家之后,记者就不停对我们狂轰滥炸,显然情绪都很激动。"

莱姆说:"你安排了这样一个故事,看来你也是夏洛特·麦肯齐的同伴之一。"

"实际上,我是她老板。我是替代情报服务处的主管。"

啊,那个纽约演员。没错,莱姆能看出他给这个角色做的安排,很可能都取自戏剧。

莱姆问道:"有谁是本色出演自己的工作吗?"

穆布里大笑出声,抬手擦了一把汗。

"有个问题。"莱姆说。

"就问一个?"

"目前是,说说易卜拉欣。"

穆布里面部抽搐了一下。"啊,好吧,易卜拉欣,也叫哈桑,我们在的黎波里的'内线'。易卜拉欣的真名叫阿卜杜拉·拉赫曼·萨基兹利,自由职业,雇佣兵。他替ISIS效力,他替圣主抵抗军效力,他替摩萨德[①]效力。谁出的价码高,他就替谁卖命。很不幸,希尔给的钱比我们多,所以易卜拉欣选择欺骗了我们。"穆布里咋舌道。

"他现在在哪儿?"

他的两条眉毛几乎拧到一起了:"这是个好问题。他似乎消失了。"

莱姆怒道:"而你们,就只是个和善、绅士的国家安全部门。"

"错不在我们。我们最后一次有他的消息是他在公司,和几

[①]以色列情报机关。

个漂亮性感的女人在一起；而且巧合的是，据说她们是意大利的外勤特工。现在，莱姆警监——"

"还是叫我林肯吧。如果你还想扣留我们，至少请称呼我的名字。"

"扣留？"他看起来真的被搞糊涂了，"我们为什么要扣留你们？"

"因为我们安排把迈克·希尔交给但丁·斯皮罗在这里接受审判，没有争夺引渡权。"

"哦，那个啊，我们打算让他吃上五年到十年的苦头。你也知道我们承担不起恐怖主义的审判。因为我们是隐藏部门。但丁可以担负起两国间的审判工作。真是够聪明的，只用爆炸物的罪名起诉希尔。是不是你想出来的主意？"

莱姆用表情作答，不知道你在说什么。

穆布里继续说道："至于他的那个同伙，那个得克萨斯州的参议员？"

萨克斯问道："你们也查到他了？"

穆布里露出意味深长的笑容："某位从华盛顿来的亲戚会秘密把他带走，关到柴房去。你们一定会赞同这个的，我昨晚想到，比起迈克·希尔，斯蒂芬·默克才是二人之中精神健全的那个。这会非常有趣。我得说，等结束后我一定要为此举杯庆祝。那么，我想你们肯定想知道，我来这里到底是要干什么？"

车厢里相当闷热，而且温度一直在升高。阳光炙烤下，车上的空调显得有气无力。穆布里再次抹了抹额头上的汗水："想不想听个故事？你知道早年间 CIA 的技术服务处曾经想要制造一只伪装蜻蜓吗？它现在就放在兰利博物馆里。那个东西相当不错，简直是一件艺术品，装备了早期的微型摄像机、音频系统和飞行机制，在当时是革命性的。可是你猜怎么着？实际上它毫无用处。一阵最小的逆风都能把它直接吹得远离目标。然而多年之后，那些蜻蜓身上的设计灵感给我们带来了无人机。这就是革新；这就是生命的故事。

"现在，你会说这个AIS就是那只实验性质的蜻蜓。作曲家项目运行的效果非常好，除了一件事。"

"一场逆风。"

"正是如此！这说的就是你和萨克斯警探。我要说，这可不是什么奉承话，没有多少人能够参透我们设计的那些故事，那个音乐绑架犯还有所有这一切。"

没有"多少人"？莱姆心想。

"当你们突袭夏洛特的住处时，你已经解释了你是怎么推理出这一切的。"他露齿一笑，"是的，我们当时都在听。"

莱姆微微点头。

"相当令人印象深刻，林肯，阿米莉亚。而且在听见你是如何推理出这个计划之后，我自己就又有了一个主意。"

"你的蜻蜓羽化成蝶，变成了无人机。"

"我喜欢这个比喻。于是，在国际情报搜集方面，我们有HUMINT（人工情报）——意思是说由谍报人员在地面搜索情报。此外还有卫星监控，电脑黑客，窃听和视频监控。和电子情报机关，通信情报，电子情报相关的信号。但是直到你击落我们的蜻蜓之前，林肯，我们还从未想到过能通过研究……证物，得出这么多情报——就是这些法庭类型证据。"

"是吗？"

"哦，我们有自己的团队，也从局里、部队或者其他地方抽调人手。可这些通常都在事后，实际上，当谍报任务搞砸了，我们还是能获得指纹或者一些签名或者笔记，可我们从没用过法医学调查……"

千万不要说前瞻性的。

"……前瞻性的。你分析证据时的方式，就好像证据在和你讲话。"

萨克斯大笑起来，声音如银铃般清脆悦耳："莱姆，我猜他是想雇你。"

穆布里苍白的脸上泄露了实情——没错，这正是他想要提出的建议。"记得吧，我们是'选择性'情报搜集部门。还有什么比让一个法医鉴定小组去执行间谍活动更具选择性呢？你是纽约联邦调查局的顾问。为什么不能为我们工作呢？你已经打破了国家界线。你在这里，在意大利！我们也有私人喷气式飞机，都是政府财产，当然，没有配备酒廊。不过你可以自备，这不违反规矩，或者说没有违反什么大不了的规矩。"

穆布里双眼发亮，"而对我来说，你有多么天衣无缝的伪装身份！一名大名鼎鼎的法医科学鉴定专家和他的助手。一位教授，差不多吧。我得承认我非常看好你，林肯。想想未来将会怎样：你在欧洲协助当地警方调查棘手的犯罪，一名连环杀手，一名邪教领袖，一名洗黑钱的幕后黑手。或者是你在新加坡的刑事司法机构发表演讲，题目是'犯罪现场刑侦技术最新发展'。然后，在你的业余时间，你能监控到娜塔莎·伊万诺维奇是否出现在她本不该出现的会面中——真是个不听话的小姑娘；或者帕克·荣格去购买他不该染指的微型核武器装备。"

穆布里又朝萨克斯瞄了一眼，"你在纽约警察局的编制倒是个问题，不过这也没什么不好解决的。他们有几家海外联络处，这你知道，或者也许休个假什么的，这些都可以再谈。"

如果莱姆的躯体能有知觉的话，他觉得现在他肯定会感到激动万分。当然了，他意识到他的脉搏加快了；他从莱姆胸腔起伏的节奏就能看出来。这无关爱国精神，那只是各种情感中的一小部分，他不会坦率承认那样的情绪。不是的，真正扰动他的是一种全新可能性带来的各种新挑战。

思考片刻之后，他说："EVIDINT(证据情报)。"

"证据情报处。"穆布里抿起下唇然后点点头，"不错。"

"不过，我不想让你抱有过多幻想，"莱姆小声说，"我们还没有达成任何协议。"

穆布里点点头："当然，当然。不过怎么说呢，就当为了带来乐趣，请让我为你运作这件事。自不用说，这仅仅是一次实验。"话说得似乎自然而然，不过莱姆觉得，这一切都是事先精心准备的，就像一位渔夫正苦苦守候在挂好饵料的渔线旁，小心翼翼地等着那条格外难以捉摸的精明大鱼一样。

"继续说。"

"我们得到情报说，有人在打海牙的世界刑事法庭的主意，目标是要搞暗杀。不是立刻实施，但是会在下个月行动。会在布拉格进行联系。不幸的是，这次我们很可能只能进行通信情报截获和破译——窃听和监控电子邮件，可是里面的内容都隐晦暧昧得像解说员在介绍伟哥的广告。我们的人只有一点点与此次阴谋有关的物证。"

莱姆抬了抬眉毛。

"一个石像鬼头。"

"石像鬼。"

"看起来像个纪念品，真是的，谁会买个石像鬼的头当作纪念品。一个灰色的，塑料材质，石像鬼。"

"为什么说这是个物证?"萨克斯问道。

"我们还在使用情报秘密传递点,就是公共场所里很著名的地方,一个人会在那里留下给另一个人的讯息,通常——"

萨克斯说:"我看过邦德的电影。"

"我没看过,"莱姆说,"不过我能猜到。"

"我们收到情报说,那帮坏蛋有个情报秘密传递点,就在最著名的布拉格旧城广场的天文钟。于是我们开始监控。"

"绕着时钟转圈吗?①"萨克斯问道,不禁露出一抹浅笑。莱姆也点头表示二十四小时的这个双关语俏皮话说得恰到好处。

穆布里也笑了笑:"那座钟的确是在不停绕圈子。言归正传,两天后,一个戴着帽子和墨镜的男人走到那里,把石像鬼留在一个窗台上——就是那个秘密情报传递点。这意味着某种行动继续进行?我们如此推测,不过我们一直在尝试找到更多信息。"

"有人过来对那个石像鬼做过什么吗?"

"有几个十几岁的小子看见了它,然后把它偷走了;于是我们介入又把它要了回来。"穆布里耸耸肩,"如果你愿意,我们可以给你看看那个东西。也许你能发现点什么。"

"这是什么时候的事?"

"大约一周之前。"

莱姆讽刺道:"太晚了,太晚了。所有重要的证据都已经消失了。"

"只有那个联系人和那个偷走它的小孩碰过它。我们也没在它里面找到任何字迹或者密码。这个石像鬼的出现本身就是一条信息。像是开启某个预定会议安排。所以我们想也许你能够看看

---

①双关语"round the clock"。

它，然后——"

"毫无意义。"

"它被保存在塑料袋里。我们的人都戴着手套。而那个秘密信息传递点，那个窗台，没有人碰过。我们一直在监视那里。"

"那个秘密信息传递点不是什么重点，根本不重要。还有另外一处，在那边某处，那才是关键——如果你们动作够快的话。"

"你指的是他买石像鬼的地方吗？"

"当然不是。"莱姆低声说，"而且那也不是他买的，是他从某个没有监控的地方戴着手套偷来的。这样能尽量避免留下痕迹。那么，重要的地点是在另一边，那边的人可以坐着喝他们的啤酒或者咖啡。"

穆布里脸色一僵："能否请您再讲得详细一点？"

"如果我是一名特工，正在像布拉格那样的城市里策划一项行动，我的首要任务就是要找出那些狐狸。也就是说，你的手下。"

"实际上那是另一组人马。我们在与他们合作。"

"好吧，管他是谁。现在，那个石像鬼除了让你们的监控团队暴露以外，毫无意义。"

穆布里歪着脑袋，眉头紧锁。

莱姆继续说："一个石像鬼很显眼，它就是用来吸引注意力的。所以你们的人守在那里，盯着每一个从旁走过并且注意到它的人。当那几个孩子里有人偷走它后，你们小队就跟踪了他。你的人现身的那一刻，那些坏蛋就看见他们，并且确定了他们的身份，也许还跟踪了他们，窃听他们的住处，扫描他们的电话。嗯，这个塑料玩具也就值一欧元或者捷克共和国流通的什么币种吧，居然就拿下了你的全部人马。他们曾经蹲守时用过的桌子和椅子就在那儿，等着你去搜索，本来能够提供很多线索的，那些你想要的线索。不过，当然了，桌椅早就被清理过了，桌布也都被清洗过了，账单被丢弃了，钱也存进了银行，我推测路上的鹅卵石都被清洗了，而且监控录像也应该被洗掉了。"

穆布里还稍显僵直地愣了一阵子，之后小声嘟哝道："真是该死。"

萨克斯说："你最好告诉行动小组他们都被波及了。"

莱姆和萨克斯彼此又交换了一个眼色。他对面前的代理人说："我们对于你提供的机会会再好好商量一下。保持联络吧。"

"我希望你们会。"穆布里和他们分别握手，向汤姆告别后出了车厢，掏出他的手机。

汤姆挂上前进挡，让车子向前滑行。他们停在护照检查处和海关岗亭前，递出相关文件，片刻后又收回。厢式轿车再次上路。

莱姆大笑起来："捷克共和国。"

汤姆说："我曾经去过几次布拉格。我个人很喜欢那儿的蒜味浓汤。哦，还有水果饺子。那是最棒的。"

"当地的酒怎么样？"莱姆问道。

"梅子白兰地，很有劲儿了。保证酒精含量能有五十度。"

"你之前怎么没说过？"莱姆被勾起了兴致。

他们把车停在飞机附近，汤姆启动程序放下辅助斜坡。萨克斯下了车，把电脑背包甩到肩上："当间谍，莱姆？你认真的？"

"发生了奇怪的事。"

他的双眼看着副驾驶员，他正在进行全面的飞行前检查。

飞机上看起来一切正常，而且已经准备就绪。

一个穿着套装，白衬衫，打着领带的魁梧年轻人正朝这几位乘客走来:"我们即将起飞,先生。飞行时间大约是一个半小时。"

萨克斯皱着眉问:"到纽约?"

这位驾驶员皱起眉头。他朝莱姆望去,莱姆说:"我们还不能回美国。我们还要到米兰见几个朋友。"

"朋友?"她瞥向汤姆,而对方正在环顾飞机,好像正在进行二次飞行前检查——他在极力避免和她目光交会。不过,他在笑。

"朗·塞利托,哦,还有罗恩·普拉斯基。"

一个年轻的纽约警察局警员,他们经常一起工作。

"莱姆?"萨克斯慢慢地问道,"米兰有什么?"

他皱起眉,看着汤姆:"这次又是什么事?"

"是《管辖权声明》。"

"非常可口的主菜吗?"

"哈,不是。那是誓言书,我们需要当着那里的总领事的面,对着它宣誓。"

"为什么呢?"

"显而易见。因为没有它咱们就不能结婚啊。埃尔克莱和汤姆安排了所有的事。然后咱们驾车去科莫湖,当地的市长将会主持这场典礼。咱们需要租一间婚礼大堂——这是整个安排的一部分。我猜想,那会比咱们需要的大一些,不过这种事就是这样的。朗和罗恩会是见证人。"

"科莫湖的蜜月旅行,莱姆。"萨克斯说着,她笑了。

莱姆朝汤姆看了一眼:"是他非要坚持的。"

她问道:"那格陵兰怎么办?"

"也许咱们的一周年纪念日可以去那里。"莱姆说,然后驱动电动轮椅登上登机用的斜坡,飞机发动机开始缓缓运转。

The Burial Hour by JEFFERY DEAVER
Copyright © 2017 by Gunner Publications, LLC
This edition is arranged with Gunner Publications, LLC in association with CURTIS BROWN – U.K. Through Bardon-Chinese Media Agency.
Simplified Chinese edition copyright © 2020 New Star Press Co., Ltd.
All rights reserved.
著作权合同登记号：01-2019-6073

图书在版编目（CIP）数据

安葬时刻 /（美）杰夫里·迪弗著；禄杰译 . —— 北京：新星出版社，2020.4
ISBN 978-7-5133-3794-6

Ⅰ.①安… Ⅱ.①杰… ②禄… Ⅲ.①长篇小说—美国—现代 Ⅳ.① I712.45

中国版本图书馆 CIP 数据核字（2020）第 029145 号

午夜文库
谢刚 主持

安葬时刻

[美] 杰夫里·迪弗 著；禄杰 译

责任编辑：曹晓雅
责任校对：刘 义
责任印制：李珊珊
装帧设计：人马艺术设计·储平

出版发行：新星出版社
出 版 人：马汝军
社　　址：北京市西城区车公庄大街丙3号楼　100044
网　　址：www.newstarpress.com
电　　话：010-88310888
传　　真：010-65270449
法律顾问：北京市岳成律师事务所

读者服务：010-88310811　　service@newstarpress.com
邮购地址：北京市西城区车公庄大街丙 3 号楼　100044

印　　刷：北京美图印务有限公司
开　　本：910mm×1230mm　1/32
印　　张：18.375
字　　数：428千字
版　　次：2020年4月第一版　2020年4月第一次印刷
书　　号：ISBN 978-7-5133-3794-6
定　　价：69.00元

版权专有，侵权必究；如有质量问题，请与印刷厂联系调换。